Julie Fellmann

Nacht der Einsamen

Julie Fellmann

Nacht der Einsamen

Oberbayern-Krimi

rosenheimerkrimi

Die Handlung dieses Romans ist frei erfunden. Eventuelle Ähnlichkeiten der Romanfiguren mit lebenden oder toten Personen sind nicht beabsichtigt, ebenso wenig eine Beschreibung der Verhältnisse in tatsächlich existierenden Institutionen, Organisationen oder Vereinigungen.

Besuchen Sie uns im Internet
www.rosenheimer.com

Titelfoto: © Dieter Hawlan – istockphoto.com
und © andreiuc88 – fotolia.com
Autorenfoto auf der Buchrückseite: Franz Heller
Lektorat und Satz: VerlagsService Dr. Helmut Neuberger &
Karl Schaumann GmbH, Heimstetten
Druck und Bindung: CPI Moravia Books s.r.o.
Printed in Czech Republic

ISBN 978-3-475-54168-1

Vorher

Wie schnell in dieser Gegend der Nebel vom Fluss aufsteigt und alles in seine dichten weißen Schwaden hüllt. Zunächst nur ein milchiger Schleier, hat er sich zu einer unheimlichen Nebelwand verdichtet, die alles verschluckt – Bäume, Tiere, Menschen. Was hat eine einsame Spaziergängerin zu dieser dunklen Stunde hier draußen verloren?

Sie zieht sich die Mütze tiefer ins Gesicht, fröstelt trotz ihres Wintermantels. Aber es ist nicht nur die feuchte Kälte. Waren das nicht Schritte hinter ihr? Immer wieder dreht sie sich um, hastig, ängstlich. Hat sich da etwas bewegt? Eine Gestalt zwischen den hohen schattenhaften Bäumen? Die Frau geht schneller, strauchelt durch das unwegsame Gelände, sieht kaum mehr die eigene Hand vor Augen.

Ein erstickter Schrei. Oder doch nur ein nachtaktives Tier auf Beutejagd, ein Marder vielleicht? Geräusche, Rascheln, ein dumpfer Schlag, fremd und bedrohlich. Dann ist wieder alles still. Und doch – ihr scheint, als folge ihr jemand, als sei sie nicht allein in dieser kalten, nebligen Frühjahrsnacht.

Beinahe wäre sie gestolpert. Vor ihr ragt ein einsamer steinerner Pfeiler aus dem Boden wie ein verwitterter Grabstein. Die Spaziergängerin unterdrückt einen Schrei. Hätte sie sich die Zeit genommen, die kaum mehr leserliche Inschrift auf dem Stein zu entziffern, hätte sie erfahren: »Hier wurde durch ruchlose Hand gemeuchelt am 2. März 1854 Kaspar Holler …«

Doch die Angst hat die Frau längst weitergetrieben. Ein Schauer jagt ihr über den Rücken, Panik … »Ich hätte niemals hierher kommen sollen!« Dieser Satz formt sich in ihrem Kopf, erst leise, dann immer lauter, immer eindringlicher, immer rhythmischer. Mehr und mehr schiebt sich der Rhythmus vor diesen Satz, kommt näher und näher, unaufhaltsam, dumpf, bedrohlich, alles übertönend. Und dann, wie von weit, fügt sich eine Melodie zu diesem Rhythmus. Durchdringend, gehetzt, ein sinnloses Flehen. Überlaut in ihrem Kopf hört die Frau nun den drohenden Rhythmus des Knochenmanns und das verzweifelte Flehen des Mädchens.

Freitag Abend

Greta schlief. Wie mädchenhaft sie aussah, wovon sie wohl gerade träumte? Was wusste ein Vater schon von den Träumen seiner vierzehnjährigen Tochter, vor allem ein Vater wie er, ein Wochenendvater! Schlimmer noch, ein Alle-vierzehn-Tage-Wochenendvater. Ihre rosigen Wangen, der leicht geöffnete Mund, ein rundliches Bein, das unter der Decke hervorragte. Greta meinte, sie sei pummelig, und versuchte sich ständig in neuen Diäten. Dabei würde sie sicher einmal so eine Bohnenstange wie ihre Mutter werden. Aber das Wort Babyspeck wollte Greta nicht hören. Dafür war sie stolz auf ihre langen weizenblonden Haare.

Garcia fuhr sich durch sein dichtes schwarzes Haar, und dabei durchzuckte ihn wieder dieser Gedanke, den er so ungern zuließ. Aber er war da, ganz plötzlich. Seine Tochter Greta, die nichts von ihm hatte, äußerlich betrachtet zumindest. War das wirklich seine Tochter?

Seit 14 Jahren zahlte er Alimente. Seit 14 Jahren verbrachte er – wie die meisten Trennungsväter – jedes zweite Wochenende mit ihr. Und doch – wusste er, mit wem Lydia damals noch zugange gewesen war? Lydia, eine von vielen, Lydia, mit der er nie eine ernsthafte Beziehung gehabt hatte, Lydia, die Zufallsbekanntschaft. Mit seinen 29 Jahren war er damals meilenweit davon entfernt gewesen, Familienplanungen machen zu wollen. Er schmiedete an seiner Karriere und genoss das Leben und seine Freiheit in vollen Zügen. Und dann war Greta gekommen, einfach so, ungeplant, und er sollte plötzlich Vater sein. Garcia liebte Greta, kein Zweifel. Außerdem wäre Lydia doch nicht so dumm gewesen, ausgerechnet ihm, einem Polizeibeamten, damals noch nicht einmal Hauptkommissar, ein Kind anzuhängen, wenn sie sich nicht sicher gewesen wäre. Sonst hätte sie doch wohl besser daran getan, einem Millionär oder zumindest einem Anwalt oder Notar die Vaterschaft unterzujubeln. Und dennoch …

Einmal war Garcia nah dran gewesen, einen heimlichen Vaterschaftstest durchzuführen. Er saß ja sozusagen an der Quelle. Eines dieser langen weizenblonden Haare hatte er bereits sorgsam in einen durchsichtigen Plastikbeutel gepackt und war damit ins rechtsmedizinische Institut marschiert, wo Professor Bernauer, einer seiner ältesten Freunde, als Pathologe arbeitete. Und dann? Noch ehe er die Türe erreicht hatte, hatte er dieses »und dann« zu Ende gedacht und in letzter Sekunde kehrtgemacht. Greta war seine Tochter, und wenn er auch nicht all zuviel von ihr wusste, und wenn er auch mit Lydia schon lange nichts mehr gemein hatte, so war er doch der Vater dieses Kindes, der leibliche vermutlich, der gefühlte sicher. Und dabei beließ er es vorerst.

Garcia schüttelte den Kopf, verjagte den subversiven Gedanken und schloss ganz leise wieder die Tür. Er würde Greta einen Zettel auf den Küchentisch legen, falls sie nachts aufwachte. Bis morgen früh wäre er sicher zurück.

Birk, wo war das überhaupt? Irgend so eine kleine Gemeinde vor den südlichen Toren Münchens. Jetzt fiel es ihm wieder ein: Er hatte das Ortsschild schon einige Male passiert, im Sommer, wenn Stau auf der Garmischer Autobahn war und er über Landwege zum Starnberger See gefahren war. Gehalten hatte er in Birk nie, aber er glaubte, sich an den typischen kupfergrünen Zwiebelturm der Dorfkirche erinnern zu können.

Leise schlich er aus seiner Wohnung und ging die zwei Stockwerke zu Fuß hinunter. Der Innenhof war menschenleer, aber in einigen Fenstern der umliegenden Wohnungen brannte Licht. Auf einem Balkon glomm trotz der Kälte einsam die Zigarette eines nächtlichen Rauchers. Garcia, der höchstens mal auf einer Party eine Zigarette schnorrte, mehr um ins Gespräch zu kommen als aus Lust, blickte mitleidig zum Balkon hinauf. »Wahrscheinlich verbietet ihm seine Frau, in der Wohnung zu rauchen«, schoss es ihm durch den Kopf. Dann setzte er sich ans Steuer seines schwarzen BMW, startete den Motor und fuhr los, ohne sich die Zeit zu nehmen, das Navigationssystem zu programmieren. Er steuerte den Wagen an mehreren Gruppen feiernder Jugendlicher vorbei, die rauchend und mit Bierflaschen bewaffnet der Kälte trotzend den Gärtnerplatz bevölkerten. Auf ihrem alten Mofa kam ihm Mama Afrika entgegen, die hier mittlerweile eine feste Institution war. Sie war ein bayerisches Urgestein mit wirrem gefärbtem Haar und Hippieklamotten, aber auch eine gewiefte Geschäftsfrau, die Bier an die Jugendlichen verkaufte, das sie auf einem Anhänger mit ihrem Mofa hinter sich her zog.

»Wieder mal auf freiem Fuß?«, rief Garcia ihr zu.

Mama Afrika winkte fröhlich. Sie wurde regelmäßig von der Polizei aufgegriffen, weil sie kein Gewerbe angemeldet hatte. Dass Garcia auch von der Polizei war, ahnte sie nicht, hatte er doch selbst auch schon das ein oder andere Bier bei ihr gekauft.

Er fuhr weiter und versuchte dabei, das Navigationssystem durch Sprachsteuerung einzustellen. Den Zielort »Birk« verstand das Navi schon beim zweiten Versuch, für die Straße jedoch machte es mehrfach abenteuerliche Vorschläge, die mit dem Wort »Goyastraße« definitiv nichts zu tun hatten. Als das Navi auch nach Anschreien den Vorschlag »Anton-Fingerle-Straße« machte, ging Garcia kopfschüttelnd dazu über, an der nächsten roten Ampel den Straßennamen per Hand einzutippen.

Trotz der vorgerückten Stunde – ein Blick auf die digitale Anzeige verriet ihm, dass es 22.55 Uhr war – waren auf Münchens Straßen viele Autos unterwegs, die meisten voll besetzt mit jungen Leuten auf Feiertour. Das Navi leitete Garcia die Isar entlang stadtauswärts, vorbei an der Großmarkthalle, vor der wie üblich einige Autos mit rosa Leuchtsignal parkten. Im Sommer standen die Bordsteinschwalben, die hier ihre Dienste anboten, an ihre Wagen gelehnt, aber jetzt war es noch zu kalt, und so lockten allein die pinkfarbenen Neonlichtröhren hinter den Frontscheiben. Über mangelnde Kundschaft brauchten sie sich keine Sorgen zu machen, schließlich war die Münchner Großmarkthalle der drittgrößte Umschlagort für Obst und Gemüse in Europa, gleich nach Paris und Mailand.

Garcia kannte nur einen Teil des über 300 000 Quadratmeter großen Areals, den Blumengroßmarkt, auf dem einst sein Freund Christoph als Blumenhändler angefangen hatte. Die Blumen hatte Garcia bei ihm zum Einkaufspreis bekommen, und so war es gewissermaßen Christoph zu verdanken, dass Garcia, damals Anfang zwanzig, wildromantisch und chronisch pleite, einst seine große Liebe mit hundert roten Rosen hatte erobern können. Was mochte wohl aus Melanie geworden sein?

»Mit der Romantik ist es seither stetig bergab gegangen«, dachte sich Garcia. »Aber den Christoph könnt ich mal wieder anrufen.«

Auf Höhe des Tierparks, der auf der anderen Isarseite lag, bog Garcia rechts ab und fuhr die Steigung hinauf, die ihn auf die Wolfratshauser Straße leitete, eine der Hauptverkehrsadern Münchens. Sie führte ziemlich schnurgerade aus der Stadt hinaus, immer nach Süden, bis nach Wolfratshausen. Der Verkehr am südlichen Münchner Stadtrand hatte sich gelichtet, und bald passierte Garcia das Schild, das ihm signalisierte, dass er nun die Landeshauptstadt verließ. Tatsächlich wurde die Landschaft fast schlagartig ländlich. Zur Rechten der Forstenrieder Park mit seinen hohen Nadelbäumen, zur Linken die Häuser in immer größeren Abständen. Bald folgten zu beiden Seiten nur noch kahle Felder, dunkel starrende Flächen, die zu dieser nächtlichen Stunde auf Garcia irgendwie trostlos wirkten. Dann, von Weitem sichtbar angeleuchtet auf einer Anhöhe, der Zwiebelturm von Birk, genau wie Garcia ihn in Erinnerung hatte. Kurz nach dem Ortschild von Birk erblickte er den weißblauen Maibaum, stolz gen Himmel ragend, Zierde eines jeden oberbayerischen Dorfes, das etwas auf sich hält.

Garcia folgte den Anweisungen seines Navis: Noch zweimal abbiegen, dann den kleinen Hügel hinauf, und schon stand er vor dem besagten Haus.

Es war etwas abgelegen in einer reinen Anliegerstraße, die in einer Sackgasse endete, die Nachbarhäuser mit ihren großen Gärten in angenehmer Entfernung. Der Vorgarten war sehr gepflegt, der mit Klinkersteinen gepflasterte Weg zur Haustür von sorgfältig zugeschnittenen Buchsbäumen gesäumt. Dennoch wirkte dieses Haus wenig einladend. Das Walmdach gab ihm etwas Gedrungenes, und die vergitterten Fenster verstärkten noch den abweisenden Eindruck.

Doch heute war in der Goyastraße 13 einiges los. Der Tatort glich einem Rummelplatz: Polizisten, Spurensicherer, Sanitäter, die sich hinter dem rot-weißen Absperrband tummelten, das den Hauseingang und das Garagentor vor Eindringlingen schützen sollte. Davor drängten sich schaulustige Nachbarn, hastig in Mäntel gehüllt, einer trug sogar noch Pantoffeln an den Füßen.

Alexander Garcia schlüpfte unter dem Absperrband hindurch und betrat das Einfamilienhaus durch die massive Eingangstüre aus dunklem Holz. In der engen, sauberen Diele roch es nach Putzmittel. Die Garderobe aus gezwirbelten Holzhaken vermittelte gediegenen Landhausschick, auf dem gefliesten Boden lag ein wohl maßgeschneiderter lodengrüner Läufer.

»Danke.« Garcia nahm von einem der Spurensicherer im weißen Astronautenlook ein Paar Plastiküberschuhe entgegen und streifte sie über seine Straßenschuhe. Dann folgte er dem lodengrünen Läufer, der direkt ins Wohnzimmer führte.

Unübersehbar auf den Terracottafliesen lag inmitten des großen Raums die Leiche. Sie war noch nicht zugedeckt, und Garcia verschaffte sich einen ersten Eindruck. Ein Mann mittleren Alters, etwa 1,80 Meter groß, eher kräftig, jedenfalls nicht mehr ganz schlank, eitel wohl, denn am Revers seines Trachtenjankers prangte eine Edelweiß-Brosche. Neben der Leiche stand ein Schreibtischstuhl, und etwas weiter hinten lag ein seltsames Korbgeflecht auf dem Boden.

Eine junge Frau kam auf Garcia zu, und er schüttelte ihr die Hand: »Servus Lydia.«

»Lucia.«

»Lucia, natürlich.« Einmal mehr fragte Garcia sich, wie diese junge, durchaus attraktive Frau zu dem Beruf Todesermittlerin gekommen war. Irgendwann würde er sie mal nach Dienstschluss auf einen Drink einladen. Dann konnte er sie ja fragen. Aber jetzt war wohl kaum der richtige Zeitpunkt, zumal sie nicht einmal lächelte.

»Eine Polizeistreife war als Erstes da«, informierte sie ihn. »Dann der Notarzt. Er hat den Tod festgestellt, war sich aber wegen der Sachlage nicht sicher, deshalb haben die Kollegen uns gerufen.«

»Und?«

»Die These Selbstmord lässt sich fast ausschließen. Es besteht zumindest ein sehr begründeter Verdacht auf Mord.«

Garcia ließ den Blick schweifen. Eine etwas abgewetzte Couchgarnitur aus Leder, ein niedriger Couchtisch, antik gebeizt, alles akkurat sauber gehalten, keinerlei Krimskrams. Weiter hinten, vor dem Bücherregal, ein kleiner Schreibtisch.

Ein Spurensicherer packte von dort gerade Papiere in eine Plastikhülle.

An der Wand über der Couch hing ein Bild, das nicht so recht zum Rest der Einrichtung passen wollte. Garcia hätte hier eher ein paar Hirschgeweihe vermutet und betrachtete interessiert das in einem einfachen Wechselrahmen steckende Foto-Poster. Es zeigte vier Personen in der Wüste, zwei davon ritten auf Kamelen, zwei fungierten als Kamelführer. Das wirklich Eigenartige daran war, dass sie Instrumente bei sich trugen, eines der Kamele musste sich sogar mit einer Harfe auf dem Buckel abmühen. Der Mann, der dieses Kamel führte, hielt in der anderen Hand ein Saxophon und kam Garcia irgendwie bekannt vor. »Quadro Nuevo« stand in leicht verschnörkelter Schrift über dieser unwirklichen Wüstenszenerie. Jetzt fiel es ihm wieder ein, es handelte sich um eine Münchner Band, die er selbst vor ein paar Jahren in einem Jazzclub erlebt hatte, den diese vier Musiker mit ihrer Mischung aus Improvisationen, Weltmusik und Entertainment aufgeheizt hatten.

Lucia riss ihn aus seiner Betrachtung. Sie deutete an die Wohnzimmerdecke: »Siehst du das da?«

Garcias Blick folgte ihrem Finger. Aus einem der dicken rustikalen Holzbalken ragte ein Metallhaken, und an diesem Haken baumelte ein Stück Seil.

»Scheint ziemlich gut verschraubt zu sein. An dem Haken hing der Tote, aufgehängt an einem Strick. Wie lange er da schon hing, lässt sich noch nicht ganz genau sagen, aber sehr lange wohl nicht. Er war noch warm.«

Gemeinsam knieten sie vor der Leiche nieder. Die Wangen des Toten waren von roten geplatzten Äderchen durchzogen, seine Augen weit aufgerissen, und auch im Weiß der Augen waren rote Adern geplatzt. Die Zunge hing seitlich aus dem halb geöffneten Mund. Es war kein schöner Anblick, aber Garcia hatte schon weit schlimmer zugerichtete Leichen gesehen. Automatisch fuhr er sich durch die schwarzen Haare, sein Tick. Dann nickte er Lucia auffordernd zu.

»Warum nicht Selbstmord?«

»Die Hände des Toten waren auf dem Rücken gefesselt. Mit Handschellen. Die Spurensicherung hat sie bereits beschlagnahmt.« Lucia zögerte. Dann deutete sie auf den Mund des Toten. »Siehst du die aufgeschürfte Haut auf den Lippen und um den Mund? Und diesen rötlichen Abdruck? Ich vermute, er wurde getaped.«

»Er wurde was?«

»Jemand hat ihm den Mund mit festem Klebeband zugepappt und später das Tape wieder abgerissen. Als er gefunden wurde, war sein Mund jedenfalls frei. Vielleicht sollte es nach Selbstmord aussehen. Das Klebeband wurde zumindest bisher noch nicht gefunden.«

»Wenn es nach Selbstmord aussehen sollte, hätte der Täter doch auch die Handschellen entfernt.«

»Vielleicht wurde er gestört.«

»Oder jemand wollte ihn zum Sprechen bringen, bevor er ihm den Todesstoß gegeben hat.«

Nachdenklich betrachtete Garcia die Leiche. Fast unhörbar murmelte er vor sich hin: »Was hattest du wohl zu beichten?«

Dann wandte er sich wieder Lucia zu: »Wer hat den Toten gefunden?«

In diesem Moment hörten sie ein lautes Aufschluchzen. Lucia deutete in die Richtung, aus der das Geräusch kam. »Seine Ehefrau. Sie hockt in der Küche. Die Kollegen von der Streife sind bei ihr.«

Garcia rappelte sich etwas schwerfällig auf. »Ich sollte wieder regelmäßig joggen gehen«, dachte er. Dann ging er Richtung Küche.

Das Erste, was er von Frau Hartmann erblickte, waren die hellroten Haare, die aussahen, als wären sie über den

Küchentisch ausgebreitet worden. Die Frau des Toten hatte ihren Kopf auf der Tischplatte in die Arme vergraben, und ihr ganzer Körper wurde von ruckhaften Schluchzern geschüttelt. Neben ihr saß eine Polizistin in Uniform und blickte hilflos zu ihrem Kollegen, der etwas abseits an der Anrichte lehnte. Beide waren sichtlich erleichtert, als Garcia den Raum betrat und ihnen signalisierte, er werde sich um die Dame kümmern.

Frau Hartmann hob langsam den Kopf und blickte Garcia mit ihren hellen grünen Augen an, völlige Leere im Blick. »Das wird Zeit kosten«, dachte Garcia. »Die Frau ist ja völlig aufgelöst.« Umso erstaunter war er, als das Schluchzen abrupt aufhörte, die Frau sich gerade aufsetzte, sich mit dem Taschentuch, das die Polizistin ihr gereicht hatte, die Augen trocknete und Garcia höflich die Hand reichte.

»Dolores Hartmann.«

»Alexander Garcia, Hauptkommissar bei der Kripo München. Frau Hartmann, mein ehrliches Beileid.«

»Danke.« Zu seinem Erstaunen klang Dolores Hartmanns Stimme ruhig und beherrscht.

»Interessante Frau«, dachte Garcia. »Als steckten zwei verschiedene Persönlichkeiten in ihr. Als könne sie ihre Gefühle auf Knopfdruck deaktivieren.«

»Frau Hartmann«, begann er, »ich kann mir vorstellen, wie Sie sich fühlen. Meine Kollegin sagte mir, Sie hätten Ihren Mann gefunden. Ich wäre Ihnen trotzdem sehr dankbar, wenn Sie mir ein paar kurze Fragen beantworten könnten.«

Dolores Hartmanns Miene verriet keinerlei Gemütsregung, und sie nickte fast unmerklich.

»Erlauben Sie?«

Garcia setzte sich ihr gegenüber an den Küchentisch und begann behutsam mit der ersten Befragung der rothaarigen Witwe.

Als Garcia in dieser Nacht heimkam, war es schon gegen halb drei Uhr morgens. Der unberührte Zettel auf dem Küchentisch und ein Blick in Gretas Zimmer bestätigten ihm, dass diese sein Gehen gar nicht bemerkt hatte. Garcia wusste, dass es jetzt keinen Sinn hatte, sich hinzulegen, zu aufgewühlt war er von all den Eindrücken. Er setzte sich an den Küchentisch, holte seinen Notizblock hervor, den er bei der Befragung der Witwe nicht verwendet hatte, um das Ganze nicht zu sehr nach einem Verhör aussehen zu lassen, und schrieb sich Stichpunkte auf. Das diente vor allem zur Beruhigung seiner Nerven, denn er hatte ein ausgezeichnetes Gedächtnis und Gespräche konnte er auch nach Wochen noch fast wörtlich wiedergeben. Nach etwa einer Stunde hatte er seine Gedanken so weit sortiert, dass er genügend Müdigkeit verspürte, um schlafen zu gehen. Bevor er den Block zuklappte, warf er noch einmal einen Blick auf seine Notizen. Der letzte Satz lautete: *Wo lag das besondere Ereignis im Vorfeld der Tat?*

Diese Dunkelheit macht ihr Angst. So eine tiefe, bodenlose Dunkelheit hat sie noch nie erlebt. Die Augen können sich nicht an sie gewöhnen, denn von nirgendwoher dringt Licht. Es bleibt einfach schwarz. Tiefschwarze Nacht. Oder tiefschwarzer Tag. Sie weiß es nicht mehr. Sie hat die Stunden nicht gezählt, seit sie hierher gebracht wurde. Sie kann nicht schreien. Sie kann nicht weinen. Und mittlerweile kann sie auch nicht mehr beten. Sie kauert in einer Ecke, in der Hocke, kaut an ihren Nägeln und wiegt sich endlos von einem Fuß auf den anderen wie ein Tier in Gefangenschaft. Und sie wartet. Wartet, wie ein Tier, das den Schritt seines Wärters sofort erkennt, wartet auf den Schritt des Knochenmanns. Und dann hört sie ihn. Erst von fern, dann lauter und lauter, nähert sich der dumpfe Rhythmus des Knochenmanns. Sie hört auf, sich zu wiegen. Sie ist wie gelähmt. Wenn sie könnte, würde sie auch aufhören zu atmen. Aber stattdessen geht ihr Atem rascher und rascher. Sie möchte schreien. Aber sie kann nicht mehr schreien. Sie kann nicht mehr weinen. Sie hat keine Gebete mehr.

Samstag Morgen

»Bist du sicher, dass du klarkommst?«, fragte Garcia ein wenig schuldbewusst.

»Papa, ich bin doch kein Kleinkind mehr. Und Shoppen ist entspannter ohne dich. Ach ja, und ich krieg noch mein Taschengeld.«

Alexander Garcia kannte diese Art an Greta. Er wusste, dass dieses taffe »Ich-komm-schon-allein-klar« ein Wesenszug seiner Tochter war. Schon als kleines Kind hatte sie es immer vermocht, ihrem viel beschäftigten Vater auf diese Weise das schlechte Gewissen zu nehmen. Garcia kramte in seinem Portemonnaie und drückte ihr ein paar Geldscheine in die Hand.

»Und achtzig Euro dazu, damit du dir endlich mal vernünftige Turnschuhe kaufst. Nicht diese modischen Chucks und bitte nicht das zehnte Paar Ballerinas. Nimm am besten Laufschuhe, die von Asics …«

»Die von Asics kann ich nicht in die Schule anziehen«, unterbrach ihn Greta. »Ich find schon was, das uns beiden gefällt.«

Sie drückte ihrem Vater ein Bussi auf die Wange und lief winkend Richtung Fußgängerzone, während Garcia das Polizeipräsidium in der Ettstraße betrat. Er grüßte kurz an der Pforte und stieg dann in den schönen alten Paternoster. Er liebte diesen imposanten Aufzug, dieses Relikt aus früheren Zeiten. Es gab ihm jedes Mal das Gefühl, in eine andere Welt einzutreten. Sobald er den Paternoster betrat, fühlte er sich ein wenig wie ein Schauspieler, Alain Delon vielleicht oder doch zumindest Lino Ventura. Jedenfalls nicht wie ein stinknormaler Beamter.

Franziska Lorenz wartete bereits in seinem Büro auf ihn, und wie immer wenn er sie sah, machte sein Herz einen kleinen Sprung. Obwohl, eigentlich war es nicht immer so gewesen. Denn auf den ersten Blick entsprach die Kriminalkommissarin so gar nicht seinem Beuteschema. Zu dunkle, zu kurze Haare, schlank, aber leider nicht kurvig, zu groß für seinen Geschmack. »Emanze«, hatte er sich gedacht, als er sie das erste Mal gesehen hatte – bis zu dem Abend, an dem er sie im Tabacco erblickt hatte, eine seiner Stammkneipen. Bevor er sie sehen konnte, hatte er bereits ihr Lachen erkannt, obwohl das im Job selten erklang.

Sie hatte sich an die Bar gesetzt und von seinem Tisch aus hatte er sie in aller Ruhe beobachten und ihr Profil studieren können. Eigentlich sehr feine, ebenmäßige Züge, hatte er sich eingestehen müssen. Die Wangenknochen standen wie von einem Bildhauer fein gemeißelt hervor, ihre Lippen waren ein wenig nach oben geschwungen, was ihrem Gesicht einen etwas arroganten Ausdruck verlieh, und ihr kleines Näschen ließ Garcia an eine Pariserin denken. Zwar kannte er gar keine Pariserin, und das Ganze war mit Sicherheit völliger Nonsens, aber irgendwie fand er ihre Nase pariserisch. Die schmale blaue Vene, die sich vom Haaransatz bis fast zwischen die Augenbrauen längs über ihre Stirn zog, hatte er zuvor bereits einige Male bemerkt. Meist unsichtbar, trat sie immer bläulich hervor, wenn Franzi in irgendeiner Form aufgeregt war. Aber an diesem Abend schien ihm diese Vene zum ersten Mal richtig sexy. Sie war das Tüpfelchen auf dem i. Und dann die Mimik: Wie sie mit ihrem Begleiter geschäkert hatte! Dass sie eine energische Person war, wusste er schon, aber dass sie ihre Energie so zielgerichtet darauf verwenden konnte, mit einem Mann zu flirten, war ihm neu. Sie hatte gelacht, ihre kurzen Haare keck nach hinten geworfen, dann wieder ihr Gesicht ihrem Begleiter vertraulich nah zugewandt, sie hatte alle Register der Verführung gezogen, und zwar nicht mädchenhaft-unbewusst, sondern bewusst weiblich. Kein Zweifel, die Frau hatte Sexappeal, wenn auch erst auf den zweiten Blick. Aber gerade das machte sie ja so interessant.

Sie hatte ihn nicht wahrgenommen, und Garcia, der sonst nie um eine Frotzelei verlegen war, hatte sie nicht auf den Abend angesprochen. Allerdings war er sich sicher, dass sie mit ihrem Begleiter noch am gleichen Abend in der Kiste gelandet war. Vielleicht war sie auch schon im Treppenhaus über ihn hergefallen – zumindest in seiner, Garcias, Phantasie.

»Hallo Alexander.«

Franziska, von allen Franzi genannt, begrüßte Garcia mit einem etwas steifen Händedruck wie immer. Sie hatte kalte Hände, auch wie immer. Garcia widerstand dem Impuls, das zu kommentieren oder gar ihre Hand zwischen seinen beiden kräftigen Händen zu wärmen. Zumal Franzi sie ihm sofort wieder entzog. Wie spröde sie sich ihm gegenüber immer verhielt!

Während Garcias Sekretärin, Frau Stahl, Kaffee servierte, traf auch der dritte Kollege ein, Markus Ott. Garcia beobachtete ein wenig neidisch, wie vertraut Franzi und Markus sich mit Wangenküsschen begrüßten – wo doch eigentlich er der Bussi-Bussi-Spezialist war!

Dann nahmen sie alle in der Sitzecke mit der grauen Besuchercouch Platz, in der die Besprechungen im kleinen Rahmen stattfanden. »Sehr freundlich, Frau Stahl«, bedankte Garcia sich höflich für den Kaffee und schenkte ihr ein charmantes Lächeln. Gute Sekretärinnen musste man bei Laune halten, und Frau Stahl war definitiv die beste. Deshalb bestand sie auch darauf, am Wochenende ins Büro zu kommen, wenn ihr Chef dort eine Konferenz abhielt. Sie ging schon auf die 60 zu, und Garcia hatte sie von seinem Vorgänger übernommen, als dieser in Pension gegangen war. Anfangs war Frau Stahl ihrem neuen Chef gegenüber eher skeptisch gewesen, aber mit seinem spitzbübischen Charme war er schnell zu ihrem potenziellen Traumschwiegersohn avanciert, und inzwischen brachte sie ihm regelmäßig kiloweise Äpfel, Zwetschgen und Nüsse aus dem Garten ihres Ferienhauses in Südtirol mit, damit er auch mal was Gesundes bekomme.

»Danke, dass ihr so schnell gekommen seid«, wandte er sich an seine Kollegen. »Viel wissen wir noch nicht. Der Tote hieß Konrad Hartmann, 46 Jahre alt, Erster Bürgermeister der Gemeinde Birk. War einer von euch schon mal in Birk?«

Markus zuckte die Schultern: »Ich weiß, wo's ist. Aber da möcht ich nicht tot überm Zaun hängen.«

»Konrad Hartmann hing jedenfalls tot von seiner Wohnzimmerdecke. Stranguliert mit einem Strick, der an einem Metallhaken in der Decke festgemacht war.«

Garcia fasste die Fakten zusammen, die ihm die Todesermittlerin Lucia und ihr Kollege am Tatort gegeben hatten. Die Ergebnisse der Spurensicherung lagen noch nicht vor, und auch der Obduktionsbericht würde frühestens im Laufe des Montags fertig sein.

»Erst wenn wir den Todeszeitpunkt und die genaue Todesursache wissen, können wir Selbstmord hundertprozentig ausschließen«, beendete er seinen ersten Bericht. »Dennoch gehen wir aufgrund der momentanen Sachlage von einem Fremdvergehen aus.«

»Hat der Mörder den Haken vorher in die Decke geschraubt, bevor er sein Opfer daran aufgehängt hat?«, wollte Franzi wissen.

»Das brauchte er gar nicht.«

»Oder sie«, fiel Markus ihm ins Wort.

»Wie auch immer. An diesem Haken hing ursprünglich ein Korbstuhl, so ein geflochtenes Ding, in dem man rumschaukeln kann. War irgendwann in den Achtzigern total hip. Der Mörder – oder die Mörderin«, fügte er mit einem Seitenblick auf Markus hinzu, »brauchte nur diesen Hängesessel abzunehmen und konnte dann das Seil an dem Haken festmachen. Der Korbstuhl lag auf dem Boden.«

»Das könnte bedeuten, dass der Täter das Haus kannte und wusste, dass da ein Haken angebracht war«, mutmaßte Markus sofort. Er war ein guter Kombinierer und ein Ermittler, der selten ohne Ergebnisse von einer Recherche zurückkam. Denn er ließ niemals locker und biss sich an jedem Detail fest, wofür Garcia ihn besonders schätzte. Manchmal neigte Markus allerdings dazu, etwas vorschnell zu urteilen. Er kam Garcia bisweilen vor wie ein Pferd kurz vor dem Rennen, das ungeduldig mit den Hufen scharrt. Er beschloss, ihn ein wenig einzubremsen:

»Hört euch erst einmal die Aussage der Ehefrau an, dann könnt ihr lustig spekulieren. Ich hab sie ungefähr anderthalb Stunden, nachdem sie den Notruf gewählt hatte, befragt.«

Garcia warf einen Blick auf seine Notizen, aber das wäre gar nicht nötig gewesen, denn ihm war das Gespräch noch deutlich in Erinnerung.

»Dolores Hartmann, 48 Jahre alt. Sie arbeitet als Ergotherapeutin in der Psychosomatischen Klinik in Rieden. Das ist ein Ortsteil von Birk. Zusätzlich ist sie sehr engagiert in der Nachbarschaftshilfe. Am Tatabend war sie bei einer älteren Dame in Rieden, um die sie sich jeden Freitagabend kümmert. Sie kauft für sie ein, isst mit ihr, macht ihr den Haushalt und bringt sie zu Bett. Dann liest sie ihr immer noch vor. Normalerweise kommt sie nicht vor 23 Uhr nach Hause. Aber am Tatabend ist die alte Dame schon früher eingeschlafen, und Frau Hartmann ist vorzeitig gegen 22 Uhr heimgekehrt. Im Wohnzimmer brannte Licht, und dort hat sie ihren Mann gefunden, tot von der Decke baumelnd. Sie hat sofort den Notarzt alarmiert.«

Franzi schüttelte unmerklich den Kopf. Typisch für diesen Garcia. Fakten, knapp zusammengefasst. Vielleicht auch typisch Mann.

»In welchem Zustand war die Ehefrau, welchen Eindruck hattest du von ihr?«, fragte sie.

»Sie hat in der Notfallsituation gut funktioniert«, wandte Garcia sich ihr zu. »Sie war wohl sehr aufgeregt, aber doch irgendwie klar im Kopf. Als dann die Kollegen von der Polizei eingetroffen sind, ist sie zusammengebrochen. Als ich zu ihr in die Küche gekommen bin, war sie in Tränen aufgelöst. Sie konnte kaum reden, sie hat gezittert und immer wieder laut geschluchzt. Aber sie hat sich sehr schnell beruhigt und meine Fragen dann wirklich erstaunlich präzise beantworten können. Sie war den ganzen Tag nicht zu Hause, aber ihr Mann schon. Zwischendurch haben sie telefoniert. Er wollte sich einen ruhigen Abend machen und seine Korrespondenz erledigen. Sie hat nichts Ungewöhnliches bemerkt. Und sie kann sich beim besten Willen nicht vorstellen, wer zu so einer Tat in der Lage sein könnte. Ihr Mann war im Ort wohl sehr beliebt oder zumindest eine ziemlich geachtete Persönlichkeit.«

Nachdem es zunächst keine weiteren Fragen gab, beeilte sich Garcia, gemeinsam mit seinen Kollegen erste Schritte zu beschließen. Er wollte nicht länger als unbedingt nötig hier sitzen, denn Staatsanwalt Dr. Georg Engel wartete auf seinen Anruf. Und dann war ja da auch noch Greta. Als Erstes sollten Markus und Franzi die nächsten Nachbarn befragen. Eine weitere Befragung der Ehefrau wollte Garcia selbst vornehmen. Doch nach kurzem Zögern wandte er sich an Franzi: »Vielleicht wäre es gut, wenn du dabei wärst. Könnte sein, dass sie sich in Gegenwart einer Frau eher öffnet.«

Franzi nickte: »Wollen wir heute noch mit ihr reden, solange die Erinnerung frisch ist und sie noch nicht zu viel Zeit hatte, sich ihre eigene Version der Wahrheit zurechtzulegen?«

Garcia wägte ab. Er wusste aus Erfahrung, dass die ersten 48 Stunden nach einem Mord oft die aufschlussreichsten waren. Denn sehr schnell machen sich die Menschen ihr eigenes Bild von der Tat, sprechen sich ab und beginnen – oft auch unwillkürlich – ihr Umfeld zu schützen.

»Trotzdem…«, überlegte er laut. »Lass uns lieber bis morgen warten, bis Frau Hartmann sich ein wenig vom ersten Schock erholt hat. Sie war wirklich in einem erbarmungswürdigen Zustand. Ihre Mutter kümmert sich um sie. Wenn du magst, hol ich dich um zehn Uhr ab, und dann fahren wir gemeinsam hin.«

»Zehn Uhr? Ist das nicht ein bisschen spät?«

Garcia zögerte. Er hatte an diesem Abend noch etwas vor, aber es würde nicht so spät werden wie sonst.

»O. k., halb zehn. Dann sind wir um zehn dort – ich glaube, früher sollten wir nicht aufkreuzen. Markus, könntest du heute noch mit der Befragung der Nachbarn beginnen? Florian Löscher hat Bereitschaft, er kann dir dabei helfen.«

Ohne die Antwort abzuwarten, erhob sich Garcia von der grauen Couch, ging zu seinem Schreibtisch und nahm den Telefonhörer ab. Bevor Franzi und Markus das Büro ihres Chefs verließen, schenkte dieser ihnen noch sein charmantes Lächeln, während er sich bereits mit dem Staatsanwalt verbinden ließ.

Samstag Abend

Hätte Alexander Garcia geahnt, was in diesem Mordfall noch folgen würde, hätte er den Abend vielleicht weniger genossen. Aber noch ahnte er nichts. Entspannt nippte er an seinem Cuba Libre und schob jeden Gedanken an den morgigen Tag von sich. Er checkte ein wenig die Lage um sich herum, grüßte das ein oder andere bekannte Gesicht und versuchte, sich ein Bild von den vielen Menschen zu machen, die den Raum belagerten. Sein Ziel war es, die Singlefrauen auszumachen und sie in verschiedenen Skalen zu klassifizieren: zunächst natürlich nach Aussehen, Ausstrahlung, Sexappeal. Das kostete ihn nur einige Sekunden. Dann nahm sein Blick an Schärfe zu: Welche erschien ihm kompliziert, welche kapriziös, welche könnte sich zur Klette entwickeln, welche war »a gmahte Wiesn«, bei welcher könnte er die Weltversteher-Nummer abziehen, welche stand mehr auf den Macho-Typ? Nicht, dass er an diesem Abend noch als Verführer in Aktion treten würde, schließlich war er mit seiner Tochter hier. Aber diese Art Denksport war ihm längst zur zweiten Natur geworden ... mit einer ziemlich hohen Trefferquote. Und schließlich, so redete er sich ein, wenn ihn manchmal das Gewissen plagte und er glaubte, endlich solide werden zu müssen, diente das Trainieren seiner Menschenkenntnis ja in allererster Linie seinem Beruf.

Greta zupfte ständig an ihrem kurzen T-Shirt und wartete ungeduldig, dass die Party endlich losging. Sie fühlte sich heute Abend ziemlich erwachsen und gleichzeitig doch etwas unsicher, schließlich war sie hier zweifellos die Jüngste. Zum Glück strahlte ihr Vater dieses entspannte Selbstvertrauen aus, das ihr Sicherheit gab und vielleicht sogar ein wenig auf sie überschwappte. Sie versuchte, die gleiche entspannte Pose einzunehmen und musterte ihren Vater verstohlen von der Seite.

Das einzige, was an Garcia noch spanisch anmutete, waren die schwarzen Haare – und natürlich der Nachname, denn sein Urgroßvater war ein »Zuagroaster« aus Andalusien gewesen. Aber Garcia war längst ein waschechter Münchner, und Greta kannte sein Credo, das er – wie alle waschechten Münchner – nicht zu betonen müde wurde: dass er in der schönsten Stadt der Welt wohnte, am Fuße der Alpen, umgeben von Badeseen, die Radlwege direkt vor der Haustür, im feierfreudigen München, wo man jeden Abend eine Riesengaudi haben konnte so wie heute auf der alljährlichen Karaoke-Party im *Joy*, die er und Greta sich nie entgehen ließen. Sie hatten dafür sogar mit einem Mama-Wochenende getauscht.

Gretas Blick schweifte ab. Das *Joy* war ein Etablissement, das seine glamourösen Jahre schon hinter sich hatte. Doch genau das machte den Charme dieses kitschig überfrachteten Lokals aus.

»Papa, wer sind eigentlich diese ganzen Promis auf den Fotos?«, fragte sie und deutete auf die unzähligen Bilder an den Wänden, die den Wirt mit allen möglichen VIPs zeigten, immer schön in Pose, stolz lächelnd, und die mit den üblichen Widmungen versehen waren wie »Schatzl, schee war's wieder, Bussiiiiii.«

Garcia lehnte sich in seinen plüschigen Sessel zurück und betrachtete die vielen Fotos.

»Hauptsächlich C-Prominenz, würd ich mal sagen. Wiesnwirte, insolvente Fußballtrainer und alle, die aus dem Dschungelcamp rausgeflogen sind. Und täusch dich nicht: Die Weiber haben aufgespritzte Lippen und Silikoneinlagen in ihren Dekolletés.«

Sofort zupfte Greta wieder ihr T-Shirt zurecht. Das diesjährige Motto der Karaoke-Party lautete »Kitsch and Trash«. Greta hatte das Motto genutzt, sich in einen knallengen, superkurzen orangefarbenen Minirock zu zwängen, dazu Plateauschuhe aus Lydias Jugendzeit und ein bauchfreies giftgrünes Top. Garcia hatte Greta in dem Glauben bestärkt, sie sehe aus wie Germany's Next Topmodel und hatte ihr das kleine, runde Bäuchlein, das zwischen Rock und T-Shirt hervorlugte, als Hirngespinst einer magersüchtigen Vierzehnjährigen schöngeredet. Insgeheim fand er es süß. Viel Kindliches hatte sie ja sonst nicht mehr an sich.

Nicht sehr einfallsreich, aber doch zumindest mottogetreu trug Garcia einen fiesen lilafarbenen Jogginganzug und eine überdimensionale farblich passende Sonnenbrille.

»Und jetzt der Alexander mit Falco: Der Kommissar!« tönte die Stimme des DJs aus dem Mikro.

»Papa, hast du nicht gehört? Du musst singen!«

»Das kann nicht sein. Ich hab mich doch für Light my Fire eingetragen.«

Greta grinste frech. »Jaaa, das hab ich aber wieder durchgestrichen. Du kannst doch nicht jedes Jahr den gleichen Schmarrn singen. Außerdem passt dieser Song viel besser zu dir!«

Rundherum wurden Stimmen laut, die sich allmählich zu einem rhythmischen Sprechgesang steigerten: »Kommissar, Kommissar, Kommissar …«

Garcia schüttelte den Kopf: »Ich bin doch nicht dienstlich hier!«

Dennoch schwang er sich gut gelaunt vom Barhocker, nahm vom DJ das Mikro entgegen und stieg auf das Podest. Der Song wurde bereits eingespielt, und Garcia legte nun unter Gejohle einen denkwürdigen Polizeirap hin, die Augen immer auf die große Leinwand geheftet, denn in diesem Fall war er nicht ganz textsicher:

»Two three four eins zwei drei na es ist nix dabei ja wenn ich euch erzähl die Geschicht / nichts desto trotz ich bin das schon gewohnt im TV-Funk da läuft es nicht. / Sie war jung das Herz so rein und weiß / und jede Nacht hat ihren Preis /sie sagt ›Sugar sweet you gotta rap into the heat‹ ich verstehe sie ist heiß.«

Später fielen alle in den Refrain ein, Greta hüpfte zu ihrem Vater auf die Bühne und gemeinsam grölten sie:

»Drah di net um oh oh oh / schau schau der Kommissar geht um oh oh oh / er wird di anschaun und du weißt warum die Lebenslust bringt di um.

Alles klar, Herr Kommissar?«

Ihr ist kein Gebet mehr eingefallen. Aber dieses Lied war plötzlich da. Sie summt die Melodie ganz leise vor sich hin. Ihre zaghafte Stimme, die aus der bodenlosen Dunkelheit aufsteigt, ist ihr fremd. Es hat sie immer getröstet, wenn ihre Großmutter ihr das Lied vorgesungen hat. Aber Großmutter ist tot. Und das Lied tröstet nicht mehr. Es macht Angst. Nichts kann sie mehr trösten. Nie wieder.

Sonntag Morgen

Der Himmel hing tief an diesem grauen Morgen. Auf den Stufen des Gärtnerplatztheaters lagen Bierflaschen und Kippen, und auch der Müll auf dem hübschen Rondell zeugte noch vom nächtlichen Zechgelage.

»Schade um den schönen Platz«, dachte Garcia im Vorbeifahren. Der Lärm der feiernden Jugendlichen, die hier längst ihre Partyzone eingerichtet hatten, störte ihn weniger, aber ihren Dreck hätten sie wenigstens wegräumen können. Dennoch weigerte er sich, die Petitionen zu unterschreiben, die genervte Anwohner ihm regelmäßig unter die Nase hielten, um die inoffiziellen Outdoor-Partys auszurotten. Er ärgerte sich mehr darüber, dass ein Haus nach dem anderen luxussaniert wurde, denn er war zu einer Zeit in dieses Viertel gezogen, als schäbige Hinterhofwerkstätten und skurrile Schraubengeschäfte sich noch mit den schicken Schuhläden die Waage hielten. Mittlerweile hatten viele dieser Relikte aus bescheideneren Zeiten schicken Cafés und hippen Modedesignern weichen müssen, und Garcia empfand die renovierten Fassaden als übertrieben prätentiös. Sogar die kleine, schäbige Theaterklause, in die er zugegebenermaßen nur einmal einen Fuß gesetzt, jedoch kein Bier bekommen, weil der Barmann selbst schon volltrunken hinterm Tresen gehangen hatte, erstrahlte in seltsam neuem Glanz. Am meisten aber störte es Garcia, dass sich immer mehr gesichtslose Ladenketten in diesem Viertel einmieteten, weil sich kleinere Geschäfte die Lage nicht mehr leisten konnten. Daher boykottierte er auch standhaft das französische Café am Platz, das sein Fast-Food-Prinzip hinter einer plakativen Philosophie verbarg, die die Backwaren und Gerichte handgemacht erscheinen lassen sollte.

Manchmal überlegte er, von hier fortzuziehen, ins bescheidenere Westend vielleicht, wo es noch eine Menge zu entdecken gab. Aber dafür hing sein Herz dann doch noch zu sehr an diesem Viertel, wo er viele Leute vom Sehen kannte, die ihn freundlich grüßten, und außerdem war seine Wohnung für diese Lage geradezu lächerlich billig. Abgesehen davon wäre es ein viel zu zeitraubendes und frustrierendes Unterfangen gewesen, in München auf Wohnungssuche zu gehen

Als Garcia vor Franzis Haus im Schlachthofviertel hielt, war es genau 9.30 Uhr. Er war immer auf die Minute pünktlich und konnte es einfach nicht verstehen, warum die meisten Menschen unpünktlich waren. Schon zehn Minuten Verspätung konnten ihn auf die Palme bringen, und manchmal hatte er das Gefühl, er verbringe sein Leben damit, auf die anderen zu warten.

Franzi sah gut aus. Sie hatte das Talent, ungewöhnliche Farben sehr stilvoll miteinander zu kombinieren. Zur dunklen Jeans trug sie eine blassgelbe Bluse ohne Kragen und eine hellblaue Strickjacke, über dem Arm hing ihr dunkelblauer Trenchcoat. Garcia, bekennender Schuhfetischist, registrierte zufrieden die hellgrauen Wildlederstiefeletten. Einmal hatte er sogar eine Frau verlassen, nur weil sie die falschen Schuhe trug. Zwar war sie wahrscheinlich ganz einfach die falsche Frau gewesen, aber Garcia hatte es damals auf die Schuhe geschoben.

Als Franzi zu ihm ins Auto stieg, nahm Garcia ihr dezentes Parfum wahr und sog genießerisch den angenehmen Duft ein.

»Du siehst müde aus«, begrüßte sie ihn ziemlich uncharmant und warf ihren Mantel auf die Rückbank.

Er startete den Motor. »Danke.«

»Weißt du, was mir durch den Kopf geht?«, platzte Franzi unvermittelt heraus. »Frau Hartmann war älter als ihr Mann.«

»Zwei Jahre Altersunterschied. Das fällt doch kaum ins Gewicht … Du bist sogar sechs Jahre jünger als ich.«

»Sieben Jahre«, korrigierte ihn Franzi. »Und es ist was anderes, ob der Mann oder die Frau jünger ist.«

»Heißt das, wir beide hätten eine Chance?«

Franzi ging mit keiner erkennbaren Regung auf diesen Flirtversuch ein, und es entstand ein kurzes Schweigen, das sich allmählich zu einer peinlichen Stille ausweitete. Garcia ärgerte sich. Was war nur los mit ihm? Er war es gewohnt, dass die Frauen sich von seinen Komplimenten geschmeichelt fühlten, aber Franzi gegenüber fühlte er sich seltsam gehemmt. Wie hatte er nur so eine vordergründig plumpe Bemerkung machen können? Er war doch sonst so selbstsicher im Umgang mit Frauen! Weshalb also verunsicherte ihn ihre Gegenwart dermaßen, dass er seine ganze Leichtigkeit verlor? Normalerweise hätte er sich mit dem Gedanken beruhigt, dass sie eben spröde und humorlos war, aber er wusste ja, dass sie auch anders sein konnte.

Endlich durchbrach Franzi das Schweigen mit einer Frage: »Hast du schon was vom Markus gehört?«

»Also Konversation auf rein beruflicher Ebene. Auch gut«, dachte Garcia und schlug einen möglichst neutralen Ton an.

»Der Markus war gestern den ganzen Nachmittag in Birk und hat zusammen mit dem Florian die direkten Nachbarn befragt. Am Freitagabend war es kalt und neblig, und alle hatten sich in ihren Häusern verschanzt. Bisher gibt es keine Anhaltspunkte, kein auffälliges Auto, nichts. Natürlich kannten alle den Konrad Hartmann, er war ja der Bürgermeister. Die Beschreibungen gleichen sich: Er war freundlich, leutselig, sauber.«

»Sauber?«

»Naja, kein offensichtlicher Dreck am Stecken, keine Querelen. Heute wollen sie die Mitarbeiter des Rathauses befragen und sein berufliches Umfeld abklopfen, sofern sie am Sonntag jemanden antreffen. Der Hartmann war Steuerberater und hatte sein Büro zu Hause. Die Staatsanwaltschaft hat seinen Computer zur Überprüfung freigegeben. Die Ordner und seinen Terminkalender hat uns seine Frau ebenfalls mitgegeben, die beiden Steffis brüten gerade in der Ettstraße darüber.«

Stefanie Holtzhaus und Stefanie Büchner waren zwei Kolleginnen, die Garcia zur ersten Aktendurchsicht eingeteilt hatte.

»Was ist mit seinem Handy?«

»Auch das haben wir, es ist noch bei der Spurensicherung. Morgen früh werde ich alle Daten auswerten. Wie's aussieht, wurde nichts gestohlen.«

»Ich hab mich ein wenig über Birk schlau gemacht.«

»Schau an, wie fleißig!«

Abermals ignorierte Franzi seinen Kommentar einfach, und wieder ärgerte er sich. Die Frau war wirklich nicht aus der Reserve zu locken. Zumindest nicht von ihm.

»Die Gemeinde teilt sich in zwei Ortschaften, die durch ein Waldstück entlang der Isar voneinander getrennt sind. Im Ortsteil Birk, nach dem die Gemeinde benannt ist, befindet sich der alte Ortskern. Rieden liegt südlich des Waldes und ist eine ehemalige Arbeitersiedlung von Werksangehörigen der Siemenswerke. Konrad Hartmann wohnte im Hauptort Birk. Finanziell wird die Gemeinde hauptsächlich vom Wälder & Wiesen Verlag unterstützt, der Fachliteratur über Natur herausbringt. Also heimische Vögel, Wildtiere und so was.«

»Wer interessiert sich denn für solche Bücher?«, fragte Garcia befremdet.

»Du wirst staunen, aber der Verlag ist ziemlich groß und macht eine Menge Umsatz. Neben Fachbüchern und Naturführern geben sie auch Fachzeitschriften heraus über Jagd und Fischerei und über Hundezucht, Kaninchenzucht, Fliegenzucht …«

»Fliegenzucht?«, unterbrach Garcia sie amüsiert.

»Ach, was weiß ich.« Franzi verdrehte die Augen. »Mir ist grad kein anderes Tier eingefallen … Und dann gibt es noch die kleine, aber feine Psychosomatische Klinik Rieden, in der ja Frau Hartmann als Ergotherapeutin freiberuflich arbeitet. Ich hab ihren Namen auf der Webseite der Klinik gefunden. Vielleicht sollten wir ihrem Arbeitsplatz auch einen Besuch abstatten.«

»Hmm, Psychosomatische Klinik. Was ist da eigentlich der Unterschied zur Psychiatrie?«, überlegte Garcia laut.

»Das kannst du ja dann recherchieren«, meinte Franzi spitz.

Garcia verzichtete auf einen Kommentar und konzentrierte sich auf die Straße. Wieder fiel ihm auf, wie abrupt die Landschaft von städtisch zu ländlich wechselte. Noch waren die Felder stoppelig und mit Raureif bedeckt, noch waren die Bäume kahl, und auch tagsüber wirkte diese ländliche Ödnis auf ihn irgendwie trist. Doch als sie das Ortsschild von Birk passierten, kam wie auf Kommando die Sonne hinter den Wolken hervor und tauchte die eben noch so grau erscheinende Landschaft in ein fast grelles, frühlingshaftes Licht. Garcia ließ sein Fenster herunter und spürte die milde Luft. Noch war der Schnee nicht überall geschmolzen, aber er hatte das Gefühl, dass jetzt der Frühling anbrach. Vielleicht lag es aber auch einfach an Franzis Gegenwart.

Als diese den Maibaum erblickte, fiel ihr etwas ein.

»Ach ja, und Birk kriegt dieses Jahr einen neuen Maibaum!«

»Na, das bringt uns sicher ein ganzes Stück weiter.«

»Ich dachte, du bist ein waschechter Bayer?« Zum ersten Mal an diesem Morgen lächelte Franzi. »Schon mal was von Maibaumwache gehört?«

»Ich bin in erster Linie Münchner, und dieses ganze Maibaumzeug gehört aufs Land. Aber erzähl!«

»Der Maibaum wird im Februar aus dem Wald geholt und dann irgendwo in der Gemeinde aufgebockt. Dort wird er von der Dorfjugend gehobelt und bewacht.«

»Jetzt wo du's sagst. Wenn ihnen der Maibaum geklaut wird, ist das eine Riesenschande.«

»Ja, und es kostet eine Menge Freibier, ihn wieder auszulösen. Vor allem an den Wochenenden wird der Maibaum deshalb Tag und Nacht bewacht. Vielleicht hat von denen ja jemand was gesehen.«

Garcia wollte etwas erwidern, doch in diesem Augenblick fuhren sie beim Haus der Hartmanns vor, und er nahm gerade noch aus den Augenwinkeln wahr, dass sich im ersten Stock eine Gardine bewegte. Sie stiegen aus, schlüpften unter dem Absperrband hindurch und klingelten. Es dauerte eine ganze Weile, bis eine ältere Frau öffnete. Sie war klein, von Kopf bis Fuß in Schwarz gekleidet und wirkte in ihrer ganzen Aufmachung bescheiden, ja glanzlos.

»Grüß Gott, Alexander Garcia und Franziska Lorenz von der Kripo München«, stellte Garcia sich und seine Kollegin vor.

»Ja mei, die Herren Kommissare. Meiomeiomei, so a G'schicht.« Die alte Frau schüttelte bekümmert den Kopf. »Kemman S' nur eini, i hol glei die Dolores.«

»Vielen Dank. Sie sind …?«

»O mei, ja, entschuldigen S', i bin der Dolores ihr Mama, die Stetter-Waltraud. Kemman S', setzen S' eana in d'Küch, ins Wohnzimmer derf ma ja no ned. I bin glei zruck.«

Die geräumige Küche im modernen Landhausstil strahlte dieselbe penible Sauberkeit aus, die Garcia auch schon im

Wohnzimmer wahrgenommen hatte. Ihm waren Ordnungsfanatiker immer ein wenig suspekt, als hätten sie etwas zu verbergen und müssten deshalb nach außen hin den perfekten Schein wahren. Irgendwie zwanghaft.

Als Dolores Hartmann die Küche betrat, musterte Franzi sie erstaunt. Sie hatte sich mehr den Typ Hausfrau erwartet, doch diese Frau war eine auffällige Erscheinung: von großer, schlanker Statur und mit langen, von Natur aus hellroten Haaren, die ihr wallend fast bis zur Taille fielen. Ihre sehr helle sommersprossige Haut, die ihren keltischen Typ noch unterstrich, war von vielen feinen Fältchen durchzogen, die erst bei näherem Hinsehen ihr Alter verrieten.

Frau Hartmann war äußerst elegant schwarz gekleidet und sehr sorgsam geschminkt, doch so damenhaft sie auch in ihrem Auftreten wirken mochte, hatte sie in Franzis Augen etwas Verblühtes, vielleicht sogar Erloschenes. Andererseits ließ sich das in einer solchen Situation nicht so leicht beurteilen. Trotz ihrer geröteten Augen wirkte sie jedenfalls gefasst und reichte den Kommissaren höflich die Hand, während Garcia ihr seine Kollegin vorstellte. Obwohl man ihren bairischen Dialekt an der Art, wie sie die Wörter betonte und das »R« rollte, noch heraushörte, war Frau Hartmann sehr um ein gepflegtes Hochdeutsch bemüht.

»Meine Mutter haben Sie ja bereits kennengelernt. Sie wohnt nicht weit von hier und ist seit gestern früh bei mir. Es … es ist für mich alles noch so schwer zu fassen.«

»Ja, natürlich, das verstehen wir. Dennoch ist es sehr freundlich, dass Sie sich für uns Zeit nehmen.«

Franzis Ton war empathisch, doch Frau Hartmann würdigte sie kaum eines Blickes und wandte sich gleich Alexander Garcia zu: »Möchten Sie etwas trinken? Ein Glas Wasser, Kaffee?«

»Nein, vielen Dank. Franzi?« Franziska schüttelte den Kopf.

»Sie können sich nicht vorstellen, was hier gestern los war«, begann Frau Hartmann. »Ständig haben irgendwelche Journalisten geklingelt.«

»Ich hoffe, Sie haben denen nichts gesagt?«, fragte Garcia.

»Nein, nein, ich hab denen gar nicht aufgemacht. Aber das Haus haben sie fotografiert, von allen Seiten, und dann haben sie überall bei den Nachbarn geläutet. Das ist alles so unangenehm!«

Franzi registrierte interessiert das Wort ›unangenehm‹. Das passte zu Frau Hartmanns perfektionistischem Erscheinungsbild.

»Das tut uns leid«, sagte Franzi. »Wir können da nicht viel machen, aber das wird sich bestimmt bald beruhigen.«

»Totenruhe, des Wort kennt ja heitz'dog koaner mehr«, schaltete sich Frau Hartmanns Mutter ein.

Sie wollte weiter schimpfen, doch Garcia schnitt ihr das Wort ab.

»Jetzt sind wir ja da«, sagte er, als erübrige sich damit jede Diskussion. Dann wandte er sich wieder der Witwe zu.

»Frau Hartmann, es ist sehr wichtig, dass Sie versuchen, sich an jedes Detail zu erinnern. Wir gehen davon aus, dass die Tat irgendwann im Laufe des Freitagabends geschehen ist. Nachdem Sie ja nicht zu Hause waren, muss also mindestens ein anderer Mensch in dieser Zeit Ihr Haus betreten haben. Bitte schildern Sie uns noch einmal ganz genau, wann und wie Sie das Haus verlassen haben, und versuchen Sie auch, sich an das letzte Gespräch mit Ihrem Mann zu erinnern.«

Dolores Hartmann schossen die Tränen in die Augen. Sie drückte sich ein Taschentuch vor die Lippen und rang um Fassung. Ihre Mutter drückte ihr schweigend den Arm.

»Ich … ich glaub, es war alles wie immer. Wissen Sie, ich bin freitags ja tagsüber nie zu Hause, da hab ich meinen langen Tag. Ich geh in der Früh um acht aus dem Haus und komm erst nachts um elf … also um 23 Uhr zurück. Als Erstes geh ich morgens einkaufen für die Frau Schindel … das ist die alte Dame, bei der ich Nachbarschaftshilfe leiste. Dann bin ich den ganzen Tag in der Psychosomatischen Klinik Rieden. Ich arbeite dort. Ich bin Ergotherapeutin. Wissen Sie, was das ist?«

»Nicht ganz genau«, sagte Garcia freundlich. »Aber erklären Sie uns das später. Fahren Sie doch bitte mit Ihrem Tagesablauf fort.«

»Direkt nach der Arbeit geh ich um 19 Uhr zur Frau Schindel, jeden Freitag. Die wohnt ja auch in Rieden, gleich um die Ecke von der Klinik. Der Konrad hat mich vorher noch angerufen. Das war so kurz vor 19 Uhr. Er arbeitet ja meistens von zu Hause aus, es sei denn, er hat einen Auswärtstermin mit einem Klienten oder muss ins Rathaus. Aber am Freitag ist er eigentlich immer daheim, weil er da seine Ruhe hat.«

»War das Ihr letztes Gespräch mit Ihrem Mann?«, wollte Franzi wissen.

»Ja.« Wieder presste sich Frau Hartmann das Taschentuch vor den Mund.

Einen Augenblick herrschte Schweigen, dann ergriff Franzi erneut das Wort: »Hat er genauer gesagt, was er zu Hause vorhat, hat er irgendeinen Termin oder einen möglichen Besucher erwähnt?«

Obwohl Franzi die Frage gestellt hatte, redete Frau Hartmann immerzu an Garcia gewandt, als sei seine Kollegin gar nicht anwesend.

»Nein, gar nichts. Er hat gesagt, er macht jetzt noch ein paar Anrufe und geht seine Post durch. Das hat er immer im Wohnzimmer an seinem Schreibtisch gemacht. Er hat zwar ein Büro oben unterm Dach, aber seine private Korrespondenz hat er im Wohnzimmer erledigt. Er fand das inspirierender. Außerdem ist da der Weg zum Kühlschrank kürzer, hat er immer gesagt. Wissen Sie, er hat sich dann zwischendurch das ein oder andere Bier genehmigt. Weißbier. Auch gern schon nachmittags. Aber er war kein Trinker«, fügte sie schnell hinzu. »Er hat sich's halt einfach gern gut gehen lassen.«

»Sehr auf ihren perfekten Ruf bedacht«, ging es Franzi durch den Kopf. »Passt zur Ordnung im Haus. Und zu ihrem Outfit. Und zu dem Wort unangenehm.«

Garcia versuchte sich zu erinnern. Er hatte am Tatabend weder Bierflaschen noch Gläser im Wohnzimmer oder in der Küche gesehen. Er machte sich eine Notiz, er würde später darüber mit der Spurensicherung reden.

»Und Ihr Mann klang am Telefon ganz normal?«

Dolores Hartmann überlegte. »Ja, er klang eigentlich wie immer ... Also, naja, manchmal ist er redseliger, wenn's was aus dem Rathaus zu erzählen gibt oder so. Aber sonst ist er ... war er am Telefon immer recht kurz angebunden. Telefonieren ist was für Weiber, hat er immer gesagt ... Oh!«

Sie schlug sich die Hand vor den Mund, als habe sie etwas Falsches gesagt. Doch es war nur eine Geste des Erstaunens. »Jetzt wo ich davon erzähl ... er hat zum Schluss noch was ganz Eigenartiges gesagt. Er hat gesagt: ›Lass dir Zeit.‹«

Sie schaute die Kommissare erwartungsvoll an, als rechne sie mit einer bestimmten Reaktion. Als diese ausblieb, fuhr sie fort: »Das hat er noch nie gesagt. Ich mein, er hat's halt immer genau genommen mit der Uhrzeit und auch erwartet, dass ich dann pünktlich zurück bin. Ich hab gesagt, ich bin spätestens um elf da, und da hat er gesagt: ›Lass dir Zeit‹, und ich weiß noch, dass ich einen Moment gedacht hab, ich hätt mich verhört. Aber da hatte er dann auch schon aufgelegt.«

»Und dann sind Sie früher als geplant heimgekommen?«

»Ja. Das passiert fast nie, weil die Frau Schindel so froh über meinen Besuch ist. Die würd mich ja am liebsten gar nicht mehr fortlassen. Aber in letzter Zeit ist sie oft müde ...

Sie wollte kaum essen, und während ich aufgeräumt hab, ist sie vor dem Fernseher eingeschlafen. Sonst les ich ihr immer noch vor, bis kurz vor elf ... Ich weiß noch, dass ich überlegt hab, den Konrad anzurufen. Aber wie gesagt, er hat es nicht gern gehabt, wenn ich ihn unnötig gestört hab. Es war kurz vor zehn, als ich losgefahren bin. Über die Bundesstraße von Rieden nach Birk brauch ich keine fünf Minuten nach Hause. Als ich heimgekommen bin, hat das Licht im Erdgeschoß gebrannt. Ich hab das Auto in die Garage gefahren und bin dann ins Haus gegangen. Im Eingang hab ich schon gerufen, dass ich zurück bin, damit der Konrad sich nicht erschreckt. Es war so seltsam still. Ich bin gleich ins Wohnzimmer gegangen und da ... da ...«

Einen Moment lang konnte Dolores Hartmann nicht weiterreden. Sie bemühte sich, ihr Schluchzen zu unterdrücken und versuchte, sich mit dem mittlerweile völlig durchnässten und zerknüllten Taschentuch die Augen trockenzutupfen. Dann strich sie das Tuch mit beiden Händen glatt, und irgendwie hatte diese Geste etwas Hilfloses. Ihre Mutter, die die ganze Zeit schweigend auf einem Stuhl gesessen hatte, stand auf, wühlte in einer Küchenschublade und reichte ihr ein frisches Papiertaschentuch. Garcia und Franzi warteten geduldig, bis Frau Hartmann damit ihre Tränen getrocknet hatte.

Dann fragte Garcia behutsam: »Können Sie uns schildern, was Sie dann gesehen haben?«

»Er ... Konrad ... es war so schrecklich. Er hing da, von der Wohnzimmerdecke und hat mich angestarrt. Es war so grauenhaft. Ich wollte zu ihm hin, aber ich konnte nicht. Ich weiß noch, dass ich die ganze Zeit gedacht hab: ›Jetzt nur nicht die Nerven verlieren.‹ Ich hab sofort den Notruf gewählt. Die haben mir gesagt, ich soll warten und nichts unternehmen. Ich konnte nicht zurück ins Wohnzimmer. Ich hab vor der Tür gewartet, zum Glück ist sehr schnell eine Polizeistreife gekommen. Aber die Minuten bis dahin waren der reinste Horror.«

»Und Sie haben nichts gesehen? Irgendein Auto, das geparkt hat oder weggefahren ist? Ein Geräusch? Irgendetwas Auffälliges?«

Frau Hartmann schüttelte stumm den Kopf.

»Die Kollegen haben gesagt, die verglaste Türe, die vom Wohnzimmer auf die Terrasse und in den Garten führt, sei unverschlossen gewesen. War das normal?«, fragte Garcia weiter.

Frau Hartmann sah ihn einen Moment lang verständnislos an. Dann nickte sie langsam.

»Mein Mann ist abends manchmal vor die Tür gegangen, um einen Zigarillo zu rauchen. Bevor er ins Bett ist, hat er natürlich immer abgeschlossen. Aber ... ja, eigentlich war die Tür meist unverschlossen, wenn jemand daheim war.«

Wieder machte Garcia sich eine Notiz. Hatte die Spurensicherung einen Aschenbecher oder Zigarillos auf der Terrasse gefunden? Dann stand er auf.

»Vielen Dank, Frau Hartmann. Bevor wir uns den Garten ansehen, würde ich Sie bitten, uns das restliche Haus zu zeigen. Vor allem das Büro Ihres Mannes unter dem Dach interessiert uns. Vielleicht fällt Ihnen ja dort noch etwas auf.«

Frau Hartmann erhob sich und ging voraus Richtung Flur. Die alte Frau Stetter, die das ganze Gespräch schweigend, aber aufmerksam verfolgt hatte, wollte hinterher. Doch Franzi hielt sie zurück.

»Ach, Frau Stetter, wenn Sie so nett wären, mir doch noch einen Kaffee zu machen?«

Garcia drehte sich erstaunt zu Franzi um. Einen Moment kreuzten sich ihre Blicke, und sofort verstand er, dass Franzi die Gelegenheit nutzen wollte, die Schwiegermutter des Toten in ein unförmliches Gespräch zu verwickeln. Er nickte kurz und verließ dann mit Frau Hartmann die Küche.

»Der Konrad und die Dolores ham fei a vorbildliche Ehe g'führt«, platzte Frau Stetter ungefragt heraus, sobald die Tür sich hinter ihnen geschlossen hatte.

»Ja, die beiden waren wohl im Ort auch sehr beliebt.«

Frau Stetter war sichtlich stolz auf ihren Schwiegersohn. »Freilich, er is ja scho zum zwoaten Mal zum Bürgermeister g'wählt wordn. Und die Dolores als Bürgermeistersgattin hat so viele Aufgaben g'habt. Wissen S', immer repräsentieren, und da kimmt ja a jeder mit seinen Sonderwünschen und möcht' a Extrawurst ham.«

»Da ist für Kinder natürlich kein Platz, kann ich mir denken«, sagte Franzi aufs Geratewohl. Von Garcia wusste sie, dass die Ehe kinderlos war.

Frau Stetter goss Wasser in die Kaffeemaschine und schaltete sie ein. »Ach, mei, des mit den Kindern is a eigene G'schicht. Die Dolores hätt scho gern g'wollt, aber der Konrad, der hat halt g'meint, dass er so an plärraten Schrazn ned braucht… also, die san si aber schon einig g'wesen, dass des ned geht«, fügte sie schnell hinzu. »Mit den vielen Aufgaben hier in der Gemeinde und dann noch Kinder. Also Streit ham's deswegen nie g'habt. Überhaupt ham's wirklich a guate Ehe g'führt!«

Franzi lächelte verständnisvoll. »Ihre Tochter war sicher eine ganz mustergültige Ehefrau. Mit den Männern hat man's ja nicht immer leicht …«

»Sie sagen's. Mein verstorbener Gatte – Gott hab ihn selig – der is scho auch eigen g'wesen. Wia's halt san, d'Mannsbuider, immer wollen's bekocht und bedient werdn. Der Konrad hat auch genau g'wusst, was er wui, sonst hätt er's ja ned so weit bracht. Taugt hat's eahm ned immer, dass die Dolores soviel g'arbeit hat. A brave Hausfrau wär eahm scho liaber g'wesen. Am Geld hat's ja ned g'fehlt, die Dolores hat a großzügige Aussteuer mit in die Ehe bracht. Aber darum is' ihr ned gangen. ›I hob ned umsonst g'lernt‹, hod's immer g'sagt, richtig stolz is' auf ihren Beruf. Der Konrad hat sich da scho öfter drüber lustig g'macht. ›Gehst jetzt wieder zu deinen G'spinnerten‹, hat der immer g'sagt … Aber die Ehe, da lass i nix drauf kemma, die is' wirklich guad g'wesen!«

Sonntag Mittag

Schon am Eingang zum Birker Gasthaus »Zum Hexenwirt« schlug einem ein beißender Geruch von Desinfektionsmitteln entgegen. Das lag wohl daran, dass die Toiletten sich direkt hinter der Eingangstüre befanden und nicht, wie üblich, diskret in den hinteren Räumen oder im Keller. Auch sonst hatte das Wirtshaus wenig von der viel gerühmten Gemütlichkeit einer typisch bayerischen Gaststätte. Neben einem hölzernen Kruzifix zierten Jubiläumsscheiben des örtlichen Schützenvereins die Wände, mit Jagdmotiven bunt bemalte runde Holzscheiben, die die Schützenkönige der diversen Jahre ehrten. Wie das gerahmte Kalenderblatt mit dem blauen Pferd von Franz Marc dazwischen geraten war, ließ sich zumindest stilistisch nicht erklären.

Die Tische waren aus solidem, ziemlich abgenutztem Holz, ebenso die Stühle mit ihren abgesessenen braunen Stuhlkissen. Tischdecken gab es keine, auf jedem Tisch stand ein Bierkrug, der das benötigte Besteck enthielt – die gesamte Atmosphäre war lieblos, düster und stickig.

Dennoch waren Garcia und Franzi nicht die einzigen Gäste an diesem Sonntag Mittag im Hexenwirt. Am Stammtisch saßen sieben Herren vor ihrem Bier, und ab und zu hörte man ihre behäbigen Lachsalven. Auch sie strahlten wenig von sonntäglicher Feierlichkeit aus. Zwar trugen drei von ihnen Kniebundhosen mit dicken wollenen Kniestrümpfen, Haferlschuhe und karierte Hemden oder abgewetzte Trachtenjoppen. Die restlichen jedoch hockten da in ihren schlecht sitzenden Jeans und schäbigen Pullovern, prosteten sich ab und zu gegenseitig zu, musterten jeden Neuankömmling abschätzig und wandten sich alsdann wieder ihrem Getränk zu. Gleich darauf waren wieder ihre Lachsalven zu hören, kurz, kräftig, bellend.

Ein paar Tische weiter aßen zwei Familien zu Mittag und unterhielten sich angeregt über den Übertritt ihrer Kinder ins Gymnasium. »Kleines Abitur« sagten sie dazu, wie Garcia erstaunt vernahm, als er ihren Tisch passierte. Er musterte verstohlen die kleine Gesellschaft. Der Nachwuchs, um dessen Förderung es gerade ging, bestand aus zwei Buben und einem Mädchen, die Nintendo spielend am Tischende lungerten und ihre Kinderschnitzel mit Pommes und Ketchup einfach ignorierten. Doch den Eltern, vertieft in ihre Konversation, schien das gar nicht aufzufallen. Erst dachte Garcia, es handle sich um Tagesausflügler aus der Stadt, doch an der vertraulichen Art, in der die kräftige Kellnerin im Dirndl mit ihnen einen Schwatz hielt, merkte er, dass sie Ortsansässige sein mussten. Sie machten einen gutbürgerlichen Eindruck und zeugten von der immer größeren Durchmischung der Gesellschaft in den ehemals bäuerlichen Gemeinden rund um den Münchner Stadtrand. »Vermutlich haben sie den Bauern ihre Wiesen abgekauft, sind jetzt stolze Eigentümer moderner Doppelhaushälften im Grünen und pendeln jeden Morgen in ihre schicken Büros in der Innenstadt«, dachte Garcia, der sich einmal mehr fragte, wie man sich als Münchner freiwillig auf dem Land ansiedeln konnte.

Er hatte vor der Tür noch mit Greta telefoniert, die bis Mittag ausgeschlafen hatte und dann mit der U-Bahn nach Hause gefahren war. Lydia war wohl nicht begeistert darüber gewesen, ihre Tochter so früh zurückzubekommen, aber es ging eben nicht anders.

»Nächstes Mal frag ich Greta, ob Lydia einen Neuen hat«, nahm Garcia sich vor, als er auf Franzis Tisch zusteuerte.

Diese war damit beschäftigt, angeekelt die Speckstücke aus ihrem Gartensalat heraus zu picken. Zu seiner Verwunderung hatte sie sofort zugestimmt, als er ihr einen schnellen Imbiss im einzigen Gasthaus von Birk vorgeschlagen hatte. Amüsiert schaute er Franzi zu, wie sie die Speckstücke fein säuberlich auf dem Tellerrand stapelte.

»Der stand unter vegetarische Speisen«, murmelte sie verdrossen.

Die Kellnerin, die ihre Konversation mit den Familien endlich beendet hatte, kam an ihren Tisch und servierte mit zermürbender Langsamkeit Garcias Tellerfleisch, das Franzi in seinem Auftrag bestellt hatte. Sobald sie fort war, nahm Franzi mit gedämpfter Stimme das Gespräch auf.

»Wenn du mich fragst, die Hartmanns hatten Eheprobleme. Sonst hätte Frau Stetter nicht dauernd betont, wie gut die Ehe war. Mir kommt es vor, als hätte sie Angst, ihre Tochter könne unter Mordverdacht geraten.«

»Das muss nichts heißen. Du weißt ja, wie Menschen, die einander nahestehen, sich gegenseitig schützen, oft auch ganz grundlos. Aber vielleicht plaudern ja die Nachbarn oder Hartmanns Kollegen was aus. Der Markus wollte sich heut noch bei mir rühren.«

Wie auf Kommando meldete Franzis Handy eine eingehende SMS. Sie kramte es aus ihrer Handtasche und warf einen Blick darauf.

»Wenn man vom Teufel spricht … Markus.«

Sie las schweigend, lächelte und packte dann das Handy wieder weg. Garcia sah sie erwartungsvoll an.

»Er ist noch unterwegs und meldet sich später bei dir.«

Garcia versetzte das einen kleinen Stich. Was lief da zwischen Franzi und Markus? War ihm irgendetwas entgangen? Vielleicht sollte er ein Auge auf die beiden haben. Aber eigentlich ging es ihn ja nichts an. Trotzdem, es ärgerte ihn, dass er darüber gar nichts wusste.

»Mit Frauen scheint sie's jedenfalls nicht zu haben«, sinnierte Franzi.

Garcia warf ihr einen irritierten Blick zu.

»Naja, die Hartmann hat mich doch total ignoriert. Die gehört zu dem Typ Frau, bei dem Männer grundsätzlich schon mal zehn Bonuspunkte haben, nur weil sie eben Männer sind.«

Garcia grinste Franzi an: »Vielleicht lag's ja auch einfach an mir.« Doch gleich darauf wurde er wieder ernst. »Du hast schon recht, ist mir auch aufgefallen. Und ihr Mann schien ein ziemlicher Chauvi zu sein, von wegen Telefonieren ist was für Weiber.«

»Igitt, ja. Und das mit dem Bier, da ist der Weg zum Kühlschrank kürzer und so. Typischer Machospruch!« Franzi verdrehte die Augen.

»Die Hausbegehung hat auf den ersten Blick nichts Neues gebracht«, überlegte Garcia weiter. »Ach ja, das Ehepaar Hartmann hatte übrigens getrennte Schlafzimmer, angeblich weil er schnarcht. Ansonsten war oben ebenfalls alles auffällig ordentlich, auch Konrad Hartmanns Büro. Mal sehen, was die beiden Steffis in den Ordnern finden.«

»Lass uns noch mal rekapitulieren«, sagte Franzi und schob ihren kaum angerührten Teller von sich. »Um 19 Uhr lebte Konrad Hartmann noch. Gegen 22 Uhr war er tot, wenn wir der Aussage seiner Ehefrau glauben. Zumindest hat der Notdienst ihren Anruf um 22.07 Uhr bestätigt. In dieser Zeitspanne müssen der oder die Täter im Haus gewesen sein.«

»Über den Garten konnten sie das Haus ungesehen verlassen. Der Zaun ist zwar ziemlich hoch, dahinter ist aber freies Feld. Man kann auch auf der Terrasse um das Haus gehen und ganz einfach durch das Eingangstor das Grundstück verlassen. Die Erde war gefroren, aber vielleicht lassen sich ja doch Fußabdrücke finden.«

»Glaubst du eigentlich, es war Zufall, dass Frau Hartmann ausgerechnet an diesem Abend früher heimgekommen ist?«

Noch bevor Garcia auf diese Frage antworten konnte, läutete sein Handy. Dem kurzen Gespräch konnte Franzi entnehmen, dass wieder etwas Schlimmes passiert war.

»Komm, wir müssen los«, sagte Garcia knapp. »Ich erzähl dir das Wenige, das ich weiß, unterwegs.«

Er wartete gar nicht erst, dass die behäbige Kellnerin zum Abkassieren an ihren Tisch kam, sondern zahlte direkt an der Theke.

Während Garcia sein Auto auf die Birker Hauptstraße steuerte, informierte er Franzi über die dürftigen Fakten. »Eine tote Frau ist im Birker Wald gefunden worden. Die Kollegen von der Streife sind gerade erst eingetroffen. Mehr wussten sie noch nicht, aber ihre Wegbeschreibung war ziemlich präzise.«

Am südlichen Ortsende von Birk machte die Hauptstraße eine scharfe Rechtskurve und führte dann um das Wäldchen herum nach Rieden. Doch Garcia folgte nicht der Hauptstraße, sondern bog nach links auf einen ungeteerten Weg ab. Es handelte sich um einen Forstweg, der in den Wald hineinführte.

»Das ist der einzige Weg, der die beiden Ortsteile Birk und Rieden in gerader Linie miteinander verbindet«, erklärte er Franzi. »Sonst muss man immer außenrum um den Wald fahren.«

»Ich weiß«, erwiderte Franzi. »Das haben irgendwelche Umweltschützer in den Siebzigerjahren durchgesetzt.«

»Na, du hast deine Hausaufgaben ja wirklich gründlich gemacht«, meinte Garcia lächelnd. »Ach, und da ist ja auch die Wachhütte der Maibaumwächter.«

Etwas weiter am Waldrand stand eine kleine, aus Holz gezimmerte Hütte, aus deren Kamin Rauch aufstieg. Über der Tür stand in krummen schwarzen Lettern: *Wachhüttn*. Davor war ein riesiger entasteter und entrindeter Baumstamm auf mehreren Holzstützen aufgebockt, überdacht durch graue Zeltplanen, die über einem Metallgestänge hingen. Zu sehen war niemand.

Garcia ignorierte das Schild am Waldeingang, das signalisierte, dass der Weg nur für landwirtschaftliche Fahrzeuge frei war, und fuhr ein ganzes Stück in den Wald hinein. Nach einer Kurve bremste er ziemlich abrupt vor einem Holzstapel, neben dem bereits ein Streifenwagen und ein Krankenwagen parkten.

»Ich fürchte, ab hier müssen wir zu Fuß weitergehen«, entschuldigte er sich bei Franzi. Direkt hinter dem Holzstapel führte eine Art Trampelpfad in den Wald hinein. Garcia stapfte über den gefrorenen Waldboden voran, Franzi folgte ihm, so gut ihre Wildlederstiefeletten es ihr erlaubten.

Trotz des tragischen Anlasses hatte der kleine Marsch für Garcia etwas Idyllisches. Es roch stark nach Erde, und die Blätter des letzten Herbstes raschelten unter ihren Tritten. Das helle Frühlingslicht brach sich im kahlen Geäst der hohen, uralten Laubbäume. Ja, das war es, was die Wälder hier so besonders machte: Die hohen Bäume ließen den Eindruck entstehen, man wandle durch große, geräumige Hallen, die gefilterten Sonnenstrahlen erzeugten eine Stimmung wie in einer Kathedrale – eine erhabene Naturkathedrale.

Der Weg führte direkt zum Isarhochufer und folgte dann den natürlichen Windungen oberhalb des Steilhangs. Hin und wieder tat sich der Blick zur Isar weit unten auf. Der einst so unberechenbare Gebirgsfluss, der der Landeshauptstadt Jahrhunderte lang verheerende Überschwemmungen beschert hatte, mäanderte hier scheinbar noch selbstbestimmt in seinem weitläufigen Kiesbett, türmte hier Berge von Treibholz auf, ließ dort neue Kiesbänke entstehen, bildete wie von Malerhand gezeichnete Haupt- und Nebenarme.

»Wir sind schon zu weit, wir müssen zurück in den Wald«, rief Garcia und blickte sich nach Franzi um. Ihre kinnlangen Haare waren ihr ins Gesicht geweht, sie strich sie zurück. Der Hauch eines Lächelns, einen kurzen Moment lang, beschwor in Garcia ein altes Bild herauf. Ihm kam ein Plattencover in den Sinn, das er einst gehütet hatte wie einen Schatz. Bob Dylan mochte es gewesen sein, der mit Lammfellkragen und Cowboystiefeln in den Wäldern abgebildet war, an seine Seite gelehnt eine hübsche Frau, eine Blondine wohl, Brigitte Bardot vielleicht, doch in Garcias Fantasie trug sie die Gesichtszüge von Franzi und lächelte genau ihr Lächeln.

»Kann man den Tatort nicht über irgendeine Straße erreichen?«, unterbrach Franzi jäh seine Tagträumerei und holte ihn ganz schnell zurück auf den Boden der Tatsachen.

Er räusperte sich kurz und antwortete mit etwas rauer Stimme: »Keine Chance. Das Waldstück zwischen Rieden und Birk ist ziemlich weitläufig, und es gibt nur den einen befahrbaren Forstweg, auf dem wir parken. Aber nach den Beschreibungen der Kollegen müssten wir gleich da sein.«

Tatsächlich wusste Garcia selbst nicht genau, wo sie sich befanden und stolperte in der ungefähren Richtung über den unebenen Waldboden. Er verlangsamte seinen Schritt, damit Franzi aufholen konnte, und blickte sich immer wieder nach ihr um.

»Vorsicht!« Franzis Warnung kam zu spät.

Garcia rannte geradewegs in einen verwitterten Steinpfeiler, dessen Spitze ein seltsames Doppelkreuz zierte und der einsam aus dem Waldboden ragte. Fluchend rieb er sich das linke Schienbein.

»Wer hat dieses saublöde Marterl denn da hingepflanzt?«

Er wollte schon weiterhumpeln, doch Franzi hielt ihn zurück. »Schau mal, da ist eine Inschrift eingemeißelt. Kann man kaum mehr lesen.«

Gemeinsam entzifferten sie den Text: »Hier wurde durch ruchlose Hand gemeuchelt am 2. März 1854 Kaspar Holler.«

»Gruselig.« Franzi schauderte. »Das war vorgestern. Also, vorgestern vor über 150 Jahren. Was da wohl passiert ist? Ruchlose Hand ...«

»Wart mal, da steht noch was.« Garcia kratzte mit seinen Fingernägeln das Moos vom Stein, dann las er den Rest der Inschrift vor: »... in Ausübung seiner Berufspflicht als Königlicher Forstwart in Birk – der ist bestimmt von einem Wilderer umgelegt worden. Damals ging's heftig zu in den bayerischen Wäldern.«

»Wohl nicht nur damals«, bemerkte Franzi. »Wo geht's denn jetzt hier weiter?«

Garcia sah sich etwas ratlos um. In dem Moment hörten sie Hundebellen und folgten dem Geräusch, das sie tiefer in den Wald hineinführte. Da sahen sie auch schon von Weitem das rot-weiße Absperrband, um das sich eine kleine Gruppe von Leuten geschart hatte. Garcia wies sich den beiden uniformierten Polizeibeamten gegenüber aus und begrüßte Sanitäter und Notarzt. Etwas abseits stand ein älteres Ehepaar mit einem angeleinten Schäferhund.

»Sie waren aber schnell da«, sagte der Polizist erstaunt. »Die Spurensicherung ist noch gar nicht eingetroffen. Der Staatsanwalt ist ebenfalls auf dem Weg hierher.«

»Wir waren zufälligerweise gerade in Birk, als Ihr Anruf kam«, erklärte Franzi, während sie und Garcia unter dem Absperrband hindurchschlüpften, das die Polizisten um fünf Bäume herum gezogen hatten, so dass das abgesperrte Areal eine Art Fünfeck bildete, in dessen Mitte zwei Gebüsche zu einem kleinen Dickicht zusammengewachsen waren. Zwischen diesen beiden Büschen ragten zwei Beine hervor, ganz gerade, als habe sich jemand zum Schlafen dorthin gelegt. Dieser Jemand trug eine schwarze Hose und klobige braune Winterstiefel.

»Als wir sie gefunden haben, lag sie mit dem Bauch zur Erde. Wir haben sie vorsichtig umgedreht, ansonsten haben wir nichts verändert«, informierte der Notarzt, während sie sich gemeinsam den Beinen näherten.

Die Leiche lag auf dem Rücken zwischen den beiden Büschen. Die Kommissare mussten die Zweige ein wenig beiseitebiegen, die ihnen die Sicht versperrten. Auf den ersten Blick war zu erkennen, dass es sich um eine Frau handelte, obwohl sie in einen unförmigen schwarzen Daunenmantel gehüllt war. Seltsamerweise war ihr die Mütze nicht vom Kopf gerutscht. Sie hatte sie wohl ursprünglich tief ins Gesicht gezogen. Auf ihrem Antlitz waren leichte Abdrücke vom Boden zu erkennen, ein kleiner Zweig war auf der linken Wange festgefroren.

Ihre weit aufgerissenen Augen starrten glasig zum Himmel, der Mund war ebenfalls weit geöffnet, als wolle sie schreien. Obwohl keine Spuren äußerlicher Gewaltanwendung zu sehen waren, obwohl sich nirgends auch nur ein Tropfen Blut befand, schauderte Garcia. Woran es lag, vermochte er nicht genau zu sagen. Vielleicht an diesem zum Himmel gerichteten Blick, fast als bete die Frau direkt zu Gott. Vielleicht auch einfach an der Tatsache, dass es sich um eine Frauenleiche im Wald handelte. Jedenfalls berührte der Anblick dieser Leiche ihn weit mehr als der des toten Konrad Hartmann in seinem Wohnzimmer zwei Tage zuvor.

Garcia warf einen Seitenblick auf Franzi. Auch sie war blass geworden, und die blaue Vene hob sich nun deutlich vom Rest ihres Gesichtes ab. Sie wandte sich ab und murmelte kopfschüttelnd: »Wer tut denn sowas?«

Garcia widerstand einmal mehr dem Impuls, Franzi schützend den Arm um die Schulter zu legen. Stattdessen wandte er sich an den Notarzt.

»Haben Sie den Tod festgestellt?«

»Ja. Die ist zweifelsfrei tot, und zwar nicht erst seit heute. Ich tippe auf gestern, wenn nicht sogar vorgestern.«

»Können Sie schon etwas über die Todesursache sagen?«

Der Arzt schlug den Mantelkragen der Frauenleiche ein wenig zurück.

»Schauen Sie sich das an. Diese tiefe rote Rille am Hals. Sieht nach Erdrosselung aus, und zwar mit einem dünnen Draht oder etwas in der Art.«

Die blutrote, schmale Rille, die sich quer über den Hals zog, sah fast aus, als trüge die Tote ein eng anliegendes Halsband. Garcia studierte aufmerksam die Gesichtszüge der Leiche. Es handelte sich um eine junge Frau, vermutlich nicht älter als Mitte dreißig. Unter der Mütze lugten ein paar dunkelblonde Strähnen hervor, ihr Gesicht war kalkweiß und völlig ungeschminkt und verriet trotz der weit aufgerissenen Augen und des starren Blicks etwas Natürliches, vielleicht sogar eine gewisse Zartheit, wenn auch keine offensichtliche Schönheit. Garcia fühlte ganz vorsichtig mit dem Handrücken ihre Wange: Sie war eiskalt.

Einer der Polizeibeamten riss ihn aus seinen Betrachtungen: »Wir waren gerade auf Streife zwischen Birk und Wolfratshausen, als uns der Funkspruch erreicht hat. Diese Spaziergänger haben die Leiche gefunden – besser gesagt, ihr Hund.«

Garcia blickte auf und schaute zu dem älteren Ehepaar, das dicht hinter dem Absperrband stand und das Geschehen neugierig verfolgte. Er nickte Franzi aufmunternd zu.

»Komm, die brennen ja darauf, befragt zu werden.«

Gemeinsam steuerten sie auf das Ehepaar zu. Der Schäferhund bellte und riss an der Leine.

»Hannibal, sitz!«, rief der Mann.

»Haben Sie die Leiche gefunden?«, fragte Garcia.

»Ach, ist die denn wirklich tot?«, fragte die Frau erschrocken. »So was liest man doch sonst nur in der Zeitung: Spaziergänger entdecken Frauenleiche in Waldstück. Sie wurde doch nicht etwa …? Die arme Frau Jacoby!«

Garcia horchte auf.

»Sie kannten die Frau?«

»Ja, sicher! Fast jeder hier im Ort kennt die. Das ist doch die Direktorin unserer Grundschule. Unser Hannibal hat plötzlich verrückt gespielt. Wir dachten, er hat einen Fuchsbau oder so was entdeckt. Und dann haben wir hinter dem Gebüsch diese Frauenbeine gesehen. Mein Gott, das sah so unheimlich aus. Zum Glück hatte mein Mann sein Handy dabei. Ich selbst hab ja so was nicht, ich komm mit diesen modernen Dingern nicht zurecht. Aber in so einem Fall ist es doch praktisch. Mein Mann hat gleich die Polizei gerufen … und als der Notarzt die dann umgedreht hat … da hab ich doch noch einen Blick auf sie gewagt, und da hab ich sofort gesehen… also die Frau Jacoby kannte ich gut, unser Enkel ist bei ihr in der vierten Klasse, und wir waren immer bei Musikvorspielen in der Schule und natürlich auch beim Sommerfest und …«

»Wissen Sie zufällig, ob sie Familie hatte?«, unterbrach Franzi den Redestrom der Frau.

Diese schien stolz zu sein, sich bei den polizeilichen Ermittlungen nützlich machen zu können, ihre Stimme überschlug sich fast, während ihr Mann stumm den Schäferhund tätschelte.

»Die Frau Jacoby war alleinstehend, das weiß ich bestimmt. Also, ob sie Verwandte hatte, weiß ich natürlich nicht. Aber sie hatte keinen Mann und keine Kinder. Ihre Familie, das war die Schule.«

»Sie hatte aber doch einen Bruder«, schaltete sich nun der Mann ein. Doch bevor er weiterreden konnte, übernahm seine Frau wieder die Führung.

»Ja, natürlich, einen Bruder hat sie, warum ist mir das jetzt nicht selber eingefallen. Aber Sie können sich vorstellen, wie durcheinander ich bin. Die arme Frau Jacoby ... also, das wird mir ja keiner glauben ...«

»Können Sie uns etwas über ihren Bruder sagen?«, brachte Garcia sie auf das eigentliche Thema zurück.

»Äh, ihr Bruder, genau. Naja, da weiß ich nicht viel, die sind halt öfter zusammen hier im Wald spazieren gegangen. Wissen Sie, unser Hannibal braucht eine Menge Auslauf, und wir sind oft hier unterwegs, und da hab ich die beiden halt öfter gesehen. Zuerst hab ich gedacht, die wären ein Paar, aber die Ähnlichkeit zwischen den beiden war ganz eindeutig.«

»Danke, Frau ...«

»Übelsag. So wie ›mir ist übel‹ und ›ich sag nichts‹.«

Franzi und Garcia tauschten einen vielsagenden Blick angesichts dieser übereifrigen Zeugin.

»Frau Übelsag, danke«, beeilte Franzi sich höflich zu sagen. »Wissen Sie sonst noch irgendwas über Frau Jacoby, das für uns vielleicht hilfreich wäre?«

Frau Übelsag überlegte. Ihr schien nichts einzufallen, obwohl man ihr anmerkte, dass sie liebend gerne zur sofortigen Lösung des Mordfalls beigetragen hätte. Garcia notierte sich die Personalien des Ehepaares und bat die beiden, im Ort über den Leichenfund Stillschweigen zu wahren. Aber er machte sich da keine große Hoffnung – nichts verbreitete sich schließlich schneller als schlechte Nachrichten.

»Zwei Leichen im gleichen Kaff innerhalb von zwei Tagen. Kann das Zufall sein?«, fragte Franzi, als sie außer Hörweite waren.

Garcia nickte. »Und dann auch noch zwei relativ bekannte Persönlichkeiten: der Bürgermeister und die Schuldirektorin. Ich ruf mal den Markus an, wenn er schon mit den Gemeinderäten spricht, soll er da gleich noch auf den Busch klopfen, ob es irgendein gemeinsames Thema gab.«

»Ich kann ihn anrufen«, schlug Franzi vor.

Garcia warf ihr nur einen schiefen Blick zu und wählte Markus' Handynummer. Während er mit ihm redete, traf der Polizeifotograf ein und kurz darauf die Spurensicherung. Als Garcia auflegte, hatte Franzi bereits mit der Organisation des Tatorts begonnen, Garcia übernahm. Die Polizisten sollten das Areal weiträumig absperren, die Spurensicherer Verstärkung anfordern und den Wald durchkämmen. Außerdem bestand Garcia darauf, dass die Leiche vom Pathologen seines Vertrauens, Professor Bernauer, obduziert werden sollte. Gerade als er Bernauers Nummer wählen wollte, kam Staatsanwalt Dr. Georg Engel etwas ungeschickt mit seinen edlen schwarzen Lederschuhen über den holprigen Waldboden geschlittert. Beinahe wäre er hingefallen, doch er fing sich in letzter Sekunde. Garcia kannte den Staatsanwalt nur flüchtig und hatte seit dem Mord am Bürgermeister erst einmal mit ihm telefoniert.

Dr. Georg Engel war groß und imposant. Seine auffällig nach vorn gewölbte Stirn, die kleinen Augen und das vorspringende Kinn gaben seinem Gesicht etwas Verkniffenes, als habe er soeben in eine Zitrone gebissen. Er hielt Garcia seine Pranke hin und schüttelte dann auch Franzi die Hand, die unter seinem allzu kräftigen Händedruck das Gesicht schmerzhaft verzog.

»Herr Hauptkommissar, Frau Kommissarin. Zwei Morde in Birk kurz nacheinander, da wollte ich mir den Tatort schon persönlich ansehen. Was können Sie mir berichten? Gibt es irgendwelche Hinweise auf einen gemeinsamen Täter?«

Garcia und Franzi informierten den Staatsanwalt kurz über ihr Gespräch mit Dolores Hartmann. Dann sahen sie sich noch einmal gemeinsam die Frauenleiche an, wobei Franzi dieses Mal darauf verzichtete, sie zu begleiten. Garcia und Engel besprachen das weitere Vorgehen. Garcia hatte für Montagmorgen eine große Lagebesprechung im Präsidium anberaumt. Sie einigten sich darauf, im Anschluss daran gemeinsam eine Pressekonferenz zu geben.

Den Rückweg zum Wagen legten Franzi und Garcia schweigend zurück. Diesmal war sie es, die voranstapfte. Garcia spürte plötzlich, wie müde er war. Kein Wunder, er hatte das ganze Wochenende gearbeitet, sich um seine Tochter gekümmert und natürlich ein wenig gefeiert. Plötzlich fiel ihm siedendheiß ein, dass er sich für den frühen Abend mit seiner guten Freundin und gelegentlichen Affäre Konstanze zu einem Drink in seiner Wohnung verabredet hatte. Er schaute auf die Uhr, es war bereits halb fünf, um 17 Uhr wollte Konstanze da sein. Garcia beschleunigte den Schritt, überholte Franzi und lief zum Auto.

»Was ist denn plötzlich in dich gefahren?«, rief diese ganz außer Atem, als sie den Wagen erreichte, in dem er schon ungeduldig am Steuer saß. Noch ehe sie ihre Tür geschlossen hatte, startete er den Motor und fuhr an.

»Hey? Was ist denn los?«, fragte Franzi noch einmal.

»Nichts! Entschuldige! Ich muss dringend los. Ich hab noch … ich muss noch … ich hab …«

»Ach Gott. Klar.« Franzis Ton klang ironisch, und es war das Letzte, was Garcia auf dieser Autofahrt von ihr zu hören bekam.

Mehrfach versuchte er, das Gespräch zu animieren, mal stellte er eine unverfängliche persönliche Frage, mal probierte er es mit einer Bemerkung über die Mordfälle und ihren möglichen Zusammenhang, über die übereifrige Zeugin, über die rothaarige Witwe, aber er erntete dafür von Franzi allenfalls ein undefinierbares Gemurmel. Garcia war sich nicht sicher, wie er Franzis Schweigen deuten sollte. War ihr klar, dass er ein Date mit einer Frau hatte? Schwang da vielleicht ein kleiner Funken Eifersucht mit? Oder war es ihr egal, und sie fand sein Verhalten einfach nur rüpelhaft?

Als Franzi vor ihrem Wohnhaus aus Garcias Auto stieg, schien jedenfalls alles so zu sein wie immer. Sie lächelte ihn sogar kurz an, warf ihm ein lapidares: »Ciao, bis morgen früh« hin und verschwand in ihrem Hauseingang, ohne sich noch einmal umzudrehen. Aber Garcia hatte keine Zeit, sich über Franzis Verhalten weitere Gedanken zu machen. Er hatte bereits eine halbe Stunde Verspätung und hatte es wegen Franzis Gegenwart nicht gewagt, Konstanze auf ihrem Handy zu kontaktieren, obwohl es dafür eigentlich keinen logischen Grund gab. Dafür hatte er mehrere Anrufe von ihr und drei SMS, die in ihrem Ton immer knapper und genervter wurden. Die letzte SMS meldete, dass sie im französischen Café am Gärtnerplatz etwas trinken und dann endgültig heimgehen wollte.

Sonntag Abend

Einen Moment lang war Garcia versucht, die Verabredung platzen zu lassen. Jetzt einfach heimfahren, endlich Ruhe nach diesem aufwühlenden Wochenende. Aber dann brachte er es doch nicht über sich. Er stoppte seinen Wagen in zweiter Reihe im Gärtnerplatz-Rondell, schaltete das Warnblinklicht ein und sprang schnell in den Laden, den zu betreten er sich sonst weigerte. Konstanze saß mit ihrer Tasse an einem der großen Fenster und hatte sein Kommen bereits bemerkt. Ihr kühl-distanzierter Blick verhieß nichts Gutes, doch Garcia zwang sich zu seinem charmantesten Lächeln und drückte ihr ein Küsschen auf die Wange.

»Konstanze, mein Engel! Schön, dich zu sehen! Tut mir leid, dass ich mich nicht melden konnte. Ich war dienstlich unterwegs und ich erklär dir gern alles, aber nicht hier. Kommst du?«

Konstanze zierte sich, so leicht wollte sie es dem Treulosen nicht machen.

»Weißt du, wie kalt es draußen ist? Man lässt eine Frau nicht warten, das müsstest du als Frauenversteher eigentlich wissen.«

»Ich weiß, ich weiß. Gut schaust du aus! Komm, Stanzerl, ich mach uns bei mir einen guten Rotwein auf und servier dir die besten Häppchen der Stadt. Hab ich extra eingekauft. Nur für dich!«

Das war definitiv eine Lüge, Garcia hatte immer ein paar Köstlichkeiten vom Viktualienmarkt im Kühlschrank gelagert, da er Supermärkte nach Möglichkeit mied und sich nie die Zeit nahm, für sich allein zu kochen, zumal seine Kochkünste mehr als bescheiden waren. Konstanze erhob sich widerstrebend, folgte ihm dann aber nach draußen.

Im zweiten Stock des Mietshauses angelangt, betraten die beiden den grasgrün gestrichenen Flur von Garcias Wohnung. Das mit der Farbe war Gretas Idee gewesen, und eigentlich hätte es ein elegantes Lindgrün werden sollen. Aber sie waren wohl zu eifrig bei der Pigmentierung gewesen, und mittlerweile fiel Garcia die knallige Farbe kaum mehr auf. Die Kunstdrucke von Mondrian hatte er trotzdem wieder aufgehängt, schließlich hieß es ja immer, Gemälde sollten auf farbigem Hintergrund hängen, wobei das für Mondrian vermutlich nicht galt.

Mit ihren 60 Quadratmetern war die Wohnung zwar nicht besonders groß, aber es war ein Altbau mit Holzdielen und hohen Decken und für einen alleinstehenden Polizeihauptkommissar reichte es allemal. Die Wohnungseinrichtung war modern, wenn auch ein wenig spartanisch, eben »typisch männlich«, wie Greta es einmal altklug formuliert hatte. Wenn sie bei ihm übernachtete, klappte Garcia die Schlafcouch im Wohnzimmer für sie aus, und nachdem Greta sich wie üblich nicht die Mühe gemacht hatte, das provisorische Bett in Ordnung zu bringen, lotste Garcia Konstanze direkt in die Küche. Sie bot genügend Platz für einen gemütlichen kleinen Esstisch und konnte im Sommer durch Öffnen der Balkontür zum – zugegeben etwas schmucklosen – Innenhof hin erweitert werden. Schöner war der Blick aus dem Wohnzimmerfenster, von dem aus man direkt auf das hübsche Gärtnerplatztheater sehen konnte. Garcia liebte es, dort abends auf dem Fensterbrett zu sitzen und aus seiner erhabenen Position die Theaterbesucher im Foyer des ersten Stocks zu beobachten.

Aber jetzt saß Konstanze mit verschränkten Armen am Küchentisch, während Garcia sich beeilte, mit Hilfe von

Kerzen eine einigermaßen romantische Stimmung herbeizuzaubern. Er sehnte sich nach einer warmen Dusche, aber daran war momentan nicht zu denken.

»Im Zeitalter der mobilen Kommunikation hätte es übrigens genügend Möglichkeiten gegeben, mich über deine Verspätung zu informieren. Schon mal das Wort Handy gehört?«

Allmählich ging Garcia Konstanzes zickiger Tonfall auf die Nerven. Die Ereignisse des Wochenendes schwirrten ihm durch den Kopf, und außerdem musste er sich eingestehen, dass ihre Anwesenheit ihn momentan eher störte als erfreute. Das Date hatte er schon vor einer Woche mit ihr ausgemacht, aber vor einer Woche hatte die Welt eben noch anders ausgesehen. Er hatte gedacht, nach einem entspannten Wochenende mit seiner Tochter wäre es ein schöner Ausklang, noch mit einem Menschen, dessen Gesellschaft er schätzte, ein gutes Glas Rotwein zu trinken und so der Sonntag-Abend-Einsamkeit zu entgehen. Aber jetzt wäre ihm nichts lieber gewesen als ein wenig Einsamkeit.

Mit all seinen Sinnen spürte er noch Franzis Gegenwart: ihre klare, frische Stimme, ihr selten gelächeltes und doch so gewinnendes Lächeln, den zarten Duft ihrer Haut, die Art, wie sie ihr Haar aus dem Gesicht strich – all diese kleinen Gesten und Eindrücke umwehten ihn noch immer. Wenn sie jetzt nur hier säße! Sie würde seine seltsam melancholische Stimmung verstehen. Sie wusste, was er in den letzten Stunden erlebt hatte, sie teilte sein Wissen und seine Gefühle angesichts der großen Aufgabe, die ihnen nun bevor stand: die Aufklärung zweier Morde. Auch nach vielen Jahren Berufserfahrung ließ sich so ein Erlebnis nicht schnell mal für einen Abend beiseite legen.

Weder die Kerzen noch die hastig servierten Häppchen vom Viktualienmarkt vermochten die Stimmung aufzulockern, und Garcia brachte nicht die Kraft auf, mit seinem weiblichen Gegenüber zu flirten. Konstanze, eine gut aussehende Blondine, hatte zwei Eheversuche hinter sich und zog es seither vor, ungebunden zu bleiben. Sie hatte ein gesundes Selbstbewusstsein, sagte, was sie dachte, und es gab eigentlich kaum etwas, worüber man nicht mit ihr reden konnte – normalerweise die ideale Gesellschaft für einen Abend zu zweit. Aufgrund ihres stressigen Jobs als Marketingreferentin bei einer Unternehmensberatung reiste sie viel durch die Welt, so dass ihre Treffen in entspannter Unregelmäßigkeit stattfanden. Garcia mochte Frauen, die wussten, was sie wollten, und Konstanze gehörte definitiv dazu. Meistens landeten die beiden schon nach kurzer Zeit im Bett, aber auch das war nicht zwingend. Es hatte schon Abende gegeben, an denen einer von ihnen zu müde oder die Stimmung nicht danach gewesen war, doch noch nie hatte einer dies dem anderen vorgehalten. Konstanze hatte keine Ansprüche an Garcia – zumindest hatte er das bisher immer gedacht. Heute Abend war er sich da nicht mehr so sicher. Frauen hatten eben einen guten Instinkt, und so einleuchtend es auch sein mochte, dass er nach dem Anblick zweier ermordeter Menschen nicht in Stimmung war – Konstanze schien doch zu spüren dass da noch etwas anderes sein musste, eine andere.

Keiner von beiden sprach es aus, aber der Abend war gelaufen. Als Konstanze nach einer Stunde ankündigte, sie wolle gehen, machte Garcia keinerlei Anstalten, sie zurückzuhalten. Er geleitete sie noch zur Tür und drückte ihr ein Küsschen auf die Wange. Jetzt schien es ihr doch leid zu tun, denn sie zog ihn plötzlich verführerisch an sich und wisperte ihm ins Ohr: »Schade um meine hübsche Unterwäsche. Ich hätte sie dir gern gezeigt.«

»Nächstes Mal ziehst du am besten gar keine an«, flüsterte er mit einem etwas gezwungen Lächeln zurück, gab ihr noch einen flüchtigen Kuss auf den Mund und schob sie dann sanft hinaus. Als er die Tür hinter sich geschlossen hatte, fühlte er sich erleichtert – und gleichzeitig unzufrieden. Jetzt überkam ihn doch noch die Sonntag-Abend-Einsamkeit, und nach einer ausgiebigen warmen Dusche räumte er schlecht gelaunt die Häppchen wieder weg. Er dachte daran, Greta anzurufen, aber er hatte jetzt keine Lust auf oberflächliches Geplänkel oder gar Grundsatzgespräche mit Lydia. Er war unschlüssig, er konnte sich zu nichts entschließen. Schließlich nahm er wahllos irgendeine Zeitung von einem Stapel und machte es sich mitsamt seinem Rotweinglas in seinem King-Size-Bett bequem. Er hatte die *Süddeutsche Zeitung* abonniert, kam aber meist erst am Wochenende dazu, sich ihr zu widmen, und so sammelten sich die Zeitungen die ganze Woche über ungelesen in einer Ecke.

Unkonzentriert blätterte er in einer dieser *Süddeutschen*, ohne sich an einem Artikel festzubeißen. Doch plötzlich stutzte er. Hatte er nicht gerade das Wort »Birk« gelesen? Hektisch blätterte er zum Münchner Teil zurück, doch er fand es nicht mehr. Vielleicht war es auch nur eine Sinnestäuschung gewesen. Er überflog einen Artikel, in dem es um einen S-Bahnsteig ging, der rollstuhlgerecht ausgebaut werden sollte, dann einen über den Fund einer Fliegerbombe im Forstenrieder Park. Birk kam darin nicht vor. Plötzlich fesselte eine Überschrift seine Aufmerksamkeit: »Wo die wackeren Burschen wachen«. Es ging um eine Maibaumwache, allerdings in einer anderen Gemeinde. Garcia blätterte genervt weiter. »Die Last der großen Brummer«, »Priester kritisieren Erzdiözese«, »Viel Moos fürs Heu« – alles Fehlanzeige. Garcia brannten die Augen, er schloss sie kurz. Vielleicht hatte er seit vorgestern einfach zu oft das Ortsschild dieses Kaffs passiert.

Doch als er die Augen wieder öffnete, sprang ihm erneut das Wort »Birk« ins Auge. Er hatte sich also doch nicht getäuscht. Der Artikel lautete: »Bürger gegen den Würger«.

Untertitel: »Die Einwohner der Gemeinde Birk wehren sich gegen die Aufnahme eines ehemaligen Straftäters in der Psychosomatischen Klinik Rieden.« Erschienen war der Artikel am Dienstag der vergangenen Woche, am 28. Februar.

Er begann mit der Kindheit eines gewissen Rudolf Z., irgendwann in den Siebzigerjahren: ein Trennungskind, ein Außenseiter, vom Vater geschlagen, von den Mitschülern gehänselt, die Mutter alkoholkrank. Dennoch war es ihm gelungen, eine Lehrstelle als Kfz-Mechaniker zu bekommen. In der Arbeit galt er als eigen, aber zuverlässig. Nicht vorbestraft, dauerte es eine Weile, bis die Justiz Mitte der Neunzigerjahre auf ihn aufmerksam wurde. Rudolf Z. hatte mehrere Frauen gewürgt, was ihm von der Presse den Beinamen »Der Würger« einbrachte. Dabei war er immer nach dem gleichen Schema vorgegangen: Er hatte sie in Kneipen getroffen, ein Stück nach Hause begleitet, sie in dunkle Parks gelockt und dann gewürgt – eine sogar bis zur Bewusstlosigkeit. Ermordet hatte er keine der drei Frauen – so die offizielle Zahl – aber das psychische Trauma, das er ihnen zugefügt hatte, war erheblich. Rudolf Z. hatte seine Haftstrafe vor vielen Jahren abgesessen, war in psychologischer Behandlung gewesen, die soziale Reintegration hatte in seinem Fall ziemlich reibungslos funktioniert. Wie die Information an die Bürger von Birk durchgesickert war, dass eben jener Rudolf Z. neuerdings in der Psychosomatischen Klinik Rieden behandelt wurde, blieb unklar. Der Bürgermeister der Gemeinde, Konrad Hartmann, hatte jedoch sofort deutlich gemacht, er wolle die Rechtslage prüfen lassen und alles in seiner Macht Stehende tun, diesen gefährlichen Zeitgenossen ganz schnell wieder aus der Gemeinde zu entfernen.

Ganz so stand es natürlich nicht da, aber der Artikel bezog deutlich Stellung: Es ging um Mobbing vermeintlich unbescholtener Bürger gegen einen Mann, gegen den rechtlich seit Jahren nichts mehr vorlag. Garcia zögerte. Wäre dieses

Thema an einem Kneipenabend unter Freunden aufgekommen, er hätte sofort Partei für diesen Rudolf Z. ergriffen. Aber nach den zwei Mordfällen war die Sachlage eine andere. Jetzt nur keinen Fehler machen. Er überlegte kurz, verwarf dann aber den Gedanken, zu dieser späten Stunde noch ins Präsidium zu fahren und den Polizeicomputer zu bemühen. Schließlich griff er zum Telefonhörer und ließ sich von der Auskunft mit der Psychosomatischen Klinik Rieden verbinden. Es dauerte eine Weile, bis er den diensthabenden Arzt, einen gewissen Dr. Bertold, an der Strippe hatte. Ohne Umschweife kam Garcia zur Sache:

»Ich weiß, dass Sie an die ärztliche Schweigepflicht gebunden sind. Auch ich darf keine internen Informationen an Sie weitergeben. Dennoch werde ich das jetzt tun und ich verlasse mich darauf, dass kein einziges Wort unserer Unterhaltung nach außen dringt.«

Nach dem Gespräch war Garcia beruhigt. Er war sich sicher, das Richtige getan zu haben.

Wenn der Knochenmann kommt, hört die Dunkelheit auf. Der Knochenmann selbst ist die Dunkelheit. Er ist schwarz, von oben bis unten. Sein Gesicht ist schwarz. Er trägt eine Maske. Der Knochenmann ist die Dunkelheit. Aber auf seiner Stirn hat er eine Lampe. Sie kann ihn nicht erkennen, aber er kann sie sehen. Vom Knochenmann geht Licht aus, aber es geht keine Wärme von ihm aus.

Der Knochenmann ist die Dunkelheit und die Kälte. Ewige Dunkelheit, eisige Kälte.

Montag Morgen

Pünktlich um neun Uhr betrat Garcia, einen Stoß Akten in der Hand, den Konferenzraum des Polizeipräsidiums in der Ettstraße. Die fünf Kollegen, die er dazu einberufen hatte, waren bereits vollzählig versammelt. Franziska Lorenz und Markus Ott saßen nebeneinander und unterhielten sich leise. Links neben Markus hatte Florian Löscher, mit seinen 29 Jahren der Jüngste im Team, Platz genommen. Florian wirkte oft noch ein wenig unsicher und war vielleicht deswegen nicht besonders redselig. Seine Computerkenntnisse waren jedoch von allergrößtem Vorteil für die Ermittlungen.

Ihnen gegenüber saßen die beiden Steffis, die trotz der Namensgleichheit unterschiedlicher nicht hätten sein können. Stefanie Holtzhaus, die demnächst ihren 40. Geburtstag feierte, hatte ein lustiges Clownsgesicht, trug meist farblose Schlabberklamotten und kämpfte ständig gegen ihre überschüssigen Pfunde. Sie pflegte sich jede Kleinigkeit zu notieren und führte deswegen auch immer das Protokoll. Steffi Holtzhaus war die Kollegin, die Garcia am längsten kannte. Sie waren sich bereits während ihrer Polizeiausbildung immer wieder über den Weg gelaufen und sie teilten vor allem eines: den Humor. Steffi stammte aus einem Bauernhof im Chiemgau und sprach ein breites Bairisch, das Garcia gern hörte. Überhaupt hatte er diese Kollegin besonders ins Herz geschlossen, auch wenn sie privat nicht miteinander verkehrten. Steffi hatte zwei Kinder im Grundschulalter und einen wesentlich älteren Mann, der als Physiotherapeut arbeitete. Garcia war einmal wegen einer Schulterverrenkung bei ihm in Behandlung gewesen und hatte sich ein wenig gewundert, was die lustige Steffi an diesem wortkargen Typen fand. Aber schließlich war sie selbst ungefähr das Gegenteil einer Schönheit und hatte es bei den Männern sicher nie leicht gehabt.

Ob Stefanie Büchner es bei den Männern leicht hatte, war schwer zu sagen. Verheiratet war sie jedenfalls nicht, und auf Garcia wirkte sie wie ein Neutrum. Sie war zehn Jahre älter als er, mehr dürr als schlank, kleidete sich auf eine zeitlose Art durchaus elegant, wirkte in jeder Situation extrem beherrscht und hatte etwas von einem in die Jahre gekommenen Mauerblümchen. Der fade Schein trog jedoch, denn gerade diese so verknöchert wirkende Kollegin bereicherte die Ermittlungen durch ihre hellwache Art, stets mitzudenken und neue interessante Zusammenhänge herzustellen. Manchmal beschlich Garcia das Gefühl, dass Stefanie Büchner seine lockeren Umgangsformen nicht immer schätzte. Sie wahrte höfliche Distanz, und sie war auch die Einzige im Team, mit der er sich noch siezte. Ihr unglaublich sachlich-neutraler Tonfall, der äußerst selten eine Gefühlsregung verriet, ging Garcia mitunter auf die Nerven. Schließlich lebte er davon, Emotionen von Menschen auszuloten.

Die einzige Eigenschaft, die die beiden Steffis teilten, war ein gewisser Hang zur »Inhäusigkeit«, wie Garcia es nannte. Die beiden zogen die Erledigung der Akten- und Büroarbeit im Präsidium vor und gingen dabei sehr kollegial miteinander um, während Garcia, Franzi und Markus bevorzugt die »aushäusigen« Aufgaben übernahmen. Florian, den Garcia erst kürzlich im Team aufgenommen hatte, war ihr Springer und wurde da eingesetzt, wo Not am Mann war.

Äußerst widerwillig hatte Garcia sich an diesem Morgen in seine Polizeiuniform geworfen. Abgesehen davon, dass er sich darin eingeengt fühlte, allein schon wegen der Krawatte, spielte ein gewisses Maß an Eitelkeit eine Rolle. Garcia konnte nicht verstehen, warum die deutschen Polizisten ausgerechnet dieses undefinierbare Schmutzgrün tragen mussten, wo doch die italienischen Carabinieri in ihren schwarzroten Uniformen so unglaublich schneidig aussahen. Aber angesichts der für mittags angesetzten Pressekonferenz hatte er es vorgezogen, sich amtlich zu kleiden.

»Fesch!«, kommentierte Steffi Holtzhaus Garcias Montur. Sie wusste, wie ungern er sie trug. »Heutzutag derf ma ja wieder auf Männer in Uniform stehn.«

Garcia schenkte ihr ein schräges Grinsen, während er ihr die Hand gab. Er begrüßte auch jedes der anderen Teammitglieder per Handschlag und registrierte dabei wieder einmal, dass Franzis Hand kalt war. Dann setzte er sich an das Kopfende des Konferenztisches und versuchte, ein wenig Ordnung in die verschiedenen Gutachten zu bringen, die ihm seit einer Stunde vorlagen und über die er sich bereits einen ersten Überblick verschafft hatte. Mit einigem Bedauern hatte er feststellen müssen, dass die Autopsie von Hartmanns Leiche nicht von seinem Freund Bernauer durchgeführt worden war.

Er blickte auf. Alle Augenpaare waren auf ihn gerichtet. Garcia fuhr sich durch die schwarzen Haare. Dann begann er ohne Umschweife.

»Wie ihr wisst, sind wir mit zwei Morden konfrontiert, die am gleichen Wochenende in der gleichen Gemeinde entdeckt wurden. Es handelt sich um Konrad Hartmann, 46 Jahre, Erster Bürgermeister der Gemeinde Birk, und um Elisa Jacoby, 37 Jahre, Direktorin der Grundschule von Birk. Zwei Personen aus dem öffentlichen Leben also, die sich vermutlich auch kannten. Inwiefern diese beiden Morde in einem Zusammenhang stehen, können wir zum momentanen Zeitpunkt noch nicht sagen. Konrad Hartmann wurde erhängt in seinem Wohnzimmer gefunden, Elisa Jacoby lag tot im Wald, vermutlich erdrosselt. Beide waren vollständig bekleidet. Ich würde vorschlagen, ich mache den Anfang mit dem

Obduktionsbericht über den Hartmann. Den von der Jacoby kriegen wir in ein paar Stunden, aber erste Erkenntnisse liegen uns schon vor. Dann werten wir gemeinsam die bisherigen Ergebnisse der Spurensicherung aus, und dann berichtet jeder der hier Anwesenden, was er bis dato herausgefunden hat. Einverstanden?«

Alle außer Markus nickten zustimmend. »Markus?«

»Ja, klar, einverstanden«, sagte Markus schnell. Dann fuhr er zögernd fort: »Wie du ja weißt, haben der Florian und ich dieses Wochenende viel Zeit in Birk verbracht und … ich denke, es ist einiges Interessantes dabei.«

Markus brannte mal wieder darauf, seine Informationen loszuwerden. Garcia bremste ihn wohlwollend ein: »O. k., du kannst uns gleich berichten. Lass mich trotzdem erst die Fakten der Autopsie von Konrad Hartmann zusammenfassen.«

Er nahm das oberste Gutachten vom Stapel und schlug es auf.

»Der Todeszeitpunkt konnte anhand zweier Telefonate ziemlich genau eingegrenzt werden: Um 19 Uhr hat Frau Hartmann zuletzt mit ihrem Mann telefoniert. Ich hab vorhin mit dem Staatsanwalt Dr. Engel gesprochen, er wird per richterlichen Beschluss eine Auswertung der Telefonleitung beantragen. Seine Handydaten liegen uns schon vor, dieses Telefonat wurde allerdings vom Festnetz getätigt. Um 22.07 Uhr hat Frau Hartmann den Notruf gewählt, kurz darauf war der Notarzt da und hat den Tod Konrad Hartmanns festgestellt. Die Autopsie bestätigt, dass Hartmann um 19 Uhr noch am Leben war. Die Leichenstarre hatte noch nicht eingesetzt, als der Notarzt eingetroffen ist, und die Lebertemperatur hat ergeben, dass Konrad Hartmann in der Stunde zwischen 21 und 22 Uhr gestorben ist. Nachdem wir allerdings nicht genau wissen, wie lange er gefesselt auf dem Stuhl stand, bevor ihm der Todesstoß versetzt wurde, sollten wir uns bei der Rekonstruktion des Tathergangs auf die drei Stunden am Freitag zwischen 19 und 22 Uhr konzentrieren, in denen das Verbrechen geschehen ist. Hartmanns Mageninhalt weist darauf hin, dass er seit dem Mittagessen nichts mehr zu sich genommen hatte. Auch Alkohol ließ sich nicht nachweisen. Also kein Bier – laut seiner Ehefrau trank er nämlich meistens ab nachmittags Weißbier.«

Garcia schaute auf. Außer Steffi Holtzhaus, die protokollierte, und Florian Löscher, der sich ebenfalls Notizen machte, sahen alle anderen ihn erwartungsvoll an.

»Weißbier …« Steffi Holtzhaus blickte von ihren Notizen auf: »Alles notiert, kannst weiterreden.«

Garcia fuhr fort: »O. k., zur Todesursache: Hartmann ist erstickt. Die Seilschlinge hat genau auf den Kehlkopf gedrückt, und als der Stuhl unter ihm weggestoßen worden ist, hat es ihm die Luft abgeschnürt. Bei dem Stuhl handelt es sich übrigens um einen Bürostuhl auf Rollen, der normalerweise hinter seinem Schreibtisch im Wohnzimmer platziert war. Der Stuhl stand etwas weiter mitten im Raum, hinter der Leiche. Er ist also durch einen einfachen Stoß weggekickt oder weggeschubst worden, dabei aber nicht umgefallen. Nun zum Befund: Der Tote weist keine Verletzungen der Wirbelsäule auf. Nach ungefähr fünf Sekunden hat der Erstickungstod eingesetzt. Wir wissen, dass seine Hände auf dem Rücken mit Handschellen gefesselt waren. Solide Handschellen aus Edelstahl, wie man sie in jedem entsprechenden Internetshop bestellen kann. Klebstoffreste auf den Lippen und um die Mundpartie deuten darauf hin, dass sein Mund zuvor mit Klebeband zugeklebt worden war. Als er gefunden wurde, war das Klebeband jedoch entfernt worden. Der geöffnete Mund und vor allem die heraushängende Zunge könnten ein Hinweis darauf sein, dass Konrad Hartmann versucht hat, etwas zu sagen oder um Hilfe zu rufen. Er ist also nicht stumm gestorben.«

Garcia griff nach dem nächsten Gutachten auf seinem Stapel, ließ aber den Obduktionsbericht offen vor sich liegen.

»Bevor wir über die Details der Autopsie debattieren, lasst mich kurz die vorläufigen Ergebnisse der Spurensicherung loswerden. Im Wohnzimmer wurden einige Schmutzpartikel sichergestellt, vermutlich Erde. Wo sie herkam, versucht die Spurensicherung noch zu klären, Konrad Hartmann trug jedenfalls Pantoffeln. Komischerweise war die Eingangsdiele völlig schmutzfrei.«

»Das könnte bedeuten, dass der Täter über die Terrassentür das Wohnzimmer direkt betreten hat«, warf Franzi ein. »Immerhin war die Tür zum Garten hin ja unverschlossen.«

»Daran hab ich auch schon gedacht«, entgegnete Garcia. »Wenn es so war, hätten aber seine Schuhsohlen feuchte Abdrücke hinterlassen müssen. Es fanden sich jedoch keine. Wenn der Täter hingegen über die Eingangstür gekommen ist, hätte er seine Schuhe auf dem langen Läufer im Gang trocknen können.«

»Der aber völlig schmutzfrei war.«

»So ist es. Und irgendwie widerstrebt mir der Gedanke, dass der Täter sich die Mühe gemacht haben soll, seine Schuhe vorher auszuziehen. Da kommen wir im Moment nicht weiter.« Garcia warf einen Blick auf seine Unterlagen und fuhr dann fort: »Im Haus wurden jede Menge Fingerabdrücke gefunden, einige davon stammen von Frau Hartmann und ihrer Mutter. Und vom Toten selbst natürlich. Außerdem gibt es weitere Fingerabdrücke von mindestens zwei Personen, die bisher noch nicht zugeordnet werden konnten. Ein einziger fremder Fingerabdruck fand sich auf dem Schreibtisch im Wohnzimmer. An der Leiche selbst konnten bisher keine fremden DNA-Spuren sichergestellt werden.«

Garcia klappte die Akte der Spurensicherung zu und blätterte eine Seite weiter im Obduktionsbericht.

»Jetzt ein interessantes Detail. Es geht um das Seil, mit dem Hartmann aufgehängt wurde. An sich nichts Auffälliges, es handelt sich um ein sehr reißfestes mitteldickes Seil, das man als Meterware im Baumarkt kaufen kann. Aber jetzt kommt's: Bei beiden Knoten, die in das Seil gemacht wurden, handelt es sich um bekannte Segelknoten. Das Seil wurde am Haken in der Wohnzimmerdecke mit einem Palstek befestigt, die Schlinge bestand aus einem Webeleinstek. Die Fotos könnt ihr euch gleich ansehen. Beide Knoten sind professionell geschlungen. Das könnte also ein Hinweis darauf sein, dass der oder die Täter Segelerfahrung haben.«

»Kann nicht jeder solche Knoten einfach nach Anleitung machen?«, schaltete Frau Büchner sich ein.

»Vermutlich schon. Der Knoten für die Seilschlinge kann also zuvor vorbereitet worden sein. Der zweite Knoten allerdings, der um den Metallhaken geschlungen wurde, ist vor Ort geknüpft worden. Vielleicht ist es auch nicht von Bedeutung, aber wir sollten bei unseren Recherchen und Befragungen zumindest die Frage nach der Segelerfahrung im Hinterkopf behalten.«

»Wie viel Kraftaufwand braucht es eigentlich, um einen ausgewachsenen Mann auf einen Stuhl zu stellen und aufzuhängen?«, überlegte Franzi laut.

Garcia nickte: »Darauf wollte ich als Nächstes zu sprechen kommen: Wie konnte Hartmann an seine Wohnzimmerdecke gehängt werden?«

Er blätterte zur ersten Seite des Autopsieberichts zurück. »Konrad Hartmann war 1,82 Meter groß und wog 89 Kilo. Ich denke, mit so einem Kaliber hätten selbst zwei kräftige Männer ihre Mühe. Aber mit vorgehaltener Waffe zum Beispiel hätte man ihn leicht zwingen können, sich auf den Stuhl zu stellen.«

»Ja, aber mit vorgehaltener Waffe ist es doch der wesentlich leichtere Weg, einfach abzudrücken«, warf Markus ein.

»Stimmt! Nur hinterlassen Waffen Spuren. Sie sind registriert, das Kaliber lässt sich ermitteln, es gibt Schmauchspuren, und außerdem hört man den Schuss, vor allem in so einer ruhigen Gegend«, konterte Franzi.

Markus verdrehte die Augen. »Als ob ich das nicht selbst wüsste! Ich denk doch nur laut. Und was ich an der ganzen Sache nicht verstehe, ist, warum der Täter so eine aufwändige Tötungsmethode mit dem Strick gewählt hat, wenn er nicht vorhatte, es nach Selbstmord aussehen zu lassen. Ich meine, die Handschellen zeigen ja, dass sich der Täter nicht die Mühe gemacht hat, den Mord zu vertuschen.«

»Oder Frau Hartmann hat ihn dabei gestört«, warf Garcia ein.

»Ich frage mich ja, ob den jemand zum Reden bringen wollte«, überlegte Franzi. »Hartmann wurde erst geknebelt und gefesselt, dann mit der Schlinge um den Hals auf den Stuhl gestellt, und dann wurde das Klebeband entfernt. Angesichts des drohenden Todes sollte er mit irgendwas auspacken.«

Automatisch warfen Garcia, Markus und Franzi sich jetzt die Bälle zu. Wieder einmal zeigte sich, dass die drei den harten Kern der Ermittlertruppe bildeten und ein eingespieltes Team waren. Doch dann unterbrach Frau Büchner die Diskussion in ihrem sachlichen Ton.

»Das Ganze hat etwas von einer Hinrichtung!«

»Daran hab ich auch schon gedacht«, gab Garcia ihr recht. »Es kann keine Affekttat gewesen sein, und es hat etwas besonders Brutales.«

»Oder etwas Rituelles«, warf Franzi ein.

»Auf alle Fälle hat es etwas Planmäßiges, und mich lässt der Gedanke nicht los, dass der Hartmann etwas von diesem Plan wusste.«

Für diese Bemerkung erntete Garcia von allen Seiten erstaunte Blicke.

»Du meinst, er wusste, dass er ermordet werden sollte?«, fragte Franzi ungläubig.

»Das vielleicht nicht. Aber er wusste, dass an diesem Abend etwas geschehen würde. Vielleicht hatte er eine Verabredung mit seinem Mörder.«

»In seinem Terminkalender steht davon nichts«, warf Steffi Holtzhaus ein.

»Ich weiß. Das ist es ja gerade ... Lasst mich versuchen, meine Ahnung auf Fakten zu stützen.« Garcia blätterte erneut im Gutachten der Spurensicherung.

»Die Spurensicherung hat bisher nichts wirklich Verwertbares gefunden. Fußabdrücke im Garten und vor dem Haus leider negativ. Der Boden war überall gefroren, und es besteht kaum Hoffnung, da etwas Verwertbares zu finden. Reifenspuren ebenfalls negativ. Und keinerlei Einbruchspuren an den Schlössern ...«

»Noch dazu hat keiner der Nachbarn etwas gesehen oder gehört«, fiel Markus ihm ins Wort. »Kein Autolärm, nichts. Allerdings hat auch keiner das Auto von Frau Hartmann gehört, die meisten saßen vor der Glotze. Einer hat gesagt, bei den Hartmanns habe den ganzen Abend im Wohnzimmer Licht gebrannt. Aber gesehen hat er auch nichts.«

Garcia nickte. »Auf den ersten Blick könnte das also bedeuten, dass an dem Abend alles wie immer war im Hause Hartmann.«

»Außer dass ein Mord geschehen ist.« Frau Büchners Ton war nüchtern wie immer.

»Außer, dass ein Mord geschehen ist«, wiederholte Garcia langsam. »Und wie ihr wisst, ergibt minus mal minus plus. Vielleicht lässt sich aus all diesen Negativergebnissen also doch eine erste Theorie ableiten. Mein Gefühl lässt mich nicht los, dass irgendetwas an diesem Abend anders war als sonst – bewusst anders: Hartmann hat kein Bier getrunken. Wollte er aus einem bestimmten Grund nüchtern bleiben?

Hartmann hat keinen Zigarillo geraucht – die Spurensicherung konnte weder einen Aschenbecher noch auch nur ein Gramm Asche auf der Terrasse sicherstellen. Und dann haben wir da noch diesen Ausspruch von Konrad Hartmann seiner Frau gegenüber: ›Lass dir Zeit‹, hat er gesagt. ›Lass dir Zeit‹ …«

Garcia blickte forschend in die Runde.

»Und das verdichtet die Theorie, dass er jemanden erwartet hat. Es war ein – zugegebenermaßen sehr vorsichtiger und ziemlich unsichtbarer – Gast an diesem Abend in diesem Haus, kein Eindringling. Ein Besucher. Oder mehrere. Und der Hartmann hat gewusst, dass er Besuch bekommt.«

Es entstand ein kurzes Schweigen, während die Anwesenden diese Folgerung sacken ließen. Garcia klappte die Akten der Spurensicherung zu und legte sie zur Seite. Dann nahm er sich nochmals den Obduktionsbericht vor.

»Es gibt übrigens noch ein paar Details der Autopsie, die wir im Hinterkopf behalten sollten«, brach er das Schweigen. »Hartmann hatte eine kleine, ziemlich frische Schürfwunde an der Hand sowie eine gerötete Stelle an der linken Schulter, vielleicht eine leichte Verbrennung.«

Zum ersten Mal meldete sich Florian Löscher zu Wort: »Ich finde, die Schulter ist eine eigenartige Stelle für eine Verbrennung.«

»Stimmt«, gab Garcia ihm recht. »Ich werde Professor Bernauer bitten, einen Blick darauf zu werfen, vielleicht fällt ihm was dazu ein. Das war's an Fakten. Ach so, am Schluss steht noch was: Hartmann hatte einen Klumpfuß, vermutlich angeboren. Er ist mehrere Male am Fuß operiert worden, aber es sind alte Narben.«

»Was genau ist eigentlich ein Klumpfuß?«, fragte Franzi in die Runde.

»Des kann ich euch sagen«, schaltete Steffi Holtzhaus sich ein, ohne dabei ihr emsiges Schreiben zu unterbrechen. Es entstand eine kurze Pause, bis Steffi endlich Block und Stift zur Seite legte.

»Des brauch ich ned mitschreiben, des hab ich im Kopf. Also passt's auf: Meine Mutter hat einen Klumpfuß gehabt und ist ihre ganze Kindheit hindurch dafür getratzt wordn. Immer wieder hat sie unters Messer müssen, aber sie hat ein Leben lang einen Schnackelhax gehabt, wie sie ihr Hinkebein selber genannt hat. Der Fuß ist dabei einwärts verbogen und die Achillessehne ist verkürzt. Sauweh hat des getan, die ist vor Schmerz manchmal ganz narrisch wordn. Wenns mich fragts, haben die Ärzte da ordentlich rumgepfuscht, besser ist es jedenfalls nie wordn.«

»Ein hinkender Bürgermeister, soso«, sinnierte Garcia. »Komisch, das hat seine Frau gar nicht erwähnt.«

»Ich wusste es aber«, rief Markus triumphierend und nutzte die Gelegenheit, endlich seinen Rapport zu machen. »Einige Leute haben das erwähnt. Der Hartmann war wohl recht eitel, aber dass er den linken Fuß so komisch nachgeschleift hat, das konnte natürlich niemand übersehen. Dafür hat er keine Gelegenheit verpasst, jedem zu erzählen, dass er sich dieses Hinkebein bei einem Unfall zugezogen hat. Eine tolle Story, bei der er als Jugendlicher ein Kind vor dem Ertrinken gerettet hat und dabei selber verletzt worden ist. Das mit dem Klumpfuß hör ich gerade zum ersten Mal.«

»Voll der Angeber!«, warf Florian Löscher ein.

Markus nickte. »Durch die Blume haben uns das einige seiner Kollegen aus dem Gemeinderat gesagt. In Gemeindefragen war der Hartmann übrigens eher mäßig engagiert und hat sich selbst gern als Schmalspurfahrer bezeichnet. Frei übersetzt: er war eine faule Sau. Wenn's dagegen irgendwas zu repräsentieren oder Lorbeeren einzusammeln gab, war er ganz vorn dabei. Am liebsten hat er in Tracht posiert und sich leutselig und jovial gegeben. Zusammenfassend würde ich sagen, er war bei seinen Kollegen nicht sonderlich beliebt, während die Bürger von Birk einiges von ihm gehalten haben.«

»Bist du auf irgendwas Konkretes gestoßen, irgendeine Unregelmäßigkeit oder Zoff in der Gemeinde?«, hakte Garcia nach.

»Könnte sein. Es gab Streit wegen des Bebauungsplans der Gemeinde. Dem Hartmann wurde vorgeworfen, bei dem großen Gemeindesamariter Dr. Schwabach, dem der Wälder & Wiesen Verlag gehört, nicht ganz lupenreine Zugeständnisse gemacht zu haben. Die Gemeinde profitiert natürlich von den Geldern des Verlags, Dr. Schwabach ist ein edler Spender. Dafür erwirbt er kreuz und quer Grundstücke mit alten Höfen, die eigentlich unter Denkmalschutz stehen, und baut sie in gesichtslose Bürogebäude um. Da wäre ein wenig Recherche angebracht. Kann ich gern übernehmen.«

Garcia nickte zustimmend. Sonst sagte er nichts, er wusste, dass Markus seinen letzten Trumpf noch nicht ausgespielt hatte und wartete geduldig.

»Und dann gibt es da noch den Würger!« Markus machte eine Kunstpause und schaute erwartungsvoll in die Runde. Alle Augenpaare waren auf ihn gerichtet. Lediglich das leicht amüsierte Lächeln um Garcias Mund irritierte ihn kurz. Doch dann fuhr er mit ungebremstem Eifer fort. »Der Würger. Mit bürgerlichem Namen Rudolf Zedelmaier. Fast jeder, den ich befragt habe – die direkten Nachbarn der Hartmanns, die Gemeinderäte – alle haben sie früher oder später den Würger erwähnt.«

Was Markus nun zusammenfassend vorbrachte, entsprach in etwa dem, was Garcia bereits dem Zeitungsbericht hatte entnehmen können. Ein wenig ärgerte sich Garcia über die Art, in der Markus den Würger zum Psychopathen abstempelte. Er schien ziemlich ungefiltert die in Birk vorherrschende Meinung übernommen zu haben. Als Markus geendet hatte, übernahm Garcia wieder die Wortführung.

»Danke Markus, für diese umfassende Recherche. Der Vollständigkeit halber hätte ich da noch einige Details hinzuzufügen.« Seine Stimme war einen Hauch unterkühlt. »Rudolf Zedelmaier wurde 1998 aus der Haft entlassen. Seither ist er nicht mehr straffällig geworden. Seit vielen Jahren arbeitet er als Kfz-Mechaniker in einer kleinen Autowerkstatt in Waldtrudering. Er lebt allein und zurückgezogen und hat, soweit bekannt, keine Freundin. Allerdings leidet er seit Jahren an Depressionen. In letzter Zeit hat er sich immer öfter krankschreiben lassen, bis er zuletzt gar nicht mehr zur Arbeit erscheinen konnte. Ein Psychiater hat ihm ein schweres Burnout bescheinigt und ihn vor drei Wochen zur Behandlung stationär in die Psychosomatische Klinik Rieden eingewiesen. Momentan ist dort eine Psychotherapie mit ihm nicht möglich, da er völlig antriebslos ist und erstmal medikamentös eingestellt werden musste. Nach Aussage von Dr. Bertold, einem der Ärzte in Rieden, hat Rudolf Zedelmaier die Klinik noch kein einziges Mal verlassen, er wird das aber noch mal genau überprüfen. Wie die Information, dass dieser Mensch sich in Rieden behandeln lässt, an die Birker Bürger geraten ist, kann Dr. Bertold sich nicht erklären. Mir fällt dazu natürlich Frau Hartmann ein. Sie könnte es ihrem Mann gesteckt haben, und der hat es gleich zur Chefsache gemacht.«

Markus war sprachlos. »Woher hast du diese ganzen Informationen?«

Garcia zuckte die Schultern: »Wie auch immer, ich glaube, ein Besuch in dieser Psychosomatischen Klinik wird uns kaum erspart bleiben. Es scheinen dort einige Fäden zusammenzulaufen.«

Er blickte auf seine Armbanduhr. »In einer halben Stunde beginnt die Pressekonferenz. Der Staatsanwalt wartet dringend auf meinen Bericht. Ich würde vorschlagen, wir besprechen jetzt noch, was uns im Mordfall Elisa Jacoby bereits vorliegt. Grundsätzlich halten wir fest« – an dieser Stelle warf Garcia Markus einen warnenden Blick zu –, »dass nichts darauf hinweist, es könne einen Zusammenhang zwischen dem Würger und dem Mord an Konrad Hartmann geben. Wir werden aber ein Auge darauf haben. Bei dem Mord an Elisa Jacoby bin ich mir weniger sicher. Wenn die Leiche genauso gefallen ist, wie sie gefunden wurde, also mit dem Gesicht zur Erde, ist Frau Jacoby von hinten erwürgt und dann nach vorn fallen gelassen worden. Ein Sexualdelikt liegt nach ersten Erkenntnissen nicht vor, was ja auch dem Vorgehen von Rudolf Zedelmaier entspricht. Er hat die Frauen niemals sexuell belästigt, im Gegenteil, er wirkte eher besonders distanziert. Wobei dieses Würgen durchaus sexueller Natur sein kann. Allerdings gibt es einen wesentlichen Unterschied: Der Mörder von Frau Jacoby hat vermutlich einen dünnen Metalldraht verwendet und nicht die bloßen Hände.«

»Vielleicht hat der Zedelmaier seine Methoden inzwischen perfektioniert.« Markus gab nicht auf. Immerhin sprach er nicht mehr vom »Würger«, er wusste genau, dass er sich dafür von Garcia einen Rüffel eingeholt hätte.

»Das können wir nicht ausschließen. Aber laut Dr. Bertold ging es Rudolf Zedelmaier gerade um diesen direkten Körperkontakt. Zu fühlen, dass er die Macht über das Leben hat, das er da in Händen hält, das so warm, so spürbar unter ihm zappelt. Warten wir doch mal die Autopsie von Frau Jacobys Leichnam ab. Der sogenannte Würger hat die Frauen damals übrigens in Kneipen kennengelernt. Wir sollten also Frau Jacobys Ausgehgewohnheiten überprüfen. Es gibt einen vorzüglichen Gasthof in Birk, den Hexenwirt.«

Franzi verzog bei der Erinnerung an das ungemütliche Gasthaus angeekelt das Gesicht. Ihre Blicke kreuzten sich kurz, Garcia zwinkerte ihr zu, dann wandte er sich an Florian:

»Ich werde den Staatsanwalt bitten, uns Zugang zu den Daten von Frau Jacobys Computer zu verschaffen. Florian, sobald uns da Informationen zugänglich sind, würde ich dich bitten, dich in dieser Sache mit den Kollegen vom Landeskriminalamt in Verbindung zu setzen. Wenn du dabei Unterstützung brauchst, kannst du dich an eine der beiden Steffis wenden.«

Es war kein Geheimnis, dass die beiden Steffis von allen so genannt wurden, und auch wenn Garcia mit Frau Büchner per Sie war, erlaubte er sich der Einfachheit halber, von ihr in der dritten Person als »Steffi« zu reden – auch in ihrer Gegenwart.

»Mach ich«, sagte Florian bescheiden. Steffi Holtzhaus schaute kurz hoch und nickte ihm aufmunternd zu. Frau Büchner verzog keine Miene, und als sie das Wort ergriff, war ihr Tonfall gewohnt neutral.

»Bevor wir das Thema Konrad Hartmann zur Seite legen, würde ich Ihnen noch gerne berichten, was Frau Holtzhaus' und meine Recherche ergeben hat.«

»Bitte!«

»Auch hier bisher nur Negativergebnisse, wie Sie es nennen. Wie es aussieht, hatte Konrad Hartmann kaum Klienten. Seine letzte Rechnung hat er vor drei Monaten gestellt, und auch da ging es nur um eine einfache Steuererklärung eines Grafikers, der wohl hauptsächlich die Webseite der Birker Gemeinde gestaltet hat. Entweder Hartmann war wirklich eine faule Sau«, dabei blickte Frau Büchner Markus an, ohne eine Miene zu verziehen, »oder er hatte eine lukrative Nebenbeschäftigung. Aber das ist bloße Spekulation.«

»Der Terminkalender?«

»Es sind einige Termine darin verzeichnet. Wir konnten noch nicht alles entschlüsseln, sind aber bisher auf keinen auffälligen Namen gestoßen. Auch der Name Elisa Jacoby ist dort nicht verzeichnet. Hauptsächlich stehen die Termine für die Gemeinderatssitzungen darin, vielleicht der ein oder andere Arzttermin. Am Tatabend: gähnende Leere.«

»Gut. Bleiben Sie dran. Die Computerdaten liegen uns vor, hier kann der Florian Sie unterstützen. Wären Sie so nett, außerdem die Festnetz- und Handydaten auszuwerten und zu versuchen, die Nummern den Teilnehmern zuzuordnen?«

Steffi Holtzhaus antwortete mit einem fröhlichen Grinsen: »Klar sind wir so nett. Gell, Frau Büchner, wir sind doch nett?« Diese nickte nur knapp, aber auf ihren dünnen Lippen erschien zumindest die Andeutung eines Lächelns.

»Gut.« Garcia griff nach dem letzten Schnellhefter, der vor ihm lag. Er war sehr dünn.

»Diese Akte betrifft den Mordfall Jacoby. Elisa Jacoby ist vermutlich bereits in der Nacht von Freitag auf Samstag gestorben oder am Samstagvormittag. Die beiden Morde liegen also zeitlich sehr dicht beieinander. Die Durchforstung des Waldstückes, in dem Elisa Jacobys Leiche entdeckt wurde, ist vorerst ergebnislos geblieben. Frau Jacobys Handtasche lag scheinbar unberührt neben der Leiche. Sie enthielt so ziemlich das, was man in Damenhandtaschen vermutet. Nur eine Sache ist auffällig: Sie hatte kein Handy dabei.«

»Schon wieder ein Negativergebnis«, konstatierte Franzi.

»Stimmt! Auch das könnte wieder ein Hinweis sein, zum Beispiel darauf, dass sie nur kurz aus dem Haus gegangen ist, für einen Spaziergang vielleicht, obwohl das Wetter an dem Abend sehr ungemütlich war.«

»Oder aber der Täter hat ihr Handy mitgenommen, weil es kompromittierende Nachrichten enthielt«, warf Florian schüchtern ein.

»Und hat dann die Tasche wieder fein säuberlich verschlossen?«, fragte Markus mit einem leicht spöttischen Unterton.

»Nun, möglich wäre es«, ergriff Garcia für Florian Partei, »möglich, wenn auch ungewöhnlich.« Dann blätterte er im Gutachten eine Seite weiter und fuhr fort: »Der Fundort der Leiche war ziemlich sicher auch der Tatort. Der Boden war zwar auch hier gefroren, aber es lagen noch Blätter vom letzten Herbst auf der Erde, und es fanden sich keine Schleifspuren. Was daran interessant ist, ist die Tatsache, dass Frau Jacoby sich nicht auf dem Weg befand, der am Isarhochufer durch den Wald führt. Sie muss also quer durchs Gehölz gelaufen sein. Was wollte sie dort?«

Alle schwiegen, aber Garcia hatte darauf auch keine Antwort erwartet.

»Dann gibt es noch ein weiteres interessantes Detail: In ihrer Manteltasche fanden sich drei leere Streichholzschachteln.«

»Vielleicht war sie Raucherin?«, mutmaßte Franzi.

»Es wurden zumindest keine Zigaretten bei ihr gefunden«, gab Garcia zu bedenken. »Aber das eigentlich Interessante daran kommt erst noch: Auf einer der Schachteln war ein kleiner Aufkleber, auf dem handschriftlich das Wort ›Luciferin‹ geschrieben stand.«

»Luciferin?«, fragte Markus perplex. »So wie die Frau des Teufels?«

»Ich weiß nicht, ob der Teufel eine Frau hat«, warf Garcia in die Runde. »Hat jemand dieses Wort schon mal gehört?«

Alle schüttelten den Kopf, und Steffi Holtzhaus sprach aus, was die anderen dachten: »O je, hoffentlich haben wir's ned mit einer Teufelsanbeterin oder so einer komischen Sekte zu tun, die sich nachts im Wald trifft.«

»Das hoffe ich auch«, sagte Garcia. »Ein Würger reicht mir schon.« Er schloss die Akte und wandte sich an Steffi: »Ich bitte dich, das mit der Luciferin mal zu recherchieren. Vielleicht ist es ja auch ganz harmlos.«

»Dein Wort in Gottes Ohr«, seufzte Steffi skeptisch.

Garcia nickte. »Wir haben die Angehörigen von Frau Jacoby bereits telefonisch über ihren Tod informiert. Die Eltern leben irgendwo im hohen Norden, da werden wir Kollegen hinschicken müssen. Aber der Bruder wohnt nicht weit von Birk, den kann ich übernehmen. Vielleicht kann ich ja da mal vorsichtig auf den Busch klopfen.« Dann wandte er sich den beiden Männern in der Runde zu: »Markus und Florian, ihr beide seid ein gutes Team. Betreibt ein wenig Recherche vor Ort. Frau Jacoby war alleinstehend, aber irgendwelche Kontakte wird sie ja gehabt haben. Findet raus, mit wem sie befreundet war, wer sie wo zuletzt lebend gesehen hat, ob es einen – oder mehrere – Männer in ihrem Leben gab, und natürlich was sie und der Hartmann miteinander zu tun hatten. Schaut unbedingt auch in der Grundschule vorbei. Aber bitte kein Wort an die Dorfbevölkerung über eine mögliche Teufelsanbeterei. Das müssen wir anders rauskriegen. Ach ja, und dann solltet ihr noch dem Klüngel zwischen Hartmann und dem Wälder & Wiesen Verlag nachspüren.«

Garcia verstand es, seine Leute zu motivieren. Er wusste, dass Markus' Selbstwertgefühl darunter gelitten hatte, dass er mit der Story vom Würger nicht hatte punkten können. Und mit dieser Fülle an Aufgaben, die er Markus gab, ging Garcia geflissentlich darüber hinweg, dass er die Ermittlungen rund um Rudolf Zedelmaier selbst führen würde. Franzi wandte sich mit einem freundlichen Lächeln direkt an Markus.

»Ich hab dir doch von der Maibaumwache erzählt. Vielleicht geht ihr da mal auf ein Bier vorbei und kommt mit der Birker Jugend ins Gespräch.«

Markus grinste sie breit an: »Ein Bier mit dir wär mir lieber …«

»Ich trink kein Bier«, gab Franzi lächelnd zurück. »Das müsstest du doch eigentlich wissen.«

»Dann eben einen Hugo oder wie dein bevorzugtes Damengesöff heißt«, frotzelte Markus.

Garcia unterbrach das Geplänkel der beiden ungeduldig. »Den Besuch in der Psychosomatischen Klinik werden Franzi und ich übernehmen, sobald diese Pressekonferenz über die Bühne gegangen ist. Es tut mir leid, aber ich muss los. Möchte noch jemand was Wichtiges loswerden?«

Franzi blickte Garcia einen Moment lang prüfend an. Fast kam es ihm vor, als habe ihr Gesichtsausdruck etwas Spöttisches. Doch ihre Stimme klang wie immer.

»Ich möchte noch ein Wort über Hartmanns Witwe, Dolores Hartmann, verlieren. Ich sag's jetzt einfach mal direkt: Wir sollten sie keinesfalls aus dem Kreis der Verdächtigen ausschließen.«

»Das haben wir auch gar nicht.«

»Naja. Wir sind uns jedenfalls darüber einig, dass der Mord an Konrad Hartmann kein Affektmord war. Selbst wenn die Ehefrau ihn irgendwie dazu gebracht hätte, auf diesen Stuhl zu steigen, hätte sie es doch nach Selbstmord aussehen lassen und vorher die Handschellen entfernt. Trotzdem war etwas komisch: Die Mutter hat Dolores' Aussteuer erwähnt. Abgesehen davon, dass mir das irgendwie altmodisch vorkommt, klang es für mich, als sei sie die Vermögende gewesen. Und wie es aussieht, hat Konrad Hartmann ja nicht gerade viel zum Lebensunterhalt beigetragen. Wir sollten uns also schlaumachen, wie die finanzielle Lage der Hartmanns aussah, wem das Haus gehörte, ob es einen Ehevertrag gab, ob Lebensversicherungen abgeschlossen wurden und ob vielleicht Scheidungsabsichten vorlagen.«

»Gut. Danke, Franzi. Klemmst du dich dahinter?«

»Klar. Deswegen hab ich's ja gesagt.«

»Ich kann Frau Hartmanns Alibi checken, ich bin ja sowieso vor Ort«, bot Markus an.

»Gern«, sagte Garcia. »Und noch mal für alle: Das mit dem Würger bleibt vorerst unter uns. Kein Wort an die Presse, ihr kennt die Journalisten, das wäre ein gefundenes Fressen, und ich hab keine Lust auf eine Hetzjagd. Das Gleiche gilt für ›Luciferin‹, was auch immer es damit auf sich haben mag.«

Er blickte noch einmal prüfend in die Runde. Doch dann, wie auf Knopfdruck, lächelte er sein charmantes Lächeln, von dem man nie genau wusste, ob es nicht auch ein wenig einstudiert war.

»Danke euch allen, bessere Kollegen kann man sich kaum wünschen.«

Alle lächelten zurück, Franzi, Florian, sogar Frau Büchners Mundwinkel verzogen sich leicht nach oben. Steffi Holtzhaus blickte von ihren Aufzeichnungen auf und strahlte ihn an, und selbst Markus, der Garcia gegenüber gerade noch ein ziemlich langes Gesicht gezogen hatte, konnte sich ein Grinsen nicht verkneifen.

Montag Mittag

Der Konferenzsaal war fast bis auf den letzten Platz mit Journalisten besetzt. Es waren auch Fernsehteams gekommen, der Bayerische Rundfunk und ein paar private Regionalsender, die sich alle vorne mit ihren Kameras aufgestellt hatten. Einige Gesichter kannte Garcia, und wieder einmal fiel ihm auf, wie einheitlich die meisten Presseleute gekleidet waren, eigentlich auch sie uniformiert. Die vorherrschende Farbe der Hemden und Pullover war schwarz. Hier und da leuchtete eine weiße Bluse aus dem Dunkel der Menge, und ansonsten trugen fast alle ausschließlich Jeans. Krawatten suchte man hier vergeblich. Garcias Alltagskleidung unterschied sich nicht wesentlich von jener der Journalisten, und aus diesem Grund zog er es vor, bei Pressekonferenzen in Polizeiuniform aufzutreten, denn das setzte klare Grenzen und machte es ihm leichter, sich bei der Beantwortung von Fragen, die er in dieser Runde nicht erörtern wollte, in wohlklingende, jedoch wenig aussagekräftige Floskeln zu flüchten. Er sah aus wie ein Beamter, also war es nur eine logische Konsequenz, dass er sogenanntes »Beamtendeutsch« sprach.

Ihm war nicht ganz wohl, als er neben Staatsanwalt Dr. Engel vor dem überdimensionalen Wappen der Münchner Polizei, das das weißblaue Rautenmuster mit dem Münchner Kindl im Mönchsgewand verband, Platz nahm. Zwar war er ein gewandter Redner und hatte keine Scheu vor Kameras, aber heute galt es, etwas zu viele Details zu verschweigen. Einige Polizeikommissare in Uniform, die ebenfalls für die beiden Fälle eingeteilt waren, saßen bereits da – mehr jedoch als schmückendes Beiwerk und um das Verhältnis zwischen Presse und Referierenden etwas ausgewogener zu gestalten, zumindest quantitativ, denn sie hatten zuvor vereinbart, dass Engel die Fakten darlegen und Garcia die anschließenden Fragen der Journalisten beantworten sollte.

Engel machte seine Sache souverän. Er hatte keine Notizen vor sich liegen und referierte frei und flüssig. Er gab Angaben zu den Ermordeten und der Todesart, ohne freilich Details – wie zum Beispiel die Handschellen an Hartmanns Handgelenken – preiszugeben. Je weniger Raum für Spekulation blieb, desto besser konnte man die Berichterstattung regulieren. Das Fazit lautete, dass es noch keine heiße Spur gab, die Polizei Hinweise aus der Bevölkerung erbat und ansonsten – wie üblich – in alle Richtungen ermittelt wurde, und zwar auf Hochtouren.

Garcias schlimmste Befürchtungen traten ein, als gleich die erste Wortmeldung zeigte, dass die Journalisten gründlich recherchiert hatten.

»Können Sie uns sagen, ob die Ermittlungen auch einen verurteilten Straftäter betreffen, der in der Gemeinde Birk derzeit psychologisch behandelt wird und der Presse als ›Würger‹ bekannt ist?« Die Frage kam von einem langhaarigen Mann mit eckiger, schwarzumrandeter Brille, der für ein Münchner Boulevardblatt schrieb.

Garcia ergriff das Wort: »Wie gesagt, wir ermitteln in alle Richtungen und haben auch in dieser Angelegenheit Vorkehrungen getroffen. Wir bitten die Damen und Herren von der Presse jedoch um Rücksichtnahme auf den ehemaligen Straftäter, da es nach derzeitiger Sachlage keinerlei Hinweise auf einen Zusammenhang mit den Taten gibt.«

Damit gaben die Journalisten sich selbstverständlich nicht zufrieden, und so kam es zu einem regen Schlagabtausch, bei dem Garcia versuchte, diesem heiklen Thema nicht zuviel Raum zu gewähren und auf andere mögliche

Spuren abzulenken, wie zum Beispiel die Notwendigkeit, das familiäre Umfeld der beiden Toten genau zu überprüfen. Allerdings war ihm klar, dass er dadurch die entsprechenden Schlagzeilen, vor allem in der örtlichen Boulevardpresse, nicht würde verhindern können. Als er nach über einer Stunde zusammen mit Engel den Raum verließ, zeigte sich der Staatsanwalt alles andere als erfreut über den Verlauf der Konferenz.

»Wir brauchen dringend Ergebnisse, wenn wir nicht wollen, dass die Presse sich in wilden Spekulationen ergeht. Die wichtigste Frage wäre, zu klären, ob die beiden Morde in einem Zusammenhang stehen. Am Ende schreiben die noch was von einem Serienmörder, der das Münchner Umland in Angst und Schrecken versetzt.«

»Ich weiß«, seufzte Garcia und lockerte ein wenig seine Krawatte. Er war richtig ins Schwitzen geraten. »Ich fahre jetzt direkt ins rechtsmedizinische Institut und rede mit Professor Bernauer. Vielleicht gibt uns die Obduktion von Frau Jacobys Leiche ja den entscheidenden Hinweis. Ich melde mich bei Ihnen, sobald ich eine Spur erkennen kann.«

»Tun Sie das. Und verstärken Sie Ihr Team. Stellen Sie genügend Beamte zur Verfolgung der Hinweise aus der Bevölkerung ab und informieren Sie mich baldmöglichst über die Auswertungen der Computer- und Telefondaten. Morgen müssen wir der Presse etwas Konkretes bieten, wenn wir nicht ins Kreuzfeuer der Kritik geraten wollen.«

Ein kurzer Händedruck, und Engel eilte Richtung Ausgang. Garcia sah ihm mit gemischten Gefühlen nach. Der Staatsanwalt war ihm nicht gerade sympathisch, was zum Teil vielleicht an seinem Zitronengesicht lag, aber auch an der kurz angebundenen Art, die seine Anweisungen wie militärische Befehle rüberkommen ließ. Gleichzeitig jedoch musste Garcia sich eingestehen, dass der Staatsanwalt professionell vorging und rasch handelte. Er hatte sofort eingewilligt, sich um die Beschaffung der Computerdaten von Elisa Jacoby zu kümmern.

Bevor Garcia sich mit Franzi auf den Weg machte, zog er sich schnell in seinem Büro um. Er empfand es als Wohltat, wieder in seine Alltagsklamotten schlüpfen zu können. In aller Eile tauschte er die ungeliebte Uniform gegen Jeans und schwarzes Shirt, über das er einen anthrazitfarbenen Pullover zog. Im Hinausgehen schlüpfte er noch in seine schwarze Lederjacke, ohne die er selten außer Haus ging. Er kleidete sich gern schlicht, achtete aber immer darauf, dass die Klamotten saßen. Er holte Franzi in ihrem Büro ab, das am Ende des gleichen Ganges lag und das sie sich mit den beiden Steffis teilte. Alle drei Frauen waren am Telefon und sprachen mit gedämpften Stimmen, um sich gegenseitig nicht zu stören. Garcia gab Franzi ein Zeichen, dass er draußen warten wolle und fuhr mit dem Paternoster hinunter.

Er musste nicht lange auf seine Kollegin warten. Während er seinen Wagen auf die Sonnenstraße lenkte, berichtete Franzi ihm kurz, was sie bisher herausgefunden hatte.

»Wie ich vermutet hatte, kommt Frau Hartmann aus einer stinkreichen Familie. Die Stetters sind alteingesessene Bauern und haben durch den Verkauf von Ackerland, das mittlerweile in Baugrund umgewandelt wurde, ein Vermögen gemacht. Ihr Vater, Joseph Stetter, ist vor sieben Jahren verstorben, sie hat also bereits ein hübsches Sümmchen geerbt. Es bestand auch eine Lebensversicherung, die die Hartmanns bei ihrer Eheschließung vor dreizehn Jahren abgeschlossen haben. Seither wurde daran allerdings nichts verändert.«

»Hast du mit Frau Hartmann noch mal persönlich geredet?«

»Ja, sie ist momentan zu Hause und vorerst von ihrer Arbeit freigestellt. Sie hat mir bereitwillig Auskunft gegeben und bestätigt, was mir ihre Mutter schon gesagt hatte: Es war die perfekte Ehe, natürlich keine Scheidungsabsichten.«

»Und wie klang sie?«

Franzi überlegte: »Gefasst und ein wenig unterkühlt, würde ich sagen. Sie war nicht sehr erfreut über die Fragen, die ich ihr gestellt habe. Aber sie war kooperativ. Sie hat übrigens beteuert, dass ihr Mann und die Grundschuldirektorin sich gar nicht kannten.«

Garcia parkte seinen Wagen vor dem rechtsmedizinischen Institut in der Nußbaumstraße im absoluten Halteverbot. Parkplätze waren hier eine Rarität. Er legte die Plexiglasplakette mit dem bayerischen Polizeiwappen in die Windschutzscheibe, und gemeinsam betraten die beiden Kommissare den Neubau des großen Gebäudes. Sie meldeten ihren Besuch am Empfang und wurden darüber informiert, dass Professor Ludwig Bernauer sie bereits im Labor der Pathologie erwartete.

Garcia kannte den Weg und lotste Franzi über endlose Gänge, bis sie vor einer Tür standen, an der ein schlichtes Schild »Labor« angebracht war.

Bernauer, im weißen Kittel, war über ein Mikroskop gebeugt. Als die Kommissare den Raum betraten, erhob er sich sofort und ging ihnen freudig entgegen. Bernauer war äußerlich ziemlich genau das Gegenteil von Garcia: ein kleines, dürres Männchen, grauhaarig, bebrillt und unscheinbar. Aber er hatte eine herzliche Ausstrahlung, vor allem wenn er lächelte, was oft der Fall war. Und wenn es um Fachwissen ging, arbeitete Garcia mit keinem Pathologen lieber zusammen als mit ihm. Bernauers forensische Vorlesungen an der Uni galten als legendär, und die meisten Menschen begegneten ihm mit Ehrfurcht.

Privat war Bernauer ein leidenschaftlicher Familienmensch, der an den Wochenenden seine Kinder und Enkelkinder in seinem großen Fachwerkhaus im südlichsten Stadtteil Münchens, der eleganten Sollner Prinz-Ludwigs-Höhe, empfing. In diesem Haus war schon seine Gattin Liesl aufgewachsen, eine gebildete, feine Frau, die sich jedoch nach ihrem Medizinstudium aufs Kinderkriegen und -großziehen verlegt hatte.

Als Greta noch kleiner gewesen war, hatte Garcia oft die Papa-Wochenenden bei den Bernauers verbracht, weil sich da immer ein paar gleichaltrige Spielgefährten für Greta fanden. In letzter Zeit waren seine Besuche jedoch seltener geworden, weil Greta sich mittlerweile dort langweilte, wenn die Erwachsenen stundenlang quatschten, zumal ihre Spielkameraden von einst einer nach dem anderen ausgeblieben waren oder mit dem Nintendo in der Ecke hockten und kaum ansprechbar waren. Aber ab und zu kam Garcia noch abends auf ein Glas Rotwein beim Ehepaar Bernauer vorbei und stand Liesl Rede und Antwort, wenn es um seine Familiensituation ging. Manchmal hatte er den Verdacht, bei allem Familienglück labte sie sich doch an seinen Single-Geschichten, obwohl sie ihn natürlich lieber in geordneten Verhältnissen gesehen hätte. Meistens aber drehten sich ihre Unterhaltungen um interessante medizinische Fälle und die neuesten Techniken der Forensik.

Bernauer begrüßte Garcia herzlich: »Hallo Bub, schön, dass du mich besuchen kommst!«

»Servus, Professor.« Garcia kannte Bernauer schon, seit er seine Polizeilaufbahn begonnen hatte, und obwohl sie sich längst duzten, nannten sie sich aus alter Gewohnheit nie beim Namen. Bernauer schüttelte auch Franzi die Hand, die sich ihm fast ein wenig ehrfürchtig vorstellte. Dann bat er die beiden, auf Drehstühlen Platz zu nehmen, die eigentlich den Laboranten zugedacht waren.

»Nicht unbedingt gemütlich hier«, entschuldigte er sich. »Aber ich bin gerade erst mit der Obduktion von Frau Jacoby fertig geworden und dachte, ihr wollt die Informationen so schnell wie möglich.«

Er hielt sein Diktiergerät in die Höhe. »Hab alles drauf

gesprochen, den gedruckten Bericht könnt ihr in einer Stunde haben. Aber wir können das Ganze ja schon mal vorab ganz unbürokratisch durchgehen.«

»Gern, Professor.«

»Ihr habt die Leiche ja gesehen. Wie vermutet, war die Todesursache Erdrosseln. Die Untersuchungen von Kopf-, Brust- und Bauchhöhle haben nichts Relevantes ergeben, keine inneren Blutungen, und auch sonst weist die Ermordete keine auffälligen Verletzungen auf. Lediglich an ihren Knien finden sich Prellungen, ihre Rippen waren intakt, und auch im Gesicht hatte sie außer ein paar Druckstellen keine Wunden. Daraus lässt sich mit einiger Sicherheit folgendes Szenario rekonstruieren: Der Täter hat ihr von hinten mit dem Draht die Luftröhre abgeschnürt, woraufhin sie erst auf die Knie gefallen und dann mit dem restlichen Oberkörper nach vorn gesackt ist. Der Täter hat sie einfach so liegen lassen, er muss sich also sehr sicher gewesen sein, dass sie tot war.«

»Heißt das, der Täter hat sich von hinten angeschlichen, ihr die Schlinge um den Hals gelegt und sie ermordet, ohne dass sie ihren Mörder zuvor auch nur sehen konnte?«

»Gut möglich. Wobei wir das Thema Schlinge noch genauer betrachten müssen. Jedenfalls hat der Täter sorgsam darauf geachtet, keinerlei Spuren zu hinterlassen, was ihm am Körper der Toten auch gelungen ist. Vielleicht hat die Spurensicherung ja mit ihrem Mantel mehr Glück.«

»Aber geht das mit dem Erdrosseln denn wirklich so ganz ohne Kampfspuren?«, fragte Franzi.

»Das müsstet ihr mir eigentlich beantworten. Wie wär's, Lust auf eine kleine Demonstration?«

»Klar, gern«, meinte Garcia, obwohl er keine Ahnung hatte, wie der Professor sich das vorstellte.

»Na dann, wenn ich euch bitten dürfte, euch zu erheben«, sagte Bernauer freundlich und stand selbst von seinem Stuhl auf. Franzi und Garcia erhoben sich ebenfalls und standen nun ein wenig steif vor dem Professor.

»Wenn Sie nichts dagegen haben«, wandte dieser sich an Franzi, »würde ich Sie bitten, für einen Augenblick in die Rolle des Opfers zu schlüpfen. Keine Sorge, wir simulieren nur. Legen Sie doch bitte schon mal das da um den Hals.«

Er reichte Franzi eine Halskrause, wie sie bei Schleudertraumata zum Stützen der Wirbelsäule verwendet wird.

»Und du, Bub«, forderte er Garcia auf, »stellst dich jetzt hinter deine werte Kollegin.«

Bernauer drückte ihm einen etwa einen Meter langen Draht in die Hand.

»Wir wissen, dass der Täter einen Metalldraht von ziemlich genau dieser Dicke verwendet hat. Kein anderes Material hinterlässt solche Spuren. Versuch jetzt mal, Frau Lorenz diesen Draht um den Hals zu schlingen und zuzuziehen. Keine Sorge, durch die Halskrause hindurch spürt sie gar nichts. Deine Hauptaufgabe besteht darin, so vorzugehen, dass du sie dabei möglichst nicht berührst.«

Garcia stellte sich dicht hinter Franzi. Er war ein gutes Stück größer als sie. Einen Augenblick zögerte er. So nah war er ihr körperlich noch nie gewesen. Er blickte auf sie hinunter und nahm jedes Detail an ihr wahr: den schönen Schimmer ihrer dunkelbraunen Haare, die kleinen silbernen Ringe in ihren Ohrläppchen, ihren zarten Duft. Er atmete einmal tief durch, dann wickelte er sich ein Ende des Drahtes um die rechte Hand, langte über ihren Kopf, legte ihr den Draht um den Hals und griff mit der linken Hand nach dem anderen Ende. Er streifte dabei ihren Kopf, und es gelang ihm auch nicht sofort, das andere Ende des Drahtes zu fassen. Also probierte er es noch einmal, indem er beide Enden um jeweils eine Hand wickelte und erneut versuchte, über ihren Kopf zu langen, ohne sie dabei zu berühren. Es glückte ihm, doch kaum zog er an – und das tat er trotz Bernauers Beteuerungen nur sehr behutsam – strauchelte Franzi und fiel rückwärts gegen Garcia, der sie mit beiden Armen auffing. Sofort rappelte sie sich wieder auf. Sie war rot geworden, und die blaue Vene auf ihrer Stirn schien zu pochen.

»Danke, das reicht!«, rief Bernauer. »Nun müsst ihr bedenken, dass das Opfer ja nicht stocksteif dagestanden ist und auf seinen Mörder gewartet hat. Es war also Bewegung in dem Ganzen. Ich denke, es ist fast unmöglich, keine Spuren zu hinterlassen. Allein schon, dass Frau Jacoby nicht einmal die Mütze vom Kopf gefallen ist, ist doch mehr als seltsam. Es muss sich also anders zugetragen haben, als wir es hier gerade durchgespielt haben. Und das wiederum lässt Rückschlüsse auf das verwendete Tatwerkzeug zu.«

Garcia und Franzi warteten gespannt. Bernauer setzte sich, nahm die Brille ab, putzte sie umständlich und blickte die beiden aus seinen leicht zusammengekniffenen, kurzsichtigen Augen freundlich verschmitzt an. »Wisst ihr, was eine Garotte ist?«

»Ich hab so was mal im Foltermuseum gesehen«, sagte Garcia und fügte schnell hinzu: »Mit Greta, im Urlaub in Cordoba. Die einzigen Museen, die sie spannend findet.«

»In Spanien wurde die Garotte zur Hinrichtung und zur Folter verwendet«, bestätigte Bernauer und setzte sich die Brille wieder auf. »Der Gefangene war an einen Holzpfahl gefesselt, und mit einem Würgeisen wurde ihm die Luft abgeschnürt. Schauderhaft! Aber ich meine eine moderne Garotte – beliebtes Mordinstrument bei der Mafia. Heutzutage kann sich jeder die Einzelteile im Baumarkt besorgen und ganz einfach zusammenbasteln: ein dünner Metalldraht, an jedes Ende wird ein etwa 15 Zentimeter langes Holzstück befestigt, fertig. Der Mörder nimmt die Garotte an den Holzgriffen, schleicht sich von hinten an sein Opfer, legt ihm die Metallschlinge um den Hals, zieht sie ohne allzu großen Kraftaufwand fest zu und drückt ihm die Luftröhre ab. Sein

Opfer erstickt qualvoll, ohne dass es auch nur Zeit hatte, einen Pieps von sich zu geben.«

»Und du meinst, das war die Mordwaffe?«

»Nun, die Garotte ist seit einiger Zeit wieder in Mode gekommen. Es gab in den letzten Jahren zwei solche Fälle in Deutschland. Sowas spricht sich rum, man braucht ja nur die Zeitung zu lesen.«

»Der Mord in der Lüneburger Heide vor ein paar Jahren. Ich erinnere mich«, warf Garcia ein.

Bernauer nickte. »Die Leiche hab ich nicht zu Gesicht bekommen. Aber zwei Jahre später war ich zufälligerweise gerade in Halle für eine Vortragsreihe, als dort eine junge Frau mit einer Garotte ermordet wurde. Mein Kollege hat mich einen Blick auf seinen Obduktionstisch werfen lassen. Genau die gleiche tiefe rote Rille am Hals.«

»Aber soweit ich weiß, waren die Täter in beiden Fällen die Ehemänner«, schaltete Franzi sich ein.

»Das ist richtig«, bestätigte Bernauer, und in seiner Stimme schwang Anerkennung mit. »Also keine Mafiamorde. Trotzdem waren es geplante Morde. Jedenfalls kann man bei der Benutzung einer Garotte einen Affektmord ziemlich sicher ausschließen.«

»Dann hätten wir es jetzt also schon mit zwei geplanten Morden zu tun«, überlegte Garcia. »Das heißt, im Fall Jacoby hat der Täter ihr entweder aufgelauert oder ist mit ihr in den Wald gegangen, hat sie vom Weg gelotst und sie dann ermordet.«

»Das mit dem Auflauern ist so eine Sache«, meinte Bernauer. »Immerhin können wir den Todeszeitpunkt ziemlich sicher auf Freitagabend, so zwischen 19 und 21 Uhr eingrenzen. Da war es also schon dunkel.«

»Ja, und nicht nur das. In dieser Nacht war dichter Nebel im Wald von Birk, der von der Isar aufgestiegen ist. Das ist in dieser Jahreszeit dort häufig so«, fügte Franzi hinzu.

»Jedenfalls hatte der Täter oder vielleicht auch die Täterin mit dieser Mordwaffe ein leichtes Spiel«, verfolgte Bernauer seine Theorie, »zumal Frau Jacoby klein und leicht war. Sie hatte eher den Körper eines jungen Mädchens als den einer Frau.«

»Kannst du uns denn irgendwas darüber sagen, ob die beiden Morde von der gleichen Person verübt worden sein könnten? Sie sind ja fast zeitgleich geschehen oder eben kurz hintereinander.«

»Das ist ganz schwer zu sagen.« Bernauer dachte kurz nach. »Zwar sind beide erstickt, die Tatwerkzeuge waren aber nicht die gleichen. Warum sollte ein Täter bei einem die praktische Garotte benutzen, sich jedoch beim anderen – entschuldigt das Zynische dieser Betrachtung – die Mühe machen, ihn aufzuknüpfen?«

»Das wär ein Ding«, meinte Garcia. »Zwei Täter, die gleichzeitig zwei Menschen in der gleichen Gemeinde ermorden. Vielleicht steckten die beiden ja unter einer Decke und das Ganze hat einen Zusammenhang?«

»Dann sollten wir so schnell wie möglich klären, wie die beiden Ermordeten in eine persönliche Beziehung zu bringen sind«, sagte Franzi und wollte schon aufstehen. Doch Garcia blieb sitzen.

»Ich habe noch eine Frage, was die Leiche von Konrad Hartmann betrifft. Er hatte eine Verbrennung an der linken Schulter.«

»Das müsste ich mir erst an der Leiche ansehen. Habt ihr noch so lange Zeit?«

Garcia warf einen Blick auf seine Uhr. Es war bereits 13.30 Uhr, und er hatte den Eindruck, den Tag bisher mit viel Gerede und wenig aktiver Ermittlungsarbeit verbracht zu haben.

»Wir haben um 14 Uhr einen Termin in der Psychosomatischen Klinik Rieden. Das wird sowieso knapp. Kannst du mich auf dem Handy anrufen?«

Bernauer lächelte und erhob sich. »Mach ich, Bub.« Er klopfte Garcia mit einer väterlichen Geste auf die Schulter. »Dann viel Glück. Und lass dich mal wieder bei uns blicken. Die Liesl hat schon nach dir gefragt.« Dann, an Franzi gewandt, augenzwinkernd: »Und nehmen Sie sich vor dem Kerl in Acht. Der hat ein Auge auf Sie geworfen.«

Zufrieden registrierte Garcia, dass Franzi zum zweiten Mal an diesem Tag rot wurde.

Montag Nachmittag

»Wollen wir unterwegs kurz halten und uns was zu essen kaufen?« Franzis Frage kam zögerlich. Sie konnte körperlich spüren, wie sehr Garcia unter Druck stand, und sie würden den Termin in der Klinik auch ohne Zwischenstopp nicht pünktlich schaffen.

Abrupt bremste Garcia den Wagen auf der Lindwurmstraße und fuhr in eine Parklücke. »Du hast recht. Mir brummt auch schon der Magen. Gegenüber ist eine Pizzeria, da können wir uns was holen. Ist es dir recht, wenn wir unterwegs essen?«

»Gern«, antwortete Franzi erleichtert, während sie versuchten, die viel befahrene Lindwurmstraße zu überqueren, ohne dabei überfahren zu werden. »Wenn man in deinem Dienstwagen essen darf?«

»Hältst du mich für so einen Spießer?«, fragte Garcia mit einem Lächeln.

Franzi antwortete nicht, aber sie erwiderte sein Lächeln. Gemeinsam betraten sie den Laden, bestellten sich ein paar Pizzastücke und Cola zum Mitnehmen und warteten ungeduldig, bis der Kellner alles verpackt hatte. Dann eilten sie zurück zum Wagen. Kaum war Garcia angefahren, rief Markus ihn auf dem Handy an. Garcia antwortete über die Freisprechanlage.

»Hallo Markus! Gibt's was Neues? Du bist auf laut, Franzi hört mit.«

»Hallo ihr zwei. Ihr hattet recht, der Hexenwirt von Birk ist ein Traum. Tolles Essen!«

»Na, dann prost Mahlzeit«, sagte Garcia. »Rufst du deswegen an?«

»Nein. Weil mir langweilig ist … Spaß beiseite, ich hatte gerade das Vergnügen mit der guten Frau Schindel. Ihr wisst schon, die alte Dame, um die Dolores Hartmann sich kümmert. Die Schindel ist völlig aus dem Häuschen wegen dem Mord am Hartmann. Von der Jacoby wusste sie noch gar nichts, das hat sie vollends fertiggemacht.«

»Konntest du das Alibi von Frau Hartmann checken?«

»Fast auf die Minute, dem Fernsehen sei Dank. Frau Schindel schaut nämlich jeden Abend die Tagesschau von 20 Uhr bis 20.15 Uhr. Danach hat sie in der ARD eine Schnulze angeschaut, dabei ist sie dann wohl eingeschlafen. Naja, wen wundert's … Wann genau das war, konnte sie mir zwar nicht sagen, aber sie konnte mir den Film ziemlich genau erzählen. Ein Anruf beim Sender hat ergeben, dass sie kurz vor Schluss, genauer gesagt bei Minute 84 eingeschlafen ist, also um 21.39 Uhr. Bis dahin war Frau Hartmann jedenfalls noch bei ihr.«

»Danke, Markus, wirklich gute Arbeit. Wir sind auch auf dem Weg nach Birk, ich meld mich später bei dir.« Garcia legte auf und gab Gas.

Die Psychosomatische Klinik Rieden bestand aus zwei modernen Gebäuden, die durch eine gläserne Brücke miteinander verbunden waren. Die Architektur aus Glas und Stahl wirkte kühn in dieser ländlichen Gegend, zumal die Klinik direkt an den Waldrand gebaut worden war. In der großen luftigen Eingangshalle stand mittig ein Tresen, hinter dem zwei sehr gepflegt wirkende Damen saßen.

»Hier sieht's mehr aus wie bei einer Unternehmensberatung. Man merkt gar nicht, dass man in einer Klinik ist«, stellte Franzi fest und schnupperte. »Nicht mal nach Desinfektionsmittel riecht's hier.«

Garcia erklärte einer der beiden Damen am Empfang, dass er einen Termin bei Dr. Bertold habe. Die Dame telefonierte kurz und beschrieb ihm dann den Weg.

Franzi und Garcia fuhren mit dem Aufzug hinauf. Mit ihnen war ein junger Mann in den Aufzug getreten, der stark nach Zigaretten roch. In der Hand hielt er ein Päckchen Rothändle ohne Filter, das er gerade in seiner Jackentasche verstaute. Garcia musterte ihn verstohlen, konnte jedoch an seinem Verhalten nichts Auffälliges finden. Aber schließlich waren sie ja hier nicht in einer Irrenanstalt, wie man sie aus amerikanischen Spielfilmen kannte.

Im zweiten Stock stiegen die Kommissare aus, der Mann fuhr weiter. Durch die Fenster fiel helles Licht, ansonsten war es fast gespenstisch still. Sie öffneten die Glastür mit der Aufschrift »Privatstation 2b« und betraten einen langen Gang. Kaum waren sie durch die Tür getreten, hörten sie ungewöhnliche Klänge. Es handelte sich wohl um Cellomusik, aber schnell wurde klar, dass die Musik nicht aus der Konserve kam, sondern jemand übte. Eine Schwester im grünen Pflegeroutfit lief den Gang entlang und öffnete direkt vor Franzi und Garcia eine Patiententüre. Diese blieben automatisch stehen und warfen einen Blick in das Zimmer. Eine sehr junge Frau, wohl kaum älter als 20, saß auf einem Stuhl und spielte Cello. Von hinten schien Sonnenlicht durch das Fenster und strahlte das Mädchen an. Seine langen blonden Haare schimmerten wie Gold, und von der ganzen Erscheinung ging etwas Ätherisches aus. Gebannt blickten die beiden Kommissare auf diese Szenerie. Doch die Schwester machte dem Zauber ein schnelles Ende.

»Junges Fräulein, jetzt hammas Eana scho so oft g'sagt, dass des ned geht mit dem Üben hier droben. Sorry, aber mir ham halt auch unsre Vorschriften.«

Doch die junge Frau spielte einfach weiter. Völlig vertieft war sie in ihr Spiel, und wenn es wohl auch kaum möglich schien, dass sie die Schwester nicht gehört hatte, unterbrach sie den sanften Fluss der Töne nicht. Die Schwester blieb unschlüssig stehen, am liebsten hätte sie der Cellistin wohl den Bogen aus der Hand gerissen, doch das wagte sie doch nicht. Stattdessen klatschte sie laut in die Hände und rief: »Jetzt aber Schluss. Ham S' ned gehört, was ich Eana sag?«

Die Frau spielte unbeirrt weiter. Erst als das Stück zu Ende war, legte sie behutsam den Bogen zur Seite und erhob sich, das Cello noch in der Hand.

»Ich muss üben«, sagte sie schlicht. Ihre Stimme klang sehr mädchenhaft, fast kindlich.

»Ja, aber ned hier. Wie stellen S' Eana des vor? Mir san doch koa Konservatorium ned.« Die Schwester folgte dem Blick der Frau zur Tür und bemerkte jetzt erst die beiden Kommissare. Kurzerhand ging sie zur Tür und schloss sie ihnen vor der Nase.

»*Der Tod und das Mädchen*«, murmelte Franzi.

»Was?«

»Eines der berühmtesten Streichquartette von Franz Schubert.«

Garcia blickte sie erstaunt von der Seite an. »Ich wusste gar nicht, dass du dich mit klassischer Musik auskennst«, sagte er bewundernd.

»Es gibt vieles, was du über mich nicht weißt«, bemerkte Franzi mit einem fast aufreizenden Lächeln. Doch dann wurde sie sofort wieder ernst, als habe sie damit schon zu viel von ihrem Privatleben preisgegeben.

»Stimmt«, dachte Garcia. »Eigentlich weiß ich so gut wie gar nichts von dir.« Aber er schwieg.

Im Weitergehen fügte Franzi leise hinzu: »Ich hab selber mal Cello gespielt, ist aber lang her. So, wo ist jetzt das Zimmer von Dr. Bertold?«

Sie ging den Gang entlang voraus und blieb dann vor einer Zimmertür stehen. »Dr. med. Rainer Bertold. Leitender

Oberarzt«, las sie vor. Sie klopften an und betraten den Raum.

Dr. Bertold saß hinter seinem Schreibtisch, das Gesicht zur Tür gewandt, und telefonierte. Hinter ihm gab ein großes Fenster den traumhaft malerischen Blick auf das bewaldete Isartal frei. Der Arzt im weißen Kittel erhob sich nur halb und bedeutete den Kommissaren, Platz zu nehmen. Er mochte wohl an die fünfzig sein, hatte nur noch wenige Haare auf dem Kopf und trug eine randlose Brille. Dennoch sah er nicht unattraktiv aus, und sein Lächeln strahlte etwas Warmherziges aus. Er beendete schnell sein Telefonat und reichte den Kommissaren über den Schreibtisch hinweg die Hand.

»Freut mich, Sie persönlich kennenzulernen«, begrüßte er Garcia.

»Verzeihen Sie die Verspätung«, entschuldigte sich dieser. »Die Pressekonferenz ging doch länger als erwartet.«

»Und außerdem sind wir gerade noch in den Genuss eines kleinen Cellokonzerts gekommen«, fügte Franzi lächelnd hinzu.

Dr. Bertold sah sie verständnislos an.

»Eine Ihrer Patientinnen hat gerade wunderschön Cello gespielt«, erklärte sie. »Aber wie es aussieht, hat sie keinen geeigneten Übungsraum.«

Garcia sah Franzi prüfend von der Seite an. Er wunderte sich darüber, dass ihr dieses Thema offensichtlich wichtig war, und irgendwie gefiel ihm diese Haltung.

»Ach so!« Jetzt erst verstand Dr. Bertold, wovon Franzi sprach. »Hanna Herzog ist Cellistin bei den Münchner Philharmonikern. Leider haben wir noch nicht das passende Übungszimmer für sie gefunden, und vor allem die älteren Patienten fühlen sich gestört. Sie sehen, wir Ärzte müssen uns mit vielfältigen Angelegenheiten auseinandersetzen.« Es klang ein wenig selbstgefällig, aber gleichzeitig zwinkerte Dr. Bertold verschmitzt mit den Augen. Gleich darauf nahm sein Gesichtsausdruck jedoch etwas Besorgtes an: »Die beiden Todesfälle am Wochenende haben uns alle sehr erschüttert. Und das hier in Birk, wo Fuchs und Hase sich gute Nacht sagen. Es tut uns unendlich leid für unsere geschätzte Mitarbeiterin Frau Hartmann.«

»Ja, so was ist immer schwer zu fassen«, pflichtete Garcia ihm bei. »Wissen Sie denn, wie es Frau Hartmann mittlerweile geht?«

»Sie ist jetzt erst mal bis auf Weiteres beurlaubt. Ich habe noch nicht persönlich mit ihr gesprochen, aber wir haben ihr selbstverständlich jede Hilfe angeboten. Sie arbeitet seit mittlerweile sieben Jahren bei uns und ist eine sehr geschätzte und zuverlässige Mitarbeiterin.«

»Kannten Sie ihren Mann?«, fragte Franzi.

»Ich hatte ein paar Mal mit ihm zu tun, er war ja der Bürgermeister von Birk. Aber ich kann nicht behaupten, dass ich ihn gekannt hätte. Es ging immer nur um Geschäftliches. Vor drei Wochen war er hier, zur zehnjährigen Jubiläumsfeier unserer Klinik, und hat eine kleine Rede gehalten. Das hat er wirklich sehr nett gemacht, er war ein guter Redner.«

»Komisch«, dachte Garcia. »Es scheint so, als habe kaum jemand in Birk den Privatmann Konrad Hartmann gekannt. Nur den Bürgermeister.« Laut fragte er: »Konnten Sie bereits überprüfen, ob Ihr Patient Rudolf Zedelmaier die Klinik ab und an verlassen hat, vielleicht auch nur um Luft zu schnappen oder ein wenig spazieren zu gehen?«

»Ich habe mit dem Pflegepersonal gesprochen«, erwiderte Dr. Bertold. »Mir wurde definitiv bestätigt, dass Herr Zedelmaier die Klink seit seiner Einlieferung kein einziges Mal verlassen hat. Natürlich ist das hier keine geschlossene Anstalt, jeder kann ein- und ausgehen, wie er möchte, und wir kontrollieren unsere Patienten nicht. Aber ich bin überzeugt, dass Herrn Zedelmaiers derzeitiger Zustand es ihm gar nicht ermöglicht, alleine das Haus zu verlassen.«

»Wie ist denn sein derzeitiger Zustand?«, wollte Garcia wissen.

»Nun, wie ich Ihnen am Telefon schon gesagt habe: Er leidet unter einer depressiven Störung. Die auffälligsten Zeichen sind Antriebslosigkeit, soziale Selbstisolation, suizidale Gedanken. Das Aufstehen fällt ihm schwer, das Laufen, das Essen. Zu allem braucht er Unterstützung.«

»War er denn bei Frau Hartmann in Behandlung?«, fragte Franzi.

Dr. Bertold lächelte nachsichtig. »Frau Hartmann ist Ergotherapeutin. Sie hilft den Patienten, ihre eigenen kreativen Potenziale zu entfalten, was natürlich ein weit gestecktes Feld ist. Um Ihnen ein Beispiel zu nennen: die Patienten gestalten Bilder, die sie dann in einer Gruppenarbeit interpretieren. Oder Frau Hartmann macht Übungen mit den Patienten, durch die sie ihre Belastbarkeit und ihre Selbstständigkeit stärkt, um ihnen zu einem strukturierten Tagesablauf zu verhelfen. Ergotherapie ist nur eine der außerordentlich vielfältigen Therapieformen, die wir hier anbieten, aber selbstverständlich braucht der Patient dazu erst eine gewisse Stabilität, und die hat Herr Zedelmaier definitiv noch nicht erlangt.«

»Wäre es denn möglich, dass wir mit Herrn Zedelmaier reden?«, fragte Garcia.

Dr. Bertold seufzte tief: »Die Frage habe ich befürchtet. Ich habe darüber auch schon mit dem Klinikchef geredet. Wir sind uns einig, dass das momentan keine gute Idee wäre. Bitte haben Sie Verständnis, dass wir unsere Patienten schützen müssen. Wenn die Staatsanwaltschaft ihn als Zeugen vorlädt, ist das natürlich etwas anderes. Aber solange nichts gegen ihn vorliegt …«

»Verstehe«, sagte Garcia und erhob sich. Innerlich ärgerte er sich ein wenig über die professionell unangreifbare Art des Arztes, die ihm signalisierte, dass jede weitere Diskussion zwecklos war. »Vielleicht kommen wir noch mal darauf zurück«, begnügte er sich zu entgegnen. »Und vielen Dank schon mal, dass Sie sich die Zeit für uns genommen haben.«

»Gerne.« Dr. Bertolds Gesichtszüge entspannten sich wieder, und sofort kehrte das verschmitzte Lächeln in sein Gesicht zurück. »Sie haben ja meine Telefonnummer. Sie können sich jederzeit an mich wenden. Alles Gute. Und danke für Ihr Vertrauen.«

Das klang so typisch nach Arzt, dass Garcia kurz auflachen musste. Als er gemeinsam mit Franzi den Raum verließ, ging gerade eine ältere, mit einem Blumenstrauß bewaffnete Dame den Gang entlang. Ein Pfleger eilte ihr mit einer Vase entgegen und geleitete sie zur richtigen Zimmertür. Als sie am Zimmer von Hanna Herzog vorbeigingen, war es totenstill. Das Cellospiel war mittlerweile verstummt.

Garcia hatte vier neue Nachrichten auf seiner Mailbox. Die Spurensicherung teilte ihm mit, dass eine fremde Faser auf dem Mantel von Frau Jacoby gesichert werden konnte, die vermutlich von einem dunkelgrauen Lodenmantel stammte. Steffi Holtzhaus hatte ihm die genaue Adresse des Bruders der ermordeten Direktorin hinterlassen, ein gewisser Sven Jacoby, der auf einem etwas entlegenen Hof westlich von Birk lebte. Markus hatte ihm die Mailbox bis zum Anschlag und in einem atemberaubenden Tempo vollgequatscht: Die Eltern von Frau Jacoby waren laut Aussage der Kollegen kaum vernehmungsfähig und wussten auffallend wenig vom Leben ihrer Tochter. Überhaupt erhärtete sich der Eindruck, dass Elisa Jacoby eine Einzelgängerin gewesen war, auch wenn ihr Tod in der Grundschule und im Hexenwirt natürlich Tagesgespräch war. Irgendwie klang alles, was Markus da mitteilte, nach unglaublichen Erfolgserlebnissen, obwohl er ja eigentlich nicht sehr viel weitergekommen war, dachte sich Garcia. Und dann folgte noch eine Nachricht von Bernauer, der glaubte, das Rätsel um die Verbrennung an Hartmanns Schulter gelöst zu haben. Außerdem meldete Garcias Handy noch zwei SMS: Lydia, die ihn knapp um baldigen Anruf bat, und Konstanze, die sich in flirtivem Ton einer Verabredung entgegentastete, als habe es nie eine Verstimmung gegeben.

»Komisch«, dachte Garcia, »die beruflichen Angelegenheiten werden mir draufgesprochen, die privaten Nachrichten krieg ich gesimst. Vielleicht sollte ich mal meine privaten Kontakte überdenken ...«

Er gesellte sich zu Franzi, die am Waldrand auf und ab ging. »Haben wir Zeit für einen kleinen Spaziergang?«, fragte sie. »Ich würde gern was überprüfen.«

»Suchst du nach okkulten Zeichen?«

»Komm mit.« Franzi deutete auf einen sehr schmalen, kaum sichtbaren Trampelpfad, der in den Wald hineinführte und vermutlich nur von Hundebesitzern und Schwammerlsuchern genutzt wurde. Keine hundert Meter weiter nämlich führte der breitere angenehme Spazierweg am Isarhochufer entlang durch den Wald zum Ortsteil Birk. Während Garcia hinter Franzi herging – für zwei Personen war der Weg zu schmal – berichtete er ihr von den neuesten Erkenntnissen.

»Stell dir vor, der Bernauer tippt darauf, dass die kleine Brandwunde auf Hartmanns Schulter durch ein Elektroimpulsgerät verursacht wurde. Er meint, es muss ein sehr starker Stromschlag gewesen sein, und solche Elektroschocker seien heutzutage in Deutschland gar nicht mehr zugelassen. Wenn das stimmt, hätte der Bernauer das Rätsel gelöst, wie Hartmann an den Haken kam.«

»Das heißt, er wurde erst durch einen Stromschlag mit dem Elektroschocker gelähmt oder betäubt. Dann war er zwar außer Gefecht, aber er wog ja immer noch fast 90 Kilo«, gab Franzi zu bedenken.

»Hmm. Es hieß ja im Gutachten, der zweite Knoten sei erst vor Ort geknüpft worden. Ich stell mir das so vor: Der Hartmann wurde per Elektroschock betäubt, dann wurden erst mal seine Hände mit Handschellen gefesselt und sein Mund zugeklebt. Dann wurde ihm die Schlinge um den Hals gelegt, das andere Ende des Seiles um den Haken geschlungen und angezogen. Jetzt brauchte man nur noch zu warten, dass der Hartmann wieder zu sich kommt, und konnte ihm durch Ziehen am Seil die Luft abschnüren. Dadurch konnte man ihn zwingen, sich auf den Stuhl zu stellen. Er war ja völlig wehrlos.«

Franzi ließ diese neue Erkenntnis kurz sacken. »Ein kluger Plan«, meinte sie schließlich. »Damit hätte der Täter – oder in dem Fall vielleicht nun doch die Täterin – quasi die Schwerkraft überlistet … Saubere Sache. Deswegen hat die Spurensicherung auch keine fremde DNA an Hartmanns Leiche gefunden … Aber sag mal, hätte es von dem Sturz dann nicht Prellungen oder Hämatome geben müssen?«

»Nicht unbedingt. Gerade wenn man so locker fällt – wie bei Besoffenen. Die bleiben nach Stürzen auch oft unverletzt.«

Franzi nickte. »Stell dir vor, eine kleine Rötung an der Schulter liefert uns so bedeutungsvolle Erkenntnisse. Professor Bernauer ist schon der Beste.«

»Und der Florian. Dem kam die Verbrennung doch komisch vor. Der Kerl ist zwar nicht sehr redselig, hat aber eine Menge Potenzial. Ich bin froh, mir den ins Team geholt zu haben.«

Jetzt erst fiel Garcia auf, dass sich der Trampelpfad im Nichts aufgelöst hatte und sie einfach mitten durch den Wald marschierten. Aber Franzi ging unbeirrbar schnurstracks geradeaus weiter, als kenne sie sich genau aus. Sie schlüpften unter dem Absperrband hindurch, das ein weites Areal rund um den Tatort für Spaziergänger sperren sollte. Und da sahen sie auch schon von Weitem das kleinere abgesteckte Fünfeck, in dem die Tote gefunden worden war.

Kurz davor blieb Franzi stehen und drehte sich zu Garcia um: »Ich bin zwar keine Leuchte in Geografie, aber ich hab's mir doch gedacht. Wenn man bei der Klinik auf dem kleinen Pfad in den Wald geht und einfach immer geradeaus läuft, kommt man direkt zum Tatort.«

»Guter Orientierungssinn«, bemerkte Garcia anerkennend. Er sah sich um. »Das könnte dann doch eventuell auf einen Täter aus der Klinik hinweisen.«

Franzi nickte langsam. »Die andere Frage ist: Was hat Elisa Jacoby hier gemacht?«, überlegte sie. »Ihren Mörder bei der Klinik abgeholt, um dann mit ihm in den Wald zu gehen? Das kann ich mir irgendwie kaum vorstellen.«

Garcia versuchte, sich in das Szenario hineinzuversetzen. Vom Isarhochufer stiegen erste Nebelschwaden auf, und es war empfindlich kühl geworden. Er fröstelte in seiner Lederjacke. Eigentlich war es noch Winter, auch wenn die Tage nun schon den nahenden Frühling erahnen ließen. Ein Wintermantel … er stellte sich die Frau vor, eingehüllt in ihren Wintermantel, die Mütze tief ins Gesicht gezogen, wie sie über den Waldboden stapfte. Neben ihr ging ein Mann, groß, dunkel gekleidet, in höflich distanziertem Abstand, die Hand in seiner Manteltasche. Was die Frau nicht ahnte: Er tastete nach der Garotte, die in seiner Manteltasche bereitlag, so dass er sie nur im richtigen Moment hervorzuziehen brauchte. Der Nebel wurde dichter, und Garcia fragte sich, ob die Frau wohl Angst gehabt hatte. Vielleicht war sie aber auch allein unterwegs gewesen, war vom Pfad abgekommen und hatte plötzlich vor diesem Mann gestanden. In seiner Vorstellung war es eindeutig ein Mann. Aber er hatte sie ja von hinten überrascht. Was hatte sie bei dem Gebüsch gewollt? Hatten sie sich vielleicht dort verabredet, die Luciferin und ihr Lucifer, um bei Nacht und Nebel etwas zu vergraben, ein Ritual zu vollziehen? Er bog die Zweige der Büsche beiseite, kniete nieder, betastete vorsichtig den Waldboden. Nichts. Er betrachtete die Zweige des Gebüschs, erhob sich dann und untersuchte die Baumstämme, die dieses auffällige Pentagon bildeten. Vielleicht war dort etwas eingeritzt, vielleicht war diese seltsame Baumgruppe ein magischer Ort? Aber er fand nichts. Nichts, nichts, nichts!

»Verdammt!«, fluchte er laut. Franzi hatte sein Treiben schweigend beobachtet. Jetzt schlug sie den Kragen ihres dunkelblauen Trenchcoats hoch. Sie fror. Garcia blickte auf seine Uhr, es war bereits nach 17 Uhr. »Lass uns zurückgehen«, sagte er. »Ich wollte eigentlich noch Frau Jacobys Bruder einen kurzen Besuch abstatten. Er heißt Sven Jacoby und betreibt ein paar Kilometer von hier in der Pampa einen Biobauernhof. Aber ich fürchte, wir schaffen das alles heute nicht mehr. Wichtiger ist es mir, Frau Jacobys Wohnung in Rieden zu begutachten, zu ihrem Bruder können wir morgen fahren.«

»Wieso teilen wir uns nicht auf?«, schlug Franzi vor. »Du siehst dir die Wohnung an, ich fahr derweil zu ihrem Bruder.«

»Ich weiß nicht. Meinst du nicht, wir sollten zu zweit zu ihm fahren?«

»Warum denn? Ich schaff das schon allein. Vielleicht sind Markus und Florian ja noch in Birk, dann könnten sie mitkommen.«

Franzi holte ihr Handy aus der Gesäßtasche ihrer Jeans und schaute auf das Display. »Hier im Wald ist kein Empfang.«

Langsam gingen sie Richtung Klinik zurück. Durch den Nebel hatte sich die Stimmung verändert, alles war plötzlich in ein milchiges Licht getaucht – die Silhouetten der Bäume und Sträucher wirkten, als seien sie mit dem Weichzeichner bearbeitet worden. Diesmal gingen Garcia und Franzi nebeneinander her, ohne dass einer von ihnen es forciert hätte. Den Pfad konnte man im Nebel sowieso kaum mehr erkennen, und so schlenderten sie gedankenverloren auf dem unebenen, von Wurzeln durchzogenen Boden durch den plötzlich so seltsam verfremdeten Wald wie zwei Spaziergänger, die nach einer langen Wanderung heimkehren und deren Schritt bereits etwas müde ist. Mit jedem dieser Schritte schien es ihnen, als falle ein wenig vom Stress des Tages von ihnen ab. Die Rastlosigkeit, mit der sie von einem Termin zum nächsten gehetzt waren, der Druck, den die Pressekonferenz ausgelöst hatte, die Hektik, mit der sie versucht hatten, die Puzzlesteine zu sammeln und zusammenzufügen, diese ganze atemlose Anspannung ließ plötzlich nach. Vielleicht gab es ja doch noch so etwas wie Totenruhe.

Endlich erreichten sie den Parkplatz vor der Klinik. Sobald Franzis Handy wieder Empfang hatte, rief sie Markus an. Florian war mittlerweile von den beiden Steffis in die Ettstraße abkommandiert worden, um ihnen dort bei der Computerrecherche behilflich zu sein, aber Markus war in Birk geblieben, weil er noch einen Termin bei Dr. Schwabach im Wälder & Wiesen Verlag hatte. Er schlug vor, Franzi zum Biobauernhof zu fahren und sie nach seinem Termin dort wieder zu holen. Er rechnete nicht damit, dass Dr. Schwabach ihm viel von seiner kostbaren Zeit gewähren würde.

Während sie warteten, standen sie schweigend auf dem Parkplatz vor der Klinik und hingen ihren Gedanken nach. Durch den Nebelschleier beobachteten sie das Kommen und Gehen vor dem hell erleuchteten Klinikportal, wie sich die großen, gläsernen Schiebetüren lautlos öffneten und schlossen und Menschen verschluckten und wieder ausspuckten. Wo kamen all diese Menschen her? Wo gingen sie hin? Was war mit ihnen passiert? Welche Ängste, welche Nöte, welche dramatischen Ereignisse hatten ihr Leben so geprägt, dass sie sich nun hierher retten mussten wie Ertrinkende auf ein

Floß, das sie zwar aufnahm, ihnen aber das rettende Ufer nicht versprechen konnte?

Plötzlich horchte Garcia auf und legte Franzi unwillkürlich die Hand auf den Arm. »Hörst du das Cello?«

Franzi lauschte, blickte ihm fragend in die Augen und schüttelte dann den Kopf.

»Hab mich wohl getäuscht«, murmelte Garcia.

Montag Abend

Franzi

Markus bog mit seinem Wagen viel zu schnell um die Kurve und wartete mit laufendem Motor, dass Franzi zu ihm einstieg. Er ließ sein Fenster herunter und schrie in die Stille: »Und, alles klar?«
Garcia grinste, verdrehte die Augen und ging dann selbst zu seinem Auto. »Der ist ja heute mal wieder in Hochform«, dachte er.

Markus redete ohne Unterlass auf Franzi ein, während sie über die Landstraße fuhren. Er sprudelte nur so vor Energie und versuchte, eine erste Skala von Hauptverdächtigen zu entwerfen. Die neue Info, dass Hartmann vermutlich per Elektroschock betäubt worden war, erweiterte den Kreis der Verdächtigen natürlich noch, denn dann kamen ja auch Frauen infrage. Franzis Gedanken schweiften ab. Sie betrachtete die Landschaft, über der die einsetzende Dämmerung eine friedliche Abendstimmung verbreitete. Ihr gefielen die sanften Hügel, auf denen einzelne Bauernhöfe standen, deren rauchende Kamine Wärme und Behaglichkeit zu verströmen schienen, und die kleinen, von hübschen Häusern mit liebevoll gestalteten Gärten gesäumten Weiler, durch die die Straße sich schlängelte. Es schien ihr, als sei die Zeit hier stehen geblieben, als hätten sich die Bewohner dieser ländlichen Idylle ihren Traum vom häuslichen Glück bewahrt. In diesem Moment wünschte Franzi sich nichts sehnlicher, als einfach auszusteigen, die Abendluft einzusaugen und querfeldein zu marschieren, aufs Geratewohl, ganz ohne Ziel.

Endlich erreichten sie den Hof von Sven Jacoby. Es handelte sich um einen Einödhof auf einem Hügel, fernab der kleinen Weiler und etwa acht Kilometer westlich von Birk. Das Wohngebäude sah aus, als stamme es aus dem vorletzten Jahrhundert: ein uralter Bauernhof mit vielen kleinen Fenstern, die von grünen Fensterläden gesäumt waren und mit einem großen Balkon aus dunklem, verziertem Holz, an dem große Blumenkästen angebracht waren, die vermutlich im Sommer mit roten Geranien bepflanzt wurden. Am hinteren Teil des Gebäudes schloss sich der Viehstall an, und etwas abseits befand sich die Scheune. Die Bäume vor dem Haus waren noch kahl, aber an ihrer Größe und Anordnung konnte man unschwer erkennen, dass es sich um einen Obstgarten handelte. Daneben, eingezäunt, war ein Gemüsegarten angelegt worden, in dem auch ein niedriges Gewächshaus stand.

Markus, der viel zu schnell fuhr, hielt mit quietschenden Reifen, und Franzi war froh, aussteigen zu können. Sie sog die kühle Luft ein, in die sich der Geruch von Holzfeuer mischte. Ein Hund schlug an. Markus wendete den Wagen und düste ab, mit dem Versprechen, in spätestens einer halben Stunde wieder da zu sein. Franzi atmete noch einmal tief durch und ging dann auf das Haus zu. Aber auf halbem Weg blieb sie stehen. Zwischen Haus und Scheune stand ein Mann, eine Heugabel in der Hand, und blickte sie unverwandt an. Unwillkürlich tastete sie nach ihrer Heckler & Koch P7, die sie unter ihrem Trenchcoat verborgen trug.

Garcia

Zum ersten Mal fuhr Garcia in den anderen Ortsteil der Gemeinde hinein und durchstreifte Rieden. Die Häuser hier waren bescheidener als in Birk, das von stattlichen Villen in voralpenländischem Stil dominiert wurde. Rieden war einst eine Arbeitersiedlung gewesen, und das sah man dem Viertel heute noch an: Niedrige Häuser mit gepflegten Kleingärten reihten sich fein säuberlich aneinander.

Das Haus, in dem Elisa Jacoby gewohnt hatte, hob sich freilich auffällig davon ab. Auf den ersten Blick wirkte es wie ein verwunschenes Hexenhäuschen, das mitten in einem großen, völlig verwilderten Garten stand. Neben dem Gartentor befanden sich zwei Klingeln, auf der oberen stand Jacoby. Der Name auf der unteren war nicht mehr lesbar. Garcia drückte den unteren Klingelknopf. Als auch nach dem dritten Versuch niemand öffnete, betrat er den Garten durch die unverschlossene Tür.

Markus

Markus wartete ungeduldig, bis sich das Rolltor öffnete und fuhr dann in die Tiefgarage des Wälder & Wiesen Verlags. Er nahm sich nicht die Zeit, auf den Aufzug zu warten, sondern lief die Treppe ins Erdgeschoß hinauf. Die große Eingangshalle mit ihren dicken Säulen war ganz in dunklem Marmor gehalten, und in ihrer Mitte prangte ein gigantisch großes, beleuchtetes Aquarium. Markus hielt einen Moment inne und betrachtete die exotischen Fische und die Dekoration, die dem Meeresgrund nachempfunden war, inklusive eines versunkenen Wracks mit geöffneter Schatzkiste.

»Kann ich Ihnen behilflich sein?« Die Frauenstimme schreckte ihn aus seiner Betrachtung auf. Hinter einem Tresen neben dem Haupteingang saß eine elegant gekleidete ältere Dame. Markus ging auf sie zu, wedelte mit seinem Ausweis vor ihrer Nase herum und gab an, einen Termin bei Dr. Schwabach zu haben. Die Dame schien informiert zu sein. Sie lächelte distanziert und wies Markus den Aufzug. »Dritter Stock. Melden Sie sich doch bitte oben nochmals am Empfang.«

Was so harmlos nach Blumen und Tieren klang, wirkte auf Markus eher, als sei er in einer Art edlem Hochsicherheitstrakt gelandet.

Franzi

Franzi ging langsam auf den Mann zu. Er rührte sich nicht vom Fleck. Von Weitem rief sie: »Hallo, mein Name ist Franziska Lorenz von der Münchner Mordkommission!«

Doch der Mann reagierte nicht. Er schien durch sie hindurchzuschauen.

»Die Semmel spürt alles«, murmelte der Mann mit unbewegter Miene.

»Wie bitte?«, fragte Franzi erstaunt.

Jetzt erst, als sie direkt vor ihm stand, wurde sie gewahr, dass er gar nicht sie anschaute. Er blickte auf irgendeinen Punkt hinter ihr, und unwillkürlich drehte sie sich um. Einige Meter weiter stand ein Schaf, ein dickes, schmutzigweißes Wollschaf, das noch nicht geschoren worden war. Der Mann deutete auf das Schaf. »Das ist die Semmel. Ich hab sie mit der Milchflasche großgezogen. Sie merkt, dass was nicht stimmt.«

»Und – was stimmt denn nicht?«, fragte Franzi unwillkürlich.

Langsam wandte der Mann sich ihr zu. Er war noch ziemlich jung, höchstens vierzig. Sein Gesicht, das sie sich wettergegerbt vorgestellt hatte, war im Gegenteil glatt und auffällig blass. Seine kleine, schlanke Statur, die helle, von einem leichten Flaum überzogene Haut und das strähnige dunkelblonde Haar verliehen seinem ganzen Aussehen etwas Knabenhaftes. Die Ähnlichkeit mit seiner Schwester war unverkennbar.

»Sie sind doch von der Mordkommission! Und Sie fragen mich, was nicht stimmt? Elisa ist tot. Meine Zwillingsschwester Elisa. Meine Seelenverwandte ist tot. Und Sie fragen mich, was nicht stimmt!« Der Mann atmete jetzt heftig, seine Stimme, die gerade noch weich gewesen war, klang plötzlich rau und feindselig.

Garcia

Garcia wollte gerade seinen Fuß auf die erste Stufe setzen, die zur Veranda des Hauses hinaufführte, als eine Frauenstimme direkt hinter ihm ihn ansprach: »Suchen Sie etwas?«

Er fuhr herum und sah sich einer fremden Frau gegenüber. Sie mochte um die sechzig sein und sah aus wie eine Bäuerin. Vielleicht entstand dieser Eindruck dadurch, dass sie über ihrem blauweiß geblümten Kleid, das vorn geknöpft war und die Form eines Kittels hatte, eine dunkelblaue Schürze trug. Sie war etwas untersetzt, und ihr grau meliertes Haar hing ihr strähnig ins Gesicht, aber darunter blitzten zwei kluge, wache Augen. Auf ihrer Stirn standen Schweißperlen, und in der Hand hielt sie einen Korb, in dem Weidenzweige lagen.

»Verzeihen Sie bitte, dass ich hier einfach reinmarschiert bin. Ich habe mehrfach geläutet, aber es hat niemand geöffnet«, entschuldigte sich Garcia mit einem entwaffnenden Lächeln.

Die Frau lächelte nicht. Sie wartete.

»Mein Name ist Alexander Garcia. Ich bin von der Kripo München. Ich wollte mich nur kurz in Frau Jacobys Wohnung umsehen. Sie hat doch hier gewohnt, nicht wahr?«

Die Frau nickte nur, legte dann behutsam ihren Korb ab und wischte sich mit dem Handrücken den Schweiß von der Stirn und die Strähnen aus dem Gesicht.

»Anna Boenstedt«, stellte sie sich vor. »Aber im Dorf nennen's mich alle nur die Wahrsagerin.«

»Sind Sie denn eine Wahrsagerin?«, fragte Garcia.

Die Frau lachte leise. Es klang befremdlich, sie lachte fast lautlos in sich hinein. Garcia ging ein Satz durch den Kopf, den er einmal gelesen hatte. Von irgendeinem Russen, Dostojewski oder so. Das Lachen ist die sicherste Probe auf einen Menschen.

»Hellseherin trifft's besser«, sagte die Frau.

Markus

Nachdem Markus sich auch gegenüber der zweiten Empfangsdame ausgewiesen hatte, wurde er endlich zum ominösen Dr. Schwabach vorgelassen. Dieser entsprach auf den ersten Blick genau dem Bild, das Markus sich von ihm gemacht hatte. Zugegebenermaßen hatte er sich sein Konterfei zuvor auf der Internetpräsenz des Verlags angesehen. Dr. Schwabach war von oben bis unten in bayerische Tracht gehüllt: Haferlschuhe, grobgestrickte Kniestrümpfe, lederne Kniebundhose. Die offene Leinenjoppe gab den Blick auf ein weißes Trachtenhemd frei, das über dem beleibten Körper spannte. Fehlte eigentlich nur noch der Hut mit Gamsbart. Er war eine große, imposante Erscheinung, und die auffallend schwarzen buschigen Augenbrauen verliehen seinem Gesicht etwas Wildes. Aber sein Auftreten war durch und durch geschliffen.

»Ich nehm an, Sie sind hier, um sich mit mir über den Hartmann Konrad zu unterhalten«, ging er das Thema mit seiner sonoren Stimme direkt an.

»So ist es«, sagte Markus, erleichtert darüber, dass er sich nicht mit Höflichkeitsfloskeln aufhalten musste. »Ich hätte da ein paar Fragen an Sie.«

Dr. Schwabach lehnte sich in seinem ledernen Chefsessel zurück, verschränkte die ebenfalls auffällig schwarz behaarten Hände vor seinem Bauch und musterte Markus eingehend. »Bittschön«, sagte er schlicht.

Franzi war Sven Jacoby in den Kuhstall gefolgt. Er wollte zwar gern mit ihr reden, aber die Kühe waren ihm allemal wichtiger. Nach seinem kurzen emotionalen Ausbruch klang er wieder sanft, fast verhalten. Er sprach so leise, dass Franzi sich unwillkürlich möglichst dicht zu ihm hinstellte, während er die Kühe mit Futter versorgte.

»Alles Bio«, erklärte er. »Meine Kühe bekommen nur gesundes Futter, und tagsüber weiden sie draußen. Sie gehören zur Familie – wie meine Hühner und meine Lämmer.«

Franzi wusste nicht so recht, wie sie auf diese Information reagieren sollte. Überhaupt hatte sie sich den Biobauern, den Markus auf der Fahrt noch als »Öko-Freak« bezeichnet hatte, ganz anders vorgestellt. Auch sein Dialekt befremdete sie, denn statt des g'scherten Oberbairisch der ansässigen Bauern hörte man aus seinem fein artikulierten Norddeutsch noch eindeutig den Friesen heraus.

»Zur Familie?«, war alles, was Franzi herausbrachte.

Sven Jacoby nickte. »Ich bin Selbstversorger«, erklärte er, und es schwang etwas Stolzes und sehr Ernsthaftes in seinen Ausführungen mit. »Alles, was ich esse, kommt von meinem Hof. Das Obst und das Gemüse kann ich einmachen, es reicht fürs ganze Jahr.«

Franzi sah ihm zu, wie er seiner Arbeit nachging. Ihr fiel auf, wie rau und sehnig seine Hände waren, mit denen er die Heugabel umklammert hielt, und sein Körper, der auf sie zunächst so knabenhaft gewirkt hatte, schien ein einziges kleines Muskelpaket zu sein. Es gefiel ihr, ihm dabei zuzusehen, wie zupackend und geschickt er mit seinen Kühen umging. Im Stall herrschte wohlige Wärme, es roch nach Heu, und die Nähe der großen Tiere wirkte irgendwie beruhigend. Einen Moment lang wünschte Franzi, sie wäre hier als Feriengast hergekommen, und nicht, um in einem brutalen Mordfall zu ermitteln.

Garcia saß in der geräumigen Küche der Hellseherin. Gemeinsam hatten sie Frau Jacobys Wohnung im ersten Stock des Hauses angesehen, die Anna Boenstedt an die Grundschuldirektorin vermietet hatte. Sie bestand aus zwei kleinen Zimmern mit Dachschrägen, die als Schlaf- und Arbeitszimmer genutzt wurden, einer gemütlichen Wohnküche mit Kachelofen und kleinem Balkon und einem rosa gekachelten Bad, in dem eine altmodische Badewanne mit Löwenfüßen stand. Garcia war aufgefallen, dass auf den Ablagen im Bad kaum Kosmetikprodukte zu finden waren. Ein Cremetöpfchen mit Ringelblumensalbe, eine Zahnbürste und eine mineralische Zahncreme schienen ihm äußerst untypisch für ein Badezimmer, das von einer Frau benutzt wurde. Zumindest unterschied es sich deutlich von den Bädern, die er manchmal das Vergnügen hatte zu frequentieren und in denen die Ablagen sich unter Chaneltiegeln in allen Größen, Lippenstiften in allen Farben und seltsamen Verschönerungswerkzeugen weiblicher Eitelkeit wie Augenbrauenpinseln, Pinzetten und Wimpernzangen bogen.

Die meisten Möbel waren aus weiß lasiertem Holz, und Frau Jacoby hatte die kleinen Räume mit viel Liebe zum Detail eingerichtet. Der Holzdielenboden war mit bunten Flickenteppichen ausgelegt, an den Fenstern hingen rot-weiß karierte Vorhänge, das Bett und das Sofa waren mit Patchworkdecken und bunten Kissen dekoriert, und überall standen handgetöpferte Schälchen, die Rosenblätter und andere duftende Substanzen enthielten. Im Arbeitszimmer befand sich neben dem weißen Schreibtisch noch ein kleiner Arbeitstisch, auf dem eine Nähmaschine stand und allerlei Bastelutensilien lagen. Auch eine Staffelei war aufgestellt, auf der Frau Jacoby ein Aquarell begonnen hatte: eine Art Stillleben mit Teddybär, ganz in Pastellfarben gehalten und in seiner Naivität geradezu rührend. Irgendwie erinnerte Garcia die ganze Einrichtung an eine Puppenstube. Hinweise auf Okkultismus hatte er vergebens gesucht. Aber vielleicht fanden die Treffen ja in der Wohnung der Hellseherin statt. Garcia beschloss, bei diesem ersten Besuch nicht danach zu fragen. Erst wollte er sich ein Bild von Frau Jacoby und ihrer speziellen Vermieterin machen. Er nahm zwei Stückchen Kandiszucker und rührte sie in seinen dampfenden Tee, den Frau Boenstedt ihm frisch aufgebrüht hatte.

»Es ist die uralte Diskussion, ob's Zufall überhaupt gibt, oder ob all unser Tun vom Schicksal bestimmt ist«, sagte sie gerade. »Woran glauben Sie?«

Garcia sah von seiner Teetasse auf: »An alles. Oder an nichts. Diese Frage lösen zu wollen ist Zeitverschwendung. Ich greife Fakten auf und füge sie zusammen. Ob es sich dabei um Zufall oder um Schicksal handelt, ist irrelevant. Verstehen Sie, was ich meine? Ob Frau Jacoby dem Tode geweiht war oder ob sie ihn hätte vermeiden können, spielt keine Rolle mehr. Frau Jacoby ist tot. Und warum das so ist, müssen wir jetzt herausfinden.«

Wieder lachte die Frau dieses seltsame, in sich gekehrte Lachen. Garcias dunkler Blick kreuzte ihre hellen, wachen Augen. »Und Sie?«, fragte er. »Woran glauben Sie?«

»Ich greif Schwingungen auf und füg sie zusammen«, raunte die Hellseherin ihm zu.

Markus

Markus war direkt zur Sache gekommen. Er hatte Dr. Schwabach auf seinen Ruf als großzügiger Geldspender der Gemeinde und seine dadurch erworbenen Privilegien angesprochen und dabei keinen Hehl daraus gemacht, dass er selbst ihn nicht für den großen Samariter, sondern eher für den großen Profiteur hielt.

Dr. Schwabach erhob sich und kehrte Markus den Rücken. Er blickte zur Glasfassade hinaus auf »seine« Gemeinde. Eine Weile herrschte Schweigen, und Markus fragte sich schon, ob er zu weit gegangen war. Er befürchtete einen Wutausbruch oder zumindest, von Dr. Schwabach in seine Schranken gewiesen zu werden. Doch als dieser Markus sein Gesicht wieder zuwandte, wirkten seine Gesichtszüge entspannt und ruhig.

»Junger Mann«, entgegnete er, »mir is scho klar, worauf Sie hinaus wollen. Logisch genieß ich hier einige Privilegien. Und logisch zerreißt sich die Dorfbevölkerung das Maul drüber. Ist doch klar: Wer den Diridari hat, schafft an. Und wer den Diridari hat, ist suspekt – vor allem denjenigen, die weniger haben. Halten S' mich ruhig für Hartmanns Amigo, des is scho in Ordnung. Aber eine Hand wäscht die andere. Die Verschönerung vom Dorfplatz, die Sanierung vom Kirchendach, das Großprojekt Geothermie – des wär doch alles ohne meine großzügigen Spenden gar ned möglich g'wesen. Dafür haben's mir Vorkaufsrechte eingeräumt und auch die ein oder andere Spielstraße hat dran glauben müssen, wegen meiner Zufahrt zur Tiefgarage. Sie können des alles überprüfen, Sie werden nichts Illegales finden. Ich hab gute Anwälte, die besten sogar. Die haben des alles fein säuberlich für mich abgeklopft. Ja, ich bin der Großkopferte von der Gemeinde. Und, nein, ich bin kein Verbrecher.«

»Das hab ich auch weder vermutet noch behauptet«, antwortete Markus. »Ich wollte eigentlich eher etwas über Konrad Hartmann in Erfahrung bringen. Mochten Sie ihn?«

»Ned besonders. Ich hab ihn g'schätzt, mit dem konnt man reden, direkt und unbürokratisch. Aber privat ist er mir z'wider g'wesen.«

»Sie hatten aber doch privaten Kontakt mit ihm, nicht wahr?«

»Wie man sieht. Er ist regelmäßig Gast bei meinen Jagden g'wesen.«

»Sie sind Jäger?«, fragte Markus erstaunt.

»Sie meinen, einer, der Wälder und Wiesen liebt, dürft nicht auf Tiere schießen?«, fragte Dr. Schwabach. »Ich bin sogar passionierter Jäger. Und ich lieb die Tiere, auf die ich schieß. Ein Jäger ist kein Mörder. Ein Jäger ist ein Tierschützer.«

»Sie sind nicht zufällig auch Segler?« Markus waren gerade wieder die Knoten im Seil eingefallen. »Hier in der Nähe gibt's ja viele schöne Seen ...«

»Nein, Segeln ist nichts für mich. Ich brauch festen Boden unter den Füßen. Wie kommen Sie darauf?«, fragte Dr. Schwabach.

»Naja, wegen der Fische im Aquarium unten«, log Markus.

»Sie sind wohl kein Experte, was?«, dröhnte Dr. Schwabach. »Diese Fischerl gibt's nicht in bayerischen Seen. Die sind was Exotisches, aus der Südsee.«

»Aha.« Markus wollte keinesfalls in ein Fachgespräch über Tiere, schon gar nicht über Fische, verwickelt werden. »Der Hartmann war also auch Jäger?«

Dr. Schwabach lächelte abschätzig. »Der? Naa, den hat die Jagd ned interessiert. Zumindest nicht die auf Tiere. Der ist nur auf meinen Landsitz gekommen, um sich dort mit seinen Gspusis zu treffen.«

»Herr Hartmann hatte Affären?«

»Ja, was haben Sie denn gedacht? Die alte Ziege, wie er seine Frau genannt hat, hat er doch nur wegen dem Geld genommen!«

»Und wusste Frau Hartmann das?«

»Zumindest hat er's ihr ned auf die Nase gebunden. Nach außen hin haben die beiden das perfekte Ehepaar gespielt. Im Dorf hat des keiner g'wusst. Deswegen sind ihm die Jagden ja auch so willkommen g'wesen. Aber fragen S' mich ned nach seinen Frauen – die haben jährlich gewechselt, und ich hab mir ned die Müh' g'macht, mir ihre Namen zu merken. Ah, warten S', jetzt fällt mir was auf: Die letzten zwei Jahre ist's die Gleiche g'wesen. So eine hübsche dralle Blondine … ah, naa, eine Brünette … Jedenfalls hübsch und drall. Und jung is' auch noch g'wesen. Geben S' mir a bisserl Zeit, ich werd den Namen für Sie rauskriegen, da brauch ich nur das Innenministerium zu fragen.«

»Das Innenministerium?«, fragte Markus verwirrt.

Dr. Schwabach lachte. Es war ein sonores, dröhnendes Lachen. »Sie sind wohl ned verheiratet, was? Meine Frau halt.«

»Ach so«, meinte Markus schulterzuckend. Mit dieser Art von Altherren-Humor wusste er nichts anzufangen.

»Ja, so ist das mit dem Hartmann gewesen«, sagte Dr. Schwabach, jetzt wieder ernst.

»Das klingt alles ganz schön zynisch«, rutschte es Markus heraus. »Jagden, Frauen, Geld.«

»Zynisch finden Sie des, junger Mann?«, polterte Dr. Schwabach. »Nun, ich lieb die Jagd. Hartmann hat die Frauen geliebt. Beide lieben wir das Geld. Des mag Ihnen zynisch vorkommen. Aber urteilen Sie nicht nur aus Ihrem Blickwinkel raus. Nur weil Menschen unterschiedlich sind, anders als Sie, macht sie das noch ned zu schlechten Menschen. Der Mord am Konrad hat mich tief getroffen. Er ist ned mein Freund g'wesen, aber mein Spezi. Der Mord an der Frau Jacoby, obwohl ich sie ned persönlich gekannt hab, hat mich erschüttert. Es ist grauenvoll, und es ist für mich, auch wenn Sie meinen, dass ich mit allen Wassern gewaschen bin, ein tiefer Schock, dass so was vor meiner Haustür geschehen ist. Meine kleine Idylle ist zerplatzt wie der Traum von einem Deppen. Das Böse ist in Birk eingebrochen, und der Mörder läuft irgendwo da draußen rum und wird vielleicht wieder zuschlagen. Nein, mein Freund, bei mir werden S' nichts finden, außer vielleicht einen Verbündeten, der Ihnen bei der Suche nach dem Bösen hilft, wenn es in seiner Macht steht.«

Markus schwieg. Auf einmal verstand er, warum es gerade ihm, Anton Schwabach, einem mittellosen Bauernburschen, gelungen war, sich an die Spitze dieses Unternehmens zu arbeiten. Markus schämte sich seiner Vorurteile. Dieser Mann, der auf den ersten Blick so sehr seinem Klischee eines typischen Repräsentanten der berühmt-berüchtigten bayerischen Spezlwirtschaft entsprochen hatte, hatte etwas Kraftvolles, vielleicht auch etwas Grobes, aber mit Sicherheit etwas sehr Menschliches.

Markus ging auf ihn zu und streckte ihm die Hand hin. Als Dr. Schwabach sie ergriff, drückte er sie fest. »Ich danke Ihnen«, sagte Markus herzlich. »Und danke auch für diese Lektion in Sachen Vorurteile.«

Franzi

Erst nach ein paar Minuten ergriff Franzi das Wort: »Herr Jacoby«, sagte sie sanft. »Das mit Ihrer Zwillingsschwester tut mir sehr leid. Wir werden alles Menschenmögliche tun, um den Täter zu fassen. Deswegen sind wir auf Ihre Hilfe angewiesen.«

Der Mann arbeitete weiter, hievte Gabel um Gabel Heu in die Futtertröge. »Elisa und ich sind hier aufgewachsen«, murmelte er endlich, als rede er zu sich selbst und nicht mit der Kommissarin. »Unsere Eltern waren Landwirte. Es gab die Natur, die Tiere und sonst nur uns beide. In die Bevölkerung der Dörfer ringsum waren wir nicht integriert. Unsere Eltern waren schließlich Fischköppe, und das sind sie in den Augen der bayerischen Bauern auch immer geblieben. Deswegen sind wir wohl auch solche Eigenbrötler geworden. Unsere Eltern sind in ihre Heimat zurückgekehrt und fristen jetzt ein bescheidenes Rentnerdasein in Dagebüll. Das ist an der Nordseeküste, auf der Höhe von Föhr.«

»An der Nordsee?«, hakte Franzi nach. »Dann können sie ja jetzt jeden Tag segeln gehen.«

»Segeln?« Sven Jacoby sah sie befremdet an. Dann schüttelte er den Kopf. »Meine Eltern waren Landwirte wie deren Eltern auch schon. Segeln ist was für Leute mit viel Zeit. Wenn man einen Hof führt, hat man nie Feierabend – ich weiß, wovon ich rede. Ich hab hier immer schon mitgeholfen, und vor ein paar Jahren hab ich eben den Hof übernommen. Elisa war erst Konrektorin in München, aber als sie vor zwei Jahren die Stelle in Birk angeboten bekommen hat, war es für sie ein großes Glück. Wir haben unsere Wurzeln hier, auch wenn die Einheimischen das anders sehen. Und wir hatten uns gegenseitig. Wir sind uns sehr ähnlich, wissen Sie. Mit erwachsenen Menschen haben wir's nicht so. Ich liebe die Tiere. Elisa liebt die Kinder.«

Franzi fiel auf, wie der Mann von der Vergangenheit in die Gegenwart wechselte. Noch schien die Endgültigkeit des Todes seiner Schwester ihn nicht ganz erreicht zu haben.

»Zusammen waren wir ein Ganzes«, fuhr er fort. »Jeder für sich war nur halb. Wahrscheinlich tun wir uns deswegen mit Beziehungen so schwer. Wer will schon einen halben Partner?«

»Ich wollte Sie etwas fragen«, sagte Franzi zögerlich. »Ich wollte Sie fragen, ob Sie vielleicht irgendeine Ahnung haben, wer Ihre Schwester …« Sie sprach nicht weiter. Der Mann wirkte so abwesend, und sie schrak davor zurück, die schreckliche Wahrheit unverblümt auszusprechen.

»Ich weiß es nicht«, sagte er leise. »Ich weiß es nicht.« Es klang verzweifelt.

»Wissen Sie vielleicht, ob Elisa Kontakt zum Bürgermeister hatte, zu Konrad Hartmann?«

Sven Jacoby schüttelte den Kopf. »Ich hab natürlich darüber nachgedacht, was das alles miteinander zu tun hat. Aber Elisa hat mir alles erzählt. Wirklich alles! Auch die Dinge, die man sich sonst vielleicht nicht erzählt. Vom Hartmann war nie die Rede. Nie.«

»Ich möchte nicht indiskret sein, aber wenn Ihnen Ihre Schwester ein Geheimnis oder etwas in der Art anvertraut hat, das uns weiterbringen könnte ...«

Der Mann schwieg lange. Franzi war sich nicht sicher, ob er überlegte oder ob er anderen Gedanken nachhing. Doch nach einer Weile murmelte er schließlich: »Nein, nichts.«

»Können Sie sich vorstellen, was Ihre Schwester bei Dunkelheit im Wald von Rieden gemacht hat?«, fragte Franzi behutsam.

Jacoby hielt in seiner Arbeit inne, stützte sich auf die Heugabel und fixierte irgendeinen Punkt in der Ferne. »Elisa ist viel spazieren gegangen. Die Dunkelheit hat ihr keine Angst gemacht. Sie hat öfter noch abends Material für den Unterricht gesammelt – Blätter, Gräser, Insekten ...«

Franzi zögerte. Jetzt bedauerte sie es doch, dass Garcia nicht mitgekommen war. Er war immer so sicher im Umgang mit Menschen. An seiner Seite fühlte sie sich stark. Gleichzeitig aber gab es da etwas in der Art ihres Chefs, das sie immer ein wenig verunsicherte. Vielleicht war er ihr einfach zu selbstbewusst. Er gab ihr das Gefühl, in seiner Gegenwart gebe es keinen Spielraum für Unsicherheiten, für persönliche Niederlagen, vielleicht nicht einmal für Emotionen. Aber in der jetzigen Situation hätte sie genau das gebraucht. Der Schmerz von Sven Jacoby war fast körperlich greifbar, und Franzi fühlte sich der Trauer dieses einsamen Menschen wie ausgeliefert. Er hatte seine Arbeit immer noch nicht wieder aufgenommen und betrachtete sie unverhohlen. Was dachte er? Worauf wartete er?

»Sagt Ihnen das Wort Luciferin was?«, rutschte es Franzi

raus. Im gleichen Augenblick bereute sie ihre Frage schon, schließlich hatten sie vereinbart, darüber Stillschweigen zu wahren.

Doch zu ihrer Verwunderung lächelte der Mann. »Sie betonen es falsch«, sagte er sanft. »Sie müssen die letzte Silbe betonen, nicht die vorletzte. Luciferín. Das ist ein Stoff, der Biolumineszenz bei Tieren und Pflanzen verursacht.«

Einen Moment lang war Franzi sprachlos. Biolumineszenz. So einfach war das also. Chemie statt Hokuspokus.

»Ihre Schwester hatte leere Streichholzschachteln in ihrer Manteltasche. Auf einer stand Luciferin.«

»Gehen Sie mal um diese Jahreszeit in unseren Wald und betrachten Sie die Blätter. Sie werden kleine leuchtende Punkte darauf sehen. Es sind die Larven der Glühwürmchen. Sie üben für den Ernstfall, sie leuchten schon als Babys. Elisa wollte die Larven der Glühwürmchen sammeln – für den Unterricht.«

Der Mann kraulte eine Kuh zwischen den Hörnern. »Elisa wollte Licht sammeln. Und jetzt ist sie in der ewigen Dunkelheit.«

Er begann zu schluchzen. Sein ganzer Körper wurde vom Weinen geschüttelt, erst lautlos, dann brach es aus ihm heraus. Er heulte wie ein verwundetes Tier, und Franzi hatte das Gefühl, er würde nie wieder damit aufhören. Plötzlich fühlte sie eine bodenlose Leere in sich. Es tat weh, tief in ihrer Magengrube tat etwas schrecklich weh. Aus einem Impuls heraus ging sie zu ihm hin und legte ihm die Hand auf die Schulter.

»Es tut mir leid«, flüsterte sie. »Es tut mir so unendlich leid.«

»Erzählen Sie mir, was Sie über Elisa Jacoby wissen«, bat Garcia.

Anna Boenstedt musste nicht lang überlegen: »Ich könnt Ihnen viel erzählen über sie. Eine feine Frau ist die gewesen! Anfangs hat sie auf mich sehr zurückhaltend gewirkt, aber ich hab sofort gespürt, dass sie ein feinfühliges Wesen hat und eine integre Persönlichkeit ist. Ihren Beruf hat sie sehr ernst genommen, auch wenn's mit den Eltern oft schwierig gewesen ist, denen ist's ja immer nur um den Übertritt ins Gymnasium gegangen! Die Elisa hat unter dieser Haltung gelitten, ihr waren die kleinen Seelchen doch so ans Herz gewachsen! Besuch hat sie selten gehabt. Ab und zu sind Freundinnen da gewesen, aber Männerbesuch … nie. Also, außer von ihrem Bruder halt. Aber noch öfter ist sie zu ihm rausgefahren auf seinen Bauernhof. Die Elisa war ein lonesome Cowboy, wie man auf gut bairisch sagt.«

»Was war mit Konrad Hartmann?«

»Ganz sicher nix.« In Anna Boenstedts Stimme, bis dahin ruhig und angenehm, schwang auf einmal ein abfälliger Unterton mit. »Abgesehen davon, dass er niemals hier gewesen ist, hätt er auch kein bisserl zur Elisa gepasst. Nicht, dass ich ihn genauer gekannt hätt. Aber gewählt hab ich ihn schon gar nicht, und die Elisa auch nicht, das weiß ich bestimmt.«

»Was hatten Sie denn gegen den Bürgermeister?«

»Persönlich nix. Außer vielleicht, dass es mir vor dem gegraust hat. Von dem sind ungute Schwingungen ausgegangen, dem hab ich nicht übern Weg getraut. Der ist nicht nur ein eitler Geck und ein fauler Hund gewesen, da war noch was andres. Das hab ich gefühlt: etwas Verschlagenes und eine Art grausame Kälte, die ich fast körperlich hab spüren können, wenn er nur an mir vorbeigegangen ist. Ich leg meine Hand ins Feuer, dass er und die Elisa nix miteinander zu tun gehabt haben!«

»Das mit der grausamen Kälte – war das nur ein Gefühl von Ihnen, oder gibt es Tatsachen, auf denen Sie dieses Urteil begründen können?«

»Ach ja«, sagte Frau Boenstedt kopfschüttelnd, »der Kommissar und seine Fakten. Ich kann's nicht an was Konkretem festmachen, aber ich werd die nächsten Tage mal in mich gehn und schaun, ob ich dazu eine Eingebung hab. Wissen Sie, bisher hat der windige Lackel mich einfach nicht weiter interessiert.«

Garcia horchte genau auf den Ton von Frau Boenstedts Stimme. Er war weiterhin abfällig, aber sie wurde nicht vehement. Er glaubte ihr, dass sie keine persönlichen Ressentiments gegen den Bürgermeister gehegt hatte.

»Hat Ihnen Elisa vielleicht vor ihrem Tod etwas erzählt? Es muss nichts Wichtiges gewesen sein, aber vielleicht etwas, das uns auf eine Spur bringen könnte. Oder ist Ihnen vielleicht etwas Ungewöhnliches an ihrem Verhalten aufgefallen?«

»Ganz ehrlich: Sie ist wie immer gewesen. Seit Sonntag, seit ich es erfahren hab, versuch ich mich zu erinnern. Ich frag mich, ob ich was übersehn hab, ich versuch mir ein Bild zu dem Ganzen zu machen. Ich war sogar am Tatort. Und da hab ich es gespürt: Ihre Seele ist noch dort. Sie hängt fest, sie schwebt noch ganz nah überm Boden, sie kann sich noch nicht lösen. Der Tod ist zu plötzlich über sie gekommen, zu überraschend, und sie weiß selbst noch nicht, wie ihr geschehn ist.«

Garcia seufzte tief. Mit der Sache über die Seele wusste er gar nichts anzufangen. »Was für eine esoterische Tante«, dachte er.

Anna Boenstedt lachte ihr lautloses Lachen. »Ja, so eine wie ich, das ist natürlich nix für Sie, den bodenständigen Ermittler, der sich nur auf Tatsachen verlässt.«

Garcia fühlte sich ertappt.

»Aber Sie verlassen sich doch auch manchmal auf Ihr Bauchgefühl, nicht wahr?«, fuhr die Hellseherin fort und blickte ihn dabei prüfend an. »Was sagt Ihnen Ihr Bauch?«

Garcia dachte nach. Diese Frage hatte er sich bisher nicht erlaubt. Es war noch zu früh, um Schlüsse zu ziehen, hatte er sich gesagt. Jetzt horchte er in sich hinein. »Ich erkenne keine Verbindung zwischen den beiden Morden«, sagte er schließlich. »Ich zermarter mir das Hirn, aber ich bringe die beiden Taten nicht in einen logischen Zusammenhang.«

»Das sagt Ihnen Ihr Kopf«, stellte Frau Boenstedt fest. »Ich hab Sie nach Ihrem Bauch gefragt. Warten Sie, ich helf Ihnen.«

Sie stand auf, stellte sich neben seinen Stuhl, schloss die Augen und wiegte sich leise hin und her. »Ich stell mich in Sie hinein«, erklärte sie und wiegte sich weiter. »Jesus Maria, in Ihrem Kopf brodelt's ja gewaltig. Versuchen Sie mal, Ihre privaten Zweifel auszuschalten.«

»Welche privaten Zweifel?«, fragte Garcia ein wenig gereizt.

»Ja mei, Sie wissen schon: Ob Sie ein guter Vater sind, ob Sie bereit wären, mit der Frau, die Sie lieben, eine Bindung einzugehen, diese ganzen Egogeschichten eben.« Sie machte eine Handbewegung, als wolle sie damit diese Themen einfach wegwischen.

Einen Augenblick lang war Garcia perplex. Irgendwie wurmte es ihn, dass diese Frau so mit ihm redete. Aber sie verwirrte ihn auch. Er fuhr sich durch die Haare. Er hatte in den letzten Tagen so viel nachgedacht. Warum nicht einfach mal die Gedanken schweifen lassen? Also entschloss er sich, sich auf dieses seltsame Spiel einzulassen. Er schloss die Augen und versuchte, sich auf die beiden Momente zu konzentrieren, als er die Leichen gesehen hatte. Sofort schoben sich Bilder vor seine Augen: Die imposante Leiche des Bürgermeisters auf seinem Wohnzimmerboden, die Edelweiß-brosche am Revers, der Haken an der Decke, an dem das Stück Seil baumelte. Die beiden Frauenbeine, die aus dem Gebüsch hervorragten, die blutrote Rille an Elisa Jacobys Hals, ihr mädchenhaftes Gesicht. Doch dann wurde er gewahr, dass das Gesicht seine Züge veränderte. Es trug plötzlich die Züge des Cello spielenden Mädchens aus der Klinik. Doch weiter veränderte es sich, und auf einmal erkannte er das Gesicht der rothaarigen Witwe, Dolores Hartmann. Er spürte einen leichten Schmerz am linken Schienbein und rieb sich das Bein.

»Was ist mit Ihrem Bein?« Die Hellseherin hatte die Augen geöffnet und beobachtete Garcia wie ein lauerndes Tier.

»Ach, nichts Schlimmes«, wiegelte Garcia ab. »Ich bin auf dem Weg zum Tatort in so einen komischen Pfeiler gerannt. Ein Marterl.«

»Der Holler-Kaspar?«

»Ja genau, Kaspar Holler, so hieß der. Komisch, nicht, der wurde am gleichen Tag ermordet wie Konrad Hartmann und Elisa Jacoby. Wissen Sie was darüber?«

»Um den Holler-Kaspar ranken sich einige Sagen. Sicher ist wohl nur, dass er rücklings erschossen worden ist. Später haben's einen Wilderer für die Tat verantwortlich gemacht und gehängt. Aber Beweise haben's keine gehabt, und der Fall gilt als ungesühnt. Deswegen treibt der Geist vom toten Holler noch heut in Nebelnächten sein Unwesen im Wald von Birk.«

Garcia war sich nicht sicher, ob diese letzte Behauptung Teil der Sage war, oder ob Frau Boenstedt tatsächlich davon überzeugt war. So genau wollte er das aber gar nicht wissen, und so fragte er lieber: »Was für Sagen?«

»Nun, die einen behaupten, er habe eine Dienstmagd geschwängert und ins Unglück gestürzt. Es heißt, der uneheliche Sohn wär später zurückgekehrt und habe seine Mutter gerächt und den Vater gerichtet. Andere wiederum behaupten, der Holler-Kaspar habe mit dem Satan höchstpersönlich einen Pakt geschlossen und ihn dann reingelegt. Er hat dem Teufel eine Jungfrau versprochen, und der hat ihn dafür zum reichen Mann gemacht. Viele Jahre später, im Suff, hat der Holler den Teufel verspottet, weil die Frau nämlich gar nicht mehr Jungfrau gewesen ist. Da hat der Höllenfürst das Gewehr vom Wilderer gelenkt und dem Holler eine Kugel verpasst.« Anna Boenstedt nahm einen Schluck von ihrem Tee, dann fuhr sie fort: »Mit der Wahrheit ist das so eine Sach, das wissen Sie sicher am besten. Nur in einem Punkt gleichen sich die beiden Geschichten.« Sie machte eine kurze Pause und blickte Garcia auffordernd an.

Dieser nickte langsam: »Es ging immer um eine Frau.«

»Das auch«, sagte Frau Boenstedt. »Aber das mein ich nicht. Nein, in beiden Fällen hat der Holler seine Strafe erst viel später gekriegt. Es geht also um eine alte Schuld. Und noch eins sag ich Ihnen, ob Sie nun an Vorsehung glauben oder nicht: Dass Sie sich Ihr Bein an seinem Marterl gestoßen haben, das ist kein Zufall.« Sie beugte sich zu Garcia vor und sah ihn mit ihren wachen, klugen Augen durchdringend an. Dann flüsterte sie: »Er will Ihnen was sagen.«

Draußen war es längst dunkel geworden. Garcia dachte über die Worte dieser eigentümlichen Frau nach. Er konnte sich keinen Reim darauf machen, irgendwas Verrücktes hatte sie ja eindeutig. Aber verrückt konnte schließlich auch bedeuten, dass sie die Dinge nur seiner Sichtweise entrückt sah. Er erhob sich und trug seine Teetasse in die Küche, schließlich wusste er, dass Frauen egal welchen Alters solche Artigkeiten schätzten. In der Küche stützte er sich einen Augenblick auf die Anrichte. Er fühlte sich ganz benommen, und ihm wurde kurz schummrig vor Augen. Aber das war ja auch kein Wunder, seit den mittags hastig heruntergeschlungenen Pizzastücken hatte er nichts mehr gegessen.

Als er wieder ins Wohnzimmer trat, taumelte er leicht und stieß sich dabei wieder das linke Schienbein, diesmal an einem Klavier, das neben der Tür an der Wand stand.

»Aua!«, rief er. »Und sagen Sie jetzt bloß nicht, Ihr Klavier wollte mir auch was sagen!«

Die Hellseherin lachte lautlos: »Wer weiß?«

Der Knochenmann hat keine Stimme. Er hat nur einen Rhythmus. Der Knochenmann redet nicht mit ihr. Manchmal flüstert er Befehle. Aber sein Flüstern hat keinen Ton. Er will keine Spuren hinterlassen. Er will keine Geräusche erzeugen. Er will nicht gesehen werden. Der Knochenmann will die Dunkelheit sein. Aber der Knochenmann hat einen Rhythmus. Und diesen Rhythmus wird sie nicht vergessen. Niemals. Nie wieder vergessen.

Dienstag Morgen

München begrüßen, so nannte Garcia seine morgendlichen Joggingrunden. Er war seit letztem Herbst nicht mehr gelaufen, aber heute früh war er extra eine Stunde eher aufgestanden. Er hatte das Gefühl, er müsse sein Hirn mit Frischluft versorgen, um seinen Kopf frei zu kriegen, und er hatte Lust, sich einmal wieder richtig körperlich zu verausgaben.

Im Winter stählte er einmal die Woche seinen Körper im Fitness-Studio, und irgendwie war es ja sehr bequem, auf dem Laufband alles einstellen zu können: Geschwindigkeit, Steigung, Kalorienverbrauch, Puls, Musikprogramm. Aber Garcia brauchte die visuellen Impulse, und deshalb genoss er es, durch sein Viertel zu joggen und dabei Eindrücke zu sammeln. Die Luft war kühl, als er aus seinem Hauseingang auf die Straße trat, aber die Sonne schien, und ihm würde bald warm werden. Er umrundete einmal den Gärtnerplatz, einfach nur so, weil es ihm Freude machte, lief dann die Reichenbachstraße entlang in Richtung Isar, wartete auf der Stelle tretend an der roten Ampel, bis er die viel befahrene Erhardtstraße überqueren konnte, auf der sich um diese Uhrzeit der Berufsverkehr in Richtung Innenstadt bereits staute, und lief auf die Reichenbachbrücke. Er hatte das Gefühl, die winterblassen Menschen seien heute Morgen, ähnlich ihm, wie Maden aus ihren Löchern gekrochen, bereit, den lang ersehnten Frühling willkommen zu heißen. Mütter auf Fahrrädern mit Anhängern, in denen Kinder saßen, kamen ihm entgegen, Jogger, Businessleute, Hundegassigeher – heute schienen sie ihn alle anzulächeln. Eine

Frau auf einem Fahrrad blickte sich nach einem kleinen Mädchen um, das sich voll ausgerüstet mit rosa Softshelljacke und rosa Fahrradhelm auf seinem rosa Kinderfahrrad abstrampelte. Als die Frau wieder nach vorn schaute, kreuzten sich kurz Garcias und ihre Blicke, dann war sie schon an ihm vorbeigefahren. Garcia stockte. War das nicht Melanie gewesen, seine Jugendliebe? Nein, das konnte nicht sein. Soviel er wusste, hatte sie keine Kinder. Und außerdem lebte sie in Berlin. Er drehte sich nach ihr um, doch sie überquerte bereits die Erhardtstraße und entschwand seinen Blicken, ohne sich nach ihm umgewandt zu haben. Bestimmt hatte er sich getäuscht.

Auf der anderen Isarseite lief er auf die Flusspromenade hinunter, der Boden unter seinen Füßen wurde weicher, sein Schritt beschwingter, und er freute sich über die gelungene Renaturierung der Isarauen, die die Stadt so viel Geld gekostet hatte. München leuchtete, sein München, seine Stadt zeigte sich von ihrer schönsten Seite, und ihn durchzuckte der Gedanke: »Ein Tag zum Verlieben.« Dass er dabei an Franzi dachte, irritierte ihn kurz, und er versuchte, sich zu zwingen, an andere Frauen zu denken. Konstanze? Der letzte Abend mit ihr lag ihm noch flau im Magen. Er ließ seine amourösen Bekanntschaften der letzten Zeit vor seinem inneren Auge passieren und stellte fest, dass sie allesamt blond gewesen waren. Komischerweise musste er plötzlich an Frau Stahl denken, seine zuverlässige Sekretärin, die übrigens auch blond war, und er beschloss, ihr heute einmal Blumen mitzubringen.

Garcias linkes Schienbein schmerzte bei jeder Erschütterung, und seine Gedanken schweiften ab, zurück zum Vorabend, zu Anna Boenstedt, der Hellseherin. Kaspar Holler oder der Holler-Kaspar, wie sie ihn genannt hatte. »Es geht um eine alte Schuld«, hatte sie gesagt. Ob da was dran war? Garcia schüttelte den Kopf und zwang sich, nur noch auf seine regelmäßigen Schritte zu achten und sich auf seine Atmung zu konzentrieren. Einmal nicht an die Arbeit denken!

Als Garcia, frisch geduscht und mit einem Strauß aus weißen Ranunkeln und anderen weißen Blumen, deren Namen er nicht kannte, die ihm aber gefallen hatten, sein Vorzimmer betrat, war von Frau Stahl weit und breit nichts zu sehen. Aber in seinem Büro, auf der grauen Besuchercouch, saß Steffi Holtzhaus, einen Ordner auf den Knien, und blickte zu ihm auf.

»Ah, Alexander, des wär aber ned nötig gewesen«, rief sie fröhlich. »Obwohl, eigentlich steht's scho lang mal an, dass du mich auch a bisserl hofierst.«

Garcia beugte sich galant zu ihr hinunter und gab ihr ein Bussi auf die Wange. »Ich hofier dich doch immer, schließlich bist du meine Lieblingssteffi.«

Er sah sich suchend um, ob er irgendetwas Vasenähnliches finden konnte, aber sein Büro bestand hauptsächlich aus einem Schreibtisch und einem großen Aktenschrank voller Ordner. In diesem Moment schaute Frau Stahl zur Tür herein. Erleichtert drückte Garcia ihr die Blumen in die Hand. »Die sind für Sie.«

Frau Stahl blickte etwas verwirrt von ihm zu Steffi. »Für mich? Warum?«

»Einfach so. Für die weltbeste Assistentin eben.« Das Wort Sekretärin war offiziell natürlich tabu.

»Danke!« Frau Stahl strahlte. »Dann stell ich sie gleich mal ins Wasser. Kaffee für Sie beide?«

»Gern«, erwiderten Garcia und Steffi gleichzeitig. Sobald Frau Stahl die Tür hinter sich geschlossen hatte, meinte Steffi grinsend: »Schleimer!«

»Dir würd ich natürlich Rosen schenken«, gab Garcia grinsend zurück. Dann ließ er sich auf den Sessel neben sie plumpsen. »Und, was steht an?«

»Erstmal Entwarnung«, teilte Steffi ihm mit. »Jedenfalls zum Thema Luciferin.«

Garcia nickte. Er hatte am Abend zuvor mit Franzi telefoniert und war bereits auf dem Laufenden. Aber wenn Steffi sich schon die Mühe gemacht hatte, zu recherchieren, wollte er sie nicht unterbrechen. Sie war im Internet ebenfalls sehr schnell auf die biologischen Leuchtstoffe gestoßen, und weit und breit gab es keine Sekte oder Teufelsclique, die das Wort Luciferin verwendete.

»Danke, Steffi«, sagte Garcia. »Das ist doch schon mal eine gute Nachricht.«

Steffi klappte ihren Ordner auf, in dem sie diverse Listen abgeheftet hatte. »Ja, und die andere gute Nachricht: Die Büchnerin und ich haben gestern brav unsere Hausaufgaben gemacht. Der Flori hat uns dabei geholfen, das is fei ein feiner Kerl, der Flori. Redt ned viel, woaß aber, was er tut. Der hat uns beim Hartmann seinen Computerdaten geholfen und ist auch gleich fündig wordn. Schau!« Sie hielt ihm eine Liste unter die Nase. »A sauberer Hallodri ist der gewesen, der Herr Bürgermeister. Hat neben seiner privaten und seiner geschäftlichen E-Mail-Adresse noch zwoa andre gehabt, damit ihn seine Frau ned beim Internetdating erwischt.«

Garcia nickte. »Der Markus hat auch schon rausgekriegt, dass der Hartmann Affären hatte. Aber hatte er denn mehrere gleichzeitig?«

»Des ist ned so leicht zu sagen. Also er hat scho Kontakt mit verschiedenen Frauen gehabt und immer wieder mit neuen angebandelt. Aber mit einer hat er's definitiv getrieben und ihr auch entsprechende Sauereien geschrieben. Nichts wirklich Perverses, eher so schleimiges Zeug. Da, lies mal.«

Sie hielt ihm den Ordner unter die Nase, in dem Hartmanns gesamte E-Mail-Korrespondenz der letzten Monate abgeheftet war. Auf's Geratewohl las Garcia laut eine Mail vor: »Haserl, ich konnte vorhin nicht reden, aber sei nicht bös auf mich. Du weißt ja gar nicht, wie das ist, wenn man immer aufpassen muss, Du bist ja frei. Aber ich werde mein Versprechen halten, und ich kanns kaum erwarten, Dich am Wochenende im Arm zu halten und Dich überall zu streicheln, vor allem da, wo der kleine Konrad es auch spürt. Bussi, Dein K.«

Garcia schaute auf. »Der kleine Konrad? Meint der damit sein bestes Stück?«

Steffi schauderte: »Ich befürcht's.«

»Die E-Mail war von letzter Woche. Der Hartmann hatte also vor, sein Haserl am Wochenende zu sehen. Hältst du es für möglich, dass er so dreist war, sie nach Hause zu bestellen, während seine Frau Nachbarschaftshilfe geleistet hat?«

»Ich kann's mir ned vorstellen. Den hat doch im Ort praktisch jeder gekannt, des hätt sich ja wohl rumgesprochen. Und nach dem, was der Markus sagt, hat der doch nach außen hin voll das Saubermann-Image wahren können.«

»Jedenfalls wird's interessant werden, das Haserl kennenzulernen. Wie heißt sie denn richtig?«

»Beate Schoberl. Wohnt in München, die Adresse hab ich dir schon gemailt. Magst noch einen Blick auf die Telefonlisten werfen?«

»Gern. Gibt's da was Auffälliges?«

»Also, vom Festnetz hat er wenig telefoniert. Hauptsächlich mit seiner Frau, dem Rathaus, einzelnen Gemeinderäten, dem ein oder anderen Kunden. Das lässt sich alles leicht nachverfolgen. Sein Handy hat er benutzt, um seine Gspusis zu kontaktieren. Ein paar Frauennamen, am häufigsten natürlich die Beate Schoberl, aber ein paar andre sind scho auch noch dabei. Die sollten wir unbedingt überprüfen.«

Steffi reichte Garcia ein paar bedruckte Seiten, die sie dem Ordner entnommen hatte. »Soll ich's dir dalassen?«

Garcia überflog Hartmanns Handytelefonate. Er murmelte vor sich hin: »Beate Schoberl, Beate Schoberl, Dolores

Hartmann, Beate Schoberl ...« Plötzlich stutzte er. »Hanna Herzog«, las er vor. Er blickte Steffi kurz fragend an, aber die zuckte nur die Schultern. Garcia vertiefte sich wieder in die Liste, blätterte vor und zurück. »Hanna Herzog hat ihn zweimal angerufen. Und er sie einmal. Sowas ... Am 14. Februar hat sie ihn angerufen ... dann noch mal am 23. Februar. Und am 24. Februar hat er sie angerufen ...« Er schaute auf: »Steffi, könntest du mal checken, ob der Hartmann vorher schon mal Kontakt mit dieser Hanna Herzog hatte? Diese Listen beziehen sich ja nur auf die letzten drei Monate.«

»Ja, mach ich. Wer ist denn diese Hanna Herzog?«

»Eine Patientin aus der Psychosomatischen Klinik Rieden.« Garcia klang nachdenklich. Das Klingeln seines Telefons riss ihn aus seinen Gedanken. Es war Staatsanwalt Georg Engel, vermutlich würde es ein längeres Gespräch werden. Garcia gab Steffi ein entsprechendes Zeichen. Sie ließ den Ordner für ihn auf dem Couchtisch liegen, winkte kurz und verschwand durch die Tür.

Kurz darauf kam Markus hereingestürmt. »Ha, ich hab den Namen von Hartmanns Geliebter. Gerade hat mich der Dr. Schwabach angerufen!«

»Lass mich raten. Beate Schoberl?«

Markus verdrehte die Augen. »Spielverderber!«

»Freu dich, du darfst sie heute persönlich kennenlernen. Und zwei andere Damen, die ebenfalls in München wohnen und mit denen er zumindest übers Internet geflirtet hat. Dann hast du mal einen Birk-freien Tag.«

»Schade«, sagte Markus, »ich fing gerade an, mich in diesem kleinen Kaff wohlzufühlen.«

Garcia sah ihn prüfend an, aber komischerweise blickte Markus drein, als habe er das ernst gemeint. Überhaupt erschien er Garcia heute irgendwie verändert. Ruhiger, entspannter. Geläutert? Aber vielleicht lag es auch an Garcias eigener Gemütsverfassung. Nicht einmal der unterschwellige Druck, den der Staatsanwalt auf ihn ausgeübt hatte, konnte seine Stimmung trüben.

»Frag die Franzi, ob sie dich begleiten kann«, schlug Garcia vor.

Im gleichen Moment klopfte es an der Tür, und Franzi steckte den Kopf herein. »Stör ich?«, fragte sie und trat ein, ohne eine Antwort abzuwarten.

Franzi trug heute, an diesem ersten herrlichen Frühlingstag, schwarze Strümpfe, einen schwarzen Rock und eine schwarze Bluse. Ihre Haare hatte sie mit einem breiten schwarzen Stoffband straff aus dem Gesicht gekämmt, so dass ihre filigranen Züge noch besser zur Geltung kamen.

»Was für ein schönes Gesicht«, dachte Garcia. Laut sagte er: »Trägst du Trauer?«

Franzi setzte sich. Ihr Blick war in der Tat fast traurig, oder zumindest sehr ernst. »Mir war heute nach Schwarz zumute«, sagte sie leise. »Wahrscheinlich lag's an meiner gestrigen Begegnung mit Sven Jacoby.«

Sie hatte Garcia abends noch am Telefon davon berichtet. Ihre eigene tiefe Erschütterung hatte sie ihm dabei allerdings verschwiegen. Aber Garcia spürte, dass etwas an diesem Morgen anders war als sonst. Komisch, wie so ein Tag in dieser kleinen Gemeinde sie alle geprägt hatte.

»Dann ist es doch vielleicht ganz gut, wenn du heute mal eine Birk-Pause einlegst«, meinte er. »Ich übernehm Dolores Hartmann und Hanna Herzog.«

»Hanna Herzog?« Franzi legte die Stirn in Falten. »Wer war denn das gleich wieder?«

»Die Cellistin aus der Klinik. Sie hatte zumindest telefonischen Kontakt mit Herrn Hartmann.«

»Echt? Gut, dass du dir Namen so gut merken kannst.« Dann fügte sie nachdenklich hinzu: »Komisch, irgendwie kommen wir von dieser Klinik nicht weg. Vielleicht ging's ja doch um Rudolf Zedelmaier …«

»Ich hab den Staatsanwalt gebeten, den Mann als Zeugen vorzuladen. Ich muss ihn einfach selber sehen. Aber im Moment geht da gar nichts. Dieser Dr. Bertold blockt, und der Dr. Engel will sich auf keinen Fall die Finger verbrennen. Naja, wenigstens haben wir Zedelmaiers Fingerabdrücke, der wurde ja damals erkennungsdienstlich behandelt …«

»Und?«, fragte Markus.

»Negativ. Einige Fingerabdrücke in Hartmanns Haus stammen von der Putzfrau, die immer donnerstags kommt. Aber der auf seinem Schreibtisch konnte noch niemandem zugeordnet werden. Die fremde Faser auf Frau Jacobys Mantel stammt übrigens definitiv von einem dunkelgrauen Lodenmantel, DNA-Spuren waren leider nicht dran. Ach ja, und noch was: bisher ist Elisa Jacobys Handy nirgends aufgetaucht. Sie besaß aber eins, das ist sicher. Entweder die Spurensicherung hat es bisher übersehen, oder der Mörder hat es an sich genommen.«

»Vielleicht könnte man Elisas Bruder danach fragen?«, schlug Franzi vor.

»Hast du ihn dazu gar nicht befragt?«, entgegnete Garcia etwas erstaunt.

»Äh … nein …«, erwiderte Franzi etwas zögerlich. »Ich hatte so viele andere Fragen und …« Sie schwieg schuldbewusst, obwohl Garcias Ton nicht vorwurfsvoll gewesen war.

»Wie leicht sie sich manchmal verunsichern lässt«, dachte dieser. »Sie will immer alles richtig machen und kann einfach nicht akzeptieren, dass Fehler normal sind. Irgendwann muss ich mal darüber mit ihr reden.« Aber er wollte den richtigen Zeitpunkt abwarten, und so nickte er ihr nur mit einem verständnisvollen Lächeln zu.

Markus konnte nicht mehr länger still sitzen und erhob sich: »Also, Franzi, auf geht's«, trieb er sie zum Aufbruch an.

Garcia sah den beiden nach, als sie sein Büro verließen. Dann trank er einen Schluck von seinem Kaffee und nahm sich die Zeit, kurz die Tageszeitungen durchzublättern, die Frau Stahl auf seinem Couchtisch aufgefächert hatte. Wie erwartet waren die ersten Seiten der Boulevardpresse reißerisch: »Grausame Morde in Birk – Angst vor dem Serienmörder« titelte die *Abendzeitung*. Die *BILD*-Zeitung hatte das noch getoppt: »Doppelmord! Treibt ein Würger sein Unwesen?« Die *Süddeutsche Zeitung* behandelte das Thema auf der ersten Seite des Münchner Teils, und es war der einzige Artikel, der Garcia einigermaßen fundiert erschien. Rudolf Z. alias »der Würger« erwähnten sie allerdings alle, jedoch ohne allzu konkret zu werden. Er schob die Zeitungen beiseite und überlegte. Wenn er Dr. Bertold anrief oder Professor Ernst Stuber, den Klinikchef, würde er in Bezug auf ein Gespräch mit Hanna Herzog vermutlich wieder genauso abblitzen wie tags zuvor, als er ein Gespräch mit Rudolf Zedelmaier erbeten hatte. Er entschloss sich, sein Glück lieber spontan zu versuchen.

Dienstag Mittag

Einen großen Blumenstrauß aus weißen Ranunkeln und anderen weißen Blumen vor sein Gesicht haltend, betrat Garcia die Psychosomatische Klinik Rieden. Er hoffte innerlich, Frau Stahl würde ihm verzeihen, dass er sich in ihrer Abwesenheit die Blumen »ausgeliehen« hatte. Niemand schien ihm Beachtung zu schenken, und das kam ihm sehr gelegen. Er fuhr wieder mit dem Aufzug in den zweiten Stock und betrat die Station 2b. Eine Pflegerin kam ihm entgegen, ging aber zielstrebig an ihm vorbei. Ein junges Paar irrte auf dem Gang umher und schien die richtige Tür zu suchen – glücklicherweise war gerade Besuchszeit, und so achtete niemand auf ihn. Garcia wusste genau, welche Tür er ansteuern musste und klopfte vorsichtig an. Nichts tat sich. Er klopfte abermals und schielte dann in den Raum hinein. Er war leer. Garcia schloss die Tür wieder und sah sich etwas unschlüssig um.

Eine junge Ärztin blieb stehen: »Kann ich Ihnen vielleicht weiterhelfen?«

Garcia setzte sein charmantestes Lächeln auf: »Hier ist doch die Station 3b, nicht wahr?« Etwas Besseres fiel ihm auf die Schnelle nicht ein.

Die Ärztin lächelte freundlich: »Da müssen Sie noch ein Stockwerk höher fahren«, informierte sie ihn. »Geradeaus den Gang runter, dann kommen Sie zum Aufzug.«

Garcia bedankte sich höflich und machte schleunigst kehrt. Er hatte keine Lust, hier Dr. Bertold in die Arme zu laufen. Notfalls hätte er einfach behauptet, die Blumen seien für ihn, aber Dr. Bertold war schließlich alles andere als naiv. Garcia ging zum Aufzug und überlegte. Vielleicht hatte Hanna Herzog ja gerade irgendeine Therapie?

Er beschloss, sich in der Cafeteria im Erdgeschoß einen Kaffee zu gönnen und sein Glück später noch einmal zu versuchen. Als er den vollverglasten, halbrunden Raum mit den kleinen Bistrotischen betrat, glaubte er einen Augenblick, Greta an einem der hinteren Tische sitzen zu sehen. Das gleiche lange blonde Haar, die gleiche Haltung, mit der Greta oft dasaß, runder Rücken, die Schultern nach vorn hängend. Wie oft sagte er seiner Tochter, sie solle sich gerade halten, was sie natürlich furchtbar nervte. Doch die Sinnestäuschung dauerte nur den Bruchteil einer Sekunde, dann erkannte er Hanna Herzog. Zufall? Schicksal? Glück jedenfalls. Er holte sich schnell einen Kaffee am Automaten und steuerte dann auf ihren Tisch zu. Ihr Gesicht konnte er zunächst nicht erkennen, denn abermals fiel Sonnenlicht von hinten auf ihr blondes Haar, und dabei ging dieses Engelhafte von ihr aus, als sei sie von einer besonderen Aura umgeben. Erst als er vor ihr stand, blickte die junge Frau zu ihm auf.

Als Garcia ihren Blick sah, erschrak er. In diesem Gesicht lag nichts Engelhaftes, es war eher, als tobe darin ein Gewitter. Ihre grauen Augen zuckten nervös, die Stirn hatte sie angestrengt in Falten gelegt, und sie kaute auf ihren Lippen herum, die bereits blutverkrustet waren. Doch nach einer Schrecksekunde hatte Garcia sich wieder gefangen. »Entschuldigen Sie bitte«, sagte er höflich »Ich möchte nicht stören, aber ich würde mich gerne einen Augenblick zu Ihnen setzen.«

Hanna Herzog begann nun auch noch, auf ihren Fingernägeln zu kauen.

»Bitte erschrecken Sie nicht«, sprach er weiter und setzte sich schnell, um nicht die Aufmerksamkeit der Umstehenden auf sich zu lenken. »Ich bin von der Kripo München. Ich stelle den Patienten hier ein paar Routinefragen und wäre Ihnen sehr dankbar, wenn Sie sich eine Minute Zeit für mich nehmen würden. Dann bin ich auch schon wieder weg.«

Dabei lächelte er freundlich, so wie er ein Kind angelächelt hätte. Hanna Herzog blieb ernst. Sie deutete auf die Blumen: »Und bringen Sie allen Patienten Blumen mit?«, fragte sie. Ihre Stimme klang gepresst.

»Die sind für die Empfangsdamen«, log er und hoffte, Hanna würde nicht weiter fragen, warum er sie dann nicht dort abgegeben hatte. Schnell fuhr er fort: »Sie sind doch Frau Herzog, nicht wahr?«

»Ja. Dürfte ich bitte Ihren Ausweis sehen?«, erwiderte sie. Ihre Brust hob und senkte sich schnell, als atme sie nervös. Etwas widerstrebend zog Garcia seinen Dienstausweis hervor und reichte ihn ihr. Er hatte ihr seinen Namen absichtlich verschwiegen, um zu vermeiden, dass sein inoffizieller Besuch sich bis zur Klinikleitung herumsprach. Hanna Herzog studierte das Papier, dann schob sie es über den Tisch zu ihm zurück und begann, an ihrer Teetasse herumzunesteln, ohne dabei aufzublicken. Ihre Hände zitterten leicht.

»Frau Herzog, es geht um Konrad Hartmann, den Bürgermeister von Birk. Wissen Sie Bescheid?«

»Worüber?«

»Darüber, dass er tot ist.«

»Ja, das hab ich gehört«, antwortete die Frau leise.

»Kannten Sie Herrn Hartmann?«

»Nein. Ich kannte seine Frau.«

»Sie hatten also zu Herrn Hartmann keinerlei Kontakt?«, hakte Garcia nach.

Hanna Herzog zögerte. Dann blickte sie ruckartig auf, es schien, als zwinge sie sich, Garcia in die Augen zu sehen. Ihr unruhiger Blick hatte etwas Verängstigtes, wie von einem gehetzten Tier.

»Keinen persönlichen Kontakt«, murmelte sie und senkte gleich wieder den Blick. »Ich hab ihn einmal gesehen, zur Jubiläumsfeier, als er hier eine Rede gehalten hat.« Dann fuhr sie zögernd fort: »Und weil ich seine Frau kannte, hab ich ihn angerufen in seiner Funktion als Bürgermeister. Ich wollte ... ich hab ihn gefragt, ob die Gemeinde vielleicht irgendeinen Raum zur Verfügung hat, in dem ich Cello üben könnte. Ich bin Cellistin von Beruf, und ich muss täglich üben, aber hier in der Klinik geht das nicht. Das Personal ist da furchtbar unflexibel.«

»Verstehe.« Garcia dachte nach. Das wäre ja eine wirklich einfache Erklärung für die Handytelefonate gewesen. »Und konnte Herr Hartmann Ihnen da helfen?«, bohrte er weiter.

»Er hat sich nicht sehr für mein Problem interessiert«, erwiderte Hanna Herzog. »Er hat gesagt, er schaut, was sich tun lässt, aber wahrscheinlich hatte er die Sache im selben Augenblick wieder vergessen.«

Garcia überlegte, wie er die nächste Frage am besten stellen könnte. Immerhin hatte Hanna den Bürgermeister zweimal angerufen und er sie einmal. Es musste also doch ein gewisser Austausch stattgefunden haben.

»Könnten Sie mir Ihr Telefonat möglichst genau wiedergeben?« Er hatte bewusst von einem Telefonat gesprochen, er wollte testen, ob Hanna mit der ganzen Wahrheit herausrückte oder ob sie doch etwas zu verbergen hatte.

Hanna kaute auf ihren Nägeln und schien zu überlegen. Sie mied dabei den direkten Augenkontakt mit Garcia. »Ich hab ihn zweimal angerufen«, nuschelte sie schließlich. Sie sprach undeutlich, weil sie nicht aufhörte, mit den Zähnen an ihren Nagelhäuten zu zupfen. »Beim ersten Mal hatte er keine Zeit. Beim zweiten Mal hat er gesagt, er ruft zurück. Das hat er dann auch getan. Aber nur um mir zu sagen, dass so was nicht in seinen Aufgabenbereich fällt.« Hanna sah auf. Ihr Blick war nach wie vor unsicher, aber sie atmete wieder ruhiger. Garcia nickte. Und dann sagte er etwas, worüber er sich später selbst noch wundern sollte: »Vielleicht könnte ich Ihnen mit dem Übungsraum weiterhelfen. Ich kenne da eine freundliche Dame in Rieden, Anna Boenstedt. Sie hat ein Klavier, und sie hat freie Räume. Soll ich mal für Sie nachfragen?«

Hanna sah Garcia argwöhnisch an, von Dankbarkeit war in ihrem Blick keine Spur. Sie sah eher aus, als habe er ihr mit diesem Vorschlag eine Falle stellen wollen. Und war das nicht auch seine Absicht gewesen? Er stellte diese Überlegung zurück, er würde sich später über seinen spontanen Vorschlag Gedanken machen. Nachdem Hanna nichts darauf antwortete, stellte Garcia ihr eine weitere Frage: »Frau Herzog, warum sind Sie hier in dieser Klinik?«

Er hatte nicht erwartet, dass sie ihm auf diese Frage eine Antwort geben würde. Aber zu seiner Verwunderung begann sie leise zu erzählen: »Ich ... ich kann nicht mehr spielen. Zuerst war es nur ein Alptraum: Ich sitze auf der Bühne, ich soll ein Konzert geben, ich schaue in den Zuschauerraum. Ich weiß, er ist voll besetzt, aber ich sehe niemanden. Da draußen ist es schwarz, und alle Lichter sind auf mich gerichtet. Ich habe das Gefühl, dass alle mich anschauen, und ich weiß, ich muss spielen, aber es geht nicht. Mein Arm ist zu schwer, den Bogen zu heben, meine Hand zu zittrig, ihn zu halten. Er fällt mir aus der Hand, und ich will mich danach bücken, aber ich bin wie gelähmt ... Erst war es nur im Traum so, aber dieser Alptraum ist Wirklichkeit geworden. Ich kriege Panikattacken auf der Bühne, ich schwitze, ich kann meinen Arm nicht mehr bewegen, ich bin völlig gelähmt. Ich kann meinen Beruf nicht mehr ausüben. Wenn ich übe, wenn ich allein für mich spiele, ist alles wie immer. Ich war immer glücklich, wenn ich Cello spielen konnte. Aber jetzt kann ich es nur noch für mich. Und darum bin ich hier.«

Ihre Augen hatten sich mit Tränen gefüllt. Kaum hatte sie begonnen, über ihre Angst zu reden, hatten sich die äußeren Zeichen ihrer Nervosität gelegt. Sie hatte aufgehört, Nägel zu kauen, ihre unruhig wandernden Augen waren auf einmal starr in die Ferne gerichtet, ihre Stirn hatte sich geglättet, und nun sah sie nur noch aus wie ein verängstigtes Mädchen. Jetzt erst konnte Garcia sehen, was für ein hübsches, kindliches Gesicht Hanna Herzog hatte.

Aus einem Impuls heraus legte er die Blumen auf den Tisch. »Ich schenk sie lieber Ihnen. Ich kläre das mit dem Übungszimmer und melde mich bei Ihnen. Einverstanden?«

Hanna nickte und versuchte zu lächeln. Es wirkte etwas verkrampft. Aber es war immerhin ein Lächeln.

Während Garcia seinen Wagen über die Hauptstraße von Rieden nach Birk lenkte, telefonierte er mit Markus. Dieser hatte ihm – wie üblich – die Mailbox vollgequatscht, aber Garcia hatte sich nicht die Mühe gemacht, sie abzuhören. Er rief lieber gleich zurück.

»Wir sind auf dem Weg von Affäre Nummer eins zu Affäre Nummer zwei«, rief Markus fröhlich in den Hörer. Er schien zu seiner draufgängerischen Art zurückgefunden zu haben und sprühte vor Energie.

»Na, offensichtlich wieder ganz der Alte«, bemerkte Garcia. »Ich nehme an, Affäre Nummer eins ist Beate Schoberl?«

»Ja, und es könnte sein, dass sie auch die einzige Nummer war. Immerhin ist sie im siebten Monat schwanger. Dreimal darfst du raten, wer der Vater ist!«

»Oh! Das war also mit dem kleinen Konrad gemeint«, folgerte Garcia.

»Laut Beate Schoberl wollte der Hartmann seine Frau verlassen und hatte seiner Geliebten sogar die Hochzeit versprochen. Sie hat auf die Hartmann geschimpft, die habe ihren armen Mann immer nur gegeißelt und schikaniert und er habe sie nie geliebt und so weiter. Ach ja, und dass das Erbe trotzdem ihrem Kind zusteht, hat sie natürlich nicht vergessen zu erwähnen. Ich hab übrigens selten jemanden so laut und hemmungslos schluchzen sehen wie die Schoberl. Entweder, sie hat den Mann wirklich geliebt, oder es war die Angst ums Erbe. Franzi tippt auf Ersteres. Ich tippe auf eine Mischung.«

»Dann trifft es sich ja gut, dass ich auf dem Weg zu Dolores Hartmann bin«, sagte Garcia. »Wusste sie von dem Kind?«

»Angeblich hatte Hartmann fest vor, es ihr zu sagen. Aber er wollte sich einen klugen Plan zurechtlegen, sonst hätte die alte Ziege ihm den Geldhahn abgedreht und seinen Ruf in Birk ruiniert. O-Ton Frau Schoberl.«

»Interessant. Dann bin ich ja gespannt, wie sich der O-Ton Frau Hartmann anhört. Ich meld mich später wieder. Grüß die Franzi von mir.«

Garcia legte auf und fuhr in der Goyastraße 13 vor. Das Absperrband flatterte im Wind. Er läutete und wurde von Frau Hartmann eingelassen. Von ihrer Mutter war nichts zu sehen.

»Herr Garcia, gut, dass Sie da sind«, legte Dolores Hartmann gleich los. Sie trug ein elegantes schwarzes Kleid und ein schwarzes Samtband um den Hals, das ihre Trauer auf eine etwas dramatisiert wirkende Art unterstrich. Sie sah heute wesentlich weniger verheult aus, und wieder fiel Garcia auf, wie sorgsam geschminkt sie war.

»Sie kämpft gegen ihr Alter an«, schoss es ihm durch den Kopf.

»Ich muss Ihnen was sagen«, gestand Frau Hartmann, während sie vor Garcia den Flur entlangging. Sie lotste ihn in die Küche, die Tür zum Wohnzimmer war nach wie vor polizeilich versiegelt. »Ich hätt es Ihnen längst schon sagen müssen.«

»Angriff ist die beste Verteidigung«, dachte sich Garcia. Laut sagte er: »Ich hör Ihnen zu.«

»Ich muss Ihnen sagen ...« begann Frau Hartmann zögerlich. »Äh, nehmen Sie doch Platz«, unterbrach sie sich dann. »Wollen Sie vielleicht was trinken?«

Garcia schob Frau Hartmann galant einen Stuhl hin und setzte sich ihr dann gegenüber. »Danke, nein«, entgegnete er höflich. Dann wartete er.

»Also ...« fuhr Frau Hartmann fort. Sie schien nicht genau zu wissen, wie sie das Gespräch am besten beginnen sollte. »Also, am Abend, als ... naja, an dem Freitagabend eben. Ich hab Ihnen doch gesagt, dass ich den Notarzt gerufen und dann draußen gewartet hab. Aber ... so war das gar nicht.«

»Nein? Wie war es denn?«

»Also, ich war so durcheinander. Ich bin heimgekommen und da ... da hab ich gleich gemerkt, dass was nicht stimmt. Weil ... da war Dreck.«

»Dreck?«

»Ja. Im Eingang. Also erst hab ich so Brocken von Erde und Blätter und so was gesehen. Nicht viel, aber bei uns ist es ja immer blitzblank sauber. Und dann hab ich die Schuhe gesehen, Konrads Schuhe. Sie standen im Eingang und waren auch dreckig. Ich bin gleich ins Wohnzimmer, weil ich gedacht hab, da stimmt was nicht. Und dann ... wissen Sie ja. Da hing er dann. Ich bin ganz panisch gewesen. Ich hab den Notarzt gerufen, und die haben gesagt, sie sind gleich da. Und ich konnte ja nicht da rein zurück. Ich konnte nicht ... Und da ... da hab ich den Staubsauger geholt und sauber gemacht. So, jetzt ist es raus.« Frau Hartmann sah Garcia schuldbewusst an. »Und die Schuhe vom Konrad hab ich draußen ausgeklopft und in den Schuhschrank geräumt. Ich kann Ihnen nicht sagen, warum ich das getan hab. Inzwischen ist mir natürlich klar, dass ich dadurch Spuren verwischt hab. Aber an dem Abend ... da war ich so durcheinander, und da hab ich nur noch gewollt, dass alles wieder seine Ordnung hat. Wenigstens äußerlich ...«

Garcia hatte das Gefühl, dass sie die Wahrheit sagte. Sie hatte also Spuren verwischt. Vielleicht die des Täters. Aber wenn er sie richtig verstanden hatte, so waren es – zumindest in Frau Hartmanns Wahrnehmung – die Spuren ihres Mannes gewesen. Konrad Hartmann hatte dreckige Schuhe gehabt und hatte Erde in die Diele geschleppt. Was hatte das zu bedeuten?

»Dürfte ich die Schuhe sehen?«, bat er.

Frau Hartmann führte ihn zur Garderobe und öffnete den Schuhschrank, der unter den gezwirbelten Holzhaken stand. Bevor sie die Schuhe herausnehmen konnte, hatte Garcia sich schon danach gebückt und nahm sie mit einem Taschentuch vorsichtig aus dem Schränkchen. Dann bat er Frau Hartmann um eine Plastiktüte und verstaute die Schuhe darin. Er schritt den lodengrünen Läufer auf und ab und blieb vor der Wohnzimmertüre stehen. Er betrachtete das Polizeisiegel. Es war unversehrt. Aus einem Impuls heraus brach er das Siegel auf und öffnete die Tür. Frau Hartmann, die hinter ihm stand, unterdrückte einen kleinen Schrei.

»Ich weiß nicht, die Polizei hat gesagt ...«

»Ich bin ja die Polizei«, beruhigte Garcia sie. »Machen Sie sich also keine Sorgen.«

Er betrat den Raum und blickte zur Terrassentür. Konrad Hartmann war am Tatabend also vermutlich draußen gewesen. Vielleicht war der Täter dann einfach mit ihm ins Haus geschlüpft, und Frau Hartmann hatte hinter den beiden alles sauber gemacht. Das würde erklären, warum sich im Wohnzimmer keine Schuhabdrücke und kaum Spuren von Dreck oder Erde gefunden hatten. Garcia ließ den Blick schweifen. Der Korbstuhl stand mittlerweile in einer Ecke, das Seil war vom Haken entfernt worden. Wieder fiel ihm das eigenartige Poster mit den durch die Wüste reisenden Musikern auf, das über der Ledercouch hing und ihm schon beim ersten Mal ins Auge gestochen war. Und nun fiel ihm auch auf, was ihn daran eigentlich gestört hatte: Es steckte in einem billigen Wechselrahmen aus weißem Plastik, wo doch sonst alles in diesem Haus so schwer und dunkel und hölzern war.

»Frau Hartmann«, fragte er. »Warum hängt dieses Poster eigentlich da?«

»Seltsam, dass Sie danach fragen. Hier hing nämlich jahrelang ein anderes Bild, das ich übrigens gar nicht mochte. Ich fand's so altmodisch, aber mein Mann hat darauf bestanden, dass es da hängt. ›Schee is' ned, aber teuer is' g'wesen. Und außerdem macht's was her, weil des ein berühmtes Bild ist und zeigt, dass mir Kunstkenner san‹, hat er gesagt. Ich hab sogar versucht, ihn zu überreden, es doch oben in seinem Büro aufzuhängen, aber da hätt's ja keiner gesehen. Naja, irgendwann fällt es einem ja dann auch gar nicht mehr auf. Ja, und vor zwei Wochen ungefähr, da hat er plötzlich das da aufgehängt, dieses Poster.«

»Kennen Sie diese Band?«

»Äh, nein … also, die sind hier aufgetreten, vor einigen Wochen, im Kulturverein, deswegen hatten wir dieses Poster da. Aber wir sind nicht hingegangen … Mein Mann hatte für Musik nichts übrig.«

»Schade …«, murmelte Garcia, während er vorsichtig den Wechselrahmen von der Wand nahm. »Da haben Sie was verpasst.«

Er war nicht verwundert, dass an der Wand die feinen Staublinien eines kleineren Bildes zum Vorschein kamen.

»Dürfte ich wohl das Bild sehen, das hier ursprünglich hing?«, bat er.

Es dauerte eine Weile, bis Frau Hartmann mit dem Bild zurückkam, das ihr Mann in den Keller ausrangiert hatte. Interessiert betrachtete Garcia den in einem ziselierten dunklen Holzrahmen steckenden Kunstdruck. Er zeigte sechs Frauen, eine davon stehend, in langen altmodischen Gewändern, die am Ufer eines Flusses in der Natur musizierten. Eine Frau hielt eine Laute in der Hand, die stehende Frau ein Notenblatt – sie war wohl die Sängerin. Garcia, der sich mehr für moderne Kunst interessierte und vor allem Mondrian verehrte, vermutete eine Szenerie aus dem 19. Jahrhundert, aber sicher war er sich nicht.

»Was können Sie mir darüber sagen?«, fragte er.

»Nicht viel«, meinte Frau Hartmann schulterzuckend. »Mein Mann hat es anfertigen lassen, lange bevor wir uns kannten. Es ist eine Replik von irgend so einem berühmten Maler.«

Garcia drehte das Bild um und las, was auf dem Rücken der bedruckten Leinwand stand: Anselm Feuerbach: Im Frühling; Artikelnummer: 2-M98-B12-1298-1.

Er würde das Bild zur Spurensicherung geben, vielleicht fanden die ja heraus, was es damit für eine besondere Bewandtnis hatte. Und Steffi Holtzhaus würde er darum bitten, parallel dazu zu recherchieren, ob sie etwas über diesen Maler oder den Inhalt des Bildes in Erfahrung bringen konnte.

»Finden Sie es nicht auch schrecklich altmodisch?«, fragte Dolores Hartmann. »Ich weiß gar nicht, was mein Mann daran gefunden hat.«

Garcia betrachtete es scheinbar nachdenklich. »Vielleicht mochte Ihr Mann es, weil darauf so viele schöne junge Frauen abgebildet sind«, sagte er langsam. Aus den Augenwinkeln heraus beobachtete er Dolores Hartmann.

Zu seiner Verwunderung versuchte sie nicht, abzulenken oder sich rauszureden, sondern bewies einmal mehr, dass sie sich emotional gut im Griff hatte: »Worauf spielen Sie an?«, fragte sie. Ihre Stimme klang ruhig.

»Vielleicht trinken wir beide jetzt doch mal einen Kaffee in Ihrer Küche und unterhalten uns über Ihre Ehe.«

Als Garcia die Wohnzimmertür hinter sich geschlossen hatte, machte er das Siegel notdürftig wieder fest. Er würde später die Spurensicherung bitten, ein neues Siegel anzubringen.

Frau Hartmann bereitete einen Filterkaffee vor. Garcia kannte kaum mehr Haushalte, in denen solche »klassischen« Kaffeemaschinen standen. Weder ihr Gesicht noch ihre Stimme verrieten Nervosität, aber ihre Hände zitterten leicht, als sie das Wasser in den Behälter schüttete.

»Andrea Hirsch, Beate Schoberl, Sabrina Hemmerlein …« Garcia hatte die Namen absichtlich in keiner bestimmten Reihenfolge gesagt, um zu prüfen, auf welchen sie ansprang. Ihre Hände zitterten jetzt stärker. Ohne ihre Arbeit an der Kaffeemaschine zu unterbrechen, schnaubte sie verächtlich: »Sparen Sie sich die Aufzählung. Keiner dieser Namen sagt mir was. Aber ich kann mir schon denken, worauf Sie anspielen.«

»Nämlich?«

»Naja, seine Affären halt.« Jetzt hatte Frau Hartmann sich nicht mehr so gut im Griff. Sie kehrte Garcia den Rücken zu und blickte aus dem Fenster, aber er konnte sehen, wie sich ihr Oberkörper unter der schnelleren Atmung heftig hob und senkte. Ihre Stimme klang gepresst, doch trotz ihrer Bemühung, den neutralen Schein zu wahren, spürte er ihre Abscheu.

»Ich weiß nicht, wann es begonnen hat«, stieß sie bitter hervor. »Mittlerweile denke ich, er hat's immer schon bunt getrieben und die Ehe war für ihn kein Grund, was daran zu ändern. Irgendwelche willigen Weiber, die bereit waren, mit ihm ins Bett zu springen, hat's wohl immer gegeben, und gewusst hab ich das schon lang.«

Sie drehte sich ruckartig zu Garcia um. Der war erschrocken über den Wandel ihres Gesichtsausdrucks. Nichts deutete mehr auf die gepflegte Bürgermeistersgattin hin. Sie sah aus wie eine alte Frau, der die Maske heruntergerissen worden war. Es war nicht so sehr Hass, was er in ihren Zügen las, sondern eher ein Kräfteverfall: die Müdigkeit, den Schein zu wahren, die Erschöpfung, sich zu verstellen. Vor ihm stand eine ausgelaugte alte Frau. In diesem Moment hätte er sie eher auf 60 als auf Ende 40 geschätzt.

»Aber eins sag ich Ihnen«, fuhr sie fort. Ihre Stimme klang jetzt matt. »Es ist kein Zeichen für eine schlechte Ehe, wenn der Mann Affären hat. Im Gegenteil. Wenn man mit seinem Mann nicht mehr … naja, eben nicht mehr das Bett teilt, dann ist man auch nicht mehr so emotional. Wir hatten ein gutes Arrangement. Ja … wir hatten sogar ein harmonisches Zusammenleben. Wir hatten ein gemeinsames öffentliches Leben, und privat hatte jeder seine eigenen Interessen. Ich meinen Job und er … seine G'schichten. Was ist daran falsch?«

»Von richtig oder falsch hab ich nichts gesagt«, erwiderte Garcia. »Setzen Sie sich doch bitte.« Er wollte ihr unbedingt ins Gesicht schauen können, bevor er die nächste Frage stellte. Nachdem sie seiner Aufforderung nachgekommen war, fuhr er fort: »Es gibt schließlich viele Ehen, die auf diese Weise ihr Gleichgewicht gefunden haben. Die Frage ist nur, ob das Kind, das Beate Schoberl von Ihrem Mann erwartet, dieses Gleichgewicht gefährdet hat.«

Dolores Hartmanns Gesichtszüge froren ein. Sie starrte Garcia stumm an. Ihre Hände hielten verkrampft die Kaffeetasse fest, über den Fingerknöcheln spannte sich die weiße Haut. »Was?«, stieß sie schließlich mühsam hervor.

Garcia wartete einen Moment ab. Er sah sie an und versuchte, etwas aus ihrer Miene herauszulesen. Alles, was er sah, war Beherrschung. Wie diese zu deuten war, war schwer zu beurteilen. »Die Geliebte Ihres Mannes ist im siebten Monat schwanger«, sagte er.

Frau Hartmann presste die Hände vor den Mund und starrte Garcia an. Dann sprang sie unvermittelt auf und rannte aus der Küche. Er hörte, wie sie die Treppe hinauflief und lehnte sich zurück. Dieser Termin würde wohl noch eine Weile dauern.

Dienstag Nachmittag

Wieder schlug Garcia der beißende Sagrotangeruch entgegen, als er den Hexenwirt betrat. Weniger der Hunger hatte ihn hierher getrieben als die Hoffnung, sich ein wenig unters Volk mischen zu können. Nachdem er in Erfahrung gebracht hatte, dass die Mädchen und Burschen von der Maibaumwache frühestens gegen 16 Uhr bei ihrer Hütte aufkreuzen würden – einige von ihnen gingen noch zur Schule, die meisten steckten jedoch bereits in der Berufsausbildung – beschloss er, die Stunde, die ihm bis dahin blieb, im Hexenwirt totzuschlagen. Ins Präsidium zu fahren lohnte sich nicht. Er hatte noch mit Dolores Hartmann gewartet, die nach seiner – offensichtlich überraschenden – Enthüllung in einem ziemlich desolaten Zustand gewesen war, bis ihre Mutter eintraf.

Nachdem er gegangen war, war ihm sein Versprechen Hanna Herzog gegenüber wieder eingefallen, und er hatte Anna Boenstedt angerufen. Es zeigte sich, dass er sie richtig eingeschätzt hatte. Sie liebte klassische Musik über alles und war geradezu entzückt über seinen Vorschlag gewesen, Hanna bei sich üben zu lassen.

»Sehen Sie, mein Klavier hat Ihnen eben doch was sagen wollen«, hatte sie ihm zum Schluss gesagt, und es hatte durchaus ernst geklungen.

Danach hatte Garcia vergeblich versucht, Markus und Franzi zu erreichen. Auch Steffi Holtzhaus wusste nicht, wo die beiden steckten. Natürlich war Garcia ein unguter Gedanke durch den Kopf geschossen – wohin hatten die beiden sich wohl zurückgezogen? Eigentlich mussten sie rund um die Uhr erreichbar sein.

Ärgerlich über sich selbst schüttelte Garcia den Kopf, während er die Speisekarte von der gleichen langsamen Kellnerin, die ihn schon letztes Mal bedient hatte, entgegennahm. Die Gestaltung der Speisekarte passte perfekt zum restlichen Inventar des Gasthofes: Der Umschlag bestand aus einem weißblau karierten Blatt, von einer Klarsichtfolie umhüllt, und jemand hatte den fragwürdigen Einfall gehabt, zwischen Deckblatt und Plastikhülle ein wenig echtes Heu zu platzieren.

Der große Gastraum war fast leer um diese Zeit. Das Sonnenlicht, das auf die fahlen Wände fiel, ließ den Raum noch trostloser erscheinen. Lediglich am Stammtisch saßen drei Männer vor ihrem Bier, ein weiterer trudelte ein und setzte sich dazu. Er trug Tracht und nahm auch, nachdem er Platz genommen hatte, seinen Hut mit Gamsbart nicht ab. Er bestellte sich ein Bier und warf einen kurzen Blick zu Garcia hinüber, der vor seinem Mineralwasser hockte. Garcia nickte ihm freundlich zu, was der Mann, dessen Gesicht vom Alkohol gerötet war, offensichtlich als Aufforderung nahm, ihn anzusprechen.

»Prost, Herr Nachbar!«, rief er ihm zu. »Derf i fragen, wer du bist?«

»I bin der Alex«, antwortete Garcia und verfiel automatisch in sein bestes Bairisch. Zudem zog er es vor, nicht seinen vollständigen Namen zu nennen und verwandte sogar ausnahmsweise die ihm sonst so verhasste Abkürzung seines Vornamens.

»Der Alex bist du? Aha. Der Alex von der Presse, stimmt's? Des seh ich auf den ersten Blick, ihr Journalisten seid's ja alle gleich o'zogn.«

»Na, i bin ned von der Presse … I war grad in der Klinik. Wissen S', in der Psychoklinik. Da hob i ein medizinisches

Gerät installiert.« Garcia log einfach drauflos. Es war die Gelegenheit, ein wenig soziale Studien zu betreiben und die Meinung der Dorfbewohner zu den Mordfällen einzuholen.

»Ah so? Bist du Ausländer?«, mischte sich ein anderer Stammtischler im lila-grün gemusterten Acrylpullover jetzt in die Konversation ein.

»I woaß ned, ob man als Rosenheimer in Birk als Ausländer gilt.« Langsam fing es an, Garcia Spaß zu machen, die Herren aus der Reserve zu locken.

»Kimm, sitz di her«, rief der Erste wieder. »Und b'stell dir was G'scheits. Rosi, sei so guat, bring dem Rosenheimer a Bier!«

Garcia ließ sich das nicht zweimal sagen. Er ließ sein Wasserglas stehen und wechselte an den Stammtisch hinüber.

»Dann bist du also Ingenieur? Oder Hausmeister? I bin übrigens der Schorsch.«

»Servus Schorsch.« Garcia setzte sich dem Wortführer gegenüber. »Warum hast jetzt du g'meint, i waar von der Presse?«

»Ja, warum hab i des wohl gemeint. Die lungern doch seit letztem Wochenende alle hier umeinander. Wie die Wölfe lauern's auf ihre Sensationsstory. Sag bloß, du hast von den Morden noch nix g'hört?«

»Ja, klar. In der Zeitung hab' i's halt g'lesen. Aber was ma in der Zeitung liest, stimmt doch eh ned.«

»Do hast recht. Danke Rosi. Mir kannst a glei no oans bringa, bevor i verdurst.«

»Is scho recht, Schorsch. Derf i sonst no was bringa?« Die Kellnerin stellte das Bier vor Garcia hin, und weil keiner reagierte, schlurfte sie wieder davon.

»Stimmt des, dass es euren Bürgermeister derwischt hat?«, fragte Garcia.

»Ja, des könnt ma so sagn. Den Konrad hod's sauber derwischt. Von seiner Wohnzimmerdecken ist der runterbaumelt. A Sauerei is des. Und die Polizei tut nix. Jetzt ham's a no die Schulrektorin um d'Eckn bracht.«

»Prost allseits«, rief Garcia in die Runde und setzte dabei sein bierlaunigstes Gesicht auf. Die anderen prosteten zurück. »Wer hat jetzt die Schulrektorin um d'Eckn bracht? Die Polizei?«

»Ah geh, die Polizei doch ned. Bist auf der Brennsuppn daherg'schwomma? Du kimmst doch gradwegs aus der Irrenanstalt. Hast'n ned g'sehn, den Würger, ha?« bellte der Mann im gemusterten Pullover ihn an. »Aber die Bullen tun ja nix, um die Leut zu schützen.«

»Loisl, hör mit'm Würger auf«, schaltete Schorsch sich jetzt wieder ein. »Der is doch a ganz a arme Sau. Naa, da steckt a andre G'schicht dahinter.« Er beugte sich vertraulich vor, und die anderen taten es ihm automatisch gleich und steckten die Köpfe zusammen. »Des Ganze is a Verschwörung«, sagte Schorsch mit gesenkter Stimme.

»Eine Verschwörung?«, raunte Garcia. »Wer san denn die Verschwörer?«

»Na, wer wohl? Natürlich der Schwabach und seine Leut! Schmückt sich vorn rum mit Anwälten und so am G'schwerl, aber hintenrum hat der a ganze Mafia an der Hand, die wo die Leut, die eahm im Weg stehn, einfach wegräumt.«

»Geh, Schorsch, jetzt hör scho auf mit dem Schwabach. Nur weil der des Grundstück kauft hod, des du hättst haben wolln«, mischte sich ein weiterer Stammtischler ein.

»Ja, des konnst mir jetzt aber ned verzähln, dass des mit rechte Dinge zuaganga is«, beharrte Schorsch auf seiner Verschwörungstheorie. »Der Konrad hod's dem Schwabach zuag'schustert.«

»Aha, und warum sollt der Schwabach dann den Konrad umbringa?«, provozierte der Pulloverträger.

Bevor der Schlagabtausch eskalieren konnte, betrat ein weiterer Mann die Wirtsstube. Er mochte Ende dreißig sein, hatte einen schlanken, drahtigen Körper und auffallend blondes Haar. Sofort verstummten die Männer am Stammtisch. Der Mann ging zielstrebig zur Theke und sprach die Bedienung an, die gerade Bier zapfte. Er redete so leise, dass Garcia nicht verstehen konnte, was er sagte. Aber Rosis Antwort war laut genug: »Sven, verzupf di. I hob's dir scho g'sogt, die Sandra mog ned mit dir redn. Hob i mi klar ausdruckt?«

Der Mann drehte sich zum Stammtisch um. Die rotgesichtigen Männer stierten ihn feindselig an. Einen Moment blieb er unschlüssig stehen, dann marschierte er zur Tür und verließ den Raum erhobenen Hauptes, ohne sich noch einmal umzublicken.

»Saupreiß!«, schnaubte Schorsch. Es klang, als würde er dabei ausspucken.

»Wer war jetzt der?«, wollte Garcia wissen.

»Des is der Bruder von der Jacoby. Von der ermordeten Frau Direktorin. Des is a ganz a komischer Vogel. Is sich zu schad, dass er sich mit der Dorfbevölkerung abgibt, aber dann die Sandra aufreißn. Und die is ja fast no a Kind!«

»Mir ham ja nix gegen die Preißn«, lallte ein weiterer seiner Saufkumpanen, der sich bis dahin hauptsächlich seinem Bier gewidmet hatte. »I moan, hier ziagn ja gnug Familien her, die woaß Gott woher kemman. Aber der, der hat halt g'moant, er is was Bessres, mit seinem saublödn Ökohof. Seine Eltern war'n a scho so. Nix ham's mit uns zu tun haben wolln. Fischköpf san's, g'stinkerte. Der soll bloß z'ruckgehn von wo der herkimmt.«

»Und wer ist diese Sandra?«, hakte Garcia nach.

»Die Sandra is mei Dochter«, rief Rosi von der Theke aus herüber. »Der Sven hod ihr schöne Augn g'macht, und die Sandra hod's a Zeitlang auch mitg'macht. I hob's ja glei g'sogt, dass sie sich mit so am oidn Sack ned einlossn soll … Aber seit a paar Dog … I woaß ned, was vor'gfallen is, aber sie mog nix mehr mit eahm zu tun hob'n. Grad jetzt, wo sei Schwester g'storbn is. Vielleicht auch grad deswegen. Was woaß denn i, des Madl redt ja ned mit mir.«

»Vielleicht hat der Sven ja sei Schwester auf'm G'wissen!« Schorsch schien sich schnell von seiner Verschwörungstheorie gelöst zu haben.

»Ah geh, jetzt übertreibst aber scho a bisserl«, meldete sich sein lallender Stammtischgenosse zu Wort und stellte dabei seinen Bierkrug krachend auf den Tisch. Das Artikulieren fiel ihm sichtlich schwer. »Die bein … die beiden Jacoby-G'schwister san doch immer un … unsser … unzertrennlich san's halt g'wesen.«

»Jaaa, grad deswegen«, grölte Schorsch, dessen Gesicht mittlerweile puterrot war. »Was woaß ma scho, was die beiden miteinand trieb'n ham. Also, gredt wordn is da scho drüber, so von wegen Geschwisterliebe und so. Woaßt scho, wia i's moan. Inzest halt. Aber laut hod ma's ja ned sagn dürfn, die Elisa ham alle gern mögen, und die is halt auch die Frau Direktorin g'wesen, da muaß ma an g'wissen Respekt ham. Aber jetzt, wo's dod is …«

»Geh, Schorsch, halt's Maul, du bist ja b'soffen!«, schnaubte der Pulloverträger.

Bevor Schorsch kontern konnte, hob Garcia seinen Bierkrug und prostete ihm ein weiteres Mal leutselig zu. Das Letzte, was er jetzt brauchen konnte, war eine Schlägerei in Birk. »Jetzt prost ma uns alle noch amoi zua, und dann muaß i z'ruck nach Rosenheim. Danke fürs Bier und ned streitn: des lohnt si ned, und so jung kemm ma nimmer z'samm.«

»Wo er recht hod, hod er recht, der Rosenheimer-Alex. Und dei Bier geht auf mi«, rief Schorsch »Prost!« Krachend schlugen die fünf Bierkrüge aneinander.

Garcia lenkte seinen Wagen schnell vom Parkplatz des Hexenwirts auf die Hauptstraße, die durch den Ort führte, bog dann aber nach links auf die Forststraße ab, auf den Waldrand zu, an dem Franzi und er beim letzten Mal den aufgebockten Maibaum erblickt hatten. In einiger Entfernung von der Wachhütte parkte er sein Auto. Heute stieg Rauch aus dem Kamin der Hütte auf, zu sehen war aber niemand. Jetzt erst nahm Garcia sich die Zeit, sein Handy zu checken. Er hatte zunächst möglichst schnell den Hexenwirt verlassen wollen, schließlich hatte er ja kein Rosenheimer Autokennzeichen, und wenn die Herren vom Stammtisch ihm auch zunehmend betrunken vorgekommen waren, wollte er unangenehmen Fragen doch lieber aus dem Weg gehen. Auch Rosi, die offensichtlich nicht nur die langsame Bedienung, sondern auch die Pächterin des Hexenwirts war, würde er ein andermal befragen, und vor allem ihre Tochter Sandra wollte er sich beizeiten näher ansehen.

Sowohl Franzi als auch Markus hatten ihm Botschaften hinterlassen. Und von Lydia stammte eine SMS, die in etwas genervtem Ton bat, er möge sich nun endlich mal melden, schließlich gehe es um die gemeinsame Tochter. Garcia entschloss sich, das Telefonat mit Lydia gleich hinter sich zu bringen. Abends war er meist zu müde für solche Gespräche.

»Die Funkanstalt, Lydia Funk«, meldete sich diese schon nach dem zweiten Klingeln. Lydia war Mitgeschäftsführerin einer kleinen Fernsehproduktionsfirma, die vor allem Quizshows für private Sender produzierte. Der Name der Firma setzte sich aus den drei Nachnamen der Geschäftsführer Funk, Anstetter und Altmann zusammen. Akronym nannte man diese Art der Wortkreation, wie Lydia ihn einst aufgeklärt hatte.

Das Telefonat war kurz, Lydia war – wie meist – im Stress. Garcia hatte erwartet, dass es um Gretas schulische Leistungen gehen würde, die schwankend aber bisher nie besorgniserregend gewesen waren, oder um die Teilnahme an irgendeinem Elternabend. Aber was Lydia diesmal vorbrachte, überraschte ihn: »Weißt du, ob Greta einen Freund hat?«

»Einen Freund? Ich dachte, Greta interessiert sich für Pferde.«

Lydia lachte trocken. »Die Pferdephase ist schon seit mindestens zwei Jahren vorbei. Du hast also auch keine Ahnung?«

»Sie hat nichts dergleichen erwähnt. Und ich finde, sie ist wie immer.«

Es folgte ein kurzer Schlagabtausch darüber, wie bei einem Kind »wie immer« zu definieren sei. Lydia begründete ihren Verdacht auf veränderte Verhaltensweisen ihrer Tochter, die Garcia als alterstypisch abzutun versuchte, und letztendlich gewann er den Eindruck, dass Lydia weniger aus Sorge um die Tochter als vielmehr aus Sorge um ihre Position als allwissende Mutter fragte. Sie schien über Garcias Unkenntnis fast beruhigt.

Während des Gesprächs beobachtete Garcia, wie ein Junge und ein Mädchen die Wachhütte verließen und zu dem aufgebockten Maibaum gingen. Über ihren Jeans und Jacken trugen sie Arbeitsschürzen, und sie begannen, den bereits kahlen Baumstamm weiter abzuhobeln. Er beendete schnell das Gespräch mit dem Versprechen, Augen und Ohren offen zu halten, ohne das Kind dabei unter Druck zu setzen und selbstverständlich ohne dieses Telefonat zu erwähnen, stieg aus seinem Auto und schlenderte zu den beiden Teenagern. Vor dem Zeltdach, das sich über die gesamte Länge des Baumstamms hinzog, blieb er stehen. Die beiden schauten auf und nickten grüßend, ohne dabei ihre Arbeit zu unterbrechen. Wahrscheinlich kamen hier öfter mal neugierige Spaziergänger vorbei. Doch nachdem Garcia nicht weiter ging, ließ das Mädchen schließlich doch seinen Hobel sinken und wandte Garcia sein rundes, stupsnasiges Gesicht zu.

»Kann ich Ihnen weiterhelfen?«, fragte die Stupsnasige in einem forschen, fast frechen Ton.

»Hi erstmal«, sagte Garcia. »Schöner Maibaum.«

Das Mädchen sah ihn neugierig an. »Naja, noch is des ein Mordstrumm von einem Baumstamm. Wolln Sie auch a bisserl hobeln?«

Wahrscheinlich bot sie das jedem Spaziergänger an, der hier vorbeikam und banale Sprüche abließ.

»Wenn's euch hilft«, bot Garcia freundlich an.

Aber das Mädchen schüttelte lachend den Kopf. »Lassen Sie mal! Sie können ja dann beim Aufstellen helfen. Da brauchen wir kräftige junge Männer … und alte auch«, fügte sie mit einem spitzbübischen Lächeln hinzu.

»Na, bis dahin steht euch ja noch eine Menge Arbeit bevor. Seid ihr jeden Tag hier?«

Die Augen des Mädchens verengten sich, und sie betrachtete ihn prüfend. Auch der Junge hatte jetzt aufgehört zu arbeiten und schaute das Mädchen fragend an.

»O. k., ich hab's. Sie sind ein B … von der Polizei. Stimmt's?«

»Sieht man das?«

»Nein. Aber man hört's an Ihrer betont lässigen Art, Fragen zu stellen. Ich bin übrigens die Annie. Wer sind Sie?«

»Ich bin der Alexander. Hallo Annie. Und wer bist du?«, fügte er an den stillen Jungen gewandt hinzu.

»Das ist der Lukas«, antwortete Annie einfach für ihn. »Also, schießen Sie los. Was wollen Sie wissen?«

»Es geht um letzten Freitag. Wart ihr an dem Abend auch hier?«

Während sie sprachen, fuhr ein alter orangefarbener VW Polo vor, aus dem zwei weitere Jugendliche stiegen, einen Bierkasten aus dem Kofferraum luden und diesen Richtung Wachhütte trugen. Sie grüßten kurz hinüber.

»Ich war am Freitag nicht da«, beantwortete der Junge namens Lukas die Frage.

»Aber ich«, rief Annie triumphierend. »Und die beiden da vorn auch. He! Mike, Chrissi, kommt mal rüber!«

Sofort stellten sie den Kasten ab und folgten der Anweisung des Mädchens. Sie schien trotz ihrer höchstens 155 Zentimeter Körpergröße hier das Kommando zu haben. Entsprechend selbstbewusst war auch ihr Auftreten. Dabei strahlte ihr Gesicht eine geradezu übermütige Fröhlichkeit aus, als sie rief: »Jungs, das ist der Herr Alexander Kripokommissar.«

Die beiden Jungen murmelten etwas, das wohl ein Gruß sein sollte, machten aber keinerlei Anstalten, Garcia die Hand zu reichen. Der Größere, den Annie mit Chrissi angesprochen hatte, bei näherer Betrachtung übrigens ein ziemlich gutaussehender Kerl, zündete sich lässig eine Zigarette an. Annie übernahm kurzerhand die Befragung für Garcia.

»Der Herr möchte wissen, ob wir am Freitagabend hier irgendwas Auffälliges gesehen haben.«

»Am Freitag«, überlegte Chrissi. »Da war ich die meiste Zeit in der Hütte.«

»Ich war am Freitag schon ab nachmittags hier«, meldete sich jetzt Mike zu Wort. »Da gehen immer irgendwelche Leute spazieren oder Gassi mit ihren Hunden. Aber wir achten da nicht drauf. Also, der Schorsch vom Schützenverein hat hier mal vorbeigeschaut.«

»Der Schorsch?« Garcia nahm an, dass es sich um seinen neuen Stammtischspezl handelte. »Ist der auch in den Wald gegangen?«

»Nee, der ist nur hergefahren, hat sich ein bisschen aufgeplustert und war dann gleich wieder weg. Sonst ist hier eigentlich niemand vorbeigekommen. Oder fällt dir noch was ein, Annie?«

Annie legte den Kopf schief und dachte nach. Dann rief sie aus: »Am Freitag war's doch, wo der Bürgermeister hier vorbeigefahren ist! Wisst ihr noch, wie wir gewitzelt haben, dass der jetzt bei der Dorfjugend Wahlkampf betreiben will. Aber dann ist er ja nur vorbeigefahren, in den Wald rein.«

Garcia sah Annie konsterniert an. »Um wie viel Uhr soll das gewesen sein?«

»Äh, das weiß ich jetzt auch nicht. Auf die Uhr hab ich nicht geschaut. Also, dunkel war's da schon. Lass mal überlegen.« Offensichtlich duzte ihn Annie jetzt schon. Aber er hatte sie ja auch geduzt. »So gegen 18.30 Uhr bin ich hergekommen und hab hier draußen herumgewerkelt. Aber nicht besonders lang, weil's sakrisch kalt war. Also, ich schätz mal, es ist so zwischen sieben und halb acht gewesen.«

»Bist du denn sicher, dass es der Konrad Hartmann war in dem Auto? Es war ja schon dunkel, und der Forstweg ist doch ein ganzes Stück von hier entfernt.«

»Auf alle Fälle. Also, sein Gesicht hab ich jetzt nicht erkannt oder so. Aber sein Auto. Der Hartmann hat so einen fetten Mercedes, so ne Art Jeep mit Allradantrieb.«

»Den fahren sicher noch andere. Hast du denn sein Nummernschild erkannt?«

»Nein. Aber der Mike und ich haben einfach gewusst, dass es das Auto vom Hartmann war. Gell, Mike?«

»Ja, weil der seinen Mercedes M-Klasse nämlich abgeklebt hat«, bestätigte Mike. »Mit so 'ner dunkelbraunen Folie, damit der matt aussieht. Schaut total scheiße aus, ist aber zur Zeit voll angesagt bei den Angebern.«

Garcia musste lächeln. Ihm fiel ein, dass es sich bei dem Auto des Staatsanwalts auch um einen SUV handelte und dass dieser ebenfalls mattiert war, nur hatte er dieser Tatsache bisher keine Beachtung geschenkt und sie auch nicht mit Dr. Engels Geltungsbedürfnis in Verbindung gebracht.

»Der Hartmann ist also gegen 19 Uhr von der Hauptstraße in die Forststraße abgebogen und direkt in den Wald gefahren«, resümierte Garcia. »Habt ihr den auch wieder rausfahren sehen?«

»Nein«, antwortete Annie. »Aber wir sind ja auch kurz danach in die Hütte gegangen und haben uns am Ofen gewärmt. Ich konnt meine Hände kaum mehr bewegen, so eingefroren waren die.«

»Und sonst? Überlegt noch mal, habt ihr irgendwen hier gesehen?«

Aber die Jugendlichen waren sich einig, dass ihnen sonst nichts und niemand aufgefallen war. Bevor Garcia ging, brannte ihm noch eine Frage auf den Nägeln: »Kennt ihr eigentlich die Sandra vom Hexenwirt?«

»Die Stallmayr Sandra?« Chrissi schnippte seinen Zigarettenstummel weg. »Was soll mit der sein?«

Irgendwas an Chrissis lässigem Ton ließ Garcia aufhorchen. »Bist du mit der befreundet?«

»Nee, mit der doch nicht«, sagte Chrissi abfällig.

»Der Chrissi war mit ihr befreundet«, verbesserte Annie und knuffte den Jungen freundschaftlich in die Seite. »Aber die Sandra ist sich halt zu gut für uns. Seit sie …« Annie verstummte. Sie schien sich plötzlich der Tatsache bewusst zu werden, dass sie ja mit der Polizei sprach.

»Seit sie mit dem Sven Jacoby zusammen ist?«, ergänzte Garcia den Satz. »Seit wann ist sie denn mit ihm befreundet?«

»Naja. Fragen Sie sie halt selber«, meinte Annie ausweichend. »Alles was wir sagen, kann doch gegen uns verwendet werden, oder wie heißt das immer?«

»Ihr seid ja nicht festgenommen«, entgegnete Garcia lächelnd. Ihm gefiel die direkte Art des stupsnasigen Mädchens.

»Das mit den Handschellen ist ja wohl auch mehr Sandras Ding«, kicherte Mike. Annie drehte sich empört zu ihm. »Mike! Halt die Klappe. Du weißt gar nichts!«

»Naja, sie hat's uns doch selber erzählt«, mischte Chrissi sich ein. »Der perverse Opa hat doch voll die krassen Spielchen mit ihr gemacht.«

»Hör endlich auf mit deiner Scheiß-Eifersucht«, fuhr Annie ihn an. Sie warf ihren Hobel hin und stapfte sauer zur Hütte, ohne sich noch einmal umzudrehen. Der wortkarge Lukas lief ihr sofort hinterher.

»Könnt ihr mir erklären, wovon ihr redet?«, wandte Garcia sich an die beiden verbliebenen Jugendlichen.

Jetzt, da ihre Wortführerin weg war, schienen die Jungs irgendwie kleinlauter. Sie schwiegen, und Chrissi zündete sich eine weitere Zigarette an. Eine halbe Minute sagte niemand etwas. Garcia wartete geduldig.

»Die Sandra und ich waren mal ein Paar«, begann Chrissi zögernd. »Fast ein Jahr lang. Aber dann hat sie gemeint, sie wär so furchtbar erwachsen. Sie ist immer komischer geworden, bis ich dahinter gekommen bin, dass sie sich mit diesem Sven trifft. Naja, und als ich sie zur Rede gestellt hab, hat sie mir halt ins Gesicht gelacht und mir erzählt, was sie ... ach, scheiße, was sie halt für einen geilen Sex mit dem hat und dass ... dass sie halt Fesselspiele zusammen machen und so.«

»Aha. Und wie fandest du das?«, fragte Garcia.

»Blöd«, lautete Chrissis einziger Kommentar, für den er einen zweifelnden Blick des Kommissars erntete.

»Die dumme Schnalle wollte den Chrissi doch bloß eifersüchtig machen«, sprang Mike seinem Freund zur Seite. »Mit uns will sie seitdem nichts mehr zu tun haben. Läuft rum wie ne Nutte und benimmt sich auch so.«

Garcia beschlich der Verdacht, dass Mike auch hinter diesem Mädchen her gewesen war, und umso mehr war er gespannt, was das Gespräch mit ihr ergeben würde.

Nachdem Annie sich nicht mehr blicken ließ, verabschiedete sich Garcia von den beiden Jungen und ging zurück zu seinem Auto. Es war bereits nach 18 Uhr, und er hatte noch einige Telefonate zu erledigen. Als Erstes rief er bei den Spurensicherern an und gab ihnen den Auftrag, sich Hartmanns Auto vorzunehmen. Sie sollten den Innenraum überprüfen und vor allem die Reifen auf Spuren untersuchen. Und den Forstweg noch mal genau unter die Lupe nehmen, ob sich vielleicht ein Reifenabdruck fand, der mit Hartmanns Mercedes übereinstimmte. Dann rief er Franzi an. Sie ging schon nach dem ersten Läuten ran.

»Alexander, endlich! Wir versuchen schon die ganze Zeit, dich zu erreichen.«

»Naja, ihr seid auch nicht gerade rund um die Uhr erreichbar«, brummte Garcia.

»Ja, bei der einen, Sabrina Hemmerlein, war in der Wohnung kein Empfang. Übrigens Fehlanzeige, was ein Verhältnis mit Konrad Hartmann angeht. Die waren einmal Kaffee trinken, aber die Chemie hat nicht gestimmt. Ähnlich lief's mit dieser Andrea Hirsch ab. Ist übrigens alles schon eine Weile her, der hatte also, wie es scheint, momentan wirklich nur das Verhältnis mit seiner schwangeren Freundin.«

»O. k. Zu Konrad Hartmann gibt's interessante News. Wo seid ihr gerade?«

»Auf dem Weg zurück ins Präsidium. Sollen wir dort auf dich warten?«

»Nein, passt schon. Ich muss noch mal zur Bürgermeisterwitwe. Und dann hab ich einen Bärenhunger.«

»Ich lad dich zum Essen ein.« Franzis Vorschlag kam so überraschend, dass Garcia einen Moment zögerte. »Vor acht werd ich's kaum schaffen, in der Stadt zu sein.«

»Kein Problem«, antwortete Franzi prompt. »Ich hab hier genügend zu tun. Ich frag den Markus, ob er auch mitkommt. Kennst du das Tabacco?«

Garcia musste grinsen. »Ich glaub, da war ich schon mal.«

Dienstag Abend

Garcia konnte es nicht fassen, dass die Spurensicherung in der Mordnacht nicht auch Konrad Hartmanns Auto untersucht hatte, obwohl er den Kollegen noch die klare Ansage gemacht hatte, auch die Garage unter die Lupe zu nehmen. Wenn Annies Aussage stimmte, musste an den Reifen des Mercedes Erde und vermutlich sogar noch feuchter Dreck geklebt haben. Auch Staatsanwalt Engel fluchte auf die Spurensicherer, was Garcia wiederum dazu veranlasste, diese in Schutz zu nehmen. Schließlich war Hartmann ja damals Opfer und nicht Täter gewesen, daher hatten sie sich natürlich zunächst darauf konzentriert, mögliche Spuren eines Fremden zu sichern.

Garcia war zeitgleich mit der Spurensicherung bei Dolores Hartmann eingetroffen und hatte den Kollegen direkt die Plastiktüte mit den verdreckten Schuhen des Bürgermeisters in die Hand gedrückt. Außerdem hatte er den konfiszierten Kunstdruck wieder aus seinem Kofferraum geholt und ebenfalls einem Spurensicherer übergeben mit der Bitte, ihn nicht nur auf Fingerabdrücke zu untersuchen, sondern ihn zur Sicherheit auch zu durchleuchten. Dolores Hartmann hatte ihnen außerdem Konrad Hartmanns Garderobenschrank gezeigt, in dem sich tatsächlich unter anderem ein dunkelgrauer Lodenmantel befand, den die Spurensicherung eingepackt hatte, um dessen Fasern mit der Faser an Elisa Jacobys Mantel zu vergleichen. Als sie damit begonnen hatten, Hartmanns mit dunkelbrauner Folie abgeklebten Mercedes M-Klasse unter die Lupe zu nehmen, hatte Garcia sich verabschiedet. Endlich kam Bewegung in den Fall, auch wenn die Witwe des Bürgermeisters sich nicht vorstellen konnte, dass ihr Mann am Freitagabend noch unterwegs gewesen sein sollte. Doch das herauszufinden, war nun seine Aufgabe.

Um Viertel vor acht betrat Garcia das Tabacco. Er hatte sich darauf eingestellt, dort in Ruhe auf seine beiden Kollegen zu warten und in der Zeit ein wenig seine Gedanken sortieren und die Informationen des Tages in einen sinnvollen Zusammenhang bringen zu können. Doch Franzi saß bereits da und winkte ihm vom Tisch in der hintersten Ecke zu. Sie saß genau auf dem Platz, auf dem er selbst an besagtem Abend vor vielen Monaten gesessen und sie heimlich beobachtet hatte. Doch im Gegensatz zu damals trug sie heute dieses schwarze Band in den Haaren, das verhinderte, dass ihre Haare ihr so neckisch ins Gesicht fielen. Aber schließlich war sie ja heute Abend ganz sicher nicht zum Flirten hergekommen. Leider!

»Markus kommt vielleicht später dazu«, informierte ihn Franzi. »Er geht noch mit Florian die Computerdaten von Elisa Jacoby durch. Es will ihm nicht in den Kopf, dass es zwischen ihr und Konrad Hartmann keine Verbindung gegeben haben soll.«

Nachdem die beiden ihre Essensbestellung aufgegeben hatten – sie hatten sich ganz profan für Bratkartoffeln entschieden – berichtete Franzi ausführlich von ihrem Besuch bei Hartmanns Geliebter.

»Ich hatte den Eindruck, dass diese Frau wirklich in Konrad Hartmann verliebt war. Sie haben seit über zwei Jahren ein Verhältnis. Beate Schoberl ist übrigens ein ganz anderer Typ als Dolores Hartmann. Sie ist vierzehn Jahre jünger und offensichtlich glaubt sie noch an den Märchenprinzen. Sie war sich sicher, dass der Hartmann seine Frau verlassen und mit ihr eine Familie gründen würde. Sie ist übrigens auch äußerlich eine ganz andere Erscheinung als die Ehefrau: dunkelhaarig, rassig und sehr temperamentvoll. Ihre emotionalen Ausbrüche waren beeindruckend, wobei der Markus und ich uns da nicht ganz einig sind, was die Dramatik betrifft. Ich glaube, ihm hat die Frau irgendwie Angst gemacht in ihrer Unbeherrschtheit. Mir ist dieser emotionale Typ allerdings lieber als die kalte Verbissenheit von Dolores Hartmann.«

»Ja«, lächelte Garcia. »Das glaub ich dir sofort. Aber vielleicht war ja auch die Hartmann nicht immer so. Vielleicht hat sie selbst mal an den Märchenprinzen geglaubt.«

»Dann muss das sehr lange her sein. Allein wie sie versucht, ihr Bairisch zu unterdrücken. Ich meine, an ihrer Mutter hört man ja, wo sie herkommt.« Franzi hatte das in einem abfälligen Ton gesagt, den Garcia an ihr bisher nicht kannte.

»Offensichtlich hast du für Beate Schoberl Partei ergriffen.«

Der Kellner servierte das Essen und tauschte ein paar kumpelhafte Worte mit Garcia.

»Dafür, dass du nur glaubst, hier schon mal gewesen zu sein, kann sich der Kellner aber erstaunlich gut an dich erinnern«, bemerkte Franzi spitz.

Garcia grinste vielsagend, wünschte ihr einen guten Appetit und machte sich mit Heißhunger über seine Bratkartoffeln her.

»Ich kann nicht sagen, dass ich die Schoberl ins Herz geschlossen habe, wenn du das meinst«, nahm Franzi den Faden wieder auf. »Sie hat sich sehr negativ über die Ehe der Hartmanns ausgelassen, und ihre Ausdrucksweise war wirklich unter der Gürtellinie. ›Frigide Zicke‹, ›alte Hexe‹, ›biedere Tussi‹ – sie hat nichts ausgelassen. Der Hartmann hat natürlich bei ihr über seine Alte abgelästert, er hätte sie nur wegen ihres Geldes genommen, weil er damals jung und dumm gewesen sei und sie ihn sich einfach geschnappt habe. In den Augen der Geliebten jedenfalls war er das arme Opfer, das auf die böse Frau und ihre übergriffige Mutter reingefallen ist. Ich fand das alles ziemlich polemisch … und ich mag Männer nicht, die sich als Opfer hinstellen.«

»Was für Männer magst du denn?«, konnte Garcia sich nicht enthalten zu fragen.

Die Antwort kam prompt: »Männer, die zu ihren Fehlern stehen.« Dann fügte sie mit einem Lächeln hinzu: »Und natürlich Männer, die Muskeln haben. Wie alle Frauen eben.«

Garcia fiel plötzlich wieder Franzis bläuliche Vene auf, die sich fast unmerkbar von ihrer Stirn abhob. War sie etwa nervös? Er nickte grinsend. Er wäre gern bei diesem Thema geblieben, aber sie hatten schließlich Vorrangigeres zu besprechen. »Sind sich Dolores Hartmann und Beate Schoberl je begegnet?«

Einen Moment lang sah es fast so aus, als sei Franzi enttäuscht über die Wendung des Gesprächs. Es entstand eine kurze Pause, bevor sie antwortete: »Laut Frau Schoberls Aussage nein. Und wie gesagt, die Hartmann wusste wohl auch noch nichts von der Schwangerschaft. Aber der Hartmann hatte angeblich fest vor, es ihr zu erzählen, und viel Zeit war ja nicht mehr, schließlich soll das Baby in zwei Monaten kommen – ein Junge übrigens, der natürlich Konrad heißen soll.«

»Dolores Hartmann hat bestätigt, dass sie von der Schwangerschaft nichts wusste, und ihre Reaktion darauf kam mir nicht gespielt vor. Sie kann nämlich durchaus auch emotional werden, sie hat sich wahrscheinlich nur besser im Griff.«

»Oder es war gespielt. Vielleicht hatte ihr Mann ihr ja in besagtem Telefonat in der Mordnacht reinen Wein eingeschenkt. Der Schoberl würde ich übrigens auch zutrauen, dass sie die Hartmann direkt mit der Wahrheit konfrontiert hat – wobei sie uns das dann vermutlich erzählt hätte, die ist ja mit allem nur so rausgeplatzt.«

»Wir haben jetzt also zwei Punkte, an denen wir ansetzen müssen«, rekapitulierte Garcia. »Wenn Frau Hartmann – auf welche Art auch immer – von Beate Schoberls Schwangerschaft und den Plänen ihres Mannes, sie zu verlassen, erfahren hat, hatte sie natürlich ein starkes Mordmotiv, wobei sich ihre Wut dann vermutlich mehr auf die Nebenbuhlerin gerichtet hätte. Und die Art, wie der Bürgermeister zu Tode gekommen ist, passt nach wie vor nicht zu einer Affekttat. Wir behalten's einfach mal im Hinterkopf. Aber wo wir jetzt ganz konkret ansetzen können, ist die Tatsache, dass Konrad Hartmann in der Mordnacht höchstwahrscheinlich das Haus verlassen hat. Dein Tipp, mit den Maibaumwächtern zu reden, war Gold wert. Sie haben ihn zwischen 19 Uhr und 19.30 Uhr in den Wald fahren sehen.«

»In den Wald, in dem Elisa Jacoby zur gleichen Zeit gerade auf der Suche nach Luciferin war?«

»Genau dorthin.«

Die beiden sahen sich an und wussten, dass sie das Gleiche dachten. Konnte es sein, dass Konrad und Elisa im Wald von Birk aufeinander getroffen waren?

Franzi war skeptisch: »Wir haben andererseits die Aussage des Nachbarn, dass den ganzen Abend bei den Hartmanns Licht gebrannt hat, und es hat ihn auch keiner wegfahren sehen.«

»Vielleicht hat der Hartmann das Licht brennen lassen, um kein Aufsehen zu erregen … Vielleicht ist er sogar über die Terrassentür rausgeschlichen. Und sein Auto konnte er den Hügel hinunter auch ohne Licht und im Leerlauf rollen lassen … Eigentlich hängt jetzt alles von dieser einen Faser auf Elisa Jacobys Mantel ab. Wenn die wirklich zum Lodenmantel vom Hartmann gehört, dann müssen wir daraus schließen, dass Konrad Hartmann in der Nacht in den Wald von Birk gefahren ist und dort Elisa Jacoby getroffen …«

»… und erwürgt hat«, ergänzte Franzi.

Garcia nickte ernst. Eine Weile schwiegen beide und dachten darüber nach, was das bedeutete.

Franzi hatte ihre Stirn in Falten gelegt. »Das würde heißen, Konrad Hartmann hat gewusst, dass Elisa Jacoby nachts im Wald unterwegs war«, sagte sie langsam. »Entweder von ihr selbst oder von jemand anderem. Wer wusste noch davon?«

»Anna Boenstedt«, fiel Garcia sofort ein.

»Und Sven Jacoby«, ergänzte Franzi.

Garcia nickte. »Da bist jetzt du am Zug. Wo war er eigentlich in der Mordnacht?«

Franzi sah Garcia einen Moment lang wie versteinert an. Dann senkte sie den Blick und sagte leise: »Ich hab ihn nicht danach gefragt.«

Den Bruchteil einer Sekunde war Garcia sprachlos. »Du hast Sven Jacoby nicht nach seinem Alibi gefragt?«, wiederholte er ungläubig. »Aber das ist doch die erste Routinefrage, die man stellt!«

»Ich weiß. Ich … wollte sie ja auch stellen. Aber …« Franzi versagte die Stimme. Sehr deutlich war jetzt ihre bläuliche Vene zu sehen.

»Aber was?«

Franzi hielt den Blick gesenkt und stocherte schweigend in ihren Bratkartoffeln rum. Der Appetit schien ihr vergangen zu sein.

»Franzi, es liegt mir fern, dir Vorwürfe machen zu wollen«, begann Garcia behutsam. »Ich halte dich für eine sehr kompetente Kollegin. Aber ich leite nun mal dieses Team, und auch wenn ich mich ungern als Vorgesetzter aufspiele, gibt es da eine Sache, die ich dir schon länger sagen wollte. Vielleicht ist genau jetzt der richtige Zeitpunkt.«

Garcia seufzte und fuhr sich durch seine schwarzen Haare. Vielleicht war genau jetzt nicht der richtige Zeitpunkt, denn er spürte, dass er wütend war.

Franzi hob den Blick und sah ihm in die Augen. Dann nickte sie. »Ich hör dir zu.«

In ihren Augen lag etwas wie Trotz, und das imponierte Garcia. Er hatte Franzi tatsächlich noch nie selbstmitleidig erlebt. Augenblicklich war sein Ärger wieder verraucht. Er beugte sich ein wenig zu ihr vor und sagte sanft: »Du lässt dich manchmal zu sehr von deinen Emotionen leiten. So wertvoll deine intuitive Seite für die Ermittlungen ist, gerade mit solchen Kollegen wie dem Markus und mir, so sehr kann sie dir zum Verhängnis werden. Deine Emotionen können dir im Weg stehen und deinen Blick für das Wesentliche vernebeln. Sven Jacoby hat dir leidgetan, hab ich recht?«

Franzi hatte Garcias Blick standgehalten, auch wenn es ihr schwergefallen war. Jetzt senkte sie doch die Augen. »Er war so einsam«, flüsterte sie.

»Sven Jacoby ist gar nicht so einsam, wie er dir hat weismachen wollen, und bei Weitem nicht so harmlos, wie du ihn geschildert hast. Er hatte eine blutjunge Freundin, mit der er sich offensichtlich recht tabulos vergnügt hat.«

Franzi sah Garcia perplex an. »Mir hat er gesagt, er habe keine Beziehung.«

»Vielleicht war das ja ein Teil der Wahrheit. Ich weiß nicht, ob er diese Sandra als seine Partnerin definiert hat. Aber er hatte Sex mit ihr. Und wenn die Aussagen der Maibaumjugend stimmen, hat er dabei auch Handschellen und anderes Spielzeug benützt.«

»Handschellen?« Franzi klang alarmiert. »Was weißt du sonst noch über diese Sandra?«

»Sie heißt Sandra Stallmayr, ist 18 Jahre alt und die Tochter der trutscherten Bedienung aus dem Hexenwirt, die übrigens die Pächterin des Ladens ist. Mutter und Tochter bewohnen gemeinsam den ersten Stock des Hexenwirts. Sandra macht gerade eine Ausbildung zur Friseurin in München, und ich hab daran gedacht, ihr morgen früh einen kleinen Besuch in ihrem Laden abzustatten. Sie weiß natürlich nichts von ihrem Glück, ich will sie unvorbereitet treffen und vor allem nicht in Anwesenheit ihrer Mutter. Magst du mitkommen?«

Franzi machte eine abwehrende Handbewegung. »Nein … also … ich meine, vielleicht wäre es besser, wenn du den Markus mitnimmst. Es gibt im Büro ja genug zu tun.«

Garcia beugte sich noch etwas näher zu Franzi vor und blickte ihr ernst in die Augen. »Franzi, lass dich nicht so leicht unterkriegen. Du bist eine tolle Ermittlerin, und du hast uns in diesem Fall schon wertvolle Erkenntnisse geliefert. Du bist zum Beispiel darauf gestoßen, dass der Tatort auf direktem Wege von der Klinik erreichbar ist. Und wenn du eine gute Polizistin bleiben willst, musst du genau da weitermachen, wo du einen Fehler gemacht hast. Sonst wirst du ewig an dir zweifeln. Glaub mir, so viele Fehler wie ich schon gemacht habe, kannst du in deinem ganzen Leben gar nicht machen, …« Garcia stockte, weil ihm auffiel, dass er gerade dabei war, sich in Franzis Männerschema einzugliedern. Er wollte auf keinen Fall, dass es so aussah, als wolle er ihr imponieren. Nachdem Franzi schwieg, lehnte er sich zurück und nickte. »O. k., ich geh allein zu dieser ominösen Sandra. Aber ich geb dir nur eine kleine Verschnaufpause, danach legen wir als Team wieder so richtig los. Einverstanden?«

Franzi nickte erleichtert und lächelte sogar ein wenig. »Einverstanden!«

Sie prosteten sich mit ihren Weingläsern zu und aßen eine kleine Weile schweigend. Dann nahm Franzi das Gespräch mit einer völlig unerwarteten Frage wieder auf: »Warum bist du eigentlich Polizist geworden?«

Garcia musste lachen. »Das hat mich bisher jede Frau gefragt. Normalerweise antworte ich, dass ich gern Uniform trage. Aber du weißt ja, dass das nicht stimmt.«

»Dann sag mir doch einfach die Wahrheit.«

»Die Wahrheit ist nie einfach, das solltest du als Polizistin eigentlich wissen. Da müsste ich ja schon bei meiner Geburt anfangen.«

Franzi lehnte sich zurück und verschränkte die Arme vor der Brust. »Gut. Fang bei deiner Geburt an. Ich hab Zeit.«

Garcia schüttelte amüsiert den Kopf. Irgendwie hatte Franzi es geschafft, den Spieß umzudrehen. Plötzlich kam es ihm so vor, als sei sie die wesentlich Souveränere und er ein Kind, das zum Rapport antreten musste.

»O. k., aber ich versuch's im Zeitraffer, sonst sitzen wir morgen noch hier …«, begann er scherzhaft. Doch dann wurde er ernst. »Ich bin ohne Vater und ohne Geschwister aufgewachsen. Meine Mutter hat ums Überleben gekämpft. Sie hat in einer Wäscherei gearbeitet, und das ist der schlechtbezahlteste Knochenjob, den es gibt. Sie hatte immer ganz rote, schwielige Hände, und sie hatte nie Geld. Eines Tages stand sogar der Gerichtsvollzieher bei uns vor der Tür. Ich hab ihn mit meiner Spielzeugpistole bedroht …« Er machte eine kurze Pause und nahm einen tiefen Schluck von seinem Rotwein.

»Und in dem Moment hast du gewusst, dass du Polizist werden würdest?«

»Ganz so glatt lief's nicht. Aber … ich hatte jedenfalls immer das Gefühl, ich müsste meine Mutter beschützen. Ich kann nicht sagen, dass sie wahnsinnig liebevoll war. Ich kann mich auch nicht erinnern, oft von ihr in den Arm genommen worden zu sein. Und all das, was moderne Mütter heute tun – das Kind von A nach B fahren, Kindergeburtstage ausrichten, abends vorlesen … das gab's bei uns nicht. Aber sie hat ihre Liebe anders gezeigt. Sie hat für mich geschuftet, sie wollte sich und ihren Jungen um jeden Preis durchbringen, und sie wollte, dass was aus mir wird. Was Vernünftiges.«

»So was wie Polizist?«

»Ausgesprochen hat sie das nie, aber so was in der Art schwebte ihr wohl vor, ja. Wobei das mit der Spielzeugpistole wie gesagt nicht der Auslöser für meine Berufswahl war. Mein Traum war es damals, Schauspieler zu werden. Bei jeder Theateraufführung an der Schule hab ich mitgespielt ...« Garcia schwieg einen Augenblick gedankenverloren.

»Aber du warst ein braver Junge, der getan hat, was seine Mutter ihm gesagt hat.« Franzi ließ einfach nicht locker, und Garcia merkte, dass es ihm schwerfiel, seinen Werdegang logisch nachzuzeichnen. Normalerweise kam er solchen Fragen nach seiner Kindheit und Jugend immer durch einen unverbindlichen Spruch aus. Er hatte meist weder große Lust, in seiner Vergangenheit zu stochern, noch konnte er sich vorstellen, dass es für andere besonders interessant sein konnte. Aber bei Franzi war das anders, ihr gegenüber konnte man einfach nicht oberflächlich sein.

Er schüttelte den Kopf. »Nein, im Gegenteil. Als Jugendlicher war ich sogar ziemlich schlimm. Ich stand auf Kriegsfuß mit dem Gesetz. Ich war in einer Clique von Halbstarken, und wir haben so ziemlich alles getan, was verboten war. Mit Schuleschwänzen hat's angefangen, dann kamen Saufgelage, Diebstähle, Sachbeschädigungen. Ein Wunder, dass ich nie vor dem Jugendrichter gelandet bin. Meine Mutter wurde mit mir nicht mehr fertig, aber mir schien damals alles egal zu sein.«

»Das kann ich mir bei dir gar nicht richtig vorstellen«, bemerkte Franzi verwundert. »Was ist dann passiert?«

»Ja ... was ist dann passiert ...« Garcia fuhr sich wieder durch die Haare. »Nun«, sagte er schließlich, »dann hab ich Melanie kennengelernt. Melanie war ... wie soll ich sagen? Sie war wie ein Engel. Sie war sanftmütig, sie war wunderschön, und sie war meine erste große Liebe. Und wahrscheinlich war sie wirklich ein guter Mensch. Jedenfalls hab ich mich von meiner Clique losgesagt, hab mein Abi gemacht und meinem früh angelegten Beschützerinstinkt endlich nachgegeben. So bin ich wohl Polizist geworden …«

»Und was ist aus Melanie geworden?«, fragte Franzi neugierig.

Sie war sich nicht sicher, ob Garcia diese Frage absichtlich überhörte. Gedankenverloren sagte er: »Manchmal bedaure ich noch heute, dass ich meinen Traumberuf Schauspieler nicht ergriffen habe. Ich glaube, ich hatte nicht den Mut.«

In Franzis Stimme schwang eine fast liebevolle Wärme mit, als sie sagte: »Als Polizist muss man ja auch manchmal Schauspieler sein. Und Mut braucht man ebenfalls.«

»Ja«, erwiderte Garcia ernst. »Und Empathie. Die hast du. Bewahre sie dir trotz allem.«

Als Franzi und Garcia später gemeinsam das Lokal verließen, herrschte eine unausgesprochene Verbundenheit zwischen ihnen. Beide fühlten es, und sie lächelten einander fast ein wenig verschämt an, als sie auf die Straße traten. Markus hatte eine SMS geschickt, dass er nicht mehr kommen würde, wenn seine Gegenwart nicht dringend erwünscht sei, was sie in der Tat nicht war. Garcia begleitete Franzi noch zu Fuß zu ihrem Auto in der Ettstraße, obwohl er selbst direkt vor dem Tabacco parkte. Zum Abschied drückte er ihr einen flüchtigen Kuss auf die Wange. Er hatte nicht das Gefühl, ihr an diesem Abend damit zu nahe zu treten.

Galgenfrist. Dieses Wort wird sie nie vergessen. Er hat es geflüstert, und er hat dabei gelacht. Ein tonloses, böses Lachen. Sie könnte tot sein. Wenn sie will, kann sie sterben. Sofort. Es wäre nur ein ganz kleiner Schritt. Eine Bewegung reicht. Aber vielleicht ist sie schon tot? Vielleicht ist das der Tod? Diese Dunkelheit, diese Stille, diese Starre? Vielleicht ist das die Ewigkeit? Wie lange dauert die Ewigkeit? Und wie lange dauert die Galgenfrist?

Mittwoch Morgen

In »Vic's Hair Flair« roch es nach der typischen Mischung aus Duftstoffen und Ammoniak, die Garcia kaum aushalten konnte. Deswegen ging er zum Haareschneiden immer zu einem türkischen Barbier in der Nähe des Hauptbahnhofs, der ausschließlich Männer schnitt und rasierte. Dort ging es zwar zu wie in der Trambahn zu Stoßzeiten, und es roch außerdem nach billigem Kölnisch Wasser, aber wenigstens nicht nach Haarfärbemittel.

Der Friseursalon, der sich im Stadtteil Obergiesing in dem Abschnitt der Tegernseer Landstraße befand, in der sich ein Laden an den anderen reihte, war nicht besonders groß: zwei Waschbecken zum Haarewaschen, drei Stühle vor großen Spiegeln zum Haareschneiden. Aber die gradlinige Einrichtung in dezenten Mokkatönen gefiel Garcia.

Obwohl er sie noch nie gesehen hatte, erkannte er Sandra Stallmayr sofort. Sie stand vor einem der Spiegel und wickelte gekonnt einzelne Strähnen einer elegant gekleideten Mittvierzigerin in Alufolienstücke ein. Sandra war der Typ Frau, den vermutlich fast jeder Mann mit dem Wort »sexy« umschrieben hätte. Von wegen »fast no a Kind«, wie der Stammtisch-Schorsch sie genannt hatte. Sie war gertenschlank, hatte aber die Kurven an den richtigen Stellen und wusste das durch ihren Kleidungsstil noch zu betonen. Auch dass sie wie eine Nutte rumlief, wie Mike so abfällig über sie gesagt hatte, war definitiv die falsche Beschreibung. Sie verstand es ganz einfach, ihr blendendes Aussehen durch perfektes Styling zur Geltung zu bringen, ohne dabei billig zu wirken. Ihre Haut strahlte rosig, ihre weichen und ebenmäßigen Gesichtszüge wurden von langen, blonden Haaren umrahmt, die ihr glatt und glänzend über die Schultern fielen. Ihre endlos langen Beine steckten in eleganten, hochhackigen Stiefeln, der Rock war zwar kurz und enganliegend, aber aus edlem grauem Flanell. Und die weiße taillierte Bluse saß wie maßgeschneidert und war genau so weit über dem Dekolleté geöffnet, dass sie die schönen Rundungen ihrer Brust lediglich erahnen ließ. Garcia gefiel, was er da sah.

»Was kann ich für dich tun?« Das grell geschminkte Wesen mit den langen dunklen Locken, das ihn vom Tresen aus ansprach, war der Stimme nach zu urteilen eindeutig ein Mann. Ein Blick auf die groben Hände genügte, um diesen Eindruck zu bestätigen. Doch das Styling war das einer Frau. Oder vielmehr eines Transsexuellen.

»Alexander Garcia. Ich hab jetzt einen Termin bei der Sandra.«

Sandra blickte auf und lächelte bezaubernd. »Ich bin gleich soweit, Vic«, rief sie herüber. Vic nahm Garcia die Jacke ab und bot ihm Zeitschriften an. »Die *Men's Health* vielleicht? Und einen Latte?«

»Sehr gern. Ohne Zucker bitte.« Garcia nahm auf einem der Wartestühle Platz und blätterte gelangweilt in der Zeitschrift, in der blutjunge Sixpack-Männer in den neuesten Trends posierten. Während Vic manieriert den Kaffee servierte, schielte Garcia immer wieder zu Sandra hinüber. Er konnte sich an ihren langen Beinen und den anmutigen Bewegungen kaum sattsehen. Erstaunlich, dass die schwerfällige Rosi vom Hexenwirt eine solche Tochter zustande gebracht hatte. Als sein Blick auf ihrem wohlgeformten Po hängen blieb, verdrehte er innerlich über sich selbst die Augen, das Mädchen war schließlich nur wenige Jahre älter als seine eigene Tochter. Aber im Gegensatz zu Greta war Sandra eben durch und durch Frau. Obwohl, wenn er Lydia

Glauben schenken sollte, war seine Tochter ja auch längst der Pferdephase entwachsen und er – typisch Vater eben – wollte das schlicht und ergreifend nicht wahrhaben.

Nachdem Sandra die Dame mit dem Alufolienkopf unter einer Wärmehaube platziert hatte, ging sie zu Garcia und bat ihn, vor einem der Spiegel Platz zu nehmen. Er nahm einen leichten Geruch von Zigaretten wahr.

»Rauchen Sie?«, fragte er.

»Gelegentlich«, sagte sie mit einem unsicheren Blick in Vics Richtung.

»Gibt es hier einen Raum, in dem wir rauchen dürfen? Ich brauch jetzt unbedingt eine Zigarette, und draußen ist es so kalt.«

Sandra schaute Vic fragend an. Dieser zuckte die Schultern. »Eigentlich darf man drinnen gar nicht rauchen. Aber geht's nur nach hinten. Ist schon o. k. Vergesst's halt nur nicht, danach das Fenster zu kippen.«

Vic rollte das »r« und sprach ein gekünsteltes Münchnerisch, das sich sehr schwul anhörte.

Garcia folgte Sandra nach hinten in einen kleinen Raum, der eher ungemütlich war. Neben dem Waschbecken standen diverse Handcremes, etwas weiter abseits ein Nespresso-Automat. Es war kalt und roch nach abgestandenem Zigarettenrauch. Sandra schloss das gekippte Fenster, lehnte sich an die schmucklose Küchenzeile und deutete auf einen Stuhl neben einem runden Tischchen mit Marmorplatte, auf dem ein halbvoller Aschenbecher stand. Sie bot Garcia eine Zigarette an, doch dieser winkte ab. »Danke, ich rauche nicht.«

Sandra hob fragend die Augenbrauen, zündete sich aber dann gelassen eine eigene Zigarette an. Sie schien es nicht allzu verwunderlich zu finden, dass Garcia einen Vorwand gesucht hatte, sie alleine zu sprechen. Ihre lässige Haltung verriet, dass sie Avancen von Männern gewöhnt war.

»Ich bin von der Kripo München, und ich ermittle in den beiden Mordfällen von Birk«, begann Garcia. Er zog es vor, sich nicht zu setzen, er wollte diesem selbstbewussten Mädchen lieber auf Augenhöhe begegnen. »Meinen Haarschnitt bezahle ich selbstverständlich, aber ich will mich nur mit Ihnen unterhalten, und ich denke, dafür brauchen wir kein Publikum.«

Sandra blies langsam den Rauch aus. Nichts an ihrer Haltung verriet, dass diese Eröffnung sie beeindruckte. »O. k.«, war ihr einziger Kommentar.

Garcia entschloss sich, das Gespräch mit einer unkonventionellen Frage zu eröffnen: »Warum wollen Sie den Sven Jacoby nicht mehr treffen?«

Wieder hob Sandra die hübsch geschwungenen Augenbrauen: »Ach! Hat sich das in Birk schon rumgesprochen?«

Als Garcia sie auffordernd ansah, fügte sie schulterzuckend hinzu: »Er langweilt mich.«

»Aha.« Garcia schien von dieser Antwort nicht überzeugt. »Wie lange waren Sie denn ein Paar?«

»Waren wir denn ein Paar?« Sandra schien auf alle Fragen zunächst mit einer Gegenfrage zu antworten. Sie war wirklich sehr cool. Auffällig cool. »Wir waren locker liiert«, fuhr sie im Plauderton fort. »Schauen Sie sich den Typen doch an. Ein Biobauer in Birk! Ich hab nur Friseurin gelernt, weil ich auf die Maskenbildnerschule in Berlin wollte. Aber inzwischen weiß ich, dass ich Schauspielerin werden will. Ich bereite mich gerade auf verschiedene Aufnahmeprüfungen an den großen Schauspielschulen vor. Sorry, aber was will ich da mit einem Bauern?«

Die egozentrische Haltung des Mädchens wunderte Garcia nicht. Sie passte auch zur Wut ihrer jugendlichen Freunde, die ihren Ansprüchen offensichtlich ebenfalls nicht mehr genügten. Sie fühlte sich als etwas Besseres, und daran hatten bestimmt ihre Schönheit und ihr Erfolg beim anderen

Geschlecht einen erheblichen Anteil. Sie würde erst noch ein paar Mal auf die Schnauze fallen müssen, bevor sie von ihrem hohen Ross stieg. Dabei machte sie auf Garcia keineswegs einen arroganten Eindruck. Sie strahlte einfach etwas natürlich Selbstbewusstes aus. Diese Frau wusste, wo sie hinwollte. Und sie wollte hoch hinaus.

»Kannten Sie Svens Schwester?«, fragte Garcia weiter.

»Nein.« Die Antwort kam wie aus der Pistole geschossen. Diesmal war es Garcia, der erstaunt die Augenbrauen hob. »Also, ich hab sie mal gesehen«, fügte Sandra, jetzt wieder in entspanntem Ton, hinzu. »So ein blasses, langweiliges Ding. Aber ich weiß nichts über sie.«

Sie tat, als interessiere Elisa sie nicht. Aber ihr Nein war von einer Schärfe gewesen, die das schiere Gegenteil verriet.

»Sven und Elisa hatten aber doch wohl ein sehr enges Verhältnis zueinander. Hat er denn nie mit Ihnen darüber gesprochen?«

»Nein. Die waren gar nicht so eng, wie alle immer dachten.«

»Hmm. Und haben Sie nicht das Gefühl, Sie müssten Sven trösten? Ich meine, das mit seiner Schwester ist wohl das Schlimmste, was ihm passieren konnte. Auch wenn er nur ein Biobauer ist und Sie langweilt. Meinen Sie nicht, er braucht Sie jetzt?«

Sandra drückte ihre halb gerauchte Zigarette im Aschenbecher aus. Dann kippte sie das Fenster. Offensichtlich versuchte sie, die Befragung zu beenden. Sie wusch sich die Hände im Waschbecken und schmierte sie sich sorgsam mit Handcreme ein. Garcia sah ihr zu und wartete geduldig, bis sie sich die passende Antwort zurechtgelegt hatte.

»Wenn der Sven mich braucht, kann er mich ja jederzeit anrufen«, sagte sie schließlich leichthin.

»Das hat er wohl viele Male versucht. Er war sogar persönlich im Hexenwirt und hat nach Ihnen gefragt.«

»Ach so? Ja, stimmt, es ist nicht sehr nett von mir, nicht für ihn da zu sein. Wissen Sie, wir waren einfach nicht sehr eng, und ich dachte, ich brauch ihn nicht und er braucht mich nicht … Ich werd ihn demnächst anrufen, versprochen!«

Sandra tat gerade so, als sei Garcia ihr Vater, der ihr ins Gewissen reden wollte, und nicht ein Polizist, der sie zu einem Mordfall befragte. Aber Garcias Fragen waren ja auch entsprechend gewesen. Sie legte ihre Hand auf die Türklinke.

»Einen Moment noch, Sandra«, hielt Garcia sie zurück. »Bitte, setzen Sie sich doch kurz.«

Sandra wirkte unschlüssig. »Ich steh lieber, das bin ich gewohnt. Und wenn meiner Kundin die Haare ausfallen, ruf ich die 110 und beschwer mich über Sie.«

Garcia musste lächeln. Das Mädchen war wirklich nicht auf den Mund gefallen. »Tun Sie das. Aber vorher muss ich Sie noch etwas fragen, und dabei möchte ich betonen, dass mich Ihr Privatleben nicht interessiert. Ich stelle meine Fragen nur in Bezug auf die Mordfälle.« Er machte eine kurze Kunstpause, aber Sandra verzog keine Miene. »Es hat sich in Birk auch herumgesprochen, dass Sie mit Sven Jacoby nicht ganz konventionellen Sex hatten. Die Details interessieren mich nicht, aber ich habe ein paar ganz konkrete Fragen. Zunächst einmal: Welche Rollenverteilung hatten Sie?«

Unschuldiger hätte niemand schauen können! Sandra strich sich mit einer sehr anmutigen Geste die Haare aus dem Gesicht und lächelte sanft. »Er war der Mann, ich war die Frau.«

Garcia musste lachen. »Nun gut. Dann eben konkreter: Haben Sie Handschellen oder andere Hilfsmittel benutzt, wenn ja, welche, wenn ja, wie?«

Sandras Lächeln hatte jetzt fast etwas Mitleidiges bekommen. Garcia war klar, dass das Mädchen versuchte, alles ins Normale zu kehren und so zu tun, als interessiere sich der brave Kommissar eben doch aus voyeuristischen Gründen für ihr Sexualleben. »Sie haben das vom Chrissi, stimmt's?« Als Garcia darauf nicht reagierte und ihr weiterhin ruhig in die Augen sah, sprach sie weiter: »Ich hab den Chrissi ärgern wollen. Er war so eifersüchtig! Dabei waren wir nie richtig zusammen. Ich gehe keine festen Beziehungen ein. Aber als der Chrissi dauernd eine Erklärung dafür haben wollte, was ich am Sven besser finde als an ihm, hab ich ihm eben gesagt, dass der besser poppt. Stimmt ja auch. Der Chrissi ist ein Bub, der Sven ist ein Mann.«

»Das beantwortet nicht meine konkreten Fragen.«

»Sie wollen's ja wirklich ganz genau wissen«, seufzte Sandra. »Also: Ab und zu hat der Sven mir die Hände hinterm Rücken zugebunden, mal hat er mich mit Handschellen ans Bett gefesselt. Und ich ihn übrigens auch. Das gehörte zum Verwöhnprogramm, und ich lass mir ganz sicher nicht von irgendwem den Arsch versohlen. Konkret genug?«

»Einen Elektroschocker haben Sie dabei nicht zufällig benutzt?«

Sandra war einen Moment perplex, dann verzog sie ihren hübschen Schmollmund zu einer beleidigten Schnute. »Verstehen Sie das unter Verwöhnprogramm? Ich bin doch nicht lebensmüde!«

»Eine vorletzte Frage noch, bevor Ihre Kundin mich auf Schadenersatz verklagt: Hatten Sie jemals Angst vor Sven?«

Sandra legte ihre Hand auf die Klinke. »Ich hab vor nichts und niemandem Angst. Und die letzte Frage?«

»Wo waren Sie am Abend und in der Nacht von Freitag auf Samstag?«

Bevor Sandra antworten konnte, ging die Klinke herunter, und Vic steckte seinen wilden Lockenkopf zur Tür herein. Beinahe wäre er mit Sandra zusammengeknallt.

»Kinder, hier stinkt's«, sagte er und rümpfte angeekelt seine dick gepuderte Nase. »Wie viele Zigaretten dauert das denn noch?«

»Wir waren gerade fertig«, sagte Sandra zuckersüß. Vic tänzelte voraus, und bevor Sandra ihm folgte, drehte sie sich ein letztes Mal zu Garcia um.

»Ich war in der Arbeit bis 18 Uhr und dann zu Hause«, flüsterte sie.

»Sonst nirgendwo?«

»Fragen Sie doch Vic. Und meine Mami.« Ein letztes vertrauliches Lächeln, und der betörende Engel entschwand mit einem hingehauchten »ciao-ciao« durch die Tür. Garcia schüttelte grinsend den Kopf. Ein Glück, dass er auf die nicht getroffen war, als er 18 war. Sie hätte ihn vermutlich um den Verstand gebracht.

Bevor er ins Präsidium zurückfuhr, kaufte Garcia noch in einem kleinen Blumenladen auf der Tegernseer Landstraße einen Ersatz-Blumenstrauß für Frau Stahl, nachdem er ihren ja an Hanna Herzog verschenkt hatte. Es gab keine Ranunkeln, und so entschied er sich für weiße Rosen.

Die Erste, die ihm im Präsidium über den Weg lief, war wieder einmal Steffi Holtzhaus.

»Wenn die diesmal ned für mich sind, kündig ich«, rief sie ihm strahlend entgegen. Garcia zögerte nur den Bruchteil einer Sekunde, dann drückte er ihr den Strauß in die Hand. »Rosen für dich, hab ich doch gesagt.«

»Mei, du bist ein Schatz. Übrigens, ich hab wegen diesem Bild recherchiert, von dem Anselm Feuerbach, ›Im Frühling‹. Also, das Original hängt in Kiel, in der Kunsthalle, und der Maler hat zwei Jahre gebraucht, um es fertig zu malen, weil der ned so viele weibliche Modelle gehabt hat. Genaueres hab ich dir aufgeschrieben, so von wegen Liebe zur Natur und so. Liegt auf deinem Schreibtisch.«

In dem Moment erschien Frau Büchner im Gang hinter Steffi. »Herr Garcia, dürfte ich Sie wohl einen Augenblick sprechen«, sagte sie gewohnt kühl. »Frau Stahl hatte heute

Vormittag einen Arzttermin und hat Ihr Telefon auf mich umgestellt. Es gab einige Anrufe.«

Garcia folgte Frau Büchner in ihr Büro. Franzi blickte von ihrem Schreibtisch auf und warf einen kurzen Blick auf ihre Uhr. »Viertel nach elf«, konstatierte sie. »Wollten wir nicht um elf zu Sven Jacoby aufbrechen?«

»Stimmt«, antwortete Garcia schuldbewusst. Er war ein wenig irritiert über Franzis distanzierten Ton.

»Ich dachte, Pünktlichkeit gehört zu deinen wichtigsten Soft Skills?«, fuhr sie spitz fort. Er lächelte sie an, hob in einer entschuldigenden Geste die Hände und machte einen unschlüssigen Schritt auf sie zu. Doch als er merkte, wie sich ihre Haltung sofort versteifte, ging er weiter zu Frau Büchners Schreibtisch und verzichtete darauf, diese spitzfindige Bemerkung weiter zu kommentieren. Frau Büchner nahm einen Notizblock, auf dem sie in ihrer akkuraten Handschrift einiges vermerkt hatte.

»Zunächst einmal hat die Spurensicherung angerufen: Die Faser, die auf Frau Jacobys Mantel gefunden wurde, stammt mit fast hundertprozentiger Sicherheit vom Lodenmantel von Konrad Hartmann. Zudem wurde ein Reifenabdruck auf dem Forstweg im Birker Wald sichergestellt, er wird gerade mit dem Reifenprofil von Herrn Hartmanns Auto verglichen. Des Weiteren konnte der Fingerabdruck an Herrn Hartmanns Schreibtisch mittlerweile zugeordnet werden. Er stammt vom Ehemann der Reinigungsfrau, der ihr ab und zu beim Saubermachen hilft.«

Garcia registrierte amüsiert die politisch korrekte Ausdrucksweise von Frau Büchner. Ein Wort wie »Putzfrau« hätte sie wohl nie verwendet. Gleichzeitig war er ein wenig enttäuscht. Dieser Fingerabdruck würde sie also nicht weiterbringen, es sei denn der Mann der Putzfrau hatte mit dem Bürgermeister eine Rechnung zu begleichen gehabt. Aber die Sache mit dem Lodenmantel war natürlich ein Erfolg.

»Staatsanwalt Dr. Georg Engel bittet dringend um Rückruf«, riss Frau Büchner ihn aus seinen Gedanken. »Und der Kollege Manfred Bertel. Er leitet das Team, das sich um die Hinweise aus der Bevölkerung kümmert. Das war's.« Sie riss den Zettel vom Notizblock ab und hielt ihn Garcia mit spitzen Fingern hin.

»Danke, Frau Büchner«, lächelte Garcia sie freundlich an und nahm den Zettel entgegen. Dann wandte er sich an Franzi: »Ich ruf schnell den Engel und den Bertel zurück, dann hol ich dich hier ab, und wir können losdüsen. O.k.?«

»O. k.«, mehr sagte Franzi nicht dazu. Entweder hing ihr seine gestrige Rüge noch nach, oder er war ihr doch zu nahe getreten. Oder die am Vorabend entstandene Nähe war ihr heute, bei Tageslicht betrachtet, einfach unangenehm. Garcia nahm sich vor, ihr auf der Autofahrt nach Birk ein wenig auf den Zahn zu fühlen, konnte aber trotzdem nicht verhindern, dass eine gewisse Enttäuschung in ihm aufstieg. Ihr ernstes Gesicht wirkte verschlossen und stand in krassem Gegensatz zu dem der engelhaft lächelnden Sandra, das er noch deutlich vor Augen hatte. Wobei er Franzis klares, unverkünsteltes Gesicht mit den fein gemeißelten Zügen Sandras rosigen Wangen und ihrem Schmollmund bei Weitem vorzog. Allerdings stellte sich die Frage, wen er vorziehen sollte, weder in dem einen noch in dem anderen Fall, wie er sich eingestehen musste.

Der Staatsanwalt war nicht zu erreichen, bei Manfred Bertel hatte Garcia jedoch auf Anhieb Glück. Klar, der Kollege saß ja auch tagein, tagaus am Telefon und nahm Hinweise entgegen. Er beschwerte sich bei Garcia darüber, dass man die meisten Hinweise in der Pfeife rauchen konnte, weil es um nachbarschaftliche Streitigkeiten bezüglich des Gartenzauns oder ähnliche Lappalien ging. Viele Anrufe kamen auch von besorgten Einwohnern der Gemeinde, die wissen wollten, wie sie sich selbst oder ihren Nachwuchs vor dem

Serientäter schützen sollten. Einige verlangten sogar die vorübergehende Schließung der Grundschule. Einen interessanten Hinweis gab es aber doch: Konrad Hartmanns Auto war von einer Rentnerin, die im Ortsteil Birk lebte und den ganzen Tag aus dem Fenster schaute, am Freitagabend auf dem Rückweg zu seinem Haus gesichtet worden. Sie gab die Uhrzeit ziemlich präzise mit 20.50 Uhr an, weil sie genau um 21 Uhr ihre Tabletten nehmen musste und deswegen im Fünf-Minuten-Takt auf die Uhr sah. Kurz darauf hatte die Rentnerin von ihrem Fenster aus noch eine Frau gesichtet, die den Weg die Goyastraße den Hügel hinauf eingeschlagen hatte, also ebenfalls in Richtung auf das Bürgermeisterhaus. Sie hatte jedoch keine Hinweise auf das Aussehen dieser Person geben können, da diese in einen dunklen Mantel gehüllt gewesen war und zudem eine Mütze getragen hatte. Garcia schoss der Gedanke durch den Kopf, ob es sich bei dieser Person vielleicht auch um einen Mann gehandelt haben konnte, zumindest um einen zierlichen Mann von nicht allzu großer Statur. Während er noch mit seinem Kollegen telefonierte, klopfte es an seiner Bürotüre, und Markus steckte den Kopf herein. Er wollte sich gleich wieder zurückziehen, aber Garcia gab ihm ein Zeichen einzutreten. Markus nahm sich nicht die Zeit, sich zu setzen, sondern lief nervös im Zimmer auf und ab.

»Da stimmt einfach was nicht«, platzte er direkt heraus, sobald Garcia aufgelegt hatte. »Der Florian und ich haben gestern bis spät in die Nacht alle Computer- und Telefondaten vom Hartmann und der Jacoby verglichen. Und stell dir vor: wir sind auf etwas gestoßen … Naja, dachten wir jedenfalls. Deswegen bin ich auch nicht mit euch zum Essen gegangen. Also, irgend so eine klitzekleine Notiz in einem Bürgerbrief von vor zwei Jahren. Elisa ist zu einer Begrüßung durch den Bürgermeister ins Rathaus eingeladen worden, als sie ihre neue Stelle als Rektorin angetreten hat. Ich hab sofort alle Gemeinderäte durchtelefoniert und nachgehakt: Wer war damals anwesend? Wie ist das abgelaufen? Aber es ist wie verhext! Keiner kann sich an was Außergewöhnliches erinnern. Die ist gekommen zu Beginn einer Gemeinderatssitzung, der Hartmann hat eine kurze Ansprache gehalten und sie allen vorgestellt, und dann ist sie wieder abgezogen. Verstehst du, ich dachte, endlich hätte ich das fehlende Puzzlestück gefunden!«

Er schlug mit der Faust auf Garcias Schreibtisch und erntete dafür einen befremdeten Blick seines Chefs. Doch Markus schien es gar nicht zu bemerken. »Aber da ist wieder nichts, gar nichts!«, rief er aus. »Keine Verbindung. Auch in der Grundschule hat der Hartmann sich nie blicken lassen. Das kann aber doch alles kein Zufall sein, oder? Zwei Morde in einer Nacht, und die beiden Mordopfer, die in der gleichen Gemeinde wohnten, hatten nichts miteinander zu tun. Nicht mal ein heimliches Verhältnis hatten die, nachdem wir ja Hartmanns Liebesleben scharf durchleuchtet haben.«

Markus unterbrach seine aufgeregte Wanderung durchs Zimmer, blieb vor Garcias Schreibtisch stehen und blickte ihn fast flehend an, als müsse dieser ihm die Lösung bieten. Garcia fiel auf, wie zerzaust Markus' Haare waren und wie unausgeschlafen er aussah. Man konnte ihm förmlich ansehen, wie ihn dieses Nichtwissen quälte. Vermutlich hatte er die ganze Nacht darüber gegrübelt und kein Auge zugetan.

»Vielleicht gibt es ja eine Verbindung, die in keinem Computer der Welt verzeichnet ist«, überlegte Garcia.

»Ach, heutzutage ist doch alles irgendwie vernetzt.«

»Ja, aber nicht unbedingt elektronisch. Vielleicht gibt es ja einen Menschen, der die Verbindung zu den beiden herstellt.«

»Du meinst, der Mörder oder die Mörderin kannte beide und hatte zwei verschiedene Motive?«, fragte Markus nachdenklich.

»Nun, bis gestern schien mir das noch eine plausible Theorie. Aber momentan verdichten sich die Hinweise darauf, dass ...«

Er wurde von einem Klopfen unterbrochen, und Franzi betrat den Raum. »Stör ich bei einer Privataudienz?«

»Im Gegenteil. Ich wollte dich gerade dazu holen«, entgegnete Garcia. Markus begrüßte Franzi mit einem flüchtigen Kuss auf die Wange, und prompt versetzte das Garcia einen Stich.

Es war genau die gleiche Geste, mit der er sich am Abend zuvor von Franzi verabschiedet hatte, und was ihm so gewagt vorgekommen war, schien für Markus so selbstverständlich.

»Ich war gerade dabei, dem Markus von unserer Vermutung zu erzählen, dass Konrad Hartmann vielleicht der Mörder von Elisa Jacoby war.«

Markus blieb abrupt stehen.

»Was?«, rief er perplex aus. Er blickte von Garcia zu Franzi. »Was erzählt ihr mir da? Habt ihr beiden etwa gestern Abend den Fall ohne mich gelöst?« Er versuchte erst gar nicht, seine Wut zu verbergen.

»Hör mal, Markus, ich sitz hier seit acht Uhr morgens, und jetzt ist es fast Mittag, und dann kommst du reingeschneit und beschwerst dich, dass wir ohne dich weitergearbeitet haben!« Franzi klang ebenfalls ziemlich gereizt.

»Ich hab hier gestern bis Mitternacht gesessen, während ihr beiden euch einen schönen Abend gemacht habt!«, gab Markus aufgebracht zurück. »Und auch wenn du's nicht glauben magst: Ich hab heut früh nicht ausgeschlafen. Ich komm geradewegs aus diesem verdammten Birk, wo ich eine offizielle Sprechstunde bei Elisa Jacobys Kollegin in der Grundschule wahrnehmen durfte. Und jetzt erfahr ich hier so nebenbei, dass Konrad Hartmann vielleicht der Mörder von Elisa Jacoby war. Warum habt ihr mich nicht angerufen?«

Garcia schaltete sich ein. »Wir hatten alle viel zu tun, ein Termin jagt den nächsten, und irgendwie scheinen sich ja auch seit gestern die Ereignisse zu überschlagen. Ich wollte für heute eine Konferenz mit allen Teammitgliedern einberufen, aber vor heute Nachmittag schaff ich es nicht. Die Franzi und ich müssen auch noch mal nach Birk.«

»Ach ja? Warum bist du eigentlich immer mit der Franzi unterwegs? Und ich soll mit dem Florian hinterm Bildschirm hocken und überflüssige Schreibtischarbeit erledigen oder was?«

»Du wolltest doch gestern Abend nicht mitkommen!«, konterte Franzi schnippisch.

Garcia hob beschwichtigend die Hände. »O. k., hört zu: Wir sind alle übernächtigt. Wir sind gestresst, und wir haben das Gefühl, dass uns die Zeit davonläuft. Ich meine, seit der letzten Pressekonferenz ist zwar viel geschehen, aber ein Ergebnis können wir noch nicht präsentieren. Und vor allem sind wir bisher auf überhaupt kein ersichtliches Motiv gestoßen. Elisa Jacoby war ja offensichtlich eine Heilige. Deswegen drängt es mich, ihren Bruder zu befragen, und ich schlage vor, wir fahren alle drei zusammen hin.« Und, an Markus gewandt: »Unterwegs erzählen wir dir alles.«

»Ist das jetzt ein Almosen für mich?«, fragte Markus, klang aber schon leicht besänftigt.

»Nein. Das ist eine offizielle Dienstanweisung, wenn dir das lieber ist. Ich bin überzeugt davon, dass Sven Jacoby einer der Schlüssel zum Fall ist, und ich brauch euch vor Ort. Alle beide. Wir müssen ihm auf den Zahn fühlen, wir müssen uns unauffällig umsehen, wir müssen jedes Detail wahrnehmen und außerdem sind wir drei ein Dreamteam. Oder etwa nicht?« Garcia lächelte sein typisches charmantes Lächeln, und auch wenn Franzi die Augen verdrehte, war die Stimmung doch wieder einigermaßen hergestellt, als die drei gemeinsam das Büro verließen.

Frau Stahl war mittlerweile von ihrem Arzttermin zurück und hielt Garcia auf. »Herr Garcia«, sagte sie aufgeregt, »stellen Sie sich nur vor, die schönen Blumen, die Sie mir gestern mitgebracht haben, sind gestohlen worden!«

»Gestohlen? Sind Sie sicher?«

»Ja, schauen Sie, in der Vase ist ja noch das Wasser. Ich hab natürlich gleich geschaut, ob sonst noch was gestohlen wurde, aber es fehlen nur die Blumen. Ich meine, wer klaut denn Blumen?«

»Äh … vielleicht hat sie sich ja nur jemand ausgeliehen?«

»Ausgeliehen? Und bringt sie dann nach Gebrauch wieder zurück?«

»Ja, so ähnlich.«

»Also, von jetzt an sperre ich mein Büro jedenfalls immer ab, selbst wenn ich nur auf die Toilette muss. Wundern Sie sich also nicht, wenn die Tür zwischendurch verschlossen ist.«

»Ja, das ist sicherlich sehr vernünftig. Aber wer weiß, vielleicht ist das mit den Blumen ja doch alles nur ein Missverständnis. Machen Sie sich mal keine Sorgen. Ich ersetze Ihnen den Blumenstrauß.«

»Das wär ja noch schöner, dass Sie jetzt dafür geradestehen müssen, dass es hier einen Blumendieb gibt. Nein, nein, Herr Garcia, so hatte ich das gar nicht gemeint.«

Sobald sie außer Hörweite waren, raunte Markus ihm zu: »Gib's zu, du hattest ein Date und hattest vergessen, Blumen zu kaufen.«

»Na, hör mal!«, empörte sich Garcia. »Glaubst du wirklich, ich hätte so wenig Anstand?«

»Genau so könnte man es ausdrücken«, erwiderte Markus ziemlich respektlos.

Garcia verzichtete auf einen Kommentar, aber die kleine Diskussion hatte dazu geführt, dass die Stimmung wieder gelockert war.

Sie stiegen alle drei in Garcias Wagen, wobei Franzi darauf bestand, hinten zu sitzen. Garcia konnte sich des Gefühls nicht erwehren, dass sie seine Nähe mied. Während der – nun fast schon zur Gewohnheit gewordenen – Autofahrt nach Birk berichtete Garcia ausführlich vom neuesten Stand, nach dem Hartmann laut den Zeugenaussagen zwischen 19 Uhr und 19.30 Uhr in den Wald und gegen 20.50 Uhr wieder nach Hause gefahren war – was genau zum Todeszeitpunkt von Elisa Jacoby passte, den Bernauer auf die Zeit zwischen 19 Uhr und 21 Uhr hatte eingrenzen können. Wesentlich schwerwiegender war natürlich die Faser vom Lodenmantel, und die Untersuchung der Reifenspur würde ebenfalls ein wichtiges Indiz für die Überführung Konrad Hartmann als Täter sein. Garcia hatte kurz vor der Abfahrt vom Präsidium doch noch Staatsanwalt Engel erreicht, der sofort einverstanden gewesen war, beim Ermittlungsrichter eine Hausdurchsuchung bei den Hartmanns zu beantragen. Wenn alles glatt lief, würde sie noch am selben Nachmittag stattfinden. Eine erneute Befragung der Witwe wollte sich Garcia für danach aufsparen – schließlich wollte er sie nicht vorwarnen, damit sie nicht etwa auf die Idee kam, weitere Spuren zu verwischen.

Markus seufzte tief: »Wenn der Hartmann wirklich der Mörder von der Jacoby ist, dann muss er doch auch ein Motiv haben …« Alle schwiegen nachdenklich, aber nach wenigen Sekunden meldete sich Markus triumphierend zurück: »Ha, wie wär's damit: Die Jacoby wusste was, das sie auf keinen Fall weitererzählen durfte. Sie hat irgendwas Schlimmes durch Zufall rausgekriegt oder vielleicht gesehen. Ihr wisst doch, wie im Film *Der einzige Zeuge* mit Harrison Ford. Kennt ihr den?«

»Ja«, antworteten Franzi und Garcia gleichzeitig, und dabei kreuzten sich einen Augenblick ihre Augen komplizenhaft im Rückspiegel.

»Super«, fuhr Markus ungebremst fort, »dann wisst ihr ja, was ich meine. Also, die Jacoby hat was über den Hartmann gewusst, der hat sie zum Schweigen gebracht, aber zu spät: Sie hatte es vorher schon weitererzählt und deswegen musste der Hartmann sterben, als er nach Hause kam.«

»Interessante Theorie«, brummte Garcia. »Jetzt müssen wir sie nur noch beweisen.«

»Ja, und besonders spannend wird's, herauszubekommen, was Frau Jacoby wusste. Oder hast du da auch schon einen Vorschlag parat?«, fragte Franzi leicht ironisch.

Markus lachte gutmütig: »Mehrere. Aber die erzähl ich euch dann, wenn ich den Fall ohne euch gelöst habe.«

Mittwoch Mittag

Als die drei Kommissare aus dem Auto stiegen, kam ein riesiges geiferndes Wesen mit vorstehenden spitzen Zähnen bellend auf sie zugeschossen. Es handelte sich wohl um einen Hund, aber ganz sicher keinen reinrassigen. Dieser sah eher aus wie ein Monster aus Muskeln und Speichel, und einen Augenblick schien es, als würde das Zähne bleckende Tier sie angreifen wollen. Garcia stellte sich schützend vor seine Kollegen und hielt den Arm zur Abwehr vor sein Gesicht. Doch ein schriller Pfiff hielt den Hund zurück, und sofort legte dieser sich kuschend auf den Boden.

Sven Jacoby erhob sich aus seinem Gemüsegarten, klopfte sich die Erde von der Hose und kam langsam auf die kleine Gruppe zu. Er trug einfache Gartenhandschuhe und machte keinerlei Anstalten, diese auszuziehen, um den Kommissaren die Hand zu reichen. Seine blasse Haut war von der kühlen Luft gerötet, und seine hellen Augen wanderten unruhig von einem zum anderen.

Als Erster ergriff Garcia das Wort. »Grüß Gott, Herr Jacoby. Meine Kollegin Frau Lorenz kennen Sie ja bereits. Das ist Herr Ott, mein Name ist Garcia.«

»Sie waren gestern im Hexenwirt«, stellte Sven Jacoby fest und sah Garcia dabei argwöhnisch an.

»Stimmt. Also kennen wir uns ja gewissermaßen auch schon. Hat sich Sandra Stallmayr denn schon bei Ihnen gemeldet?«

Jacobys Augen verengten sich zu kleinen Schlitzen. »Nein«, sagte er knapp. »Sind Sie deswegen hier?«

»Unter anderem«, fuhr Garcia fort. »Wir würden uns gerne ein wenig mit Ihnen unterhalten. Aber hier im Stehen ist das ein wenig unbequem. Können wir vielleicht ins Haus gehen?«

Sven Jacoby tätschelte seinen Monsterhund, der noch immer in unterwürfiger Starre auf dem Boden liegend verharrte. Ein weiterer kurzer Pfiff durch die Zähne, und der Hund sprang auf und trollte sich in seine Hundehütte.

»Den haben Sie aber gut abgerichtet«, bemerkte Markus anerkennend.

»Ketsch ist klüger als die meisten Menschen, die ich kenne«, brummte Jacoby.

»Catch? Ich hoffe, der Name ist nicht Programm«, witzelte Markus.

»Keine Sorge, den schreibt man mit K ... Sie können kurz reinkommen, aber ich hab nicht viel Zeit. In einer Viertelstunde muss ich schon wieder meine Runde bei meinen Tieren drehen.«

Die Kommissare folgten dem Biobauern durch die niedrige Holztüre ins Haus. Garcia musterte Franzi kurz von der Seite und registrierte ihr verschlossenes Gesicht. Er konnte ihre Anspannung förmlich spüren und wusste, dass er daran schuld war. Sie hatte Angst, erneut einen Fehler bei Sven Jacobys Befragung zu machen. Franzi fing Garcias Blick auf und lächelte etwas verkrampft. Die Stube, in die Jacoby sie führte, strahlte etwas sehr Gemütliches aus. Der Boden war aus alten Holzdielen, die Wände weiß gekalkt, und durch die kleinen Fenster fiel nur wenig Licht. Um einen großen, grün gekachelten Ofen lief eine Holzbank herum, die sich die ganze Wand entlang fortsetzte. Die bunten Flickenteppiche, die rot-weiß karierten Vorhänge und das Spitzendeckchen auf dem einfach gezimmerten Holztisch erinnerten Garcia an Elisa Jacobys Wohnung, und er konnte sich denken, wer den Raum so liebevoll eingerichtet hatte.

Sie setzten sich alle um den Tisch, und nachdem Jacoby keinerlei Anstalten machte, ihnen etwas zu trinken anzubieten, kam Garcia direkt zur Sache.

»Herr Jacoby, wir haben sichere Hinweise darauf, dass der Bürgermeister von Birk, Konrad Hartmann, sich am Freitag Abend circa zwischen 19 und 21 Uhr im Wald von Birk aufgehalten hat und dass er vielleicht dort auf Ihre Schwester getroffen sein könnte.«

Alle Augen waren nun auf Sven Jacoby gerichtet. Dieser saß wie versteinert da, und sein Gesicht verriet nicht die geringste Regung. Er blickte auf und sah Garcia direkt ins Gesicht.

»Konrad Hartmann?«, stammelte er mühsam. »Elisa? Warum?«

»Das wissen wir leider selber noch nicht«, sagte Franzi. Garcia registrierte die Wärme, die in ihrer Stimme mitschwang. »Wir suchen nach Gründen, und deshalb sind wir hier.«

»Ihre Schwester muss ihn gekannt haben«, schaltete Markus sich jetzt ein, ungeduldig mit dem Fuß wippend. »Oder sie muss irgendwas über ihn gewusst haben, was für ihn Grund genug war, sie zum Schweigen zu bringen.«

Garcia warf Markus einen wütenden Blick zu. Es war nicht vereinbart gewesen, mit dieser Information bereits an potenzielle Zeugen heranzugehen. Gleichzeitig ärgerte er sich über sich selbst. Er hätte im Auto mit seinen Kollegen das genaue Vorgehen näher besprechen sollen, anstatt die Fahrt mit Mutmaßungen und Frotzeleien zu verplempern. Nun, jetzt war es zu spät. Die Info war raus, und Garcia beobachtete Jacobys Reaktion.

»Sie meinen ... Sie meinen der Hartmann war ... der Hartmann hat ...« Unruhig wanderten seine Augen hin und her, hinter seiner in Falten gelegten Stirn schien es heftig zu arbeiten.

»Es ist eine bloße Vermutung«, wiegelte Garcia ab und bedachte Markus mit einem Blick, der diesem deutlich signalisierte, dass er es verbockt hatte und jetzt besser die Klappe hielt. Doch da die Katze nun mal aus dem Sack war, entschied Garcia sich, an diesem Punkt weiterzumachen. »Aber wir können zum momentanen Zeitpunkt zumindest nicht ausschließen, dass Herr Hartmann als der Mörder Ihrer Schwester infrage kommt.«

Aus Sven Jacobys Blick sprach plötzlich eine Härte, die so gar nicht zu seinem knabenhaften Äußeren passen wollte. »Wenn das, was Sie vermuten, stimmt«, sagte er mit der rauen Stimme, die Franzi bereits an ihm kannte, »dann hat dieses widerliche Schwein seine gerechte Strafe erhalten. Ich hoffe, er hat gelitten, als er starb ... Hat Elisa gelitten, als sie erdrosselt wurde?« Die Frage kam gepresst über seine kaum geöffneten Lippen, die sich zu einem dünnen Strich verhärtet hatten.

»Elisa ist sehr schnell gestorben«, antwortete Garcia und ließ Sven Jacoby dabei nicht aus den Augen. »Es ist gut möglich, dass sie ihren Mörder nicht einmal gesehen hat. Er hat sich von hinten angeschlichen, ihr die Metallschlinge um den Hals gelegt und sofort zugedrückt. Wäre Elisa noch am Leben, könnte wahrscheinlich nicht einmal sie uns weiterhelfen. Umso mehr sind wir jetzt auf Ihre Aussage angewiesen.«

»Meine Aussage? Welche Aussage erwarten Sie?« Jacobys Stimme klang nun offen feindselig. »Elisa kannte Konrad Hartmann nicht, das habe ich Ihrer Kollegin schon gesagt. Und ich Idiot saß gemütlich hier zu Hause, während sie nichtsahnend durch diesen Unglückswald gelaufen ist, wo dieses elende Schwein ihr aufgelauert hat!«

»Gibt es dafür Zeugen?« Garcias Frage kam prompt.

»Wofür?«

»Dafür, dass Sie am Freitag zur Tatzeit zu Hause waren?«

Sven Jacoby nickte langsam. Es herrschte ein kurzes Schweigen, dann sagte er fast tonlos: »Meine Freundin war hier bei mir. Sandra Stallmayr.«

»Sandra Stallmayr war also am Freitag hier bei Ihnen?«, wiederholte Garcia. »Von wann bis wann?«

»Sie arbeitet freitags immer bis 18 Uhr, in einem Friseursalon in München. So kurz nach neun dürfte sie hier aufgeschlagen sein. Sie ist bestimmt bis Mitternacht geblieben oder bis eins. Ich hab dann nicht mehr auf die Uhr geschaut, aber meistens fährt sie nachts noch heim. Ihre Mutter sieht unsere Liaison nicht gern. Sie findet, dass ich für ihre Tochter schon zu alt bin.«

»Kannte Sandra Ihre Schwester?« Garcias Fragen kamen schnell und unbarmherzig wie in einem Verhör.

Sven Jacobys Antworten kamen dagegen mit ein wenig Verzögerung, als fürchte er bei jeder dieser Fragen eine Falle. Vielleicht fiel ihm angesichts des soeben Gehörten aber einfach auch das Denken schwer. »Flüchtig«, sagte er schließlich.

»Was hielt Elisa von dieser Liaison? Fand sie Sie auch zu alt für Sandra?«

Zum ersten Mal schien Sven Jacoby zu lächeln. »Sie hat sich für mich gefreut. Ansonsten hatte es für unser geschwisterliches Verhältnis keine Bedeutung, schließlich sind wir erwachsen, und jeder hatte sein eigenes Leben.«

Aber Garcia ließ nicht locker: »Wusste Ihre Schwester, dass Sie beim Sex gewisse Vorlieben haben?«

»Gewisse Vorlieben?« Sven Jacoby schüttelte fassungslos den Kopf. »Ich habe keine ›gewissen Vorlieben‹ beim Sex, wie Sie es so politisch korrekt formuliert haben. Sandra und ich haben ein paar Sachen ausprobiert. Das war aufregend für uns beide, und eigentlich ist das ein Zeichen dafür, dass wir uns emotional nicht so nahe standen. Eine Frau, die ich liebe, will ich in den Armen halten. Mit einer Frau, die mir nur gefällt, kann ich meine Fantasien ausleben. Wenn beide es freiwillig tun, sehe ich darin nichts Perverses.«

»Das hat auch niemand behauptet. Warum mag Sandra Sie nicht mehr sehen?«

»Ich … ich weiß es nicht. Ich komm nicht mehr an sie ran. Wir … wir hatten Freitag Nacht noch Sex. Normalerweise trinken wir danach ein Glas Wein, und manchmal erlaube ich ihr auch, im Bett ihre obligatorische Zigarette danach zu rauchen. Aber in dieser Nacht war etwas komisch. Sie ist plötzlich aufgesprungen … also, direkt nach … nach dem Sex. Hat sich angezogen und ist weggebraust. Ich war zu müde, um mir darüber viele Gedanken zu machen. Sandra hat ihren eigenen Kopf, und ich dachte, sie muss vielleicht einfach heim. Aber irgendwas muss schiefgelaufen sein, denn seitdem geht sie nicht mehr an ihr Handy, wenn ich anrufe. Ich hab ihr mehrere Nachrichten hinterlassen, aber sie ruft nicht zurück. Vielleicht fragen Sie sie einfach selber, was das soll. Ich hab dazu nicht mehr die Kraft.«

Sven Jacoby hatte den Blick gesenkt, seine Hände hingen wie leblos herab. Jeder der Anwesenden konnte sehen, dass ihm tatsächlich die Kraft ausgegangen war.

In die Stille hinein fragte Franzi: »Herr Jacoby, als ich das letzte Mal hier war, sagten Sie, Ihre Eltern wären nie segeln gewesen. Aber Sie sind Segler, nicht wahr?«

Alle blickten erstaunt auf Franzi, auch Sven Jacoby. »Wie kommen Sie darauf?«, fragte er verunsichert.

»Nun, wenn ich mich nicht täusche, trägt Ihr Hund den Namen eines Segelbootes. Eine Ketsch ist ein zweimastiges Segelboot.«

»Scharf kombiniert, Frau Kommissarin. Gratuliere! Ketsch ist mir in Griechenland zugelaufen während einer Mittelmeerdurchsegelung auf einem ketschgetakelten Boot. Das war noch, bevor ich den Hof hier übernommen habe. Seither hab ich für sowas leider keine Zeit mehr. Ich bin also nur mehr auf dem Papier Segler, um Ihre Frage präzise zu beantworten.«

»Verstehe ... Sie sagten damals auch, Elisa habe im Wald die leuchtenden Larven von Glühwürmchen gesammelt. Woher wussten Sie das eigentlich so genau?« Franzi schien wie selbstverständlich das Verhör übernommen zu haben, und Garcia nickte ihr aufmunternd zu. Sie machte ihre Sache gut. Sie lächelte zurück, diesmal hatte sie sich auf die Befragung gut vorbereitet. Sie war entschlossen, sich künftig nicht mehr nur auf die Sicherheit und Präsenz ihres Chefs zu verlassen.

»Ich hab Elisa oft auf ihren Waldspaziergängen begleitet. Bei unserem letzten Ausflug haben wir diese Larven entdeckt. Aber da hatten wir kein Behältnis dabei, in dem wir sie hätten sammeln können. Elisa war ganz aus dem Häuschen, sie wollte unbedingt diese Dinger mit in den Unterricht bringen, weil sie dort gerade das Thema Insekten durchnehmen. Naja, und als Sie mich dann nach ›Luciferin‹ gefragt haben, war mir sofort klar, was sie in die kleinen Streichholzschachteln tun wollte. An dem Abend, als ...« Jacoby versagte die Stimme.

Franzis Gesicht spiegelte ihr Mitgefühl wider, sie konnte eben doch nicht immer aus ihrer Haut. Garcia las die Emotion in ihrer Miene und ergriff schnell das Wort: »Wann haben Sie Ihre Schwester eigentlich das letzte Mal gesehen?«

»Das war am Mittwoch.« Die Antwort kam sehr prompt. »Eben bei diesem letzten Waldspaziergang. Am Wochenende wollten wir uns treffen. Wir haben eigentlich jedes Wochenende etwas zusammen unternommen. Meistens ist sie hergekommen, wir haben zusammen ein Mittagessen gekocht, sie hat alle Tiere begrüßt – sie kannte jedes beim Namen und hatte für jedes ein freundliches Wort ...«

Sven Jacobys Gesicht spiegelte etwas so Verlorenes, Einsames wider, dass Garcia Franzis Mitleid gut nachvollziehen konnte. Der Tod seiner Schwester hatte ihm den Boden unter den Füßen weggerissen. Andererseits hatte er gelogen. Oder Sandra hatte gelogen. Jetzt galt es, sein Alibi zu überprüfen.

Garcia stand als Erstes auf und beendete damit die Befragung. Gemeinsam verließen sie die Stube und gingen nach draußen. Bevor sie in den Wagen stieg, drehte sich Franzi noch mal zu Sven Jacoby um. »Ach, Herr Jacoby, eine Frage noch: Wissen Sie vielleicht, wo das Handy Ihrer Schwester sein könnte? Es konnte bisher nicht sichergestellt werden.«

Sven Jacoby runzelte die Stirn, dann schüttelte er langsam den Kopf. »Keine Ahnung«, sagte er schließlich. Ohne ein weiteres Grußwort drehte er sich um und ging in Richtung Kuhstall.

»Ich weiß, ich weiß«, sagte Markus, sobald sie losgefahren waren. »Ich hab Mist gebaut.«

Aber Garcia reagierte gar nicht darauf. Er wählte bereits über die Freisprechanlage die Nummer von Dr. Georg Engel. Schweigend hörten seine beiden Kollegen ihm zu, während er mit Engelszungen versuchte, den Staatsanwalt von der Notwendigkeit zu überzeugen, auch bei Sven Jacoby eine Hausdurchsuchung zu beantragen. Doch dieser ließ sich nicht erweichen. Er hielt die Gründe für nicht zwingend genug und verlangte eindeutigere Fakten. Vor allem die Frage, welches Motiv Sven Jacoby gehabt hätte, den Bürgermeister umzubringen, konnte Garcia ihm nicht beantworten. Schließlich einigten sie sich darauf, das Ergebnis der Durchsuchung von Hartmanns Haus abzuwarten und in der Zwischenzeit Sven Jacobys Alibi zu überprüfen. Dann würde man weitersehen. Als Garcia auflegte, fluchte er: »Zitronenfresse!«

Franzi und Markus wussten natürlich genau, von wem er sprach, aber keiner wagte es, das soeben mitgehörte

Gespräch zu kommentieren. Aber daran, wie ihr Chef nun Gas gab, konnten die beiden deutlich seine unterdrückte Wut spüren.

Mittwoch Nachmittag

Garcia hielt auf dem Parkplatz vom Hexenwirt, und gemeinsam betraten die drei das trostlose Lokal. Zum Glück war von Schorsch und seinen Saufkumpanen weit und breit nichts zu sehen. Die schwerfällige Rosi kam angeschlurft und sagte unwirsch: »Heit is Mittwoch.«

»Ja, danke«, erwiderte Garcia charmant grinsend. »Das wissen wir auch.«

Rosi lächelte nicht zurück. »Mittwoch is Ruhetag. Steht draußen ang'schrieben.«

»Das trifft sich ausgezeichnet«, fuhr Garcia unbeirrt lächelnd fort. »Dann haben Sie ja Zeit für uns.«

»Des glaub ich kaum, dass ich meinen Ruhetag für Sie opfern tät. Da müssten S' mir scho an ganz an guaden Grund nennen.«

»Jaaa, den haben wir. Wissen Sie, wir sind nämlich alle drei von der Kripo München. Und wir wollen alle drei genau zu Ihnen.«

»Ah so?«, fragte sie gedehnt und schaute dabei ziemlich verunsichert von einem zum anderen. »Ich hob denkt, Sie san Inscheniör oder so was. San Sie ned der Rosenheimer von neulich?«

Franzi und Markus blickten Garcia etwas erstaunt an. Dieser grinste vielsagend zurück.

»Nein, da müssen Sie mich wohl verwechseln. Aber man hat mir schon oft gesagt, dass ich einen Doppelgänger habe. Wahrscheinlich hab ich einfach eine Allerweltsvisage, da kann so eine Verwechslung schon mal passieren. Also, sollen wir uns auf dem Trockenen unterhalten oder kriegen wir vielleicht trotz Ruhetag einen Kaffee?«

»Des aa no. I bin grad dabei, den Automaten zu entkalken. Tut's a Spezi auch?«

»Ein Spezi! Wunderbar!« Markus ließ sich von Garcias Fröhlichkeit anstecken. »Kriegen wir jeder eins, oder sollen wir uns eins teilen?«

Rosi schien der lockere Ton der drei Kommissare irgendwie nicht ganz geheuer zu sein. Sie schielte misstrauisch zu Markus und brummte: »Wollen S' vielleicht jetzt aa no Dipfischeißen?«

»Nein danke, ich hab keinen Hunger«, antwortete dieser prompt. Dann, flüsternd zu den Kollegen: »Was will ich?«

»I-Punkte scheißen«, übersetzte Garcia.

»Auf gut deutsch: Korinthen kacken«, fügte Franzi grinsend hinzu.

Indes schlurfte Rosi mit einem weiterhin schlecht gelaunten Gesichtsausdruck hinter ihre Theke und begann, in gewohnter Langsamkeit die Gläser einzuschenken.

»Frau Stallmayr, Sie wohnen doch hier in einer Wohnung über der Gaststube«, begann Garcia seine Befragung. »Leben Sie allein?«

»A Mannsbuid kimmt mir nimmer ins Haus. Nachdem ich den oiden Säufer endlich losg'worden bin ...«

»Sie leben also ganz allein?«

»Naa, die Sandra, mei Dochter, wohnt aa da. Nach der Arbeit kimmt's meistens hoam. Früher is sie dauernd in die Disco 'gangen oder hat sich mit ihren Freunden im Dorf getroffen. Aber mit dene mog's nix mehr machen. Madame wird jetzt Schauspielerin. Schauspielerin! Des is doch koa Beruf ned!«

»Können Sie sich erinnern, ob die Sandra letzten Freitagabend auch daheim war?«

»Da müsst ich jetzt überlegen. Warten S'. Freitag. Ja, da is sie nach Feierabend hoamkemma. Sie arbeitet in einem Friseursalon z'Minga. I woaß des no, weil i ihr Nudeln hing'stellt hob, aber sie is sich ja für den Fraß hier auch noch z'guad g'wesen. Türknallend is sie in ihr Zimmer ganga und hod g'sagt, sie muss lerna. Was musst du als Friseurin scho lerna, hob i g'fragt. Theatertexte, hod's g'sagt. A so a aus'gmachter Schmarrn! I hob's no laut runterleiern hören, ihren saudummen Schäckspier oder was des g'wesen is!«

»Haben Sie später noch mal nach ihr geschaut?«

»Naa. I bin dann z'ruck in d'Gaststubn, da hätt ich ihr Huif scho braucha könna, am Freitagabend geht's hier ganz schön zua. Und wie i ins Bett bin … des war so um oans auf d'Nacht, da is ois staad g'wesen. Zumindest hob i ihren Schäckspier-Blödsinn dann nimmer g'hört. Und in der Früh hob i sie aa ned g'sehn, die fahrt immer scho um acht, da schlaf i no. I bin a Nachtmensch, wissen S'.«

»Wie finden Sie eigentlich Sandras Freund?«, wechselte Garcia das Thema.

Rosi stemmte die Arme in ihre schweren Hüften. »Wer soll denn des sein?«

»Naja, der Sven Jacoby, dachte ich.«

»Des is nicht mehr ihr Freund. Des Madl hod jetzt endlich eing'sehn, dass der nix taugt. A oider Sack is der, a aufg'stellter Mausdreck, hält den hiesigen Bauern Moralpredigten darüber, wie sie ihre Viecher halten solln. Dem Jacoby, dem traut hier koaner übern Weg. I woaß ned, was die Sandra an dem g'funden hat, der is ja ned grad der Tschortsch Klunie.«

»Und warum ist der jetzt nicht mehr Sandras Freund?«

»Da woaß i nix drüber. Fragen S' des Madl doch selber. Vielleicht red's ja mit der Polizei, wenn's scho ned mit der eigenen Muader red. Mir hod's nur g'sogt, dass sie ned hingehn mog, wenn der o'ruaft.«

»Wann hat sie Ihnen das gesagt?«

»I woaß nimmer … am letzten Wochenend muaß des g'wesen sein. I hob mi scho g'wundert, dass sie des ganze Wochenend oben in der Wohnung rumg'hängt is, wo's doch sonst nix Eiligeres zu tun g'hobt hod, als zu ihram Tschamsterer zu laufen.«

Im Raum hinter der Gaststube klingelte ein Telefon. Rosi blickte die Kommissare fragend an. »Derf i? Des is privat.«

»Bitte.«

Rosi schlurfte hinaus, und Garcia prostete den anderen mit seinem Spezi zu. »Sven Jacoby hat also kein Alibi für die Nacht«, konstatierte Markus.

»Sandras Mutter sah mir jedenfalls nicht so aus, als würde sie lügen«, stimmte Franzi ihm zu. »Allerdings kann die Sandra immer noch weggegangen sein, während ihre Mutter in der Gaststube war.«

Garcia nickte nachdenklich. »Da sollten wir bei der Sandra noch mal nachhaken.« Er blickte auf seine Armbanduhr. »Ich würd gern auf dem Rückweg nach München bei Anna Boenstedt vorbeifahren. Ihr wisst schon, die Hellseherin, die der Elisa Jacoby die Wohnung vermietet hatte. Vielleicht weiß sie ja doch was darüber, ob Elisa und ihr Bruder am Freitagabend gemeinsam unterwegs waren. Überhaupt sollten wir mit ihr über den Sven Jacoby und sein Verhältnis zu seiner Schwester sprechen.«

»Der Jacoby ist echt ein schräger Vogel«, sinnierte Markus. »Und dann dieser widerliche sabbernde Hund!«

»Apropos Hund«, wandte Garcia sich Franzi zu. »Ich wusste gar nicht, dass du dich mit Segelbooten auskennst.«

»Franzis Freund ist passionierter Segler«, antwortete Markus für sie.

Einen Augenblick verschlug es Garcia die Sprache. Seine Stimme klang ein wenig heiser, als er nach dieser Schrecksekunde ungläubig fragte: »Du hast einen Freund? Das hast du mir nie erzählt …«

»Du hast mich ja nie danach gefragt«, entgegnete Franzi ruhig. Aber sie errötete dabei leicht, und sofort wurde die Vene auf ihrer Stirn sichtbar.

Es passierte selten, dass Garcia so aus dem Konzept gebracht wurde. Es gelang ihm nicht, Franzi in die Augen zu sehen, und so fuhr er sich verwirrt durch seine schwarzen Haare und wandte sich schnell an Markus: »Und woher weißt du das?«

Markus zuckte die Schultern. »Wenn Ian in München ist, gehen wir manchmal alle zusammen was trinken.«

Ian?! Die kannten sich auch noch! Und zu ihm, Garcia, hatte nie jemand ein Sterbenswörtchen darüber gesagt! Sicher, er hatte Franzi nie direkt danach gefragt, aber sie verbrachten doch viel Zeit miteinander, sie führten Gespräche, die durchaus über das Berufliche hinaus gingen, und doch ... Nun ja, er war der Chef. Aber er hatte doch immer so darauf geachtet, dass er sich hierarchisch nicht über die anderen stellte, er war so stolz darauf gewesen, diesen Teamgeist geschaffen zu haben. Und jetzt ... Er kam sich vor wie ein Idiot. Andererseits erklärte das auch die Vertrautheit zwischen Franzi und Markus, die ihm bis dahin Rätsel aufgegeben hatte. In dieser Hinsicht konnte er sich wohl entspannen.

»Kannst ja nächstes Mal mitkommen«, unterbrach Markus die peinliche Stille. »Gehen wir eben zu sechst.«

»Wie, zu sechst?«, fragte Garcia verwirrt.

»Naja, jeder bringt seinen Lebensabschnittspartner mit«, meinte Markus leichthin. »Oder in deinem Fall die Tagesabschnittspartnerin. Wie war das noch? Hauptsache blond?«

Franzi hob interessiert die Augenbrauen und musterte Garcia. Dieser wand sich ein wenig.

»So hab ich das nie gesagt«, meinte er und fügte möglichst nonchalant hinzu: »Und wo ist dieser Ian, wenn er nicht in München ist?«

»In Australien«, erwiderte Franzi knapp. »Er ist dort Surflehrer.«

Auch das noch! Alles Mögliche hätte Garcia sich an Franzis Seite vorstellen können. Einen Intellektuellen mit Brille ebenso wie einen erfolgreichen Unternehmer, der sie auf irgendwelche Galas mitnahm. Aber mit einem braungebrannten Waschbrettbauch-Typen zu konkurrieren, das war schon eine harte Herausforderung. Und irgendwie konnte er sich die ernsthafte, integere, tiefsinnige und patente Franzi so gar nicht an der Seite eines Surferboys vorstellen.

Obwohl er merkte, dass Franzi das Gespräch über ihren Freund unangenehm war, konnte er nicht umhin, eine weitere Frage zu diesem Thema zu stellen. Wann würde er dazu wieder Gelegenheit haben?

»Das nenn ich eine Long-Distance-Beziehung«, versuchte er sich weiterhin in einem möglichst lockeren Ton. »Und wann seht ihr euch dann?«

»Er kommt diesen Freitag nach München«, sagte Franzi fast entschuldigend, und Garcia kam es vor, als schwinge so etwas wie Nachsicht, wenn nicht gar Mitleid in ihrer Stimme mit.

»Sie weiß, dass ich auf sie stehe«, schoss es ihm durch den Kopf. »Längst weiß sie das, und sie verachtet mich dafür!«

Aus einem Impuls heraus stand er auf, so abrupt, dass Markus ebenfalls erschrocken aufsprang.

»Ist was?«, fragte er.

»Nein, bleib sitzen. Ich muss nur raus an die frische Luft ... Dieser Geruch im Hexenwirt ...«

Er legte seinen Autoschlüssel auf den Tresen. »Trinkt ihr beiden in Ruhe aus und fahrt dann mit meinem Auto rüber nach Rieden zu besagter Anna Boenstedt. Die Adresse lautet Ludwig-Ganghofer-Straße 17. Ich nehm den Fußweg durch den Birker Wald und treff euch dort.«

Zum Glück funktionierte sein charmantes Lächeln nach wie vor auf Knopfdruck. Markus, der ihn argwöhnisch angeblickt hatte, zuckte nur die Schultern und setzte sich wieder. Franzi lächelte zurück, aber ihre Augen blickten dabei ernst. Garcia schnappte sich seine Lederjacke und verließ fast fluchtartig das übelriechende Lokal.

»Sie weiß es, sie weiß alles«, hämmerte es unaufhörlich zum Rhythmus seiner stapfenden Schritte in seinem Kopf. Er folgte der Hauptstraße bis zur Kurve und bog dann nach links auf den Forstweg ab. Von Weitem konnte er die Wachhütte sehen, aus der diesmal kein Rauch aufstieg. Sobald Garcia den Wald erreicht hatte, wurden seine Schritte federnder, und das Hämmern in seinem Kopf ließ allmählich nach. Er sog die frühlingshafte Luft ein und erinnerte sich unwillkürlich daran, wie er mit Franzi durch diese Naturkathedrale gegangen war auf dem Weg zum Tatort. Auch heute brach sich das Sonnenlicht wieder in den kahlen Wipfeln, und auch heute wirkte diese Stimmung auf Garcia beruhigend.

»Was weiß sie eigentlich?«, dachte er weiter. »Was heißt das schon, sie weiß alles? Was ist alles?«

Beim Holzstapel mit den aufeinandergeschichteten Baumstämmen bog er auf den Trampelpfad ab und ging geradewegs auf das Hochufer zu. Bald hatte er den Weg erreicht, der sich oberhalb der Isar entlangschlängelte, und folgte den Windungen in Richtung Süden, nach Rieden. Jetzt kamen ihm einzelne Spaziergänger entgegen, auch der ein oder andere Radler in aberwitziger Geschwindigkeit, rücksichtslos rasend und offensichtlich bereit, jeden lästigen Spaziergänger, der im Weg stand, umzufahren. In letzter Sekunde wich Garcia einem dieser behelmten Wahnsinnigen aus, der im Vorbeiradeln wilde Beschimpfungen auf ihn niederprasseln ließ. Garcia verzichtete darauf, Boshaftigkeiten zurückzuschreien, und nahm kopfschüttelnd seine Wanderung wieder auf. Über dem Fluss hing zauberhaft der Nebel, so flauschig und dicht, dass die Isar weit unten nicht zu erkennen war.

»Liebe ich sie?« Wie von selbst formte sich plötzlich ein Satz in seinem Kopf. Er erschrak vor dieser Frage. Er fand, dass er kein Recht hatte, sie sich zu stellen. Schließlich war Franzi seine Kollegin und, schlimmer noch, er war ihr Vorgesetzter. Aber war diese Feststellung nicht vielmehr ein Selbstschutz vor dieser Frage? Letztlich gab es genügend Kollegen, die eine Beziehung miteinander unterhielten, und nach dem ersten Tratsch wurde es immer schnell zur Normalität für den Rest der Belegschaft. War es in Wahrheit nicht einfacher, diesen Grund vorzuschieben, um sich über seine Gefühle gar nicht erst Klarheit zu verschaffen? Was wollte er eigentlich wirklich von Franzi? Franzi die Spröde, die so gar nicht seinem Beuteschema entsprach, Franzi die Distanzierte, mit der er sich noch nie einen Flirt gestattet hatte. Und was wäre, wenn er sich ins Zeug legte? Was wäre, wenn er versuchen würde, mit dem australischen Surferboy zu konkurrieren? Wollte er das? Was konnte er Franzi anbieten? Eine Short-Distance-Beziehung? Er, Garcia, eine Beziehung? Seit Melanie hatte er sich nie wieder ernsthaft auf eine Beziehung eingelasssen. Wie viele Jahre war das nun her? Und was war damals eigentlich schiefgelaufen? Und überhaupt, wer hatte eigentlich wen verlassen? Er war lange davon überzeugt gewesen, dass Melanie es an seiner Seite nicht mehr ausgehalten habe, aber als er zuletzt mit ihr Kontakt gehabt hatte – und das war mittlerweile auch schon mindestens zehn Jahre her – hatte sie ganz deutlich gesagt, dass sie untröstlich gewesen war, als er sich von ihr getrennt hatte. Aber sie war doch schließlich diejenige gewesen, die nach Berlin gezogen war, um eine Stelle als Assistenzärztin an der Charité anzunehmen, und er konnte sich noch ganz genau an das Gefühl des Verlassenwerdens erinnern, als sie ihm das mitgeteilt hatte. Sicher, sie hatte das nicht als das Ende ihrer Beziehung betrachtet. Aber sie war eben fortgegangen.

Und er? Bis dahin treu wie Gold, hatte er fortan Trost in den Armen anderer Frauen gesucht – und der Nächstbesten ein Kind gemacht. Wie gefühllos das klang! Er hatte Lydia natürlich kein Kind machen wollen, aber er war mit ihr ins Bett gegangen, nicht aus Liebe, sondern aus Sehnsucht nach Nähe. Nähe? Oder aus einem gekränkten männlichen Ego heraus? Melanie hatte auf die Nachricht, dass er Vater würde, unendlich geschockt reagiert. Das war das eigentliche Ende ihrer achtjährigen Beziehung gewesen. Aber hatte das Ende nicht schon viel früher begonnen?

»Xaver! Xaver wo bist du?« Garcia kam eine Frau entgegen, die sich panisch umsah. »Xaver«, schrie sie abermals, und es klang geradezu hysterisch. Ein etwa zehnjähriger Bub kam aus dem Gehölz gesprungen und lief auf seine Mutter zu. »Was schreist denn so?«, rief er. »Xaver, Gott sei Dank. Ich hab dir doch schon tausendmal gesagt, dass du nicht einfach so davonlaufen sollst.« Sie warf Garcia einen scharfen, argwöhnischen Blick zu. »Was weiß ich, was sich im Wald für Gesindel rumtreibt.«

Gesindel? Garcia wurde schlagartig bewusst, was für einen grimmigen Gesichtsausdruck er haben musste, während er so angestrengt nachdenkend und innerlich zerrissen vor sich hin stapfte. Und dass die Bevölkerung in Birk in Angst vor dem Würger oder sonst einem Serientäter auf jeden Fremdling feindselig reagierte, war nicht verwunderlich. Die Frau nahm den Buben an der Hand, der sich heftig gegen die mütterliche Protektion wehrte, und ging in entgegengesetzter Richtung weiter. Garcia nahm seinen Spaziergang wieder auf, und sofort kreisten seine Gedanken wieder um dasselbe Thema. Ja, wenn eine Frau sich ihm nicht mit

Leib und Seele verschrieb, suchte er schnell Trost in den Armen einer anderen. Und gleichzeitig war er mittlerweile weit davon entfernt, sich eine Frau an seiner Seite zu wünschen, mit der er tagein, tagaus sein Leben teilen sollte. Was also wollte er von Franzi? War es nicht leichter, sie aus der Ferne anzuschmachten, sich über ihren kalten Händedruck zu freuen und sich etwas zu wünschen, was besser niemals eintrat? Zumindest war Franzi mit Sicherheit keine von denen, die sich in seine Sammlung lockerer Affären einordnen ließen. Franzi war anders, und er war sich sicher, dass seine Gefühle für sie eine Tiefe erreicht hatten, die er seit der Trennung von Melanie für keine andere Frau mehr verspürt hatte. Aber jetzt war er 43, und in diesem Alter verliebte man sich nicht mehr so romantisch wie mit Anfang 20. Überhaupt war das mit den Gefühlen mittlerweile wirklich eine komplizierte Angelegenheit.

»Vielleicht sollte ich einfach mal mit ihr schlafen«, durchzuckte ihn ein subversiver Gedanke. Ja, natürlich wünschte er sich, mit Franzi zu schlafen. Und er wünschte sich auch, sie danach in seinem Arm zu halten und ihr dabei zuzusehen, wie ihr die Augen zufielen. Er wünschte sich, ihr in der Früh den Kaffee ans Bett zu bringen und in ihr verschlafenes Gesicht zu blicken und sich dann noch einmal zu ihr zu legen, ihren warmen Körper zu spüren … Natürlich war das so in seiner Wunschvorstellung. Aber dann? Dann gab es ja noch das Leben danach, den Alltag, all das andere, das mit romantischer Liebe so wenig zu tun hat. Würde er die Stärke aufbringen, sich bei Problemen in der Beziehung nicht in die Arme einer anderen zu flüchten, die ihm das Gefühl gab, er sei der Tollste? Wäre er in der Lage, seine vielen Flirts, die ihm zur zweiten Natur geworden waren, abzustellen und sich ernsthaft und auf Dauer auf nur eine Frau einzustellen? Dass die einzige Frau, die dafür infrage kam, Franzi war, war vollkommen klar. Es gab so vieles, was er an ihr mochte – ja, liebte. Ihre ernste Seite machte ihn neugierig, ihre empathische Seite berührte ihn, ihre Klugheit imponierte ihm, ihre Zerbrechlichkeit weckte seinen Beschützerinstikt, ihre Schlagfertigkeit forderte ihn heraus, ihre Ehrlichkeit entwaffnete ihn, und ihr Lächeln – ja, ihr Lächeln war einfach wunderbar. Aber alles andere in seinem Hirn war ziemlich diffus. Er schüttelte heftig den Kopf und versuchte, durch tiefes Einatmen ein wenig Ruhe in seine Gedanken zu bringen. Schließlich konnte er vor sich bereits den Waldrand erblicken.

Als er Rieden erreicht hatte, musste er sich erst einen Moment lang orientieren. Er hatte ja bisher noch nie den Wald auf diesem Hauptpfad verlassen. Etwas weiter vorn auf der Straße sah er eine mädchenhafte Gestalt im Daunenmantel. Ihre blonden Haare flatterten im Wind, und einen Augenblick fühlte er sich an Greta erinnert. Mit Greta immerhin war er in der Lage, eine lebenslange Bindung einzugehen – na ja, zumindest eine Alle-vierzehn-Tage-lebenslange-Wochenend-Bindung.

Während er hinter der Frau her schritt, musste er an die Beobachtung der Rentnerin denken, die eine vermummte Gestalt zu Hartmanns Haus hatte hinaufgehen sehen. Das konnte natürlich alles Mögliche bedeuten, und es war auch nicht gesichert, dass diese Person wirklich zu Konrad Hartmann gegangen war. Auch Elisa Jacoby hatte an jenem Abend einen langen Wintermantel und eine Mütze getragen. Aber die war zu diesem Zeitpunkt schon tot gewesen. Und Sven Jacoby? Konnte dieser schlanke, knabenhafte Mann im Wintermantel für eine Frauengestalt gehalten werden?

Mittlerweile hatte Garcia die Ludwig-Ganghofer-Straße erreicht und registrierte, dass die Frau vor ihm den gleichen Weg wie er zu haben schien. Mit Erstaunen stellte er fest, dass sie zielstrebig das von Weitem erkennbare verwilderte Grundstück von Anna Boenstedt ansteuerte und es durch das unverschlossene Gartentor betrat. Sie hatte sich nicht ein einziges Mal nach ihm umgedreht, aber jetzt war er sich plötzlich sicher, zu wissen, wer diese Person war.

Vor dem Gartentor parkte bereits sein schwarzer BMW. Markus am Steuer und Franzi auf dem Beifahrersitz waren in ein angeregtes Gespräch vertieft. Garcia klopfte an die Scheibe. »Wartet ihr etwa auf mich?«, fragte er lässig grinsend und vermied es dabei, Franzi direkt anzusehen. Auch wenn sie vermutlich etwas ahnte, brauchte sie ja nicht noch in seinen Augen zu lesen, dass er sich gerade gedanklich so intensiv mit ihrer Person beschäftigt hatte.

Seine beiden Kollegen stiegen aus. »War das nicht gerade diese Hanna Herzog, die da reingegangen ist?«, fragte ihn Franzi.

»Sieht so aus … Ich hab Anna Boenstedt gefragt, ob die Cellistin vielleicht bei ihr üben könnte. Offensichtlich hat es geklappt.«

»Wieso hast du das getan?«, fragte Franzi erstaunt.

»Spontane Eingebung.« Garcia betrat das Grundstück durch das unverschlossene Gartentor, die anderen folgten ihm. Vor der Haustüre war eine altmodische Glocke angebracht, die durch Ziehen an einem Seil betätigt werden konnte. Garcia zog einmal fest daran und erzeugte einen lauten Glockenton. Aber nichts rührte sich. Im Haus war es dunkel, nur in der oberen Wohnung war durch die zugezogenen Vorhänge ein Lichtschein zu erkennen. In die Stille hinein ertönten plötzlich Celloklänge.

»Sie spielt schon wieder dieses Stück«, sagte Franzi nachdenklich. »*Der Tod und das Mädchen*.«

Die drei Kommissare lauschten einen Augenblick schweigend. Keiner wollte die Musik durch weiteres Betätigen der dissonanten Türglocke stören.

»Wie idyllisch dieser Garten ist«, bemerkte Franzi.

»Idyllisch findest du das?« Markus sah sich auf dem verwilderten Grundstück um. Überall lagen Laub und Zweige, kreuz und quer wuchsen krumme Sträucher und Büsche aus dem Boden, ein völlig zugewachsener Teich ließ nur noch eine kleine schlammige Fläche erkennen, und große, ausladende Bäume, die vermutlich niemals zugeschnitten worden waren, überschatteten diese Szenerie mit ihren kahlen Ästen, die wie die Arme und Klauen von Gespenstern wirkten. »Ich nenn das verwahrlost.«

»Ich wette, die Hellseherin kann dir ganz genau über jeden Busch und Strauch erzählen, woher er kommt, wann er gepflanzt wurde oder wie er zufällig entstanden ist. Wenn du genau hinsiehst, wirst du erkennen, wie viel Liebe in diesem Garten steckt. Nur weil die Nachbarn ihre Buchsbäumchen fein säuberlich zu Kugeln rasieren, heißt das noch lange nicht, dass die ihr Grünzeug mehr lieben.«

Markus hob entschuldigend die Hände. »O. k., o. k., ich hab ja auch wirklich keine Ahnung von so was.«

Garcia schüttelte den Kopf. »Anna Boenstedt ist nicht zu Hause, und eigentlich gibt es keinen Grund, Hanna Herzog zu stören, jetzt wo sie endlich einen Ort gefunden hat, wo sie in Ruhe spielen kann.«

»Warum hast du ihr das eigentlich vermittelt?«, fragte Franzi abermals und fügte nach kurzem Zögern hinzu: »Ich meine, ich find es irgendwie komisch, dass sie jetzt in der Wohnung von einer Ermordeten sitzt.«

»Ich dachte einfach, die Boenstedt und die Herzog würden gut zusammenpassen«, meinte Garcia.

»Eigentlich schlau«, stimmte Markus zu. »Vielleicht erzählt die Herzog ja der Boenstedt irgendwelche Interna aus der Klinik. Oder umgekehrt, Frau Boenstedt erzählt der Herzog was über die Elisa Jacoby.«

»Und die erzählen uns das dann brühwarm weiter?«, spöttelte Garcia. »Wohl kaum, so wie ich die beiden einschätze.«

»Ich weiß nicht ...« Franzi blieb ernst. »Irgendwie find ich, daran ist was komisch. Ich hoffe, du wolltest dieses

Mädchen nicht in die Opferrolle von der Elisa Jacoby drängen …«

»Du meinst, wenn sie ab und zu in Elisas Wohnung Cello übt, wird sie anfangen, in das Leben der Ermordeten zu schlüpfen und uns zum Täter führen? Das wär wohl höchstens ein Stoff für Horrorfilme.«

Als die drei Kommissare schließlich unverrichteter Dinge den verwunschenen Garten der Hellseherin verließen, drehte Garcia sich noch einmal um. Am Fenster im ersten Stock stand Hanna Herzog, unbeweglich, und schaute zu ihnen hinunter. Garcia hob die Hand zum Gruß, und mit kurzer Verzögerung hob auch das blasse Mädchen dort oben die Hand. Ob es dabei lächelte, konnte Garcia nicht erkennen.

Mittwoch Abend

»Wie es aussieht, konnten wir den Mörder von Elisa Jacoby identifizieren.« Mit diesen Worten eröffnete Garcia die Konferenz im Präsidium, zu der sein gesamtes Team erschienen war. »Zur Stunde gibt Staatsanwalt Dr. Engel eine kurze Pressekonferenz und verkündet folgende Nachricht, die wir gemeinsam formuliert haben.« Garcia entfaltete einen Zettel und las vor:

»Aufgrund der momentanen Indizienlage geht die Staatsanwaltschaft davon aus, dass Konrad Hartmann, Erster Bürgermeister der Gemeinde Birk, der mutmaßliche Mörder von Elisa Jacoby ist. Der Mord ereignete sich am Freitag, den 2. März, zwischen 19.30 Uhr und 20.45 Uhr im Birker Wald. Über das mögliche Motiv herrscht zum momentanen Zeitpunkt noch Unklarheit. Konrad Hartmann wurde in der Nacht um die fragliche Zeit von zwei Zeugen gesehen. Zudem konnten Beweise sichergestellt werden, darunter eine Reifenspur in Tatortnähe, die eindeutig seinem Wagen zugeordnet werden konnte, sowie eine Faser von Herrn Hartmanns Mantel, die auf der Toten gefunden wurde. Bei der Durchsuchung des Hauses des Bürgermeisters wurden auf der Werkbank im Keller Utensilien wie Holzstücke, Draht und Klebstoffe gefunden, die er vermutlich zur Herstellung des Tatwerkzeugs, einer sogenannten Garotte, verwendet hat, mit der das Opfer erdrosselt wurde. Das rechtsmedizinische Institut hat bestätigt, dass der gefundene Metalldraht in seiner Dicke und Stärke genau der tödlichen Verletzung entspricht, die dem Opfer am Hals beigebracht wurde. Das Tatwerkzeug selber konnte allerdings bisher noch nicht sichergestellt werden.«

Garcia blickte von seinem Zettel auf. Alle schauten ihn an – alle außer Franzi, deren Blick starr auf die Tischplatte vor ihr geheftet war. Er blickte in Frau Büchners undurchdringliche Miene, die auch jetzt keinerlei Emotion über das soeben Gehörte verriet. Er kreuzte Steffi Holtzhaus' Blick, der im Gegensatz zu sonst nichts Schalkhaftes hatte. Ihm fiel auch auf, dass Steffi diesmal darauf verzichtet hatte, mitzuschreiben. Und er wurde gewahr, dass Markus und Florian Löscher einen kurzen, komplizenhaften Blick tauschten, der ihm sofort verriet, dass Markus die Nachricht dem Kollegen Löscher zuvor schon gesteckt hatte – worüber Garcia sich nicht ärgerte. Im Gegenteil, er freute sich darüber, dass Markus, der Florians Bewunderung genoss, das jüngste Teammitglied ein wenig unter seine Fittiche genommen hatte.

»Ich sagte, wir konnten den Täter identifizieren«, sprach Garcia nun weiter. »Dennoch betrachte ich den Mordfall Elisa Jacoby noch nicht als gelöst, solange wir kein Mordmotiv erkennen können.«

Frau Büchner hob die Hand wie ein Schulkind, das sich meldet. »Mir fällt etwas ein, das zwar nicht auf ein Motiv hinweist, aber vielleicht auf die Planung der Tat. Wir haben doch in der letzten Konferenz darüber gerätselt, warum Herr Hartmann die Angst vor dem Würger in Birk verbreitet hat. Nun, vielleicht hatte er ja vor, sein Opfer zu erwürgen, und hat absichtlich eine falsche Spur legen wollen.«

Garcia nickte. »Das wäre eine plausible Erklärung.«

»Wenn wir ehrlich sind, hat sich keiner der hier Anwesenden je wirklich mit der Theorie anfreunden können, dass die beiden Morde nicht zusammenhängen«, bemerkte Markus. »Wenn ich dich zitieren darf, Alexander: Vielleicht gibt es ja einen Menschen, der die Verbindung zu den beiden herstellt. Dass wir es mit zwei verschiedenen Mördern zu tun haben müssen, ist uns ja nun klar. Aber vielleicht sollten wir statt nach einem Motiv zunächst verstärkt nach diesem Menschen suchen.«

Abermals nickte Garcia. »Das würde ich gern aufgreifen. Und da sind wir beim Sven Jacoby angelangt. Er liefert uns zwar keine Antwort darauf, was Konrad Hartmann für ein Motiv hatte, Elisa umzubringen. Sollte er aber gewusst haben, dass der Hartmann der Mörder seiner Schwester war, so hatte Sven Jacoby wiederum ein sehr starkes Motiv, Hartmann zu töten. Ich stelle mir das ungefähr so vor: Sven und Elisa hatten sich zum Waldspaziergang verabredet, jeder kam von der entgegengesetzten Seite – Elisa also aus Rieden, Sven aus Birk. Doch Sven kam zu spät – zumindest zu spät, um seine Schwester vor ihrem grausamen Schicksal zu bewahren. Er hat den Mord nicht gesehen, aber er hat den Mörder gesehen. Oder er hat seine tote Schwester gefunden, hatte das Auto des Bürgermeisters, das vermutlich irgendwo im Wald geparkt war, gesehen, und hat eins und eins zusammengezählt. Daraufhin ist er direkt zum Hartmann marschiert und hat ihn getötet. Ich habe den Hass in seinen Augen gesehen …«

»Ja, und bevor er ihn getötet hat, hat er ihn reden lassen. Um zu erfahren, weshalb er es getan hat«, unterstützte Markus diese Theorie.

»Beziehungsweise ob er es überhaupt getan hat«, präzisierte Franzi.

»Und nachdem Konrad Hartmann die Tat gestanden hatte, hat Sven Jacoby ihm den Todesstoß versetzt«, resümierte Markus.

»Die Sache hat nur einen Haken«, mischte sich nun Steffi Holtzhaus ein. »Warum sollt jetzt der Jacoby den ganzen Krempel – also Handschellen, Klebeband, Seil, Elektroschocker und so – ausgerechnet beim Waldspaziergang dabeig'habt haben?«

»Vielleicht ist er vorher noch mal nach Hause gefahren?«, mutmaßte Markus. »Dann hat er sein Auto irgendwo weiter weg geparkt und ist zu Fuß zum Hartmann marschiert, um von den Nachbarn nicht gesehen zu werden.«

»Aber eine Zeugin, eine Rentnerin aus Birk, hat ihn von ihrem Fenster aus gesehen. Und ihn aufgrund seiner zierlichen Statur für eine Frau gehalten«, spann Garcia die Theorie weiter.

»Und Sven Jacoby hat einen Segelschein«, ergänzte Franzi das Szenario.

»Und kein Alibi!«, trumpfte Markus auf. »Denn wie es aussieht, hatte die Sandra ihn schon vorher abserviert und war also gar nicht bei ihm ... Besser noch, er hat gelogen. Er hätte ja auch ganz einfach sagen können, dass er in dieser Nacht allein zu Hause war.«

Garcia hob die Hände: »O. k., Freunde, langsam. Keine Vorverurteilung. Morgen werden wir mehr wissen. Ich hab die Hausdurchsuchung beim Staatsanwalt endlich durchgekriegt, gleich in der Früh kriegt der Jacoby unangemeldeten Besuch. Nachdem sein Hof ziemlich groß ist, kann sich das ein wenig ziehen. Aber ich hab Anweisungen gegeben, dass als Erstes Handy und Computer – soweit auf dieser Öko-Oase überhaupt vorhanden – beschlagnahmt und direkt zum Florian gebracht werden.«

Florian nickte stumm, Markus zuckte die Schultern, als wolle er zum Ausdruck bringen, dass der Fall für ihn sowieso ziemlich eindeutig war.

»Weiß man eigentlich schon was von Dolores Hartmanns Reaktion auf die Nachricht, dass ihr Gatte nicht nur ein Haldodri, sondern vermutlich ein Mörder war?«, erkundigte sich Frau Büchner.

»Ich hab sie für morgen als Zeugin vorgeladen«, entgegnete Garcia. »Bei der Gelegenheit hab ich sie informiert, bevor sie die schreckliche Nachricht aus der Presse erfahren muss. Bisher will sie es nicht wahrhaben und meint, es müsse ein Missverständnis vorliegen.«

Steffi Holtzhaus, die in ihrem Notizblock herumgeblättert hatte, fiel etwas ein: »Ah, Alexander, du hast mich doch gebeten zu checken, ob der Hartmann mit dieser Hanna Herzog schon früher mal Kontakt hatte. Is jetzt wahrscheinlich wurscht, aber ich hab eh nix g'funden.«

»Danke trotzdem.« Garcia lächelte ihr zu und erweiterte dann seinen Blick auf die gesamte Runde. »Hört mal, ich hab euch noch aus einem weiteren Grund hergebeten. Ich bin mittlerweile davon überzeugt, dass Konrad Hartmann der Jacoby das Handy entweder aus der Handtasche, nachdem diese aber nicht durchwühlt war, vermutlich ganz einfach aus der Manteltasche gezogen hat. Und da sowohl die Mordwaffe als auch das Handy bisher nicht aufgetaucht sind, nehme ich an, dass er beides auf dem Nachhauseweg kurzerhand entsorgt hat. Vermutlich haben wir keine Chance, diese Gegenstände wiederzufinden. Das mit der Garotte lässt sich anhand der Restmaterialien, die wir auf seiner Werkbank gefunden haben, ziemlich leicht rekonstruieren. Aber das Handy wär natürlich wichtig. Der Dr. Engel hat das Landeskriminalamt beauftragt, Elisa Jacobys Handydaten von ihrem Netzbetreiber zu beschaffen, aber das wird dauern. Und sollte sie beispielsweise kompromittierende Fotos mit der Handykamera gemacht haben, wären diese für immer verloren. Also, wie sieht's aus, wollen wir einen kleinen Betriebsausflug machen? Wir rekonstruieren Hartmanns Weg vom Wald nach Hause, und jeder gibt seinen Senf dazu, wo und wie er die Gegenstände wirkungsvoll entsorgt hätte.«

Garcia gab Florian ein Zeichen, und dieser startete den Laptop, den er eigens dafür vorbereitet hatte. Auf dem großen Flachbildschirm an der Stirnseite des Konferenzraums erschien die Gemeinde Birk, von Google Earth aus der Luft fotografiert. Deutlich waren die beiden Ortsteile zu erkennen, durch das Birker Waldstück getrennt und eher wie zwei eigene Dörfer wirkend. Florian zoomte näher auf den Teil nördlich des Waldes, auf Birk. Nun konnte man das Straßennetz erkennen, den Hügel, auf dem die Dorfkirche stand, etwas weiter südlich das Haus der Hartmanns, das große langgestreckte Dach des Hexenwirts östlich der Hauptstraße, die sich wie eine Hauptschlagader längs durch den Ort zog und erst vor dem Waldrand nach rechts abbog.

»Lass uns an der Stelle beginnen, an der Elisa Jacobys Leiche gefunden wurde«, wies Garcia ihn an, und Florian zoomte in den Birker Wald hinein, bis das Bild nur noch eine unscharfe grüne Fläche war. Er zoomte wieder ein wenig zurück, so dass die Isar, der Isarhochweg und der Forstweg deutlich zu erkennen waren. Was nun folgte, war ein virtueller Spaziergang der fünf Kommissare durch die Gemeinde Birk. Vom Tatort, der sich auf ziemlich gerader Linie zwischen Klinik und Marterl befand, über den Forstweg, der aus dem Wald hinausführte, vorbei an der Wachhüttn, über die Hauptstraße bis zur Goyastraße und dann den Hügel hinauf zur Hausnummer 13. Das Team redete durcheinander, und Steffi Holtzhaus hatte alle Mühe, die möglichen Orte zu notieren. Hartmann hätte die Böschung zur Isar hinunterkraxeln und die Gegenstände im Fluss entsorgen können. Vielleicht hatte er sich dabei die Schürfwunde an seiner Hand zugezogen. Natürlich war im Wald auch jedes Erdloch oder jeder Fuchsbau denkbar, die jedoch über Google Earth nicht auszumachen waren. Das würde wohl doch nur ein realer Betriebsausflug klären. Es folgten Müllcontainer, der Wertstoffhof, Baugruben – die so vermutlich gar nicht mehr aktuell waren – bis hin zu Gullydeckeln und Regentonnen.

Eine Stunde später legte Steffi Holtzhaus ihrem Chef die Liste vor. Nun galt es, Beamte abzustellen, um noch einmal gezielt diese Stellen nach Konrad Hartmanns Garotte und

Elisa Jacobys Handy abzusuchen– wobei Garcia die Chancen auf eine erfolgreiche Suche nicht besonders hoch einschätzte, denn normalerweise fanden sich solche Gegenstände direkt in den Tagen nach der Tat, oder aber sie waren längst auf irgendeiner Mülldeponie eingestampft worden. Dennoch empfand er dieses Brainstorming als wichtige Orientierungshilfe.

Als Garcia an diesem Abend auf die Straße trat, beschloss er spontan, sein Auto vor dem Präsidium stehen zu lassen und zu Fuß durch das abendliche München nach Hause zu schlendern. Sollte tatsächlich in dieser Nacht ein Einsatz stattfinden, müsste er sich eben von einem Taxi zu seinem Auto bringen lassen. Taxen gab es ja genügend am Gärtnerplatz.

Er mied die Fußgängerzone, auf der sich kurz vor Ladenschluss noch etliche Kaufwütige tummelten, und schlenderte lieber hinten herum über den Promenadeplatz, vorbei an der edelsten Hoteladresse der Stadt, dem Bayerischen Hof, vorbei an der Statue von Orlando di Lasso, der ihm immer ein wenig leidtat, weil er es stumm erdulden musste, dass er durch allerlei Bilder, Inschriften und anderen Krimskrams zu einem Michael-Jackson-Denkmal umgestaltet worden war. Er querte den hinter dem Rathaus gelegenen Marienhof und machte einen Schlenker zum Platzl, wo im Hofbräuhaus kräftig gefeiert wurde. Er überlegte, kurz einzukehren und dem Wirt Michi Hallo zu sagen oder, besser noch, dessen hübscher Frau Marlene ein Bussi auf die Wange zu drücken, aber heute Abend hatte Garcia nicht die Muße dazu. Er zermarterte sich das Hirn. Denn irgendwas war irgendwo da oben abgespeichert, ein Gedanke, eine Intuition, eine Vision vielleicht, die er gehabt hatte, die er jedoch nicht mehr zu fassen vermochte. Er wusste nicht einmal mehr, ob es ein Satz gewesen war, den er gehört hatte, oder eine Szene, ein Bild, das er gesehen hatte, jedenfalls war ihm in diesem Augenblick ein Gedanke durch den Kopf geschossen, den er jetzt ums Verrecken nicht mehr hervorholen konnte, eine Assoziation, die sich ihm nicht mehr erschloss. Und irgendwie sagte ihm sein Gefühl, dass es wichtig war.

Sie kann nicht mehr. Ihre Beine halten sie nicht mehr. Sie wird sterben. Hier. Jetzt. Nie wieder die Arme ihrer Mutter spüren. Nie wieder die Stimme ihres Vaters hören. Nie wieder. Was wird ihr letzter Gedanke sein, wenn sie stirbt? Sie will an etwas Schönes denken. Aber sie kann nicht. Und dann hört sie es. Es ist nicht der Rhythmus des Knochenmanns. Es ist keine menschliche Stimme. Es ist ein Bellen. Das Bellen eines Hundes.

Donnerstag Morgen

Um 8.45 Uhr betrat Florian Löscher schüchtern Garcias Büro, eine dicht bedruckte, mehrseitige Liste in der Hand. »Hallo Alexander«, sagte er schlicht. »Das sind die SMS-Nachrichten aus Sven Jacobys Handy von der Woche vor dem Mord bis heute. Sein Handy wurde vor einer Stunde beschlagnahmt, und ich hab mich direkt an die Auswertung der Daten gemacht: eingehende und getätigte Anrufe, Mailbox-Nachrichten, Fotos, SMS. Die meisten Nachrichten sind von oder an Sandra Stallmayr. Ab Samstag dann hat nur noch er versucht, sie zu kontaktieren, aber sie hat nie geantwortet.«

»Danke, Florian.« Garcia klopfte ihm freundschaftlich auf die Schulter. Florian lächelte kaum merkbar. »Eine interessante Nachricht hab ich noch gefunden.« Er blätterte ein wenig zurück. »Hier, die hab ich rot markiert. Datum und Uhrzeit stehen oben.«

Garcia nahm die Liste auf der aufgeschlagenen Seite entgegen und las. Er pfiff leise durch die Zähne und sah Florian anerkennend an. »Du bist ein echter Gewinn für unser Team. Tönst nicht so laut rum wie wir anderen, bist aber wirklich zuverlässig und effizient. Ich weiß das sehr zu schätzen.«

Florian schaute zu Boden, murmelte etwas in der Art wie: »Danke, ja, ich find's auch toll mit euch, ich mach dann mal weiter«, und verschwand so schnell wie er gekommen war wieder durch die Tür. Garcia sah ihm kopfschüttelnd nach und musste grinsen. Der Junge gefiel ihm zunehmend. Und tatsächlich war er ein guter Ausgleich zum lärmenden Markus. Dann blickte er wieder auf die Nachricht, die Florian rot markiert hatte. Sie war am Freitag, den 2. März, um 19.52 Uhr von Elisa Jacoby an ihren Bruder Sven Jacoby gesendet worden und lautete: »Geh jetzt los in den Wald. Treffen gegen 20.30 Uhr bei K.H.?«

Um 9.13 Uhr wurde Sven Jacoby vorläufig festgenommen. Die Hausdurchsuchung war zwar noch in vollem Gange, aber die Beamten waren bereits um sieben in der Früh angerückt und hatten diverse Dinge sichergestellt, die diese Festnahme rechtfertigten. Es handelte sich um Seile und Stricke in verschiedenen Längen und Dicken, die im Kuhstall hingen, sowie um festes Klebeband – sogenanntes Gaffa-Tape – und ein Paar Handschellen aus Edelstahl, die in Jacobys Schlafzimmerschrank gelegen hatten – zwar von einem anderen Fabrikat als das, mit dem Konrad Hartmanns Hände gefesselt gewesen waren, aber ähnlich stabil. Die Suche nach einem Elektroschocker war bisher ergebnislos verlaufen, die Beamten wühlten weiter.

Während Garcia auf das Eintreffen von Sven Jacoby und Dr. Georg Engel wartete, besprach er sich vor dem Verhörraum mit Markus und Franzi. Die SMS, die Elisa ihrem Bruder kurz vor ihrer Ermordung gesendet hatte, schien ihnen ziemlich eindeutig: Das Geschwisterpaar hatte sich abgesprochen, sich um 20.30 Uhr bei Konrad Hartmann zu treffen. Wenn Elisa und Hartmann sich tatsächlich nicht kannten, so mussten Sven und Hartmann sich wohl gekannt haben oder zumindest musste irgendeine Verbindung zwischen ihnen bestanden haben. Das konnte also auch bedeuten, dass Hartmann es zwar geschafft hatte, Elisa aus dem Weg zu räumen, dass er dann aber von Sven zu Hause überrascht und ermordet worden war. Warum, das würden sie hoffentlich bald erfahren.

Allmählich fand sich auch Garcias restliches Team vor der großen Scheibe ein, die den Blick auf das schmucklose Verhörzimmer freigab. Staatsanwalt Dr. Georg Engel erschien mit verkniffener Miene, die jedoch über seine Stimmung nichts aussagte. Er schien bester Dinge. »Ah, Herr Garcia, das geht ja Schlag auf Schlag!«, rief er mit seiner näselnden Stimme.

»Warten wir's ab«, entgegnete Garcia vorsichtig. Und dann wurde Sven Jacoby in Handschellen von zwei uniformierten Beamten in den Verhörraum geführt. Er durfte Platz nehmen, seine Handschellen wurden gelöst, und er bekam Wasser und Kaffee angeboten. Im Vorraum war es still geworden, und allmählich richteten sich alle Augenpaare auf Garcia. Dieser wandte sich Franzi zu: »Ich hätte gern, dass wir beide zunächst gemeinsam das Verhör führen. In der ersten Pause sehen wir weiter. Kommst du mit rein?«

Franzi schien einen Moment lang zu erstarren, doch dann nickte sie.

»Glückspilz«, flüsterte Markus ihr zu, und Franzi lächelte etwas gezwungen. Es war ihr klar, dass Garcia sie ins kalte Wasser werfen wollte. Immerhin hatte sie sich ja gerade im Fall Jacoby aus emotionalen Gründen falsch verhalten. Jetzt hatte sie die Gelegenheit, ihre Professionalität unter Beweis zu stellen.

Als habe er ihre Gedanken erraten, hielt Garcia inne, die Hand bereits auf der Klinke, und lächelte sie an: »Du hast deine Sache letztes Mal wirklich großartig gemacht. Ich brauch dich!«

Franzi war froh, dass Garcia sich sogleich umdrehte und den Raum betrat, denn sie spürte, dass ihre Vene pochte und sie rot anlief.

Sven Jacoby blickte müde zu ihnen auf, als sie ihm gegenüber Platz nahmen. Garcia drückte auf den Aufnahmeknopf des Tonbandgerätes.

»Guten Morgen, Herr Jacoby«, begann er. »Sie wissen, weshalb Sie hier sind?«

Jacoby schwieg, aber seine rot geränderten Augen mit den fast weißen Wimpern flackerten unruhig.

»Sie sind vorläufig festgenommen«, fuhr Garcia fort. »Das bedeutet, dass alles, was Sie uns hier gegenüber äußern, vor Gericht gegen Sie verwendet werden kann und wird. Und dass Sie das Recht haben zu schweigen. Haben Sie mich verstanden?«

Jacoby nickte müde. »Ja.«

»Gut. Dann bitte ich Sie jetzt, mir genau zu sagen, wo Sie am Freitag, den 2. März, zwischen 20 und 22 Uhr waren.«

»Zu Hause«, murmelte Jacoby. »Das wissen Sie doch.«

»Gibt es dafür Zeugen?«

Jacoby seufzte tief. »Meine Freundin Sandra Stallmayr ist gegen neun Uhr abends zu mir gekommen und bis eins geblieben. Davor war ich allein.«

Garcia sah Franzi auffordernd an. Diese übernahm: »Sandra Stallmayr hat ausgesagt, direkt nach Feierabend zu ihrer Mutter nach Hause gefahren zu sein und dort den Abend und die Nacht verbracht zu haben. Ihre Mutter, Rosina Stallmayr, hat diese Version bestätigt.«

»Sandra war bei mir. Sie ist erst heimgefahren, aber später zu mir gekommen. Und ich hab daheim auf sie gewartet. Ich war sonst nirgendwo an diesem Abend.«

»Und warum, glauben Sie, sollte Sandra uns anlügen?«, fragte Franzi weiter.

Zum ersten Mal zeigte Jacoby Zeichen von Gereiztheit: »Woher soll ich das wissen?«, rief er aus. »Sie redet ja nicht mehr mit mir!«

»Wir haben Sie bereits gefragt, wann Sie Ihre Schwester das letzte Mal gesehen haben. Würden Sie uns jetzt bitte noch sagen, wann Sie zuletzt mit ihr gesprochen haben?«, fuhr Franzi unbeirrt fort.

Jacoby fuhr sich mit den Händen über das Gesicht und rieb sich die Augen. Diese waren stark gerötet, als er wieder aufsah und leise antwortete: »Am Mittwoch, als ich mit ihr spazierengegangen bin. Wir wollten zum Wochenende hin telefonieren, aber dazu ist es nicht mehr gekommen.«

»Herr Jacoby, zur Stunde wird Ihr gesamter Hof durchsucht«, übernahm Garcia wieder. »Wir haben hier eine Liste der bisher von den Kollegen konfiszierten Gegenstände. Ich werde sie Ihnen nun vorlesen und bitte Sie jeweils um eine Stellungnahme, wozu Sie diese Dinge verwendet haben: Seile und Stricke in diversen Dicken und Längen …«

Garcia blickte Sven Jacoby auffordernd an. Dieser schüttelte den Kopf, als wolle er ihm signalisieren, dass er ihn für ziemlich bescheuert hielt.

»Die hingen im Kuhstall, Mann. Das sind Kälberstricke, die brauch ich, um die Tiere auf die Weide zu führen. Riechen Sie halt dran, die riechen eindeutig nach Rindvieh.«

Garcia überhörte den aggressiven Ton in Jacobys Stimme, denn er fand die Aufforderung daran zu riechen gar nicht so blöd. Der Strick in Hartmanns Wohnzimmer hatte jedenfalls keinen Stallgeruch ausgeströmt.

»Gaffa-Tape«, fuhr Garcia fort.

»Wo haben Sie das denn gefunden?«, fragte Jacoby. »Muss uralt sein.«

Garcia ließ ihm diese Antwort durchgehen und fuhr mit dem nächsten Posten auf seiner Liste fort: »Handschellen aus Edelstahl.«

»Für den Sex mit Sandra«, sagte Jacoby lapidar. Es schien ihm mittlerweile tatsächlich alles egal zu sein. »Die stand drauf, ans Bett gefesselt zu werden. Wissen Sie doch auch längst. Finden Sie wohl besonders spannend, was?« Dabei schaute er provozierend von Garcia zu Franzi.

»Besonders spannend finden wir eine SMS, die Ihre Schwester Ihnen am Freitag, den 2. März um 19.52 Uhr geschrieben hat«, sagte Garcia ruhig und machte eine kleine Kunstpause. Jacobys Miene verriet außer Müdigkeit gar nichts. Garcia las vor: »Geh jetzt los in den Wald. Treffen gegen 20.30 Uhr bei K. H.?«

Es entstand ein langes Schweigen.

»Ich hab die SMS erst am nächsten Tag gelesen«, sagte Jacoby schließlich leise.

»So, erst am nächsten Tag?«, fragte Garcia mit Nachdruck. »Aber Sie hatten doch regen SMS-Kontakt zur Sandra. Hatten Sie Ihr Handy da nicht ständig griffbereit, wenn Sie sie erwartet haben?«

Sven Jacoby schien über diese Frage ein wenig verwirrt. »Naja ... doch, eigentlich meistens schon«, stammelte er schließlich. »Aber ich wusste ja, dass sie noch kommt, das hatten wir am Abend zuvor so abgemacht. Ich hätte höchstens aufs Handy geschaut, wenn sie nicht gekommen wäre. Aber sie war ja pünktlich da.«

»Um wieviel Uhr, sagten Sie, war das genau?«, hakte Garcia nach.

»So um neun rum. Kurz nach neun wahrscheinlich.«

»Treffen gegen 20.30 Uhr bei K.H.«, wiederholte Garcia laut und deutlich. »Gehe ich recht in der Annahme, dass mit K.H. der Erste Bürgermeister von Birk, Konrad Hartmann, gemeint war?«

Mit der nun folgenden Reaktion hatte keiner der Anwesenden gerechnet, weder Garcia und Franzi im Verhörraum noch das restliche Team und der Staatsanwalt jenseits der Scheibe. Zur Verwunderung aller lachte der Verdächtige laut auf. Es war ein trockenes, freudloses Lachen, fast wie ein Röcheln. Allmählich wurde sein ganzer Körper von diesem Lachen geschüttelt, das immer mehr wie ein hysterischer Anfall wirkte. Das Röcheln wurde heiserer, und schließlich schüttelte sich sein Körper nur noch lautlos, lediglich ab und zu von einem erstickten Laut begleitet. Es war unheimlich, und weder Franzi noch Garcia vermochten zu beurteilen, ob er noch lachte oder mittlerweile weinte.

»Herr Jacoby«, rief Garcia eindringlich. »Bitte, Herr Jacoby, beruhigen Sie sich doch. Hier, trinken Sie einen Schluck Wasser.«

Das Schütteln ebbte langsam ab. Als Sven Jacoby endlich aufsah, war sein Gesicht stark gerötet, aber seine Augen waren trocken. Er nahm das Glas und trank es in einem Zug leer. Dann stellte er es wieder hin und fixierte mit leerem Blick irgendeinen Punkt in der Ferne. Franzi und Garcia sahen sich an, sie waren unschlüssig, ob sie das Schweigen brechen oder Sven Jacoby noch etwas Zeit geben sollten, wieder zu sich zu kommen. Er war regelrecht wie von Sinnen gewesen. Doch dann brach dieser selber das Schweigen.

»K.H.«, sagte er heiser, »K.H. ist schon lange tot. Lange, lange tot.« Dann schwieg er wieder und wirkte völlig geistesabwesend.

Franzi begriff als Erste. »Kaspar Holler«, sagte sie.

Garcia und Jacoby warfen ihr gleichzeitig einen erstaunten Blick zu. »K.H. sind die Initialen von Kaspar Holler«, fuhr sie fort. »Das Marterl im Wald. War das Ihr üblicher Treffpunkt?«

Jacoby nickte. »Ja, das war unser Treffpunkt«, sprach er mit noch immer heiserer Stimme. »Ich bin ja immer von Birk aus in den Wald und Elisa von der Riedener Seite. In der Mitte, beim Gedenkstein von Kaspar Holler, da haben wir uns immer getroffen. Wir mochten diese Stelle: keine Hochleistungsradler, keine Spaziergänger, nur wir beide und der Wald. Wir haben schon als Kinder dort immer gespielt. Damals hat uns das mit der ›ruchlosen Hand‹ Angst gemacht. Aber wir waren davon auch magisch angezogen.«

Angesichts dieser Erinnerung bekam Sven Jacobys Blick etwas geradezu Schmerzvolles. Er hatte den Menschen verloren, der ihm am meisten bedeutete – vielleicht sogar den einzigen Menschen, der ihm wirklich etwas bedeutete. Und nun saß er selbst als Verdächtiger hier. Sicher, der Tod seiner geliebten Zwillingsschwester wäre Motiv genug gewesen, deren Mörder zu töten. Aber Garcia hatte mittlerweile erhebliche Zweifel an seiner Schuld. Er ordnete eine Pause an und verließ mit Franzi den Verhörraum.

Markus fiel gleich über die beiden her: »Für alles eine Erklärung«, konstatierte er. »Die Handschellen für den Sex, die Stricke für die Kühe, Elektroschocker besitzt er keinen, K.H. ist Kaspar Holler, und Sandra lügt. Wie lange willst du den hier noch festhalten?«

Bevor Garcia etwas erwidern konnte, mischte sich Staatsanwalt Engel ein: »Wenn sich nichts Neues ergibt, soll der seine 48 Stunden hier absitzen«, äußerte er trocken. »Und ich würde Sie bitten, diese Zeit redlich zu nutzen, um jede Eventualität auszuschließen, bevor wir Herrn Jacoby wieder laufen lassen müssen – oder bevor ich ihn dem Haftrichter vorführe, je nachdem, wie es weiter verläuft.« Er schüttelte den Kopf und verzog bekümmert das Gesicht, so dass es noch viel saurer wirkte, als es von Natur aus schon war. »Ich hatte ja von Anfang an meine Zweifel, was die Hausdurchsuchung bei diesem Jacoby anging. Nun, was passiert ist, ist passiert. Aber wir sollten mit weiteren Festnahmen vorsichtig sein. Immerhin ist Ihnen ja mit Konrad Hartmann schon ein Teilerfolg gelungen, eine große Erleichterung für uns alle. Melden Sie sich bei mir, sobald Sie neue Erkenntnisse haben.«

Er drückte Garcia mit seiner Riesenpranke fest die Hand und wollte schon gehen, doch dieser hielt ihn zurück.

»Herr Dr. Engel, einen Moment noch bitte. Vielleicht können wir die 48 Stunden verkürzen. Ich denke, alles hängt jetzt davon ab, ob Herr Jacoby bezüglich seines Alibis lügt. Und dazu müssten wir seine Freundin Sandra Stallmayr als Zeugin vorladen …«

Wieder verzog Engel das Gesicht, doch dann nickte er kurz. »Ich kümmer mich gleich darum. Sie hören von mir.«

Er verschwand dann eilig um die Ecke, ohne sich die Mühe gemacht zu haben, sich vom Rest des Teams zu verabschieden. Garcia schüttelte etwas befremdet den Kopf. Er mochte die stets so unverbindliche, ja, geradezu hochnäsige Art des Staatsanwalts nicht. Gleichzeitig aber ging Engel die Dinge sehr pragmatisch und direkt an, was Garcia wiederum gefiel, da es die Zusammenarbeit erheblich vereinfachte. In gewisser Weise schätzte er den Staatsanwalt – mögen war etwas anderes.

Frau Büchner, die das ganze Verhör stocksteif und ohne eine Miene zu verziehen mit angesehen hatte, kam nun aus ihrer Ecke auf Garcia zu: »Ich soll Ihnen von Frau Stahl ausrichten, dass Dolores Hartmann in Ihrem Vorzimmer auf Sie wartet.«

»Danke, Frau Büchner. Heut ist wohl der Tag der Verhöre.« Garcia fuhr sich durch die Haare. »O. k., Leute, ich würd sagen, wir können alle wieder an unseren Arbeitsplatz zurückkehren. Sobald sich was tut, informier ich euch. Markus, schaust du bitte zwischendurch nach dem Sven Jacoby, ob er o. k. ist? Und, Franzi, du warst spitze.« Ein letztes Lächeln, und Garcia sauste um die gleiche Ecke, um die gerade schon der Staatsanwalt verschwunden war.

Dolores Hartmann sah auf fast dramatische Art herausgeputzt aus. Auf ihren langen, rötlichen Haaren, die ihr wallend über die Schultern fielen, thronte ein kleiner schwarzer Hut, eine sogenannte Pillenschachtel, von einem schwarz gepunkteten Tüllschleier umrandet, der Stirn und Augen verhüllte. Um den Hals trug sie ihr enganliegendes schwarzes Samtband, an dem mittlerweile ein silbernes Medaillon hing – vermutlich enthielt es ein Foto ihres verstorbenen Gatten. Ihr enganliegendes schwarzes Kostüm mit einem ziemlich kurzen Rock und hohen schwarzen Pumps sah wiederum durchaus sexy aus, denn Dolores Hartmann hatte noch immer schlanke lange Beine. Als Garcia sein Vorzimmer betrat, erhob sie sich von ihrem Stuhl, lüftete mit einer etwas manieriert wirkenden Geste den Schleier und schenkte ihm einen leidenden Blick. Angesichts ihrer durch einen sehr hellen Puder noch verstärkten Blässe und des auffälligen dunklen Lidschattens, der ihren hellgrünen Augen etwas Melodramatisches verlieh, durchzuckte den Kommissar der Gedanke: »Die könnte auch eine Wasserleiche in einem Stummfilm spielen.«

»Ach, Herr Garcia, es ist alles so furchtbar!«, legte sie sogleich los und strafte seinen Gedanken an einen Stummfilm Lügen. »Sie können sich gar nicht vorstellen, was das für ein Spießrutenlauf ist! Einerseits gehen mir die Nachbarn aus dem Weg und würden mich am liebsten gar nicht mehr grüßen, andererseits klingeln ständig Leute aus der Gemeinde an der Tür, angeblich zum Kondolieren. Aber die zerreißt's eigentlich bloß vor Neugier! Und dann diese Journalisten! Belagern mein Haus von morgens bis abends, die Kamera immer im Anschlag. Ich bin jetzt erstmal zu meiner Mutter gezogen, nach Wolfratshausen, aber viel besser ist es dort auch nicht ...«

Freundlich, aber bestimmt unterbrach Garcia ihren Redestrom: »Kommen Sie doch erstmal in mein Büro. Frau Stahl, wären Sie so nett, Kaffee und Wasser zu bringen? Oder nein, vielleicht doch lieber einen Tee, ich glaube das ist jetzt besser für die Nerven.«

»Wir haben nur schwarzen oder grünen Tee«, erwiderte Frau Stahl. »Aber ich glaub, Frau Büchner hat immer Kamillentee. Ich bin gleich wieder da.«

Garcia tauschte ein komplizenhaftes Lächeln mit ihr und bugsierte die laut lamentierende Frau Hartmann in sein Büro.

»Stellen Sie sich vor, diese Leute von der Presse haben doch tatsächlich die Adresse meiner Mutter herausbekommen!«, empörte diese sich weiter. »Und jetzt lauern sie dort auch! An mein Handy geh ich schon gar nicht mehr ran …«

Garcia ließ sie erst einmal weiterreden. Ihm war klar, dass sie ein Ventil für ihre Emotionen brauchte und dass sie lieber ihrem Ärger Luft machte, als ihre Trauer zuzulassen. Aber natürlich interessierte ihn dieses Thema kein bisschen. Ihn beschlich das ungute Gefühl, dass dies ein sehr langes, sehr anstrengendes Gespräch werden würde. Während Frau Hartmann schimpfte – ohne natürlich dabei jemals ein wirkliches Schimpfwort zu verwenden – überlegte Garcia, mit welcher Frage er sie wohl am besten auf die richtige Spur bringen konnte. Er entschied sich dafür, sie um den kleinen Finger zu wickeln und ihr die Würmer möglichst nebenbei aus der Nase zu ziehen, obwohl das eine ziemlich zeitaufwendige Methode war. Die erste Viertelstunde verwendete er darauf, ihr sein vollstes Verständnis entgegenzubringen. Dann nutzte er die kurze Redepause, in der Frau Stahl den Kamillentee brachte, um sie behutsam einzubremsen.

»Liebe Frau Hartmann«, begann er und versuchte dabei, möglichst viel Wärme und Empathie in seine Stimme zu legen, »Sie haben in den letzten Tagen wirklich Furchtbares erlebt. Ihr Mann ist gestorben, ermordet worden, und Sie haben ihn auch noch gefunden. Und nun mussten Sie erfahren, dass er selber vermutlich zuvor einen Mord begangen hat. Es genügt schon wesentlich weniger, um jemanden aus der Fassung zu bringen. Umso mehr bewundere ich Ihre Haltung und Ihre Energie. Aber ich bitte Sie, trinken Sie jetzt erstmal einen Schluck Tee, lehnen Sie sich zurück und entspannen Sie sich. Hier in diesem Haus wird kein Journalist der Welt Sie stören, und Ihre missgünstigen Nachbarn sind weit weg. Außerdem weiß ich über die Ereignisse der letzten Tage mehr als Sie, mich zerreißt's also nicht vor Neugier.«

Zu seinem eigenen Erstaunen wirkten seine Worte Wunder. Oder lag es etwa an Frau Büchners fabelhaftem Kamillentee? Schließlich war Frau Büchner ja auch zumeist die Ruhe in Person. Jedenfalls entspannten sich Dolores Hartmanns Gesichtszüge, sie gab ihre gerade Sitzposition auf dem äußersten Sofarand auf, lehnte sich in den grauen Bezug zurück und trank ihren Tee in kleinen Schlückchen.

»Sie haben von Ihrem Mann einiges erdulden müssen«, fuhr Garcia sanft fort und wählte seine Worte dabei bewusst schonend. »Dass er sich mit anderen Frauen getroffen hat, wussten Sie schon lang und haben sich damit abgefunden. Was Sie nun über Ihren Mann erfahren haben, rangiert in einer ganz anderen Dimension. Sie haben mir gegenüber nie erwähnt, dass er zu Aggressionen neigte, aber ich habe Sie auch nicht danach gefragt. Um in der Lage zu sein, einen Mord zu begehen, muss man sehr, sehr viel Aggression in sich tragen. Wut, Angst, Hass ...«

»Ich kenn mich aus mit Aggressionen, immerhin bin ich Ergotherapeutin«, unterbrach ihn Frau Hartmann und stellte ihre Teetasse ab. Sofort legte sich über ihr Gesicht wieder diese nervöse Anspannung. »Und ich bin mit Sicherheit nicht naiv. Ich weiß auch, was Aggressionen verursachen können, welche Art von Frust, von unausgelebter Wut ... aber der Konrad ... nun, ja, er konnte cholerisch werden. Nicht so schlimm, dass er mit Gegenständen geworfen hätte, aber er konnte manchmal ziemlich laut und ungehemmt fluchen. Trotzdem ist er mir gegenüber niemals handgreiflich geworden.«

»Sie sind eine selbstbewusste Frau mit Ehrgefühl. Wie hat Ihr Mann Sie dazu gebracht, seine Untreue zu akzeptieren?«

Sie seufzte tief. »Ich hatte keine Wahl. Der Konrad konnte ein Felsklotz sein. Manchmal ... manchmal ist es mir so vorgekommen, als kenne er das Gefühl nicht, ein schlechtes Gewissen zu haben. Und so sehr gerade ich in meinem Beruf daran arbeite, mit meinen Patienten das Thema ›schlechtes Gewissen‹ zu entzerren, so sehr ist es doch von Bedeutung, ein entsprechendes Bewusstsein zu entwickeln. Ich meine, überhaupt ein Gewissen zu haben. Konrad war der Mann ohne Gewissen …«

Garcia dachte über diesen Satz nach. Er fand ihn bemerkenswert.

Frau Hartmann fuhr fort: »Als ich das erste Mal dahinter gekommen bin, dass er mich betrügt, war ich natürlich außer mir.« Sie legte die Stirn in Falten und sah zum ersten Mal traurig aus. »Das ist mittlerweile auch schon neun oder zehn Jahre her. Das war hart damals. Nicht nur das Gefühl, betrogen zu werden, sondern auch zu merken, dass ich machtlos war. Weder mein Flehen noch meine Beschimpfungen haben ihn berührt. Ich hätte höchstens gehen können. Als ich keine Tränen mehr hatte, hat er mir in aller Ruhe erklärt, dass ich besser daran täte, bei ihm zu bleiben. Er war sogar richtig liebevoll und hat gesagt, ich würde immer die Frau an seiner Seite sein. Die anderen, die brauchte er für sein Selbstwertgefühl, um sich jünger zu fühlen, um seine Eitelkeit zu befriedigen. Mich brauchte er als Stütze. Er hat mich immer um Rat gefragt und er hat meinen Pragmatismus hoch geschätzt … Ich weiß, nicht sehr schmeichelhaft für eine Frau. Aber er fand mich auch schön und er hat sich gern mit mir in der Öffentlichkeit gezeigt. Zuhause waren wir ein funktionierendes Team. Draußen waren wir ein Paar.«

»Und das hat Ihnen genügt?«

Dolores Hartmann schien zu überlegen. Dann zog sie einige Haarnadeln von ihrem Kopf und löste den lächerlichen Hut aus seiner Verankerung. Sie nahm ihn behutsam ab, legte ihn auf das Sofa neben sich und schüttelte wie befreit ihre hellrote Mähne. Als sie Garcia anblickte, hatte sie fast etwas Wildes, zumindest aber etwas Kraftvolles, und zum ersten Mal entdeckte Garcia so etwas wie Schönheit in diesem sonst so verbitterten Antlitz. Als habe sie seine Gedanken erraten, strich sie sich sofort die Haare wieder aus dem Gesicht und fand zu ihrer geraden, ja rigiden Haltung zurück.

»Ich hab mir ein Leben aufgebaut, und das wirft man nicht einfach weg. Ich habe einen interessanten Beruf, ich tu gern Gutes, ich engagier mich, wo ich nur kann. Das gibt mir Kraft. Und ich habe einen Status, den mir der Konrad verschafft hat. Meine Mutter hat mich immer davor gewarnt, ihn zu verlassen: ›Mach dich nicht unglücklich, Kind. Täusch dich nicht, eine geschiedene Frau ist auch heute in der Gesellschaft nicht gut angesehen.‹ Das waren ihre Worte. Wissen Sie, ich finde, diese ganzen Scheidungen heutzutage schlimm. Da werfen die Menschen einfach die Flinte ins Korn, weil's wahrscheinlich bequemer ist. Aber ich bin nicht so verweichlicht. Als Kind schon hab ich beigebracht bekommen, dass Haltung wichtig ist. Jammern gab's da nicht, und die Nachbarn sollten nicht mitkriegen, was im heimischen Wohnzimmer los ist.«

Garcia nickte. Dass diese Frau die Selbstbeherrschung in die Wiege gelegt bekommen hatte, war nicht zu übersehen, und er beschloss, das für sich zu nutzen: »Jetzt können Sie es natürlich nicht mehr verhindern, dass über Sie geredet wird«, provozierte er sie. Er wusste, das würde sie treffen und sie zwingen, sich zu öffnen. »Das Einzige, was Sie vielleicht verhindern können, sind Spekulationen. Je eher wir mit Fakten aufwarten, desto weniger können sich die Leute das Maul zerreißen. Von der Presse ganz zu schweigen.«

Frau Hartmann nickte mit zusammengekniffenem Mund. In ihrer kurzen Entspannungspose hatte sie ihm wesentlich besser gefallen.

Er nahm etwas Schärfe aus seinem Ton, als er weitersprach: »Wir beide haben ja bereits ausführlich über den Tatabend miteinander geredet. Von Ihrem Telefonat um 19 Uhr, als Ihr Mann Ihnen gesagt hat, Sie sollten sich Zeit lassen, bis zu dem schrecklichen Moment, als Sie ihn gefunden haben. In der Zeit dazwischen, während Sie in der Klinik und bei Frau Schindel waren, haben sich dramatische Dinge ereignet. Ihr Mann ist in den Wald gefahren und hat dort die Grundschulrektorin Elisa Jacoby erdrosselt. Kurz darauf ist er zu Hause selber von seinem Mörder heimgesucht worden. Es klingt irrwitzig, ich weiß, aber die Indizienlage ist ziemlich eindeutig. Leider können wir nicht mehr mit Ihrem Mann reden, um ihn zu fragen, weshalb er Frau Jacoby getötet hat. Aber ich vermute, dass dieses Motiv uns auch verraten wird, weshalb Ihr Mann sterben musste. Verstehen Sie, wie ich das meine?«

»Ja, ich versteh Sie genau. Sie meinen, dass der Grund, weshalb mein Mann zum Mörder wurde, auch der Grund ist, weshalb er dann selber getötet wurde …«

Garcia nickte. »Sie haben uns gesagt, dass weder Ihr Mann noch Sie mit Elisa Jacoby zu tun hatten. Das stimmt doch?«

»Ja, natürlich stimmt das. Ich wusste freilich, wer die Frau Jacoby ist und wie sie aussieht. Ihr Foto war in der Schulbroschüre, und natürlich hab ich die bei Gelegenheit mal durchgeblättert. Aber wir sind uns nie begegnet, nicht mal beim Einkaufen. Komisch eigentlich, finden Sie nicht auch? Naja, irgendwie hatten wir wohl nicht die gleichen Zeiten.«

»Ihr Mann hat die Frau Jacoby aber wohl doch zumindest einmal persönlich getroffen. Er hat sie schließlich zu ihrer Amtseinweihung als neue Grundschuldirektorin im Rathaus empfangen.«

»Ach, wirklich? Das ist dann aber wohl lange her …« Frau Hartmanns Verwunderung klang echt.

»Zwei Jahre.«

Dolores Hartmann runzelte die Stirn. »Ich kann mich daran nicht erinnern. Es gab viele Routinetermine, von denen der Konrad mir nichts erzählt hat. Und die Grundschule war kein Thema für uns, nachdem wir ja selber keine Kinder hatten ...«

»Warum hatten Sie eigentlich keine Kinder?«, fragte Garcia spontan.

Die Antwort war knapp: »Wir wollten keine Kinder.«

»Sie auch nicht?«

Frau Hartmann verschränkte wie zur Abwehr die Arme vor der Brust: »Nein ... Zumindest nicht unbedingt. Und ... es hat sich halt nicht ergeben. Aber das find ich jetzt doch recht persönlich ...«

»Sie haben recht. Und wir schweifen ab ...« Garcia beugte sich vor und sah der Witwe in die hellgrünen Augen. »Frau Hartmann, bitte helfen Sie mir. Wenn Sie über Elisa Jacoby nichts wissen, wenn Sie am Tatabend nichts Außergewöhnliches bemerkt haben, dann denken Sie mal darüber nach, wie es in den letzten Wochen war. Die Tat, die Ihr Mann begangen hat, war mit Sicherheit geplant, vermutlich über einen längeren Zeitraum. Ist Ihnen da etwas an ihm aufgefallen, Nervosität, Angst vielleicht ...«

»Der Konrad hatte vor nichts Angst. Er hatte eher ein auf erschreckende Art unerschütterliches Selbstbewusstsein ... Aber ... es war schon was anders ...« Dolores Hartmann suchte nach den passenden Worten. »Der Konrad war gerade in den zwei, drei Wochen vor seinem Tod ... netter.«

»Netter?«

»Ja. Netter. Liebevoller. Er hat mich öfter gefragt, ob ich noch zu ihm stehe. Einmal sogar, ob ich ihn noch liebe. Das hatte ihn die letzten Jahre eigentlich nicht mehr interessiert. Manchmal kam er mir fast weich vor.«

Garcia nickte nachdenklich. »Weich werden die Menschen oft in dem Augenblick, in dem sie einen Rückschlag erleiden. Das kenn ich von mir selber. Wenn ich nicht ab und zu etwas erleben würde, das mich verunsichert, vielleicht sogar in meinen Grundfesten erschüttert, wär ich wahrscheinlich unerträglich arrogant … Wenn Ihr Mann also weicher war, verletzlicher, dann vielleicht, weil es da etwas gab, das ihn bedroht hat.«

»Schade«, sagte Frau Hartmann leise. »Ich hatte gedacht, es läge an mir.«

»Das tut mir leid«, entschuldigte sich Garcia. »So wollte ich das nicht sagen.«

»Egal. Sie haben ja recht, und tief drinnen weiß ich es auch. Der Konrad hat mich vielleicht gefragt, ob ich ihn liebe. Und gebraucht hat er mich. Aber geliebt? Nein!«

Garcia begann mit bewusst sanfter Stimme: »Frau Hartmann …«

»Lassen Sie nur, Herr Garcia. Ich brauche Ihr Mitleid nicht. Ich bin doch selber schuld, ich hab mich dafür entschieden, mein Leben an der Seite dieses Mannes zu verbringen, komme was wolle. Und ich steh zu dieser Entscheidung. Wär ja noch schöner …«

Garcia wusste nicht recht, ob diese Stärke ihm imponieren, oder ob die Frau ihm leidtun sollte. Wie viele Rückschläge musste sie eigentlich einstecken, um endlich Weichheit zulassen zu können?

»Ich würde gern noch mal auf das Bild zurückkommen, das Ihr Mann aus dem Wohnzimmer entfernt hat. Anselm Feuerbach, *Im Frühling*. Die Spurensicherung hat keine fremden Abdrücke daran gefunden und auch sonst nichts Auffälliges, was uns einen Hinweis auf die Bedeutung dieses Bildes geben könnte. Kein Geheimversteck, kein alter Brief, der irgendwo zwischen Leinwand und Rahmen steckte … Es war ein ganz normaler Kunstdruck. Das Original hängt übrigens in Kiel.«

»Ach, tatsächlich? Ich wüsste nicht … Doch, warten Sie, der Konrad hat dort sein Grundstudium in BWL absolviert. Das war lange bevor wir uns kannten, das muss mindestens zwanzig Jahre her sein.«

Es klopfte leise an der Tür. Frau Stahl übergab ihrem Chef eine Notiz, auf der stand, dass die nächste Zeugin eingetroffen war. Garcia fuhr sich seufzend durch die Haare und musterte noch einmal sein Gegenüber. Es war erstaunlich, wie Frau Hartmann sich im Laufe dieses Gesprächs verändert hatte. Ihre Gesichtszüge waren viel entspannter als zu Beginn, sie hatte immer mehr an Contenance verloren und an Lebendigkeit gewonnen. Nun saß da keine Wasserleiche mehr, sondern eine Frau aus Fleisch und Blut. Eine sehr unglückliche Frau.

Er lächelte sie an: »Ich denke, ich habe Sie heute genug strapaziert. Ich danke Ihnen sehr, dass Sie sich mit mir um eine Annäherung an die Wahrheit bemüht haben. Wenn Sie möchten, können Sie jetzt nach Hause gehen.«

Fast mechanisch nahm Dolores Hartmann ihre Pillenschachtel vom Sofa, nestelte die Haarnadeln aus ihrer Handtasche und befestigte den Hut mit geübten Handgriffen wieder auf ihrer Kopfmitte. Mit einem Ruck zog sie den Schleier vor die Augen und erhob sich. Die sofortige Verwandlung war erstaunlich. Nun war sie wieder die Unnahbare, und Hut und Kostüm halfen ihr offensichtlich dabei, die äußere Haltung zu wahren. Und diese Haltung wiederum half ihr, unter der Last der schrecklichen Geschehnisse nicht zusammenzubrechen. Sie hatte immer schon gelernt zu funktionieren, und genau das tat sie auch jetzt. Sie reichte Garcia eine rigide Hand und ging dann steifen Schrittes zur Tür. Im Türrahmen drehte sie sich noch einmal zu ihm um, hob den Schleier und blickte ihn aus ihren hellgrünen Augen ernst an: »Manchmal ist es nicht unbedingt hilfreich, das Innere nach außen zu kehren, wenn man daran nicht zerbrechen will«, sagte sie. Dann ließ sie den Schleier wieder fallen und entschwand seinem Blick.

Donnerstag Mittag

»Mein Königreich für eine Verfolgungsjagd!« Garcia steckte seinen Kopf in Markus und Florians Büro. Florians Platz war noch leer, Markus hockte auf seinem Schreibtisch, die Füße auf dem Drehstuhl, und unterhielt sich angeregt mit Franzi, die mit verschränkten Armen vor ihm stand. Diesmal versetzte es Garcia keinen Stich, die beiden zusammen zu sehen.

»Wie bitte?«, fragte Markus verwirrt.

»Ach, ihr wisst schon, so ein Showdown wie in den amerikanischen Filmen. So was bräucht ich jetzt. Warum muss ich den ganzen Tag im Präsidium von Zimmer zu Zimmer gehen und mit Leuten reden?«

»Weil du Beamter bist und nicht Tom Cruise«, konterte Franzi mitleidlos.

»Aber wenigstens wartet jetzt eine wirklich scharfe Braut auf dich«, grinste Markus.

»Und blond ist sie auch noch«, fügte Franzi spitz hinzu. »Wir hatten soeben das Vergnügen, Sandra Stallmayr ins kleine Konferenzzimmer zu geleiten.«

Garcia fuhr sich durch die Haare. Dass er Blondinen nicht immer bevorzugte, musste er bei Gelegenheit in Franzis Gegenwart platzieren, aber jetzt wäre es wohl zu plump gewesen.

»Deine Hellseherin hat sich übrigens gemeldet«, fuhr Franzi weiterhin schnippisch fort. »Sie lässt ausrichten, dass sie heute den ganzen Tag zu Hause ist. Welche Haarfarbe hat die eigentlich?«

Garcia verdrehte die Augen. »Der Beamte macht sich jetzt auf zum nächsten Verhör. Seid froh, dass ihr euch den ganzen Schmarrn sparen könnt!«

Nachdem er die Tür ziemlich geräuschvoll hinter sich geschlossen hatte, meinte Markus: »Oh, der ist ja wirklich ganz schön genervt!«

»Ich hätte vielleicht netter sein sollen«, überlegte Franzi.

Markus sah sie an: »Ja, du lässt ihm gegenüber ganz schön oft Spitzen ab. Warum eigentlich?«

Franzi zuckte nur mit den Schultern und fühlte, wie ihre Vene dabei pochte.

Auf den ersten Blick sah Sandra Stallmayr wieder einmal blendend aus. Über ihren Leggings trug sie ein enganliegendes schwarzes Paillettenkleid, in dem sie eher aussah, als befände sie sich auf einem Cocktailempfang und nicht in einem nüchternen Raum des Polizeipräsidiums. Die langen blonden Haare hatte sie locker hochgesteckt, ein paar Strähnen fielen ihr wie zufällig ins Gesicht. Sie betrachtete gelangweilt ihre manikürten Nägel und schlug lasziv ein Bein über das andere, als Garcia eintrat. Dieser lehnte sich ans Fensterbrett, er konnte einfach nicht mehr still sitzen.

»Hallo Sandra«, begann er. »Ich habe heute schon viel geredet und wenig erfahren. Jetzt würd ich es gern mal umgekehrt machen: Sie reden.«

»O. k.«, antwortete sie cool. »Worüber?«

»Über Freitagnacht.«

»Ach, schon wieder?«, fragte sie mit einem unschuldigen Augenaufschlag. »Ich war zu Hause, das wissen Sie ja. Aber ich kann Ihnen natürlich den Abend genauer schildern. Vorausgesetzt, Sie interessieren sich für Shakespeare.«

Garcia atmete tief durch. Ihm gefiel dieses lässige Posieren nicht, und etwas sagte ihm, dass das alles nur eine aufgesetzte Masche war. Außerdem war seine Geduld für diesen Tag erschöpft. Er löste sich vom Fensterbrett, ging zu Sandras Platz, stützte sich auf die Tischplatte und sah ihr direkt in die Augen.

»Wie alt sind Sie?«

»Achtzehn«, erwiderte sie kühl.

»Achtzehn. Gut, Sie sind also volljährig. Das heißt, Sie tragen die volle Verantwortung für Ihr Tun. Das ist Ihnen bewusst?«

»Jaaa«, antwortete sie gedehnt.

Garcia nickte. Sie wollte also die Gelangweilte spielen. Gut, dann würde er sich eben auf ihr Spiel einlassen. Aber nach seinen Regeln. Er wählte bewusst einen Plauderton: »Sandra, Sie geben sich jede erdenkliche Mühe, alles Kindliche auszuschalten. Sie wollen eine Dame sein. Sie wollen raus aus diesem gottverdammten Kuhkaff, und Sie wollen es der Welt zeigen. Sandra Stallmayr wird einmal ein gefeierter Kinostar werden. Wie heißen Sie mit zweitem Vornamen?«

Sandra klang ein wenig verwundert: »Nathalie! Aber warum wollen Sie das wissen?«

»Nathalie …« Garcia tat so, als denke er nach. »Hmmm, Nathalie … machen wir Natalia draus. Sie werden dann natürlich nicht mehr Sandra Stallmayr heißen, es soll ja nichts daran erinnern, dass Sie die Sandra aus dem Hexenwirt sind. Alexandra Natalia, das klingt doch schon viel besser.«

Sandra hatte ihm zunächst mit wachsendem Erstaunen zugehört. Nun flüchtete sie sich wieder in ihre lässige Haltung: »Was soll das werden, wenn's fertig ist?«

Garcia machte unbeirrt weiter: »Birk? Wo war das gleich wieder? Der Hexenwirt? Nie gehört. Sven wer? Jacoby? Der Typ, der im Knast schmort? Ich glaub, über den hab ich mal was gelesen. Oder auch nicht. Egal, Hauptsache mein Foto ist in der *Gala*, im Großformat, und Paris Hilton ist meine beste Freundin.«

Sandra verdrehte die Augen: »O Mann, Sie halten mich ja wirklich für bescheuert. Ich will Theaterschauspielerin werden und nicht so ein hohles It-Girl.«

»Na, das ist doch die erste gute Nachricht des Tages. Wenn Sie wirklich Format haben, dann springen Sie jetzt über Ihren Schatten und sagen Sie mir ganz einfach die Wahrheit über Freitagnacht. Ich hab nämlich noch anderes zu tun, als hier mit Ihnen Komödie zu spielen, zumal ich mit Sicherheit wesentlich weniger dafür begabt bin als Sie. Also, Sandra, beginnen wir doch noch mal von vorn: Ich werde mich jetzt hier hinsetzen, und Sie erzählen mir, wie es wirklich war. Ganz unemotional, wie Sie das so gut können.«

»Scheiße!«

»O. k., Scheiße. Und weiter?«

Sandra fuhr sich mit der Hand durch die Haare und zerfledderte dabei ihre so sorgsam hingestylte Frisur. »Der Sven ...«, begann sie zögerlich. »Der Sven ist ... der Sven ist ein bescheuerter Biobauer, ein Mistkübelentleerer, ein Kuhflüsterer. Der Sven liegt nicht auf meinem Weg nach Hollywood, wie Sie es ausdrücken würden. Aber ... oh, Scheiße, echt.«

»Das sagten Sie bereits.« Garcia wusste, dass er sie geknackt hatte. »Sie sind in den Sven verliebt, hab ich recht?«

»Nein!« Sandra nestelte nun sichtlich nervös an ihrer langen Halskette herum und klang bei Weitem nicht mehr so cool. »Also, jetzt jedenfalls nicht mehr, nachdem dieser Wichser ... Also ...«

»Erzählen Sie mir einfach, was passiert ist.«

Garcia merkte, dass es Sandra unglaubliche Überwindung kostete, mit der Wahrheit herauszurücken. Aber er wusste auch, dass er ihr das, was jetzt kommen würde, glauben konnte.

»Also«, begann sie zögerlich. »Also, ich hatte mich tatsächlich in den verknallt. Voll ätzend, ich weiß. Erst fand ich's ja auch nur ganz spannend, dass der so auf mich steht. Der ist voll auf meinen Körper abgefahren, und der war halt nicht so'n Kleinkind wie der Chrissi und die anderen Jungs aus dem Dorf. Aber dann ... dann hab ich doch immer öfter an den gedacht. Der Sven ist ... der war nicht einfach nur ... da ... da war noch was anderes. An den bin ich einfach nicht so richtig rangekommen, obwohl der so auf mich stand und ... naja, irgendwie fand ich das voll spannend. Gerade weil ich mir bei dem nicht so sicher war wie bei den anderen. Irgendwie hatte er's raus, mich bei der Stange zu halten ...«

In Sandras Dekolleté zeichneten sich nervös bedingte rote Flecken ab. Sie war sich dessen bewusst, vermutlich reagierte sie bei Aufregung öfter so, denn sie versuchte immer wieder, den Ausschnitt ihres Kleides höherzuziehen.

Garcia hakte nach: »Sie waren also in ihn verliebt. Ist das denn wirklich so schlimm?«

»Ja!«, schrie sie ihn an. »Ich hab mich selbst dafür gehasst. Ich will von nichts und niemandem abhängig sein, das hab ich mir geschworen. Ich werd nicht so enden wie meine peinliche Mutter, die sich von einem Säufer hat schwängern lassen und es nie geschafft hat, ihn zu verlassen, obwohl er sie geschlagen hat. Nein, der musste auch noch mit einer anderen durchbrennen, und dann hat sie ihm nächtelang nachgeheult. Ich hab mir damals geschworen, dass ich nie wegen einem Mann heulen werde ... Ich wollte vom Sven loskommen, aber ich hab's nicht geschafft. Eigentlich wollte ich, dass der mich vergöttert, so wie die anderen. Ich hab alles versucht, ich dachte, wenn ich ihn so weit hab, dass der in mich verliebt ist, dann verlier ich vielleicht das Interesse, dann kann ich ihn endlich vergessen. Aber ... ich hab ihn nicht geknackt, obwohl wir geilen Sex hatten. Irgendwas hat immer gefehlt, von seiner Seite aus, und ich wollte wohl rauskriegen, was. Ja, und am Freitag in der Nacht, da hab ich es dann rausgekriegt. Es ... es war so ... so beschissen! Es war einfach das Allerletzte ...«

In Erinnerung daran schlug sie kurz die Hände vors Gesicht und rieb sich die Augen. Als sie wieder aufsah, war das Schwarz ihrer Wimperntusche über ihre Wangen verteilt. Mit dem zerzausten Haar und den roten Flecken sah sie wirklich desolat aus.

»Stellen Sie sich vor: Wir haben gepoppt, und in dem Moment, als … naja, als er halt gekommen ist, da hat er ›Elisa‹ gestöhnt. ›Elisa, Elisa, Elisa‹.«

Die Art, in der Sandra das nachstöhnte, war beeindruckend, und Garcia hätte ihr gern gesagt, dass sie bestimmt eine gute Schauspielerin werden würde, wäre das in dieser Situation nicht so zynisch gewesen.

»Seine eigene Schwester«, murmelte er stattdessen gedankenverloren.

»Ja, seine eigene Schwester! In die war er verliebt, deswegen konnte er sich nicht in mich verlieben! Er hat immer nur an sie gedacht, während er mit mir gepoppt hat. Zum Kotzen! Und er hat es nicht mal gemerkt, dass er beim Orgasmus ›Elisa‹ stöhnt! Ich bin aufgesprungen und rausgerannt, aber er ist einfach liegen geblieben, so voll befriedigt, und hat sich gewundert, warum ich so schnell abhaue. Der Wichser! Er hat mich nur benutzt wie eine Sexpuppe, weil er's nicht mit seiner Schwester treiben konnte! Aber ich sag Ihnen was: Sowas lass ich nicht mit mir machen! Und wenn ich in den verknallt war, scheißegal, dann reiß ich mir den Typen eben mit Gewalt aus dem Herzen!«

Garcia war hin- und hergerissen zwischen Mitleid mit diesem Mädchen, das mit aller Macht gegen die eigenen Gefühle ankämpfte, weil es solche Angst hatte, verletzt zu werden, und zwischen Bewunderung seiner Stärke.

»Ja, das glaube ich Ihnen, dass Sie in der Lage sind, sich einen Mann aus dem Herzen zu reißen«, meinte er. »Und dass es Ihnen Genugtuung verschafft hat, sein Alibi nicht zu bestätigen und ihn hängen zu lassen. Würden Sie mir noch verraten, von wann bis wann Sie am Freitag bei Sven Jacoby waren?«

Sandra schien sich ein wenig gefangen zu haben. Sie wischte sich die Wimperntusche von den Wangen und sprach mit ruhigerer Stimme weiter: »Ich bin so um dreiviertel sieben abends von der Arbeit heimgekommen. Dann hab ich ein bisschen meine Texte deklamiert, aber eigentlich wollte ich so schnell wie möglich zum Sven. Mit meiner Mutter hab ich pro forma nen Streit vom Zaun gebrochen, damit sie mich in Ruhe lässt. Mich nervt ihr doofes Genörgel, wenn ich noch zum Sven fahr, und außerdem geht es sie nichts an. Sie war unten in der Gaststube und hat gar nicht gemerkt, dass ich noch weggefahren bin. So hab ich das meistens gemacht, die hat ja keine Ahnung, wie oft ich bei ihm war ... Kurz vor neun bin ich abgehauen, ich war also spätestens um Viertel nach neun bei ihm.«

»Wo war er, als Sie gekommen sind? Hatten Sie den Eindruck, dass er zuvor weg gewesen war, sah er irgendwie abgehetzt aus?«

»Nein, gar nicht. Er war im Stall bei seinen Kühen. Boah, da hat's immer so gestunken, und der ganze Typ hat nach den Viechern gerochen ...« Sandra wagte ein kleines Lächeln, aber es sah eher kläglich aus. »Sogar das hab ich irgendwann sexy an ihm gefunden. Ich bin eben doch genauso doof wie meine Mutter ... Egal, er war jedenfalls ganz entspannt und hat sich gefreut, mich zu sehen, er hat mich gleich umarmt und so, aber dann ...«

»Ja, dann ...« Garcia nickte. »Können Sie mir sagen, wann Sie dann so überstürzt abgehauen sind?«

»Ich hab erst im Auto auf die Uhr geschaut. Da war's kurz nach eins ... Ich bin brutal gedüst und ich hab mir geschworen, dass der mich nie wieder sieht. Aber geflennt hab ich nicht!«

Es entstand eine kurze Pause. Garcia hatte endlich alle

Informationen, die er brauchte, und Sandra hatte ihrem Ex-Liebhaber – vielleicht sogar gegen ihren Willen – soeben einen großen Dienst erwiesen. Er betrachtete nachdenklich das kämpferische Mädchen.

»Kann ich jetzt endlich gehen?«, fragte Sandra schließlich leise.

Sie sah erschöpft aus. Garcia reichte ihr die Hand. »Danke, Sandra«, sagte er ernst. »Und auch wenn Sie auf meinen väterlichen Rat pfeifen: Werden Sie nicht zu hart gegen sich selbst und gegen Ihre Mitmenschen. Ich weiß, wovon ich rede.«

Und dann geschah etwas ganz und gar Unerwartetes. Sandra beugte sich vor und küsste den Kommissar auf den Mund. Ihre feuchten Lippen verharrten einen Moment auf seinen, gerade so lang, dass er ihre Weichheit und Wärme spüren konnte. Er spürte sie auch noch, lange nachdem Sandra den Raum verlassen hatte. So hatte sich bisher noch keine Zeugin von ihm verabschiedet. Schließlich grinste er kopfschüttelnd. Er war zwar nur ein Beamter, aber auch Verhöre konnten durchaus ihre angenehmen Seiten haben.

Gleich nachdem Garcia seine Kollegen über das Ergebnis der Zeugenaussagen von Dolores Hartmann und Sandra Stallmayr in Kenntnis gesetzt hatte, erbat er vom Staatsanwalt die Freilassung von Sven Jacoby. Dr. Georg Engel war nicht sehr beglückt darüber. Er hatte gehofft, mit der vorläufigen Festnahme seien sie der Lösung des Falles näher gerückt, doch momentan schienen sie keinerlei heiße Spur zu haben. Sein Ton war noch ein wenig trockener als sonst, als er Garcia mitteilte, er erwarte einen wirklich begründeten Tatverdacht, bevor er weitere Festnahmen im Mordfall Konrad Hartmann beim Richter beantragen würde.

Dieses Gespräch, gepaart mit einer inneren Unruhe, bewirkte, dass Garcia sich entschloss, an diesem Nachmittag ein weiteres Mal nach Birk zu fahren, um die noch ausstehenden Zeugenaussagen lieber persönlich vorzunehmen. Er bot Sven Jacoby an, ihn mit dem Auto nach Hause zu fahren, und zu seiner Überraschung nahm dieser an.

Donnerstag Nachmittag

Der erste Teil der Fahrt durch die Stadt verlief schweigend. Garcia empfand Sven Jacobys direkte Nähe auf dem Beifahrersitz als unangenehm. Der ganze Mann blieb ihm auf seltsame Weise fremd, obwohl er doch einen wirklich tiefen Einblick in sein Privatleben bekommen hatte. Erst als sie den Harras, diesen unschönen, verkehrsreichen Platz oberhalb des Sendlinger Hügels, passierten, brach Garcia das Schweigen durch eine unverfängliche Plänkelei.

»Eigentlich schöne Häuserfassaden hier … sieht man nur kaum, bei dem vielen Verkehr.«

»Ich mag die Stadt nicht«, antwortete Sven Jacoby wortkarg.

»Mir geht's genau umgekehrt, ich glaub nicht, dass ich je auf dem Land leben könnte.«

Nachdem Sven Jacoby darauf nichts erwiderte, versuchte Garcia es erneut. Nicht dass er besonders große Lust auf eine Konversation gehabt hätte, aber irgendwie lag es ihm am Herzen, Sven Jacoby zumindest unterschwellig mitzuteilen, dass er ihm das mit der Festnahme gern erspart hätte – vor allem angesichts der offensichtlichen tiefen Trauer dieses Mannes.

»Ich hab mich gewundert, dass Sie bei mir mitfahren. Ich hätte gedacht, Sie wollen mit der Polizei gar nichts mehr zu tun haben.«

»Es ist mir ganz egal«, brummte Sven Jacoby und sah dabei ostentativ aus dem Fenster auf seiner Seite. »Ich will nur so schnell wie möglich zu meinen Tieren. Sie brauchen mich.« Nach einer Weile setzte er hinzu: »Zum Glück hat Sandra Vernunft angenommen.«

Garcia hoffte, er würde ihn nicht danach fragen, weshalb Sandra ihn zuvor so hineingeritten hatte. Jacoby schwieg mindestens zehn Minuten lang, und Garcia hatte sich innerlich schon entspannt, da kam die befürchtete Frage doch noch: »Warum hat sie das eigentlich gemacht? Ich meine, erst den Kontakt zu mir abgebrochen und jetzt doch die Wahrheit gesagt?«

»Sie war wohl zunächst sauer auf Sie«, erwiderte Garcia vorsichtig. »Fragen Sie sie am besten selbst nach dem Grund. Vielleicht ist sie ja jetzt wieder bereit, mit Ihnen zu reden. Ich glaube, sie mag Sie sehr.«

Sven Jacoby schwieg und schaute wieder aus dem Fenster auf die Felder, die den Übergang von der Stadt zum Land so deutlich machten. Auch Garcia betrachtete diese Landschaft, die Ödnis der Felder, die schon bei seiner allerersten Fahrt nach Birk so trostlos auf ihn gewirkt hatten. Zwar schien heute die Sonne darauf, aber noch immer waren es karge, braune Äcker. Wie viel Zeit die Natur sich doch ließ, nach dem langen Winter, bevor sie ihr erstes Grün zeigte! Doch etwas hatte sich in Garcias Wahrnehmung verändert: Was vorher gesichtslose Flächen für ihn gewesen waren, kam ihm nun fast vor wie alte Bekannte. Wie oft war er in der letzten Woche diese Strecke gefahren? Und wie oft würde er sie wohl noch fahren?

Das Gespräch lebte nicht wieder auf, und zum Abschied brummte Sven Jacoby nur ein »Danke fürs Mitnehmen« und ging langsamen Schrittes auf sein Haus zu. Sein Hund kam ihm freudig bellend entgegen und sprang an ihm hoch. Jacoby streichelte liebevoll das hässliche Tier. Garcia wunderte sich, dass er seinen Hund frei herumlaufen ließ, schließlich schien dieser ja nicht davor zurückzuschrecken, fremde Menschen anzufallen. Er wendete den Wagen und sah den

Mann im Rückspiegel immer kleiner werden, eine einsame, traurige, unendlich verlorene Gestalt.

Das Mehrfamilienhaus in der Goyastraße 1 war schmucklos und grau. Es befand sich am Fuße des Hügels, der sich hinauf zum Haus der Hartmanns schlängelte, wobei das Haus des Bürgermeisters von hier aus nicht zu sehen war. Garcia blickte die graue Fassade entlang und winkte zu einer Gestalt hinauf, die im dritten Stock aus dem Fenster sah. Dann studierte er die Namen auf den Klingelschildern und läutete schließlich bei Meixner. Es kam ihm vor wie eine halbe Ewigkeit, bis endlich der Türöffner summte. Er ignorierte den Aufzug und lief zu Fuß in den dritten Stock, immer zwei Stufen auf einmal nehmend. Vor Frau Meixners Tür blieb er stehen und klopfte. Er sah, dass sich der Türspion verdunkelte und wartete ungeduldig, bis der Schlüssel von innen gedreht wurde. Die Türe öffnete sich nur einen Spalt, gehalten von einer Kette.

Im Türspalt erschien das runzlige Gesicht einer alten Frau. »Ja, bitte?«, fragte sie mit krächzender Stimme.

»Alexander Garcia von der Kripo München. Ich hab Sie vorhin angerufen.«

»Ihren Ausweis, bitte.«

Garcia nestelte seinen Ausweis hervor und hielt ihn der Dame durch den Türspalt hin. Endlich schloss sich die Türe wieder, um sich gleich darauf ganz zu öffnen. Frau Meixner war angezogen, als herrsche in ihrer Wohnung tiefster Winter. Über ihrem Wollpulli trug sie noch eine dicke graue Wolljacke, und seltsamerweise steckten ihre Füße in modischen dunkellila Ugg-Boots, genau die gleichen, die Greta hatte und die Garcia so fürchterlich unweiblich fand. Das Gesicht der alten Dame war sehr faltig und von Altersflecken übersät, und auf ihrem von spärlichem grauem Haar bedeckten Kopf hatte sich an mehreren Stellen Schorf gebildet. In der dunklen Wohnung roch es muffig wie oft in Wohnungen alter Menschen – eine Mischung aus modrigen Teppichen, ungewaschenen Kleidern und Dosenravioli. Garcia bekam einen unangenehmen Eindruck davon, was Altsein bedeuten konnte. Es roch nach Armut, Einsamkeit und Siechtum.

Frau Meixner reichte Garcia eine knochige, eiskalte Hand. »Sie müssen entschuldigen, ich bin nicht dazu gekommen, aufzuräumen.«

In der Tat stapelten sich überall alte Zeitungen und staubige Bücher, und Garcia wäre beinahe über einen Wäschekorb gestolpert, der mit allerlei Krempel angefüllt war und mitten im Flur stand. Die alte Dame ging voraus in das höchstens acht Quadratmeter messende Wohnzimmer, auch dieses dunkel und muffig. Durch die halb zugezogenen Gardinen, die einen auffälligen Graustich hatten, mogelten sich ein paar Lichtstrahlen und ließen den Staub in der Luft tanzen. Einen Moment wurde Garcia fast übel. »Nur schnell wieder raus hier«, dachte er. Daher lehnte er auch den ihm angebotenen braunen Cordsessel ab und ging geradewegs zum Fenster, das den Blick auf die Goyastraße freigab. Auf dem Fensterbrett lag ein völlig zerschlissenes Kissen, davor stand ein Rollstuhl.

»Da sitz ich immer und schau raus. Ich kann ja nicht immer nur fernsehen. Obwohl die gute Programme haben, vor allem die Volksmusiksendungen. Das sind noch saubere Leut, die haben echte Werte. Bei denen ist die Welt noch in Ordnung. Nicht so wie bei uns«, krächzte Frau Meixner.

»Da haben Sie recht. Patrick Lindner ist ja auch ein vorbildlicher Vater. Schade nur, dass er sich von seinem Freund getrennt hat.« Irgendwo hatte Garcia mal was in der Richtung gelesen und er konnte sich diesen Kommentar einfach nicht verkneifen. Aber Frau Meixner schien sich nicht daran zu stoßen.

»Sie sagen S'. Ich hab sogar das Patrick-Lindner- Topfset. Warten S', ich hol's schnell.«

Garcia hielt sie zurück. »Danke, Frau Meixner, sehr nett, aber das seh ich mir dann vielleicht ein andermal an. Ich hab eigentlich nur eine Frage an Sie: Diese Person im Wintermantel, die Sie am Freitagabend den Hügel hinauf haben gehen sehen. Können Sie mir die näher beschreiben?«

»Naja, lange blonde Haar hat's halt gehabt.«

»Was? Ich dachte, sie trug eine Mütze, und Sie haben nur eine Gestalt erkannt, mehr nicht.«

»Ja, an dem Abend schon. Aber ich hab die ja schon mal da entlanglaufen sehen, und da hat sie keine Mütze aufgehabt. Lange blonde Haar hat's gehabt, das weiß ich sicher. Die würd ich sofort wiedererkennen.«

»Konnten Sie denn ihr Gesicht sehen?«

»Sie stehen doch selber da, schauen S' halt raus. Natürlich nicht.«

»Kannten Sie die Frau etwa?«

»Naa, sonst hätt ich's der Polizei schon gesagt. Die hat hier nicht gewohnt, das weiß ich ganz bestimmt.«

Garcia fragte sich, ob Frau Meixner vielleicht schon ein wenig senil war.

»Und wieso sind Sie sich dann so sicher, dass Sie sie schon mal gesehen haben?«, hakte er geduldig nach.

»Ach, wissen S', wenn man so jahrein, jahraus am Fenster sitzt, da entwickelt man ganz eigene Fähigkeiten. So eine Art siebten Sinn.«

»Sechsten Sinn«, korrigierte Garcia sie automatisch.

»Naa, naa«, Frau Meixner schüttelte den Kopf, »ich mein schon den siebten Sinn. Haben S' mal drauf geachtet, wie die Menschen gehen? Jeder hat seinen ganz eigenen Rhythmus. Kein Mensch geht wie der andere. Und die Frau, die ich da gesehen hab, die hat auch ihre eigene Gangart. Ich könnt's jetzt nicht beschreiben, aber schicken S' mir da unten hundert Leute vorbei, ich werd sie sofort an ihrer Art zu gehen erkennen.«

»Mit Ihren vielen Sinnen sollten Sie ernsthaft überlegen, bei der Polizei anzuheuern«, lächelte Garcia.

»Um Himmels willen, des hätt mir grad noch gefehlt«, rief Frau Meixner, aber es klang durchaus geschmeichelt.

»Wissen Sie denn noch, wann das war, als Sie die Frau das erste Mal gesehen haben?«

»Sie stellen Fragen! Woher soll ich das denn noch wissen. Für mich ist doch jeder Tag wie der andere ...« Sie überlegte eine Weile. »Also, zwei, drei Wochen ist's auf alle Fälle her.«

»Zwei, drei Wochen«, murmelte der Kommissar nachdenklich. Dann reichte er ihr seine Visitenkarte. »Frau Meixner, sollten Sie sich doch noch an das genaue Datum erinnern, rufen Sie mich einfach an. Ansonsten danke ich Ihnen sehr, dass Sie sich bei der Polizei gemeldet haben. Genau auf solche Menschen wie Sie sind wir angewiesen.«

Die alte Dame strahlte über das ganze Gesicht, als sie ihm ihre kalte, knochige Hand reichte.

Als Garcia wieder auf der Straße war, holte er tief Luft. Die Stimmung in dieser Wohnung war bedrückend gewesen, und er hatte das dringende Bedürfnis, sich die Hände zu waschen. Er hatte das Gefühl, dass sogar seine Klamotten in dieser kurzen Zeit den muffigen Geruch der Wohnung angenommen hatten.

Anna Boenstedt schien sich zu freuen, Garcia wiederzusehen. Sie begrüßte den Kommissar herzlich und brühte ihm ungefragt einen Tee auf. Er bat sie, noch einmal Elisa Jacobys Wohnung in Augenschein nehmen zu dürfen. Gemeinsam gingen sie hinauf.

Auf den ersten Blick sah die Wohnung genau so aus, wie Garcia sie in Erinnerung hatte. Wieder drängte sich ihm der

Gedanke an eine Puppenstube auf. Aber etwas hatte sich verändert. In der Mitte des Wohnzimmers stand ein Stuhl vor einem einfachen Notenpult aus Metall. Doch das war es nicht, was das liebliche Ambiente der Wohnung irgendwie störte. Erst auf den zweiten Blick fiel Garcia auf, dass der ovale Spiegel, der an der Wand hing und den Garcia noch als weiß gerahmt in Erinnerung hatte, mit einem schwarzen Tuch verhängt worden war.

»Haben Sie das getan?«, fragte Garcia.

Frau Boenstedt schüttelte den Kopf. »Das war die Hanna. Ich denke, er hat sie beim Üben gestört.«

Garcia ging zu dem Spiegel, nahm vorsichtig das schwarze Samttuch ab und setzte sich dann auf den Stuhl vor dem Pult. Doch wie er sich auch drehte und wendete – er konnte keine einzige seiner Bewegungen im Spiegel wahrnehmen. Nachdenklich blätterte er in dem Notenheft, das auf dem Pult las. Er hätte Franz Schubert erwartet, aber es war etwas ganz anderes, von einem gewissen Peter Ruzicka. Laut las Garcia den Titel des Werks: »Nachtstück (– aufgegebenes Werk)«

Anna Boenstedt lachte wieder einmal ihr nach innen gekehrtes Lachen.

»Ja, der hat ganz wunderbare Titel und komponiert ganz wunderbare Musik. Die Hanna hofft, bald so weit zu sein, dass sie wieder auf die Bühne kann.«

»Sie haben sie gern, nicht wahr?«

Die Hellseherin lächelte still.

Garcia erhob sich. »Spielt sie auch noch dieses andere Stück, *Der Tod und das Mädchen*?«

»Ja. Ich höre es jeden Abend«, sagte Frau Boenstedt und dann, ganz leise: »Es bricht mir das Herz.«

Garcia stellte sich vor sie und blickte ihr forschend ins Gesicht: »Sie, die doch alles zu wissen scheinen, was können Sie mir darüber sagen?«

Als sei das eine Antwort auf seine Frage, meinte Frau Boenstedt unvermittelt: »Kommen Sie doch mal heute Abend mit ins Konzert!«

»Ich?«

»Ja. Die Hanna hat mir zwei Karten für die Philharmonie geschenkt. Sie selbst kann noch nicht mitspielen. Aber Sie sollten sich das Konzert anhören.«

»Ich?«, fragte Garcia abermals.

»Ja, mein Lieber, Sie!«

Er fuhr sich durch die Haare. »Wissen Sie, wie viel ich heute schon gesessen bin? Und dann … ich fürchte, ich hab's nicht so mit klassischer Musik. Oder spielen die etwa den *Tod und das Mädchen*?«

»Nein. Den *Bolero* von Ravel. Der gefällt sogar Kindern. Ah, aber Sie wollen nicht mit so einer verrückten alten Schachtel ausgehen … Wissen Sie was? Ich schenk Ihnen beide Karten. Damit können Sie der Dame Ihres Herzens bestimmt imponieren.«

Garcia blickte in die wachen, klugen Augen dieser Frau und zögerte einen Augenblick. Das Angebot war in der Tat verlockend. Doch dann lächelte er sie charmant an, und diesmal hatte sein Lächeln nichts Einstudiertes. »Sie sind überhaupt keine alte Schachtel … Verrückt schon eher … Jedenfalls wäre es mir ein Vergnügen, heute Abend mit Ihnen da hinzugehen.«

»Fein. Ich warte um Viertel vor acht auf Sie an der Abendkasse in der Philharmonie. Sie wissen wohl hoffentlich, wo das ist? Im Gasteig Kulturzentrum.«

Garcia musste lachen. Offensichtlich traute sie ihm in Bezug auf Kultur nicht sehr viel zu.

Er fuhr nicht zurück ins Präsidium. Auf dem Weg nach München hinein telefonierte er mit Dr. Georg Engel. Sie vereinbarten, an die Presse weiterzugeben, dass nach einer blonden Frau gefahndet wurde und die Polizei Hinweise aus der Bevölkerung erbat, ob sonst noch jemand in der Tatnacht diese Person gesehen hatte. Danach rief er Frau Stahl an und wies sie an, für den nächsten Morgen um neun Uhr eine Konferenz mit seinem Team anzuberaumen.

Nachdem er seine Telefonate erledigt hatte, war es fast 18 Uhr. Es blieben ihm also noch zwei Stunden bis zum Beginn des Konzertes. Ihm fiel ein, dass es Donnerstag war und dass Greta da immer ihren langen Tag hatte und erst um 18 Uhr aus der Schule kam, weil sie mit der Musical AG probte. Wenn er sich beeilte, könnte er sie vielleicht abfangen und mit ihr eine Kleinigkeit essen gehen. Eine Minute vor sechs parkte er seinen Wagen vor dem St. Anna Gymnasium, so dass er den Haupteingang im Blick hatte. Als er Greta zusammen mit zwei Freundinnen das Gebäude verlassen sah, stieg er aus und winkte. Alle drei Mädchen blickten zu ihm hinüber, doch sogleich wendeten sie sich wieder ab und liefen plaudernd die Straße in Richtung U-Bahn hinunter. Einen Augenblick war Garcia perplex. Greta hatte ihn eindeutig gesehen und erkannt, er stand ja nur ein paar Meter weiter, und ihre Blicke hatten sich gekreuzt, aber sie hatte ihre Freundinnen regelrecht weggezogen. Es gab also nur eine Erklärung: Ihr Vater war ihr peinlich. Garcia blieb etwas desorientiert vor seinem Wagen stehen, seiner Tochter nachblickend, deren lange blonde Haare im Wind flatterten.

Als er etwas später in der Deutschen Eiche saß – obwohl er definitiv nicht schwul war, eines seiner Stammlokale in Gärtnerplatznähe – und seine Suppe löffelte, wählte er Lydias Nummer zu Hause. Ihr Ton war zunächst ein wenig unterkühlt, eigentlich wie immer, wenn er anrief. Er nahm ihr zunächst das Versprechen ab, Greta nicht auf den Vorfall anzusprechen, und erzählte ihr dann, was soeben passiert war.

Lydia musste lachen.»Natürlich bist du ihr peinlich! Was denn sonst?«

»Naja, komm, bis jetzt hab ich das aber noch nie gemerkt. Ich … ich dachte jedenfalls immer …«

Lydias Ton war erstaunlich weich, als sie ihn unterbrach: »Alexander, ich zieh dich doch nur auf. Die Greta liebt dich, und sie ist auch stolz auf dich. Du solltest mal dabei sein, wenn ich es wage, irgendwas über dich zu sagen, was sie nicht in Ordnung findet. Sie verteidigt dich mit Zähnen und Klauen. Aber ich hab's dir doch gesagt: Sie schlittert Kopf voraus in die Pubertät – wenn sie nicht schon längst drin steckt …«

»Hmm. Und dazu gehört natürlich, die Eltern uncool zu finden. Zumindest vor der Peergroup.«

»Leider nicht nur vor der Peergroup«, seufzte Lydia. »Du kannst dir nicht vorstellen, wie unglaublich zickig sie manchmal zu mir ist.«

»Wirklich? Das … das tut mir leid.« Garcia meinte das ganz ehrlich. Greta war ihm gegenüber bisher eigentlich nie zickig gewesen, und er merkte nun, dass er unglaublich wenig davon wusste, wie es zu Hause bei Greta und Lydia ablief. Wenn seine Tochter bei ihm war, erzählte sie kaum etwas darüber, und er wollte sie nicht ausfragen.

»Ach, das passt schon.« Wieder lachte Lydia, aber es klang ein wenig gezwungen. »Im Grunde ist sie ein tolles Mädchen. Und wie meine Mutter immer sagt, wenn ich mich mal wieder über das pubertierende Kind beschwere: Wenigstens macht sie ihre Entwicklung altersgerecht.«

Garcia musste nun auch lachen. »Ich muss gestehen, dass ich vorhin ganz schön in meiner Eitelkeit getroffen war. Aber wahrscheinlich war das nur ein deutliches Signal, dass ich ein wenig loslassen sollte.«

»Wir müssen beide loslassen …« Einen Moment lang herrschte ein einvernehmliches Schweigen.

»Aber das heißt noch lange nicht, dass ich ihr alles durchgehen lasse!« Lydias Ton war so resolut, dass Garcia lächeln musste. Er wusste aus Erfahrung, wie unerbittlich Lydia sein konnte. Aber seine Stimme war herzlich, als er sagte: »Lydia, du bist eine wunderbare Mutter.«

Lydia schwieg, und in die Stille hinein fügte er fast gerührt hinzu: »Und die Greta ist wirklich ein tolles Mädchen.«

Donnerstag Abend

Garcia war erstaunt darüber, wie viele junge Leute an ihm vorbei die Treppen der Philharmonie hinaufströmten. Bis dahin hatte er immer gedacht, diese Art Konzerte sei etwas für Rentner, die nichts Besseres zu tun haben. Außerdem fühlte er sich mit seiner dunkelblauen Krawatte und dem eleganten schwarzen Anzug fast overdressed – die Zeiten, in denen man sich für Konzerte schick machte, waren wohl endgültig vorbei.

Frau Boenstedt bildete da auch keine Ausnahme fand er, als er sie auf sich zukommen sah. Obwohl – vermutlich hatte sie sich für ihre Verhältnisse wirklich in Schale geworfen, aber das in herbstlichen Farben getupfte Kleid erinnerte von der Form stark an die Kittel, die sie zu Hause trug, und die rostorangefarbene übergroße Häkelstola, die sie sich über die Schultern geworfen hatte, verbesserte die Gesamterscheinung auch nicht gerade. Aber ihr strahlendes Lächeln machte ihr mangelndes modisches Bewusstsein auf alle Fälle wett, und Garcia bot ihr galant seinen Arm.

»Ein komisches Paar müssen wir abgeben«, schoss es ihm nach einem prüfenden Blick zur Seite durch den Kopf, »zu jung, um meine Mutter zu sein, definitiv zu alt, um meine Freundin zu sein.«

Es gab überall Treppenaufgänge und Saaleingänge, aber Frau Boenstedt schien sich bestens auszukennen. Zielstrebig steuerte sie auf einen der Eingänge zu und hielt Garcias Arm dabei in eisernem Griff.

»Die führt bestimmt beim Tanzen«, dachte er.

Ihre Plätze im Block B waren erstklassig, ganz in der Mitte und nah an der Bühne. Garcia sah sich in dem riesigen Saal um, der durch seine spezielle Einteilung in Sitzblöcke irgendwie schief auf ihn wirkte, und schämte sich ein wenig, dass er in all den Jahren nicht ein einziges Mal in der Philharmonie gewesen war. Natürlich kannte er das Gasteig Kulturzentrum und hatte auch schon diverse Veranstaltungen in den anderen, kleineren Sälen besucht. Aber erst jetzt, wo der ganze Bau schon wieder sanierungsbedürftig war, beehrte er diesen Saal mit seinem Besuch, und das nicht einmal ganz freiwillig.

Zu seinem eigenen Erstaunen schlief er nicht ein, im Gegenteil, Ravels Bolero riss ihn sogar richtig mit. Vielleicht war er ja in seiner Seele doch noch ein Kind. Er fand es geradezu faszinierend, wie viel Bewegung in dem großen Orchester herrschte. In seinen Augen war klassische Musik eine steife Angelegenheit, aber gerade beim Bolero, der sich in Wogen steigerte, wirkte das Orchester wie ein großes Schiff auf ihn, dessen Mannschaft in immer wilderem Sturm den Kurs halten und gleichzeitig mit den Wellen mitgehen muss, damit es nicht kentert. Auch hier war er erstaunt über die Vielzahl junger Musiker, darunter einige wirklich aparte Frauen, aber auch ein paar ziemlich lässig wirkende Männer, und alle hoch konzentriert, aufeinander abgestimmt in jeder Bewegung, in jedem Bogenstrich, ganz der Musik verhaftet, als gäbe es das Publikum nicht. Er fand es imponierend.

In der Pause spendierte Garcia seiner Begleiterin ein Glas Sekt.

»Seltsames Programm, finden Sie nicht?«, meinte diese. »Normalerweise kommt doch erst Mozart und dann Ravel!«

Garcia hatte keine Ahnung, wovon sie sprach. »Jaja«, sagte er, »aber die Akustik ist doch wunderbar, ich weiß gar nicht, was das ganze Gerede darum in den Zeitungen immer soll.«

Frau Boenstedt lachte wohlwollend. »Wissen Sie, was mir an Ihnen gefällt? Sie sind authentisch. Sie versuchen nicht, etwas zu sein, was Sie nicht sind.« Sie prostete ihm zu. »Und außerdem sind Sie ein netter Kerl.«

»O je«, stöhnte Garcia. »Ich glaube, das ist das Letzte, was ein Mann von einer Frau hören möchte.«

Nach dem dritten Gong nahmen sie wieder ihre Plätze ein. Die Symphonie Nr. 23 von Mozart begann schnell, ihn zu langweilen. Hübsch war sie, ja, aber irgendwie zu lang, und außerdem klang alles irgendwie gleich. Wenigstens wusste er, dass man zwischen den Sätzen nicht klatschen durfte, und nachdem er das Programmheft ungefähr dreimal durchgelesen hatte, begannen seine Gedanken abzuschweifen. Er dachte an Hanna Herzog. Er stellte sich vor, wie sie jetzt da vorn saß, nervös, angestrengt, wie sie den Arm hob und ihr Cello zum Klingen brachte und doch solche Angst hatte, dass ihre Nerven versagten. Was für eine seltsame Person sie doch war! Obwohl bestimmt schon Mitte zwanzig, war sie viel mehr Mädchen als Frau, und ihre Weichheit, die Verletzlichkeit ihres Wesens, hatten sie kaputt gemacht. ›*Der Tod und das Mädchen*.‹ Warum hatte sie dieses Thema zum Leitthema ihres Lebens gemacht? Oder hatte sie es sich vielleicht gar nicht ausgesucht? Aber hatte man im Leben nicht immer die Wahl? Nur, was war die richtige Wahl? Sandra war trotz ihrer 18 Jahre mehr Frau als Mädchen und hatte sich für die harte Tour entschieden. Aber ihre Härte würde sie auf Dauer auch kaputt machen, dessen war er sich ganz sicher. Sandra hatte er zu wenig Emotionalität vorgeworfen. Und Franzi hatte er zu viel Emotionalität vorgeworfen. Franzi, die nun wirklich durch und durch Frau war, so fragil und gleichzeitig so kraftvoll. Sogleich schoben sich ihm Bilder vor Augen, die er lieber nicht gesehen hätte. Die kräftigen Arme von Ian, dem Surferboy, den er sich groß und blond und ärgerlicherweise mit nacktem Oberkörper vorstellte, umfassten Franzi – auch sie natürlich nackt – und schlangen sich um ihre schlanke Taille, während sie sich an seine starke Brust schmiegte, als könne er und nur er sie vor den Gräueln dieser Welt beschützen.

Garcia schüttelte unwillig den Kopf und bemerkte dabei, dass Anna Boenstedt ihn neugierig von der Seite beobachtete. Wie lange schaute sie ihn schon so an? Und was hatte sie, die Meisterin der Intuition, in seinem Gesicht gelesen? Er versuchte, sich auf die Musik zu konzentrieren, aber sofort fing sein Hirn wieder an zu arbeiten. Wie unterschiedlich all diese Frauen doch waren! Und dann war ja da noch Dolores Hartmann, die rothaarige Witwe, stets so beherrscht und doch so kreuzunglücklich. Was hatte sie nun davon, dass sie ihre Emotionen immer nur unterdrückt hatte? Ihr Mann ein Mörder, sie selbst, die so um ihren perfekten Ruf Bemühte, betrogen, gedemütigt, gebrandmarkt für immer. Gefangen in ihrer Einsamkeit. Wie Hanna. Und Elisa. Wie Sven und Sandra. In jener Mordnacht, wo waren sie da gewesen, all die Einsamen? Wonach hatten sie gesucht? Was hatten sie gefühlt?

Anna Boenstedt beugte sich zu ihm hinüber und flüsterte: »Das macht Mozart mit uns.«

Als Garcia sie fragend ansah, lächelte sie und fügte hinzu: »Dass wir versuchen, in den Spiegel der Seele zu blicken ...«

»Hexe«, brummte Garcia so leise, dass sie es nicht hören konnte. Aber vielleicht hatte sie es ja doch gehört. Jedenfalls schaute sie wieder nach vorn und lächelte dabei höchst zufrieden.

Nach dem Konzert gingen sie noch etwas trinken. Im Kalami, einem griechischen Lokal hinter dem Gasteig, trafen sie auf einen Teil der Orchestermusiker, und so kam es, dass Garcia bald mit einer reizenden halbasiatischen Oboistin namens Namiko in einer gemütlichen Ecke saß und sich anregend unterhielt. Zugegeben, das meiste, was die junge Dame von sich gab, verstand er nicht wirklich und dass sie an diesem Abend einen Solopart gehabt hatte, hatte er nicht einmal wahrgenommen. Das war wahrscheinlich gewesen, als seine Gedanken bei all diesen Frauen geweilt hatten. Er mogelte sich durch das Fachgespräch über Musik, und nachdem er sie genügend für ihren mozartischen Solopart im zweiten Satz gebauchpinselt hatte, gelang es ihm endlich, das Gespräch auf Hanna Herzog zu lenken. Er gab sich als alter Bekannter aus, der Hanna länger nicht mehr gesehen hatte, und fragte beiläufig nach ihr.

Namiko antwortete ausweichend. »Sie macht momentan Urlaub. Woher kennen Sie die Hanna denn?«

»Vom Segeln«, erwiderte Garcia aufs Geratewohl. »Ich hab eine Ketsch am Starnberger See«, fügte er hinzu, in der Hoffnung, dass Namiko nichts vom Segeln verstand. Und er hatte Glück.

»Eine was?«

»Ein zweimastiges Segelboot. Egal, ich will Sie nicht damit langweilen.«

»Ich wusste gar nicht, dass die Hanna segelt«, meinte Namiko nachdenklich. Doch dann hellte sich ihre Miene. »Obwohl, sie kommt ja schließlich aus Kiel. Und da segeln wahrscheinlich fast alle Leute, so wie wir in München alle Radl fahren.«

Garcia stockte einen Moment lang der Atem. Kiel? Kiel! Das konnte kein Zufall sein!

Plötzlich hatte er es sehr eilig. Namiko schaute ziemlich enttäuscht, als Garcia sich so plötzlich erhob. Schnell drückte sie ihm zum Abschied den Blumenstrauß in die Hand, den sie für ihren Solopart überreicht bekommen hatte.

Als Garcia sich von Anna Boenstedt verabschieden wollte, stand auch sie auf. »Bleiben Sie ruhig noch«, sagte er. »Ich muss nur dringend was erledigen.«

Die Hellseherin blickte ihm prüfend in die Augen. Dann wühlte sie in ihrer Handtasche und holte ein gefaltetes Blatt hervor.

»Das ist für Sie. Die Klavierpartitur von Franz Schubert: *Der Tod und das Mädchen*. Sie haben mich doch heute Nachmittag gefragt, was ich darüber weiß. Ich glaube, jetzt ist der richtige Zeitpunkt, Ihnen dazu etwas zu sagen, weil es hoffentlich Ihr Herz rühren wird.«

Sie faltete das Blatt auseinander und hielt es ihm hin. Unter den Noten stand auch der Text des Liedes.

»Es ist die uralte Geschichte menschlichen Leidens«, fuhr Frau Boenstedt fort. »Das Mädchen, die junge Frau, schön, unschuldig, rein. Und der Tod, der uns Menschen so erschreckt, er wird das Mädchen holen. Der Knochenmann kennt kein Erbarmen. Er macht auch vor Jugend und Schönheit nicht halt. Das Mädchen fleht: ›Vorüber, ach vorüber, geh' wilder Knochenmann! Ich bin noch jung, geh' Lieber, und rühre mich nicht an, und rühre mich nicht an.‹ Diese Zeilen stammen von Matthias Claudius. Es geht um die Unentrinnbarkeit des Schicksals. Und keiner wusste das besser als Franz Schubert.«

»Und keiner weiß das besser als Hanna Herzog«, ergänzte Garcia.

Anna Boenstedt nahm Garcias Hand in ihre beiden. Leise sagte sie: »Es bricht mir das Herz.«

»Was wissen Sie eigentlich?«, fragte Garcia ernst.

»Nichts.« Anna Boenstedt schüttelte den Kopf. »Gar nichts, glauben Sie mir. Aber ich spüre vieles.« Wie zum Beweis dafür lächelte sie ihn schelmisch an und fügte mit Blick auf den Strauß in seiner anderen Hand hinzu: »Schöne Blumen. Vielleicht schenken Sie die ja Ihrer Sekretärin. Gute Sekretärinnen muss man bei Laune halten.«

»Hexe«, brummte Garcia abermals, diesmal aber so laut, dass sie es ganz sicher gehört hatte.

Erst auf der Straße entdeckte Garcia, dass Namiko ihre Visitenkarte in den Strauß gesteckt hatte. Er warf sie in den nächsten Mülleimer und eilte dann in die Tiefgarage, um seinen Wagen zu holen. Heute Nacht würde er definitiv noch ins Präsidium fahren, um den Polizeicomputer zu bemühen.

Es ist vorbei! Erst nur das Bellen des Hundes, dann Licht, Stimmen, sie wird getragen, sie wird in Decken gehüllt. Es ist vorbei! Schweißgebadet setzt sie sich auf. Wo ist sie? Was ist passiert? Es ist vorbei, haben sie damals gesagt. Aber es ist nie vorbei. Nachts holt es sie ein. Nachts kommen die bösen Träume. Die Wirklichkeit ist vorbei. Aber der Alptraum bleibt. Es ist nie vorbei. Der Rhythmus des Knochenmanns wird nie verstummen. Oder?

Freitag Morgen

Margret Engel erwachte an diesem Morgen um drei Uhr früh. Sie litt schon lange unter Schlafstörungen, und so hatte sie es sich zur Gewohnheit gemacht, das Licht auf ihrer Seite des Bettes anzuknipsen und zu lesen, bis sie wieder einschlief oder es Zeit war, aufzustehen. Ihren Mann, dessen auch im Schlaf zusammengekniffenes Zitronengesicht sie schon lange nicht mehr bewusst wahrnahm, störte es nicht, er hatte einen gesunden, tiefen Schlaf. Sie las etwa zwei Stunden lang in ihrem dicken Wälzer, eine Familiensaga, die über das ganze 20. Jahrhundert ging und in Ostpreußen spielte, ein Roman ganz nach ihrem Geschmack. Als sie merkte, dass die Müdigkeit auch an diesem Morgen nicht wiederkommen würde, beschloss sie aufzustehen. Sie wickelte sich in ihren weißen Morgenmantel und tappte hinaus auf den Flur. In diesem Moment hörte sie das Telefon läuten und wunderte sich, wer wohl so früh anrufen mochte. Sie meldete sich und lauschte. Dann ging sie zurück ins Schlafzimmer und rüttelte ihren Mann sanft an der Schulter.

»Georg!«, rief sie leise. »Georg! Für dich. Ein Herr Garcia will dich sprechen. Er sagt, es sei dringend.«

Georg Engel stemmte sich auf seinen Ellenbogen hoch und nahm, noch schlaftrunken, den Hörer entgegen. »Engel«, nuschelte er. Dann verstrichen etwa fünf Minuten, in denen seine Frau ihn nur ab und zu ein paar Worte der Zustimmung grummeln hörte wie »Hmm ... ja ... verstehe ...«.

Er hatte sich mittlerweile aufgesetzt und schien von dem Gespräch völlig gefangen genommen. Schließlich schwang er seine Beine, die in gestreiften Pyjamahosen steckten, über den Bettrand und erhob sich.

»Herr Garcia, das klingt alles irgendwie etwas ... aberwitzig«, sagte er endlich. »Ja, natürlich leuchtet mir das ein ... Hmm, das halte ich auch für besser. Ich leite sofort alles Nötige in die Wege. In spätestens einer halben Stunde haben Sie Ihre Zeugenvorladung. Bitte benachrichtigen Sie mich umgehend über den weiteren Verlauf, ich werde der Befragung in jedem Falle beiwohnen.«

Garcia legte auf und fuhr sich durch die Haare. Er spürte keine Müdigkeit, obgleich er seit etwa Mitternacht durchgehend bis fünf Uhr früh Polizeiberichte gelesen und Datenbanken durchforstet hatte. Die einzigen Pausen, die er eingelegt hatte, waren die zur Espressomaschine in der kleinen Küche am Ende des Flurs und wieder zurück an seinen Arbeitsplatz. Wie besessen hatte er vor seinem Bildschirm gesessen und akribisch gearbeitet, um sicher zu sein, dass er nichts übersah. Es war nicht einfach gewesen, hatte er doch selber keine genaue Vorstellung davon gehabt, wonach er eigentlich suchen musste. Er hatte Unmengen von Informationen geprüft und wieder verworfen, doch schließlich war er auf die richtige Spur gestoßen. Er hatte es sofort gewusst. Es hatte dann noch eine ganze Weile gedauert, bis er endlich alles so zusammengefügt hatte, dass es ein stimmiges Ganzes ergab. Aber die Mühe hatte sich gelohnt.

Er ging in sein Vorzimmer, in dem neben Frau Stahls akkurat aufgeräumtem Schreibtisch das Faxgerät stand. Während er wartete, rief er beim Kriminaldauerdienst an und fragte, welche Kolleginnen gerade Dienst hatten. Zu seinem Bedauern war Lucia nicht dabei, und so bat er, man möge ihm Sylvie Donhauser schicken, um ihn zu einem Einsatz zu begleiten. Es war ihm wichtig, dass eine Frau mitkam. Zur Sicherheit forderte er noch eine Streife an, die an der angegebenen Adresse auf ihn warten sollte. Ungeduldig lief er vor dem Faxgerät auf und ab, blickte unruhig aus dem Fenster, nahm seinen Lauf wieder auf und irgendwann schrie er das Fax an: »Jetzt mach halt endlich!« Vielleicht meinte er damit aber auch Dr. Georg Engel.

Es war 6.27 Uhr, als Garcia gemeinsam mit Sylvie Donhauser in sein Auto stieg und losbrauste. Da der morgendliche Berufsverkehr noch nicht eingesetzt hatte, kamen sie zügig durch, und Garcia drückte ordentlich aufs Gas. Am liebsten hätte er sein Blaulicht eingeschaltet, aber dazu gab es keinen Grund. Es gab eigentlich auch keinen wirklichen Grund zu dieser überstürzten Eile außer seinem Gefühl, der Lösung des Falls so nahe zu sein. Er fuhr definitiv zu schnell, und Sylvie hielt sich während der ganzen Fahrt am Griff oberhalb der Beifahrertür fest, um nicht allzu sehr herumgeschleudert zu werden.

Auf dem Parkplatz vor der Psychosomatischen Klinik Rieden wartete bereits eine Polizeistreife. Garcia tauschte ein paar Worte mit den Beamten, die hier warten sollten, während er mit Sylvie hineinging.

Auf der Privatstation 2b empfing sie der diensthabende Arzt. Es war nicht Dr. Bertold, sondern ein jüngerer Kollege, den Garcia auf höchstens Mitte dreißig schätzte und der versuchte, seine Unsicherheit hinter einer gewissen kühlen Arroganz zu verbergen. Es zeigte sich jedoch schnell, dass er einfach nicht wusste, wie er mit dem Schreiben umgehen sollte, das Garcia ihm überreicht hatte und das er nun schon zum dritten Mal las. Ungeduldig erklärte Garcia ihm, dass es sich um eine Zeugenvorladung von der Staatsanwaltschaft handelte, der Folge zu leisten war, und schlug vor, er möge doch Dr. Bertold anrufen und sich rückversichern.

Dr. Bertold bestand darauf, Garcia persönlich an die Strippe zu kriegen.

»Ich hatte gehofft, wir könnten unsere Klinik aus den Mordfällen raushalten. Das gibt keine gute Presse …«

»Ist das wirklich das Einzige, das Sie interessiert? Wie Sie in der Presse dastehen?«, fragte Garcia gereizt.

Dr. Bertold seufzte und schüttelte den Kopf: »Es geht nicht um mich, es geht um den Ruf der Klinik. Aber Sie haben recht, hier geht es erst einmal um das Wohl meiner Patientin. Daher möchte ich Ihnen, bevor Sie sie abholen, noch den ein oder anderen Rat mit auf den Weg geben. Hanna Herzog ist eine sehr instabile Person. Wie Sie ja bereits wissen, leidet sie unter Panikattacken, und da genügt schon ein wesentlich geringerer Auslöser, als von der Polizei abgeholt zu werden. Ich bitte Sie, geben Sie auf sie acht. Sobald Sie die ersten Anzeichen einer Attacke bemerken – so was wie Zittern, heftiges Atmen ... Übelkeit vielleicht – werden Sie nicht panisch. Es dauert in der Regel nicht länger als höchstens eine halbe Stunde. Geben Sie ihr dann eine Auszeit, ein Glas Wasser, frische Luft, die Möglichkeit, wieder zu sich zu finden. Sollte es wirklich schlimm werden, rufen Sie mich bitte an. Nicht irgendeinen Notarzt. Mich. Jederzeit!«

»Das werde ich tun, Herr Dr. Bertold, versprochen.«

»Gut. Und noch eins: Bitte, bringen Sie sie mir so schnell wie möglich zurück.«

Das allerdings konnte Garcia ihm nicht versprechen.

Gemeinsam mit dem Stationsarzt und Sylvie machte er sich auf den Weg zu Hanna Herzogs Zimmer. Sie klopften mehrfach, und schließlich öffnete der Arzt die Tür einen Spalt weit. Die Jalousien waren heruntergelassen, aber auf dem Nachttisch brannte eine kleine Lampe, die das Zimmer schwach erleuchtete. Es war leer. Der Arzt klopfte an der Badezimmertür, die nur angelehnt war, doch auch hier war niemand.

Die Erkenntnis, dass Hanna Herzog sich unerklärlicher Weise nicht auf ihrem Zimmer befand, traf Garcia wie ein Blitz. Das konnte nicht wahr sein! Hatte sie etwa die Polizei auf dem Parkplatz gesehen und war geflüchtet? Doch das kam Garcia ziemlich absurd vor. Und wohin wäre sie wohl gelaufen? Er wusste, dass Hanna aus Angst vor den Panikattacken nicht Auto fuhr und daher auch keinen Wagen in Rieden stehen hatte. War sie zu Fuß unterwegs? Wohin? Zu Anna Boenstedt? Sollte er vielleicht die Hellseherin anrufen?

Er vereinbarte mit Sylvie, dass er hinausgehen und mit den Streifenbeamten Rücksprache halten würde, während seine Kollegin auf der Station warten sollte. Im Erdgeschoß angekommen sah er zur Sicherheit noch in der Cafeteria nach, wo er Hanna schon einmal vorgefunden hatte. Und tatsächlich, dort saß sie vor der großen Fensterfront, und aus der Ferne wirkte sie wieder so klein und zart und unendlich zerbrechlich. Einen Moment zögerte Garcia, schob den Augenblick hinaus, in dem er das Mädchen aus seiner Welt, aus diesem milchigen Lichtschein, der von draußen hereinschien, herausreißen und in die gnadenlose Kunstbeleuchtung des Verhörraums bringen würde. Aber wer weiß, vielleicht war es ja auch eine alptraumhafte Welt, aus der er Hanna Herzog riss. Sie drehte den Kopf und blickte zu ihm hinüber. Jetzt erst trat er an ihren Tisch.

»Frau Herzog«, sprach er sie leise an, »Sie erinnern sich vielleicht an mich. Ich bin Alexander Garcia von der Münchner Kriminalpolizei.«

Hanna begann sofort, auf ihren Nägeln zu kauen.

»Frau Herzog, wir würden Sie gerne im Zusammenhang mit dem Mord an Konrad Hartmann als Zeugin vernehmen«, fuhr Garcia fort. »Darf ich Sie bitten, mitzukommen?«

Hanna brachte kein Wort hervor. Sie stand einfach auf und ging mit Garcia zurück zu ihrer Station, wie ferngesteuert, mit verschlossenem Gesichtsausdruck, aber erstaunlich ruhig. Sie brauchte nur wenige Minuten, um ihren Mantel und ihre Handtasche zu holen, dann folgte sie Garcia und

Sylvie nach draußen. Sie stellte keine einzige Frage, und die Fahrt nach München verlief in tiefstem Schweigen.

Es war 8.32 Uhr, als Hanna Herzog in den Verhörraum in der Ettstraße gebracht wurde. Garcia bestand darauf, dass Sylvie Donhauser bei ihr blieb, und ging in sein Büro, um auf das Eintreffen des Staatsanwalts zu warten, den er auf dem Rückweg von Birk informiert hatte.

Als ihr Chef das Vorzimmer betrat, wollte Frau Stahl sich sogleich freudestrahlend für die schönen Blumen auf ihrem Schreibtisch bedanken, doch bei seinem Anblick erschrak sie: Er erschien ihr ungewöhnlich blass, unter seinen Augen lagen dunkle Schatten, und er brachte nicht einmal sein sonst so automatisches Lächeln zustande.

»Bitte geben Sie mir Bescheid, wenn Herr Dr. Engel da ist. Ich treffe ihn vor dem Verhörraum. Und mein Team soll sich auch dort einfinden. Rufen Sie alle an, am besten auf ihren Handys, es ist dringend.«

Er wartete die Antwort gar nicht ab, sondern ging gleich in sein Büro und schloss die Tür hinter sich. Er warf sich auf die Besuchercouch, schloss die Augen und versuchte, Kraft zu sammeln. Er war nunmehr seit 25 Stunden auf den Beinen. Trotz der rasenden Gedanken, die sich in seinem Kopf überschlugen, übermannte ihn plötzlich die Müdigkeit, und er nickte immer wieder in einen Sekundenschlaf, aus dem er jedes Mal sofort wieder wie durch einen Adrenalinkick hochschreckte. Er versuchte, seine Gedanken zu sortieren und sich eine Strategie für die bevorstehende Befragung zurechtzulegen, aber es gelang ihm nicht.

Eine Viertelstunde später klopfte Frau Stahl an seiner Tür. Schnell erhob er sich von seiner Couch und rieb sich die geröteten Augen. Frau Stahl senkte unwillkürlich die Stimme zu einem Flüstern, als sie meldete: »Herr Dr. Engel ist eingetroffen. Er wartet vor dem Verhörraum auf Sie.«

Garcia fuhr sich durch seine schwarzen Haare. »Ich komme gleich.« Und dann, mehr zu sich selbst: »Wer hat gesagt, dass es einfach ist?«

Dr. Georg Engel begrüßte Garcia mit ernst verkniffenem Gesicht. Sie unterhielten sich leise und blickten dabei in den grauen Raum jenseits der Scheibe. Hanna Herzog saß dort am Tisch, in sich zusammengesunken, und kaute auf ihren Nägeln. Ihr gegenüber saß Sylvie Donhauser und blickte ziemlich ratlos drein.

Als Franzi, noch im Trenchcoat und ziemlich außer Atem, eintraf, blieb sie konsterniert vor der Scheibe stehen. »Was macht die denn hier?«, fragte sie mit Blick auf Hanna Herzog im Verhörraum.

»Keine Ahnung«, erwiderten die beiden Steffis gleichzeitig, und Florian, der neben ihnen stand, zuckte ratlos die Schultern. »Wir wissen ja nicht mal, wer die Frau ist!«

»Hanna Herzog«, informierte Franzi ihre Kollegen. »Sie ist derzeit Patientin in der Psychosomatischen Klinik Rieden.«

Bevor sie weiterreden konnte, kam Markus angelaufen, auch er noch in seiner Jacke. »Was ist los?«, rief er schon von Weitem. »Ich hab mich voll abgehetzt, weil die Stahl gesagt hat, es sei superdringend. Gestern hieß es noch, wir müssen erst um neun hier antanzen …« Erst jetzt erblickte er den grämlich dreinblickenden Staatsanwalt und verstummte.

Garcia trat vor sein Team. Es konnte losgehen.

»Gestern Abend bin ich auf etwas gestoßen, das uns vermutlich der Lösung des Falls einen großen Schritt näher bringen wird«, begann er ohne Umschweife. »Herr Dr. Engel ist bereits im Bilde – wenn Sie erlauben, würde ich meinem Team gern noch kurz die nötigsten Informationen geben.«

Engel nickte.

»Wir haben in der letzten Woche eine Menge Zeit darauf verwendet, die Verbindung zwischen Elisa Jacoby und Konrad Hartmann zu finden. Sehr viel Zeit ... besonders du, Markus. Aber ihr anderen auch. Jeden Stein haben wir umgedreht, jede E-Mail interpretiert, jede SMS fünfmal gelesen auf der Suche nach einer Antwort, nach einem Motiv ...«

»Jetzt mach's halt ned so spannend!«, platzte Steffi Holtzhaus ungewohnt heftig raus.

Garcia blickte in die Runde gespannter Gesichter und sagte langsam: »Eine Möglichkeit, die wir bisher außer Acht gelassen haben, ist ganz einfach die Tatsache, dass Konrad Hartmann vielleicht die falsche Frau umgebracht hat.«

»Du meinst ... du meinst ...«, stotterte Markus.

»Du meinst, dass er gar nicht Elisa Jacoby mit seiner Garotte erdrosseln wollte«, ergänzte Franzi langsam den Satz. »In dieser dunklen, nebligen Nacht.«

Garcia deutete auf die Scheibe zum Verhörraum. »Das ist Hanna Herzog, 28 Jahre alt, Cellistin bei den Münchner Philharmonikern. Ihr seht, Hanna ist zart, filigran, hellhäutig und blond. Sie ist ein ähnlicher Typ wie Elisa Jacoby und – ich habe die Maße verglichen – sie hat eine sehr ähnliche mädchenhafte Statur wie Elisa Jacoby.«

»Und in einem dunklen Wintermantel, die Mütze tief ins Gesicht gezogen, bei Nacht und Nebel, wären die beiden leicht zu verwechseln«, überlegte Frau Büchner.

Garcia nickte. »Ich muss zugeben, der Gedanke, es hätte Hanna und nicht Elisa sein können, auf die der Mörder im Wald von Birk gelauert hat, ist mir bereits vorgestern durch den Kopf geschossen, als ich Hanna in genau dieser Montur so verhüllt durch die Straßen von Rieden hab gehen sehen. Aber wie das so ist mit Assoziationen, vor allem wenn man die Möglichkeit nicht zulassen will: ich konnte den Gedanken am gleichen Tag schon nicht mehr fassenn ... Gestern

Abend ist er mir dann wieder eingefallen. Das Stichwort war Kiel.« Garcia blickte von einem zum anderen. »Kiel, das war das Puzzlestück, nach dem wir alle so lange gesucht haben. Kiel, das war die Verbindung – aber nicht die zwischen der Grundschulrektorin und dem Bürgermeister, weil es nämlich nie eine Verbindung zwischen den beiden gegeben hat. Eine Verbindung gab es trotzdem, aber sie bestand zwischen Hanna Herzog und Konrad Hartmann. Wir haben die ganze Zeit die Falsche im Visier gehabt. Oder vielmehr: Er hat die Falsche erwischt!«

»Was hat es denn mit diesem Kiel auf sich?«, fragte Markus ungeduldig.

»Dolores Hartmann hat gestern Vormittag erwähnt, dass ihr Mann vor etwa zwanzig Jahren ein paar Semester BWL in Kiel studiert hat. Und als ich gestern Abend von einer Kollegin Hanna Herzogs aus dem Orchester erfahren habe, dass Hanna aus Kiel stammt, bin ich meiner Intuition gefolgt und hab den Polizeicomputer durchforstet. Es war nicht einfach, ich hatte ja weder genaue Angaben, was die Jahreszahl betraf, noch überhaupt eine Vorstellung davon, wonach ich suchen musste. Ich dachte mir nur, wenn damals in Kiel eine Begegnung zwischen Konrad Hartmann und Hanna Herzog stattgefunden hat, dann handelt es sich vielleicht um eine alte Schuld, ein altes Verbrechen, das jetzt, nach all den Jahren, gesühnt worden ist. Ich bin hier bis fünf Uhr früh gesessen, bis ich endlich alles so zusammengefügt hatte, dass es ein stimmiges Ganzes ergab …«

Garcia blickte zum Verhörraum. Hanna wippte nervös mit den Beinen und wiegte ihren Oberkörper hin und her wie ein Tier in Gefangenschaft.

»Ich muss jetzt rein. Alles Weitere werdet ihr hoffentlich im Zuge des Gesprächs erfahren. Denn noch ist das Ganze reine Spekulation. Daher waren Herr Dr. Engel und ich uns auch einig, dass wir Frau Herzog zunächst als Zeugin befragen wollen, um zu prüfen, ob unser Verdacht sich erhärtet. Herr Dr. Engel, wollen Sie das Verhör führen?«

Der Staatsanwalt machte eine abwehrende Handbewegung. »Nein, ich sehe besser von hier aus zu. Ich befürchte, mit meinem Aussehen und meiner Art würde ich das verschreckte Kind nur mundtot machen.«

Garcia blickte Engel angenehm überrascht an. Ihm gefiel diese selbstkritische Bemerkung des Zitronengesichts. Dann wandte er sich an Franzi: »Ich möchte, dass auf jeden Fall eine Frau dabei ist, damit Hanna sich nicht so ängstigt. Deswegen hab ich auch die Sylvie vom KDD heute Früh nach Birk mitgenommen. Würdest du sie ablösen?«

»Natürlich«, sagte Franzi ernst.

Gemeinsam betraten sie den Raum und nahmen Hanna Herzog gegenüber Platz. Garcia legte eine Mappe vor sich auf den Tisch und informierte Hanna zunächst darüber, dass er sie als Zeugin befragen werde und sie verpflichtet sei, die Wahrheit zu sagen. Hanna kaute auf ihren Nägeln, den Blick nach unten gerichtet, und nickte kaum merklich.

»Frau Herzog, seit wann halten Sie sich stationär in der Psychosomatischen Klinik Rieden auf?«, begann Garcia förmlich.

»Seit sechs Wochen«, nuschelte Hanna.

»Waren Sie zuvor schon jemals in Birk oder Rieden?«

»Nein.«

»Vor nunmehr vier Wochen hat der Erste Bürgermeister von Birk, Konrad Hartmann, in der Klinik, in der Sie sich zu diesem Zeitpunkt aufhielten, eine Rede gehalten, und Sie haben dieser Rede beigewohnt, ist das richtig?«

»Ja.«

»Haben Sie Herrn Hartmann zuvor schon einmal gesehen?«

»Nein.«

»Ganz sicher?«

»Sicher.«

»Sie haben ihn aber zweimal kontaktiert. Drei Tage nachdem er die Rede gehalten hatte, haben Sie ihn ein erstes Mal auf seinem Handy angerufen. Dann noch einmal anderthalb Wochen später, am 23. Februar. Am 24. Februar, einem Freitag, hat er Sie wiederum angerufen. Und eine Woche später war Konrad Hartmann tot.«

Hanna schwieg und zupfte mit den Zähnen an ihren Nagelhäuten. Garcia musste an sich halten, um nichts zu sagen, schließlich war es ja kein flegelhaftes Benehmen, sondern ein nervöser Tick.

»Was haben Sie mit dem Herrn Hartmann am Telefon besprochen?«, nahm er den Faden wieder auf.

»Ich hab Ihnen ja schon gesagt, ich wollte ihn fragen, ob er einen Raum weiß, in dem ich Cello üben kann.« Hannas Stimme klang trotzig.

»Ja, das war am Telefon. Was aber haben Sie mit ihm besprochen, als Sie ihn persönlich getroffen haben?«

Hanna zögerte. »Ich … ich hab ihn nur bei der Rede gesehen, und da hab ich gar nicht mit ihm gesprochen … Sie können ja in der Klinik rumfragen …«

»Haben Sie ihn zu einem späteren Zeitpunkt noch einmal persönlich gesprochen?«, bohrte Garcia nach.

»Nein.«

»Im Rathaus vielleicht, oder bei ihm zu Hause?«

»Nein.«

Garcia nickte. So würde er nicht weiterkommen. Er wechselte abrupt das Thema.

»Hanna Herzog ist der Name, den Sie nach Ihrer Eheschließung 2006 mit einem gewissen Bernd Herzog angenommen haben. Wie lautet Ihr Mädchenname?«

»Johannsen«, murmelte Hanna sehr leise.

»Johanna Johannsen«, wiederholte Garcia laut und deutlich. »Darf ich fragen, warum Sie sich weiterhin Hanna Herzog nennen, obwohl Sie bereits seit vier Jahren wieder geschieden sind?«

»Ich finde, es klingt schöner.«

»Oder wollten Sie in eine neue Identität schlüpfen, um das Trauma, das Ihnen in Ihrer Kindheit zugefügt wurde, leichter vergessen zu können?«

Jenseits der Glasscheibe, wo das restliche Team und der Staatsanwalt bisher schweigend gelauscht hatten, rief Markus aus: »Na endlich! Passt auf, jetzt wird's spannend. Los, mach schon, Alexander!«

»Psssst«, wies Steffi Holtzhaus ihn zurecht.

»Wir werden jetzt gezwungen sein, einen Ausflug in Ihre Vergangenheit zu machen«, sagte Garcia gerade im Verhörraum. »Sehen Sie sich dazu in der Lage?«

Hanna nickte stumm, den Blick starr auf die Tischplatte geheftet.

Garcia öffnete die Mappe, die vor ihm lag, und entnahm ihr ein Foto, auf dem ein zahnlückig lächelndes blondes Mädchen zu sehen war. Er drehte es um und legte es vor Hanna auf den Tisch.

»Dies ist ein Fahndungsfoto der Polizei aus dem Jahre 1992. Erkennen Sie es? Können Sie mir auch sagen, wer das ist?«

Hanna warf einen kurzen, verstörten Blick darauf. Sie betrachtete es gar nicht richtig. Dennoch sagte sie sofort: »Das bin ich.«

»Wie alt waren Sie da?«

»Acht.«

»Das wissen Sie so genau?«

»Ja.«

Garcia nickte. »Im Alter von acht Jahren sind Sie in Ihrer Heimatstadt Kiel Opfer einer Entführung geworden. Das Lösegeld wurde bezahlt, und Sie kamen wieder frei. Sie sagten damals aus, es sei ein Mann gewesen, aber Sie konnten keine genaueren Angaben über Ihren Entführer machen. Warum nicht?«

Hanna wippte nervös mit ihrem Bein, das sie um das andere geschlungen hatte. Nun schlang sie auch noch die Arme ineinander, so dass sie wie zugeknotet aussah. Irgendwie gelang es ihr aber weiterhin, eine Hand vor dem Mund zu haben und an den Nägeln zu kauen. Dabei starrte sie zu Boden.

Garcia ließ ihr Zeit. Eine Weile herrschte tiefes Schweigen im Raum, und auch draußen vor der Glasscheibe war es totenstill. Dann begann Hanna leise zu erzählen, und es schien, als laufe ein alter Film vor ihrem inneren Auge ab, ein Film, den sie schon tausende Male gesehen, ein Alptraum, den sie schon tausende Male geträumt hatte.

»Ich ... ich hab ihn nie gesehen. Ich war eingesperrt in einem Raum ohne Fenster ... Es war ganz dunkel, ich wusste nicht einmal, ob es Tag oder Nacht ist. Und wenn er ... der Mann ... hereingekommen ist, hat er mir mit einer Lampe ins Gesicht geleuchtet ... Ich war geblendet. Er hatte eine Stirnlampe auf, so dass Licht von ihm ausgegangen, aber nicht auf ihn gefallen ist ... Ich konnte kaum was erkennen ... außer, dass er immer eine schwarze Maske trug, eine Strumpfmaske, glaub ich. Und Handschuhe. Mehr hab ich nie gesehen ... Deswegen konnte ich ihn auch nicht beschreiben ...«

»Seine Stimme vielleicht?«

»Er hat nicht mit mir geredet ... Nur manchmal hat er etwas geflüstert ... Aber ich glaube nicht, dass das seine richtige Stimme war ...«

Garcia setzte an einem anderen Punkt an: »Wussten Sie eigentlich, dass Konrad Hartmann im Jahr 1992 ebenfalls in Kiel war? Er hat dort studiert.«

»Ach so?« Es klang nicht erstaunt, eher resigniert.

»Frau Herzog, wir haben Anlass zu der Vermutung, dass Konrad Hartmann Ihr Entführer von damals war. Und dass

Sie ihn doch wieder erkannt und aus diesem Grund kontaktiert haben.«

Hanna blickte nicht auf. »Nein«, sagte sie knapp und mit einer so resoluten Härte in ihrer Stimme, dass Garcia erstaunt die Augenbrauen hob.

»Sie wissen, wie Herr Hartmann zu Tode gekommen ist?«, hakte er nach.

»Ich hab's in der Zeitung gelesen. Und in der Klinik war das natürlich Thema. Er wurde erhängt.«

»Ihm wurden die Hände auf den Rücken gefesselt, dann wurde er auf einen Stuhl gestellt, mit einem Strick um den Hals, der an der Decke befestigt war. Erinnert Sie das an etwas?«

Hanna schüttelte entschlossen den Kopf. Sie versuchte, etwas zu erwidern, aber ihr Mund klappte nur auf und zu, als schnappe sie nach Luft. Garcia war sich zuerst nicht sicher, ob sie noch immer mit dem Bein wippte, doch dann merkte er, dass sie am ganzen Leibe zitterte. Wieder rang sie nach Luft, und aus ihrem Hals kam ein leises Röcheln.

Franzi war sofort aufgesprungen und zu Hanna gestürzt. Ganz behutsam legte sie ihr die Hand auf den Arm und sprach sie an.

»Frau Herzog, alles in Ordnung mit Ihnen? Hier, trinken Sie ein Glas Wasser.«

Sie hielt ihr das Glas hin, aber Hanna griff nicht danach. Sie hatte Arme und Beine ineinander verschränkt, als könne sie damit einen Kokon um ihren Leib bilden, und zitterte immer stärker. Garcia gab Franzi ein Zeichen. Sie solle bei Hanna bleiben, während er Hilfe holte. Markus wollte schon den Notarzt rufen, aber Garcia hinderte ihn daran. Er wählte Dr. Bertolds Nummer und ließ sich von ihm Instruktionen geben. Dann führten Garcia und Franzi das zitternde Mädchen hinaus. Hanna konnte kaum laufen. Mechanisch setzte sie einen Fuß vor den anderen. Es dauerte eine halbe

Ewigkeit, bis sie sie in Garcias Büro gebracht und dort auf die Couch gelegt hatten.

Garcia öffnete weit die Fenster und ließ ein wenig die Jalousien hinunter. Er bat Frau Stahl, bei Hanna zu bleiben. »Dr. Bertold sagt, dass man da nicht viel machen kann. Es geht von alleine vorüber. Sie braucht jetzt Ruhe und jemanden, der in ihrer Nähe ist. Sie brauchen nicht mit ihr zu sprechen, lassen Sie sie einfach von sich aus kommen und rufen Sie mich an, wenn Sie unsicher sind. Ich bin gleich wieder da.« Dann flüsterte er ihr noch ins Ohr: »Und lassen Sie sie keine Sekunde aus den Augen.«

Es zeigte sich, dass Frau Stahl auch hier die Nerven bewahrte. Franzis Angebot zu bleiben lehnte sie dankend ab. In seinem Vorraum tätigte Garcia zwei Telefonate, dann ging er zusammen mit Franzi zurück zu den Kollegen.

Er holte seine Mappe aus dem Verhörraum und entnahm ihr ein weiteres Foto. Auf den ersten Blick war es nicht deutlich zu erkennen, weil es sehr dunkel war. Doch bei näherer Betrachtung sah man eine stehende Gestalt vor einer kahlen Betonwand, ein Kind, die Augen fest zusammen gekniffen, seine Gesichtszüge kaum auszumachen. Dieses Kind stand auf einem Stuhl. Es hatte die Hände auf den Rücken gefesselt, und um den Hals hatte es eine Schlinge aus einem Strick, der irgendwo an der Decke festgemacht war. Ein zum Tode verurteiltes Kind kurz vor der Hinrichtung. Ein zutiefst verstörendes Bild! Garcia ließ es herumgehen und wartete, bis sich das Raunen etwas gelegt hatte. Steffi Holtzhaus hatte die Hand vor ihren Mund gepresst, und auch die Gesichter der anderen zeigten erschrockene Reaktionen.

Garcia räusperte sich. »Das ist das Foto, das Johannas Entführer damals ihren Eltern hat zukommen lassen. Am 23. November 1992 hatte er das Mädchen bei Dunkelheit auf dem Nachhauseweg verschleppt und erstmal drei Tage nichts von sich hören lassen. Die Polizei wurde eingeschaltet, dann erhielt die Familie Johannsen dieses Foto zusammen mit einer Lösegeldforderung. Die Ansage war klar: Während der Entführer das Geld entgegennehmen wollte, sollte Johanna auf diese Weise daran gehindert werden, sich selbst zu befreien und zu fliehen. Ein falscher Schritt, ein Straucheln nur, und das Kind hätte sich selbst erhängt. Die Eltern mussten schnell handeln und entschlossen sich, die Polizei diesmal außen vor zu lassen. Der Vater deponierte 300 000 Deutsche Mark auf einem Autobahnparkplatz, und kurz darauf bekam er den Hinweis, wo seine Tochter eingesperrt war: in einer verlassenen Lagerhalle im Hafen von Kiel. Sie konnte zum Glück rechtzeitig gerettet werden. Äußerlich war sie weitgehend unversehrt, aber innerlich …«

»Solche Wunden heilt die Zeit nicht«, murmelte Franzi kopfschüttelnd.

»Nein, solche Wunden heilt die Zeit nicht, auch nicht nach 20 Jahren. Die Polizei ging damals aufgrund der Sachlage von einem Einzeltäter aus. Ihr könnt euch vorstellen, dass intensivst nach ihm gefahndet wurde.«

»Ich kann mich erinnern – an das Fahndungsfoto von diesem Mädchen mit dem unschuldigen Lächeln, das Sie Frau Herzog vorhin vorgelegt haben. Der Fall war in der Presse, aber nur kurz. Und diese ganze Geschichte mit dem Strick … das ist da alles nicht vorgekommen«, grübelte Frau Büchner.

»Ja, das stimmt. Es sieht so aus, als sei die Information mit dem Erpresserfoto nie an die Presse weitergegeben worden. Oder es handelt sich um einen dieser ganz seltenen Fälle, in denen die Presse dichtgehalten hat, um keine Nachahmer auf die Idee zu bringen. Wie auch immer, Johanna Johannsen kam ja auch nach einer Woche schon wieder frei, da gab's dann eh nicht mehr viel zu berichten. Johanna konnte der Polizei gegenüber kaum Aussagen über ihr Versteck machen. Der Entführer hatte ihr in einer Unterführung von hinten einen Sack über den Kopf gestülpt und sie in sein Auto gezerrt. Sie hatte ihn nie gesehen und konnte keine Beschreibung seines Aussehens abgeben. Und nachdem das Lösegeld zuvor nicht registriert worden war, gab es auch hier keinen Anhaltspunkt. Ein paar Verdächtigungen, ein paar vorläufige Festnahmen, fünf Jahre später wurde der Fall erneut aufgerollt und dann wieder zu den Akten gelegt. Johannas Entführer wurde nie gefunden. Bis heute.«

Florian gab Garcia das Foto zurück und bemerkte leise: »Es hat was von einer Hinrichtung – wie bei Konrad Hartmann.«

»Ja. Genau wie bei Konrad Hartmann«, bestätigte Garcia leise.

»Und du meinst ... du glaubst ... du ...« Franzi hatte ihre Stirn angestrengt in Falten gelegt, es gelang ihr nicht sofort, die vielen Gedanken, die auf sie einstürzten, zu sortieren. »Du meinst also, dass Hanna Herzog alias Johanna Johannsen in Konrad Hartmann ihren Peiniger von damals erkannt und sich an ihm gerächt hat? Sie hat ihn genau so auf den Stuhl gestellt, wie er es damals mit ihr getan hat ...«

»Ja, nur dass beim Konrad Hartmann der finale Stoß auch tatsächlich ausgeführt worden ist«, spann Markus den Faden weiter.

»Oder der hat sich selbst erhängt. Der is ja immerhin auf einem Drehstuhl g'standen, mit Rollen, und der war nur weggerollt, ned umgeworfen. Der Alexander hat ja selbst g'sagt, ein Straucheln genügt ...«, schaltete Steffi Holtzhaus sich ein, die sich von ihrem ersten Schock erholt hatte.

»Wenn es so war ... dann frage ich mich, woran Hanna Herzog ihren Entführer wohl erkannt haben mag – da sie doch damals der Polizei so gar keine Anhaltspunkte liefern konnte ...«, überlegte Frau Büchner kopfschüttelnd.

»Sie wird nicht gestehen«, mischte sich Dr. Engel ein. »Die Art, wie sie Ihnen auf alle Fragen nach einer persönlichen

Connection mit Herrn Hartmann ihr ›Nein‹ entgegengeschmettert hat, klang sehr dezidiert. Ich fürchte, es wird noch einige Panikattacken und viel Zeit brauchen, bis sie gesteht – oder auch nicht gesteht. Obwohl ich glaube, dass sie lügt. Aber ihre Angst, erneut eingesperrt zu werden, wiegt schwerer als ihr Gewissen …«

Garcia nickte. Etwas Ähnliches hatte er auch schon gefühlt, und nun brachte der Staatsanwalt es auf den Punkt. Freiwillig würde Hanna niemals wieder in ein Verlies gehen.

»Wir haben noch eine Chance, ihr und uns die Qualen des Verhörs zu ersparen«, meinte er. »Es ist zwar etwas unkonventionell, aber ich würde gern eine Art Freiluft-Gegenüberstellung vornehmen, wenn Sie das gestatten …«

Nachdem Dr. Engel nichts dagegen hatte, bat Garcia die beiden Steffis, drei Kolleginnen aus dem Hause zu rekrutieren, die in punkto Statur dem Äußeren von Hanna Herzog annähernd entsprachen. Einen Part würde Franzi übernehmen, denn er wollte Hanna auf keinen Fall unbehütet unten auf dem Innenhof herumlaufen lassen.

Als Frau Meixner endlich von der Polizeistreife gebracht wurde, die er ihr vorbeigeschickt hatte, war schon alles vorbereitet. Hanna hatte sich so weit beruhigt, dass sie sich in der Lage sah, mit Franzi ein wenig auf dem Innenhof spazieren zu gehen, eingehüllt in ihren Mantel und die Haare sorgsam unter einer Mütze verstaut, genau wie Franzi auch. Es traf sich gut, dass Hanna ihre eigene Mütze in der Klinik gelassen hatte. Auf diese Weise hatte Franzi ihr eine andere Mütze geben können, und so ließ sich ausschließen, dass Frau Meixner sie daran erkennen würde. Dass noch drei weitere Frauen in ähnlicher Montur auf dem Hof auf und ab gingen, schien Hanna nicht einmal wahrzunehmen.

Garcia und der Staatsanwalt hatten sich derweil mit der freudig erregten Frau Meixner an einem Fenster im zweiten

Stock platziert und blickten mit ihr zusammen hinunter auf die skurrile Szenerie, die Garcia an einen Fellini-Film denken ließ. Es war noch keine Minute verstrichen, da rief Frau Meixner aus: »Die hinten links, die jetzt grad Richtung Tor geht. Die mit der dunkelgrauen Mütze. Die ist es!«

»Was macht Sie da so sicher?«, hakte Garcia nach. »Sehen Sie sich doch bitte die anderen auch noch einmal in Ruhe an.«

»Das brauch ich nicht. Schauen S', die andere zum Beispiel, die mit der schwarzen Bommelmütze, die neben ihr her geht«, sagte sie und deutete auf Franzi. »Die hat einen ganz anderen Gang, sehr aufrecht ... wie soll ich sagen ... anmutig, aber nicht leichtfüßig. Die ist geerdet, wenn Sie wissen, was ich mein ... Oder die da hinten mit dem Handy am Ohr« – es war Netty, eine kleine blonde Kollegin von der Sitte – »schauen S' doch mal, wie die geht! Die wird sich schwer tun, einen Mann zu finden ...«

Garcia musste lächeln. Es war ein offenes Geheimnis, dass Netty händeringend auf der Suche nach einem Mann war.

»Aber die mit der grauen Mütze, die geht nicht, die huscht. Schauen Sie hin: Ihr Körper wird von ihren Schritten fast nicht erschüttert. Die hat was von einem Engel. Und die hab ich am Freitag in der Nacht gesehen und neulich auch schon. Jetzt, wo ich sie wieder gehen seh, fällt mir ein, dass ich beide Male gedacht hab, ein Engel schwebt unter meinem Fenster vorbei.«

Frau Meixner hatte Hanna Herzog damit eindeutig identifiziert.

»Ich muss sagen, Frau Meixner, Ihr siebter Sinn ist wirklich phänomenal«, sagte Garcia, als er ihr zum Abschied die Hand drückte.

Die alte Frau strahlte übers ganze Gesicht. Sie war schon am Telefon begeistert darüber gewesen, von einer Polizeistreife mitgenommen zu werden, und freute sich wie ein kleines Kind auf die Heimfahrt. Garcia sah ihr nach, wie sie, eskortiert von zwei uniformierten Beamten, mit ihrem Rollator im Schneckentempo den Gang entlangschlurfte.

»Wie gehe ich eigentlich?«, rief er ihr hinterher.

Sie drehte sich um: »Wie Patrick Lindner!«, krächzte sie fröhlich zurück.

»Das hätt ich mir eigentlich denken können«, brummte Garcia belustigt.

Garcia und Engel war natürlich klar, dass sie vor Gericht mit ihrer normwidrigen Gegenüberstellung und Frau Meixners daraus resultierender Aussage nicht viel erreichen würden. Aber es gab Garcia die nötige Sicherheit für das weitere Verhör.

Hanna war blass und wirkte verschreckter denn je, als sie wieder vor ihm und Franzi Platz nahm, und es fiel Garcia schwer, ihr weiterhin so zuzusetzen.

»Frau Herzog, uns liegt die Aussage einer Rentnerin vor, die Sie in der Mordnacht zu Herrn Hartmanns Haus hat gehen sehen und die Sie identifizieren kann. Das kann man natürlich anfechten, aber überlegen Sie es sich gut. Wenn Sie uns nicht die volle Wahrheit erzählen, dann werden wir gezwungen sein, Ihr Leben auf den Kopf zu stellen. Wir müssen das Klinikpersonal befragen, mit Ihrer Familie reden, unter Umständen Ihr Foto veröffentlichen, um zu klären, ob irgendwer in Birk oder Rieden Sie gesehen hat. Die Presse wird sich darauf stürzen und den alten Entführungsfall wieder aufrollen … Wollen Sie das wirklich?«

Dummerweise fragte Hanna ausgerechnet nach dem Detail, das Garcia absichtlich weggelassen hatte.

»Woran hat sie mich erkannt?«

Garcia zögerte. Aber er konnte es sich nicht leisten, die Unwahrheit zu sagen. »An Ihrer Art zu gehen.«

Zu seinem Erstaunen nickte Hanna: »Ich weiß …«

Garcia wollte gerade nachfragen, da fuhr sie fort: »Ich weiß, dass man Menschen an ihrer Art zu gehen wiedererkennt – so wie ich meinen Entführer wiedererkannt habe: an seinem Rhythmus.«

»An seinem Rhythmus? Wie meinen Sie das?«

»An seinem Schritt. Er humpelt.«

Sekundenlang herrschte absolutes Schweigen. Dann nickte Garcia langsam.

»Konrad Hartmann hatte einen Klumpfuß, das stimmt … Aber … er ist ja nicht der einzige Mensch auf der Welt, der humpelt. Wie konnten Sie sich dessen also sicher sein?«

Langsam begann Hanna zu erzählen. Sie sprach ganz ruhig, den Blick in die Ferne gerichtet, als sei sie dieser Welt entrückt. Garcia wusste, dass jetzt ihre Lebensbeichte kam und dass er nunmehr nicht mehr fragen musste, nur zuhören.

»Es war der Rhythmus des Knochenmanns. Franz Schubert, *Der Tod und das Mädchen*. Immer wenn der Tod kommt, dann hat er einen ganz bestimmten Rhythmus …«

Garcia entnahm seiner Mappe das Notenblatt, das die Hellseherin ihm am Abend zuvor überreicht hatte. Er schob es Hanna wortlos hin.

»Das ist die Liedpartitur«, sagte sie erstaunt. Dann zeigte sie mit dem Finger auf die erste Notenzeile. »Hier, sehen Sie, die Akkorde gleich am Anfang, bevor das Mädchen beginnt, um sein Leben zu flehen … Der Tod kommt zu ihr, er kommt auf sie zu, sie kann ihn nicht sehen. Aber sie hört schon seinen Schritt: Lang – kurz – kurz – lang – kurz – kurz – lang …«

Ganz leise begann Hanna zu singen.

»Links – rechts – schleif – links – rechts – schleif – links – rechts – schleif – links … Viele Menschen humpeln, aber nur einer hat den Rhythmus des Knochenmanns. Ich habe diese Melodie immer im Kopf gehabt, seit … seit damals … Ich wollte eigentlich gar nicht bei dieser Rede vom Bürgermeister dabei sein. Aber irgendwie war mir langweilig, und ich bin bei diesem Festakt gelandet. Und dann … Ich hab es sofort gewusst, als ich ihn hab reinkommen hören. Lang – kurz – kurz – lang – rechts – schleif – links … so konnte nur ein einziger Mensch auf der Welt gehen. Diesen Rhythmus hatte nur einer. Ich … ich hab es körperlich gespürt. All diese Qualen, die Angst, das Gefühl, in der Dunkelheit eingesperrt zu sein … es war sofort wieder da, als sei die Zeit zurückgedreht worden. Ich war wieder das kleine Mädchen, und er war der Knochenmann …«

Hanna summte die Melodie und schien ganz in sich versunken. Dann brach sie plötzlich ab, schob Garcia das Notenblatt zurück und setzte sich aufrechter hin. Als sie ihren Bericht wieder aufnahm, war ihre Stimme ein wenig lauter.

»Ich hab mit mir gerungen. Stundenlang, tagelang gegrübelt, jede Sekunde, darüber, was ich tun sollte. Und dann hab ich ihn angerufen, trotz meiner bodenlosen Angst. Ich … ich hab ihm gesagt, ich müsse ihn in einer dringenden Angelegenheit sprechen. Er hat versucht, mich abzuwimmeln, aber als ich gesagt hab, es ginge um eine alte Schuld … da hat er nachgegeben und mir einen Termin gegeben bei sich zu Hause. Ich hatte Todesangst. Aber ich bin hingegangen. Ich musste einfach Gewissheit haben … Seine Frau war nicht daheim. Er hat mich ins Wohnzimmer gebeten … Ich weiß gar nicht, wie ich es geschafft habe, dort hineinzugehen und ihn zur Rede zu stellen. Jeden Moment hab ich gedacht, jetzt kipp ich um. Aber ich hatte plötzlich diese Kraft in mir, die stärker war als jede Angst. Ich hab ihm gesagt, dass ich ihn erkannt habe und dass er mein Entführer ist. Erst hat er gelacht und getan, als sei ich eine Verrückte. Aber ich hab in seinen Augen gelesen, dass er genau wusste, wovon ich sprach. Dann hat er alles geleugnet. Und dann hat er mir gesagt, ich würde mit so einer Story bei der Polizei niemals durchkommen ... Ich bin wieder zurück in die Klinik gegangen. Den ganzen Heimweg hab ich geweint, geheult, geschrien ... Ich konnte nichts mehr sehen, nichts mehr denken, vor lauter Tränen und Wut ...«

Als Hanna nun weitersprach, lag eine Kühle, ja eine Kälte in ihrer Stimme, die keiner der Anwesenden ihr zugetraut hätte. Ihre Augen blickten starr, und ihr Mund war zu einem dünnen Strich verhärtet.

»Und dann hab ich einen Plan gefasst. Ich besitze schon seit langer Zeit einen Elektroschocker – gegen meine Angst. Ich hab Handschellen und ein kräftiges Seil bestellt, übers Internet. Ich wusste genau, was ich mit ihm machen muss. Das Gleiche, was er mir angetan hatte. Galgenfrist hat er es damals genannt, als er mich am Strick zurückgelassen hat und ich nicht wusste, ob ich leben oder sterben würde. Die Galgenfrist sollte er jetzt auch bekommen. Ich wollte, dass er redet, dass er alles gesteht, und vor allem, dass er mir sagt: Warum? Warum hat er mein Leben zerstört? Warum ich? Warum 300 000 Mark? War das der Wert meines Lebens? Warum, warum, warum?«

Hanna hatte dieses Warum geradezu hinausgeschrien und atmete heftig. Sie trank aus dem Wasserglas, das Garcia ihr reichte. Dann sprach sie wieder ruhiger weiter.

»Als alles vorbereitet war, hab ich ihn ein zweites Mal angerufen. Er hat gesagt, er meldet sich. Am nächsten Tag hat er mich zurückgerufen und mir wieder einen Termin gegeben, bei sich zu Hause. Er hat vorgeschlagen, mich abzuholen, aber ich hab gesagt, ich komm zu Fuß. Er hatte mich für 21 Uhr bestellt. Etwa eine halbe Stunde vorher bin ich losgegangen, ich wollte zügig gehen, ich wollte nicht, dass mich jemand sieht. Aber dann ... dann kam der Nebel. Es war so finster im Wald, beim ersten Mal war ich den Weg nicht bei Dunkelheit gegangen. Ich weiß noch, wie es in meinem Kopf gehämmert hat: Ich hätte niemals hierher kommen sollen! Nicht in dieses verdammte Birk, nicht in den dunklen Nebelwald, nicht zurück zu dem Mann, der mein Leben zerstört hatte. Ich hatte die ganze Zeit das Gefühl, dass mir jemand folgt, ich bin gerannt und dauernd über den Waldboden gestolpert, ich wusste gar nicht mehr, wo ich bin ... aber irgendwann war der Wald zu Ende, und da hab ich gewusst, dass ich es auch zu einem Ende bringen werde ...«

Jetzt erst fiel Garcia auf, dass Hanna während des ganzen Berichts nicht ein einziges Mal an den Fingernägeln gekaut hatte.

»Zu einem Ende bringen, ja ... Als Konrad Hartmann mir die Tür geöffnet hat, war er zu Tode erschrocken. Er hat mich angeschaut, als sei ich ein Gespenst, und gestammelt, warum ich nicht tot bin ... er kam mir vor, als sei er nicht ganz bei Sinnen. Aber ich war bei völlig klarem Verstand, und ich wusste genau, was ich zu tun habe. Ich bin einfach hineingegangen, direkt ins Wohnzimmer, und er ist mir gefolgt ... und kaum war er zur Tür rein, da hab ich ihn mit meinem Elektroschocker niedergestreckt. Wissen Sie, ich hab so viele Kurse in Selbstverteidigung absolviert, ich trau mich sowas ... Da lag er dann, k.o. vor meinen Füßen, eine eklige Masse, ein elendes Stück Dreck ... Er war so schwer ... Ich musste ihn umdrehen und ihm die Hände auf den Rücken biegen, um die Handschellen dran zu machen. Zum Glück hatte ich meine Lederhandschuhe an, ich wollte dieses Ekelpaket auf keinen Fall berühren ... Dann hab ich seinen widerlichen Mund mit Klebeband zugepappt und ihm die Schlinge um den Hals gelegt. Ich ... ich hab das alles ganz automatisch gemacht, so als stünde ich neben mir und würde mir selber dabei zusehen ... ich hab sogar noch gedacht, dass es eklig ist, dass er Schuppen in den Haaren hat ...«

Hanna schwieg und blickte Garcia und Franzi verwirrt an, als habe sie den Faden verloren. Ein paar Sekunden verstrichen, dann half Garcia ihr sanft auf die Sprünge.

»Sie hatten ihn also gefesselt und geknebelt. Und er lag vor Ihnen am Boden …«

»Ja … ja, natürlich … Den Haken in der Decke hatte ich ja schon beim ersten Mal gesehen, ich brauchte also nur noch diesen Korbsessel abzuhängen, mein Seil durchzuziehen und zu warten, bis er wieder zu sich kam. Das Seil lag so straff um seinen Hals, dass er gar keine andere Wahl hatte als zu tun, was ich sagte. Er musste sich auf den Bürostuhl stellen, den ich unter dem Haken platziert hatte und dann hab ich ihn dort oben so verknotet, dass er am Galgen hing … Ich hab einen Palstek gemacht, der zurrt sich von alleine fest, wenn man daran zieht … Dann hab ich ihm das Klebeband von seinem widerlichen Mund gerissen und ihm gesagt, er solle gestehen.«

Sie lachte kurz auf, grimmig, bitter – und triumphierend.

»Erst hat er alles abgestritten und mit mir geredet, als wäre ich ein unzurechnungsfähiges kleines Mädchen. Aber irgendwann … irgendwann … hat er alles gestanden … Und wissen Sie was? Es hat alles nur noch schlimmer gemacht. Ich hatte gedacht, ich würde mich erleichtert fühlen, wenn ich wüsste, warum … Aber stellen Sie sich vor: Er hat mich nicht ausgewählt. Ich war ein Zufallstreffer. Zufallstreffer! So hat er es genannt … ein Zufallstreffer, weil er Geld brauchte! Und er hat beteuert, dass er ein guter Mensch sei und das wäre alles so lange her. Von Verjährung hat er was gefaselt, und er wollte alles zurückzahlen. Zahlen? Ein verpfuschtes Leben kann man nicht bezahlen! Wissen Sie, was für mich wirklich am schlimmsten war? Er hat dieses Großspurige immer noch gehabt, als er da auf seinem Stuhl stand. Er hat überhaupt nicht verstanden, worum es mir ging. Er hat gedacht, er könne sich Absolution einfach erkaufen …

von Reue keine Spur. Und ich wollte doch eigentlich nur, dass er bereut ...«

Hanna schossen Tränen in die Augen, und sie begann zu schluchzen. Franzi reichte ihr ein Taschentuch, und es verstrichen etwa zwei Minuten, in denen nur das haltlose Weinen der jungen Frau zu hören war. Sie versuchte immer wieder, sich zu fassen, aber es gelang ihr nicht. Franzi blickte Garcia fragend an, doch er gab ihr ein Zeichen, dass sie Hanna lassen solle. Es war zwar schwer zu ertragen, aber Garcia wollte ihr die Zeit geben, die sie brauchte, ihre Emotionen herauszulassen. Dennoch konnte er das Verhör noch nicht beenden, denn es gab eine weitere wichtige Frage zu klären. Als das Schluchzen etwas an Heftigkeit verlor, stellte er seine Frage – die entscheidende.

»Er stand vor Ihnen auf diesem Stuhl und zeigte keine Reue. Was haben Sie da getan, Frau Herzog?«

Sie hob das Gesicht und sah ihn mit ihren verheulten Augen an. Dann schnäuzte sie sich in das Taschentuch und zog nochmal die Nase hoch.

»Plötzlich hab ich draußen ein Auto gehört ... Ich hab Panik gekriegt. Ich musste weg, ganz schnell weg! Ich bin über die Terrassentür abgehauen und über die Felder gerannt, gerannt, bis ich nicht mehr konnte ... Ich wollte ihn nicht töten. Aber ich hatte keine Zeit mehr, ihn frei zu lassen. Ich ... ich hab ihn so stehen lassen ... so wie er mich damals. Ich hab den Stuhl nicht weggestoßen ... aber ich hab ihn trotzdem getötet. Er stand ja noch dazu auf einem Drehstuhl, wissen Sie, der einfach wegrollen konnte. Ein falscher Schritt, der Versuch, sich zu befreien, auch nur die kleinste Bewegung ... Er hat sich selbst erhängt, aber ich bin schuld ... ich bin schuld ... es ist so furchtbar. Ich hab ihn getötet!«

Wieder begann Hanna zu weinen. Und dann sah sie Garcia verzweifelt in die Augen.

»Bitte«, flehte sie, »bitte, sperren Sie mich nicht ein!«

In ihrem Blick lag die Angst des kleinen Mädchens von damals, die bodenlose Angst der Johanna Johannsen, eingesperrt in der Dunkelheit. Garcia dachte an Anna Boenstedts Worte: »Es bricht mir das Herz.« Aber was konnte er auf dieses Flehen schon erwidern? Er hätte ihr etwas sagen können, über sein Mitleid mit dem Mädchen Johanna, darüber dass die Frage, wer Opfer und wer Täter ist, manchmal so verzwickt war und darüber, dass Selbstjustiz schon immer der falsche Weg war. Aber er schwieg, denn ihre Bitte konnte er ihr ja doch nicht erfüllen.

Wenn Hanna sich beruhigt hätte, wollte er ihr noch ein paar Tipps bezüglich der Wahl eines Anwalts zu ihrer Verteidigung geben und ihr einschärfen, dass sie Hartmann nicht getötet habe und das auch niemals wieder sagen solle. Doch das würde er erst tun, wenn der Staatsanwalt weg war. Lange Zeit sagte niemand mehr etwas, und Hannas Schluchzen ebbte langsam ab. Und dann richtete Hanna eine Frage an ihn, die ihn in dieser Situation sehr verwunderte.

»Stimmt es, dass Konrad Hartmann diese Grundschulrektorin ermordet hat?«

»Ja. Das ist wohl sicher.«

»Ich war doch in dieser Wohnung ... in der Wohnung von dieser armen Frau ... Und da hing dieser Spiegel an der Wand ... Sie ... Sie werden es vielleicht nicht glauben ... aber ich bin einmal davorgestanden und hab hineingesehen ... und dann ... dann hab ich darin nicht mein Gesicht gesehen. Es war das Gesicht einer anderen Frau ... das Gesicht von dieser Frau ... Elisa Jacoby ... Ich habe keine Ahnung, wie sie aussah, aber ich hab gewusst, dass sie es war ... Sie hat mich angesehen, ganz blass und ganz ernst und mit so einem stummen Vorwurf im Blick ... Natürlich weiß ich, dass es nur eine Vision war, aber es war so unheimlich echt in diesem Moment ... Ich wollte den Spiegel abhängen, aber ich hab mich nicht getraut und deshalb hab ich ein Tuch darüber geworfen, damit sie mich nicht mehr so anschauen kann ... Warum hat sie mich so angeschaut? Was hat das mit mir zu tun?«

Garcia fuhr sich nervös durch die Haare. Er hätte Hanna Herzog in ihrer augenblicklichen Verfassung gerne diesen Teil der Geschichte erspart. Aber er wusste, dass es seine Pflicht war, ihr zu antworten, und dass sie es so wollte.

»Also gut, hören Sie zu: Konrad Hartmann wusste, welchen Weg Sie nehmen würden an diesem Freitagabend. Und auch er hatte einen Plan. Er hatte alles sorgsam vorbereitet: Zu Hause hat er eine Garotte gebastelt, ein Mordinstrument, mit dem man jemanden sehr einfach von hinten erwürgen kann. Er hatte Sie für Freitag, 21 Uhr bestellt, aber er ist nie davon ausgegangen, dass Sie sein Haus auch erreichen würden. Gegen 19 Uhr ist er losgefahren, in den Wald von Birk. Er hat dort sein Auto unauffällig abgestellt und ist dann zu Fuß weiter. Irgendwo am Waldrand von Rieden hat er auf Sie gelauert, vermutlich hatte er die ganze Zeit den Klinikeingang im Auge. Er hat Sie auf den Trampelpfad gehen sehen und ist Ihnen heimlich gefolgt, um Sie im richtigen Augenblick zu erwürgen. Zur gleichen Zeit ist Elisa Jacoby, die Grundschulrektorin, in diesem Wald spazierengegangen. Irgendwann hat sie den Hauptweg am Isarhochufer verlassen und sich in die Büsche geschlagen, Richtung Marterl, dem Treffpunkt, den sie ihrem Bruder genannt hatte. Doch dann kam der Nebel, und keiner von Ihnen dreien konnte mehr erkennen, wo er war. Konrad Hartmann hat Elisa Jacoby mit Ihnen verwechselt und sie von hinten erdrosselt. Vielleicht hat er noch ihren Puls gefühlt, aber er hat sich nicht einmal die Zeit genommen, sie umzudrehen und ihr Gesicht anzusehen. Sonst hätte er gewusst, dass es die falsche Frau war. Aber ich glaube, er hat es nicht einmal gemerkt. Er hat ihr das Handy aus der Manteltasche entwendet, damit keiner die Anrufe nachverfolgen konnte, und es dann irgendwo auf dem Weg nach Hause zusammen mit der Garotte entsorgt. Auch das hatte er sich vorher genau überlegt. Und dann kam doch alles anders. Kaum war er zu Hause, hat es an der Tür geläutet. Und da standen Sie: Hanna Herzog. Die vermeintlich tote Hanna Herzog.«

Freitag Mittag

Nach Hanna Herzogs Verhaftung sehnte Garcia sich eigentlich nur noch nach ein wenig Ruhe. Doch kaum hatte er sich in sein Büro zurückgezogen, klopfte es an der Tür. Zu seiner Überraschung war es Frau Büchner.

»Herr Garcia, dürfte ich Sie bitte einen Augenblick sprechen?«

»Frau Büchner, bitte nicht jetzt.«

»Doch! Bitte! Jetzt!«

In ihrem Blick lag eine Mischung aus Entschlossenheit und fast so etwas wie Verzweiflung.

»Ich muss Ihnen etwas erzählen. Etwas sehr Persönliches. Aber ich glaube, es ist wichtig.«

Auf die Lebensbeichte, die nun folgte, war Garcia nicht gefasst gewesen.

»Ich war 21 Jahre lang mit einem Mann liiert. Als ich ihn kennenlernte, war ich 32, und ich hatte Träume und Wünsche. Wahrscheinlich banal, aber ich wollte heiraten, ich wollte Kinder haben, ich wollte eine Familie gründen … Er war 14 Jahre älter als ich, und alles an ihm war toll. Er war weltoffen, weitgereist, erfahren, charmant … und verheiratet. Anfangs hab ich noch geglaubt, er würde wegen mir seine Frau verlassen. Viele Jahre lang hab ich das geglaubt. Wann ich den Glauben daran verloren habe, weiß ich nicht mehr genau, aber bei ihm geblieben bin ich trotz allem. Wissen Sie, was das bedeutet? 21 Weihnachten mutterseelenallein unterm Christbaum! Wie viele bittere Tränen hab ich vergossen, wie habe ich gebettelt und gefleht, geheult und gedroht und wie oft habe ich versucht, von ihm loszukommen! Aber er hat mich immer wieder herumgekriegt. Mit Versprechungen, die er nie eingehalten hat, mit Liebkosungen, die mit Liebe nichts zu tun hatten, mit seinem umwerfenden Charme, der seine Herzenskälte so gut zu verbergen vermochte.

Ich will nicht jammern – ich bin selber schuld. Wenn ich unverheiratet bin und keine Kinder habe, so habe ich das einzig und allein mir zuzuschreiben. Aber diese Verzweiflung … diese Bitterkeit … und diese unglaubliche Kraftanstrengung, zu tun als ob … Verstehen Sie, was ich meine? Weiterzuleben, sich nichts anmerken zu lassen über die eigene Enttäuschung, sich jeden Tag anzuziehen, aus dem Haus zu gehen, mit anderen Menschen zu reden und so zu tun, als führe man ein ganz normales Leben, ein Leben mit Liebe … das macht was mit einem Menschen!«

Frau Büchner wirkte einen Augenblick gedankenverloren. So hatte Garcia sie noch nie gesehen, und diesen weichen Zug um ihre sonst immer so fest zugekniffenen Lippen kannte er gar nicht. Doch dann gab sie sich einen Ruck, und sofort straffte sich ihr Gesicht wieder. Sie fuhr fort: »Gestern war Dolores Hartmann bei Ihnen. Ich bin ihr auf dem Gang begegnet, und ich hab ihr ins Gesicht gesehen, auch durch den Schleier hindurch. Und wissen Sie, was ich da gesehen habe? Mein Gesicht! Meine Enttäuschungen, meinen Frust, meine Selbstbeherrschung! Und ich wusste genau, wie sie sich innerlich fühlt. Diese Frau hat dieselben Emotionen durchgemacht wie ich. Einen Mann zu lieben, der sie nicht geliebt hat, der ihr das täglich zu spüren gegeben hat und von dem sie doch niemals losgekommen ist.«

Es entstand eine Pause, und Garcia dachte schon, Frau Büchner sei mit ihrer Geschichte am Ende angelangt. Doch gerade als er dazu etwas sagen wollte, hob Frau Büchner die Hand, wie um ihn zu stoppen.

»Und dann …«, stieß sie bitter hervor. »Und dann hat mein Geliebter seine Frau eines Tages doch verlassen. Aber nicht wegen mir. Wegen einer anderen, einer neueren, einer jüngeren Geliebten. Nicht mal die Stärke, mir das ins Gesicht zu sagen, hatte er. Ich hab es selber herauskriegen müssen … Das Ganze ist nun zwei Jahre her, und mit jedem Tag gelingt es mir ein wenig mehr, ihn zu vergessen. Aber ich sage Ihnen eines: Wäre er in diesem Moment auf einem Stuhl gestanden, hilflos, die Hände gefesselt, mit einem Strick um den Hals … wer weiß, ob ich nicht einfach diesem Stuhl einen Kick gegeben hätte, ob ich ihm nicht den Todesstoß versetzt hätte, ohne darüber nachzudenken, warum er da steht, auf diesem Stuhl … Aus Wut, aus Enttäuschung oder vielleicht einfach nur aus Verzweiflung darüber, dass ich mein Leben an diesen Menschen vergeudet habe!«

Garcia war aufgesprungen, und seine Müdigkeit war wie weggewischt. Was, wenn Dolores Hartmann ihrem Mann den Todesstoß versetzt hatte!

»Frau Büchner …«, stammelte er, »ich weiß gar nicht, was ich sagen soll. Danke. Ach ja, und vielleicht wollen wir beide uns jetzt auch endlich mal duzen?«

»Ihr Angebot in Ehren, Herr Garcia, aber ich finde, es sollte alles so bleiben, wie es ist.«

Sie nickte knapp und verließ das Büro steifen Schritts. Garcia schnappte sich seine Jacke, rief Frau Stahl im Vorbeilaufen zu, er müsse nochmal nach Birk und rannte zu Markus Büro.

»Auf geht's, ich erzähl dir alles unterwegs!«, rief er. Das Gute an Markus war, dass dieser für spontane Aktionen immer sofort zu haben war. Er fragte nicht lang, und so machten die beiden sich ein letztes Mal auf den Weg nach Birk.

Freitag Nachmittag

Dolores Hartmann war nicht zu Hause. Also rief Garcia bei ihrer Mutter an, die selbst ziemlich beunruhigt war, weil sie ihre Tochter seit dem Vortag nicht mehr gesprochen hatte.

Garcia ging um das Haus herum und versuchte sein Glück bei der Terrassentür, aber diese war verschlossen. Im Haus brannte kein Licht, und das Garagentor ließ sich nicht von außen öffnen. Leider war von den angeblich stets lauernden Journalisten weit und breit nichts zu sehen, und so läutete Markus bei den direkten Nachbarn, aber auch hier öffnete niemand. Einen Moment lang erwog Garcia, Frau Meixner anzurufen, ob sie vielleicht Frau Hartmanns Auto gesehen hatte. Doch dann entschloss er sich zu handeln.

Garcia prüfte erst das Haustürschloss und entschied sich dann, die Terrassentür zu knacken. Er machte das nicht zum ersten Mal und nahm deswegen auch nicht seine Kreditkarte her, die ihm bei einer ähnlichen Aktion schon einmal kaputtgegangen war. Statt dessen fand er einen alten Büchereiausweis in seiner Brieftasche, den er sich vor vielen Jahren für Greta hatte ausstellen lassen, und bereits nach wenigen Versuchen gab das Schloss nach.

Markus sah ihm bewundernd zu. »Von dir kann man echt noch was lernen!«

Garcia und Markus betraten das dunkle Wohnzimmer und riefen laut nach Frau Hartmann, doch alles blieb still. Zum zweiten Mal in dieser Woche brach Garcia das Polizeisiegel durch, dann stürmten die beiden ins Treppenhaus. Auch hier herrschten Dunkelheit und Totenstille.

Frau Hartmanns Schlafzimmertür war von innen verschlossen. Markus rüttelte daran und warf sich ein paar Mal mit dem ganzen Körpergewicht dagegen, bis sie aufsprang und er beinahe hinfiel.

Dolores Hartmann lag reglos und totenbleich auf ihrem Bett. Garcia schüttelte sie leicht und rief ihren Namen, doch sie reagierte nicht. Während er sie in die stabile Seitenlage brachte, wählte Markus den Notruf. Garcia konnte ihren Puls nicht mehr erspüren und war sich auch nicht sicher, ob sie überhaupt noch atmete. Er begann sofort mit der Mund-zu-Mund-Beatmung.

Markus hatte im Bad leere Packungen von Schlaftabletten gefunden. »Das würde reichen, um zehn Pferde umzubringen!«

»Ja«, rief Garcia keuchend, während er zur Herzdruckmassage überging. »Und ich befürchte, sie liegt schon seit gestern da. Sie trägt noch das gleiche Kostüm wie im Präsidium.«

Es kam ihnen vor wie eine Ewigkeit, bis endlich der Krankenwagen eintraf. Markus rannte hinaus und lotste den Arzt und den Sanitäter hinauf.

»Was meinen Sie, wird sie durchkommen?«, fragte Garcia besorgt.

»Schwer zu sagen. Es kommt darauf an, wie lange sie schon hier liegt«, erwiderte der Arzt ausweichend, während er den leblosen Körper auf die Trage hievte. Erst als sie im Krankenwagen verstaut war, begannen Garcia und Markus ihre Suche. Wenn Frau Hartmann keinen Abschiedsbrief hinterlassen hatte, gab es kaum noch eine Chance für Hanna Herzog.

Doch sie hatten Glück. Auf dem Schreibtisch im Wohnzimmer fand sich tatsächlich das ersehnte Schreiben. Es begann mit dem letzten Satz, den Dolores Hartmann Garcia auf dem Präsidium gesagt hatte:

Manchmal ist es nicht unbedingt hilfreich, das Innere nach außen zu kehren, wenn man daran nicht zerbrechen will.

Ich habe immer genau gewusst, wann mein Mann mich mit wem betrügt. Ich hatte die absolute Kontrolle. Und es hat sich immer alles wieder gelöst. Bis diese Frau schwanger geworden ist. Ich wollte so gern Kinder. Ich dachte, dass er keine will. Als ich schwanger war, hat er mich zur Abtreibung gezwungen. Aber er wollte nur keine Kinder mit mir.

Als ich herausbekommen habe, dass er mit dieser anderen Frau ein Kind bekommen wird, hab ich gedacht, ich zerbreche. Mehr Schmerzen kann man einem Menschen nicht zufügen. Und doch habe ich es nicht gewagt, ihn darauf anzusprechen. Ich hatte zu viel Angst vor der Antwort. Und dann stand er eines Abends da, auf diesem Stuhl, am Galgen. Warum, das weiß ich bis heute nicht. Und ich habe es mich in diesem Moment auch nicht gefragt. Vielleicht war eine höhere Macht im Spiel, vielleicht gibt es doch so etwas wie Gerechtigkeit.

Endlich hatte ich die Möglichkeit, ihm die Frage zu stellen, die mir auf der Seele brannte: Ob er mich verlassen wird. Aber er hat mir diese Frage nicht beantwortet! Er hat geschrien, dass ich ihn runterlassen soll. Und ich habe den Hass und die Verachtung in seinen Augen gesehen. Er war sich meiner so sicher, er hat keine Sekunde damit gerechnet, dass ich in der Lage wäre zu tun, was ich dann getan habe.

Ich habe den Stuhl weggestoßen. Ich weiß, ich werde dafür in der Hölle schmoren. Aber das ist mir gleich. Ich habe schon so viele Jahre Hölle hinter mir, ich habe keine Angst vor dem Tod.

Mutter, verzeih mir und bete für mich.
Dolores

Drei Stunden später schloss Garcia die Akte mit dem Aufdruck BIRK und sortierte sie zwischen den anderen Akten ein. Sein Vorzimmer lag im Dunkeln, Frau Stahl war bereits vor einer Stunde gegangen. Auch sein Team hatte er in den wohlverdienten Feierabend entlassen, nachdem er sich bei jedem persönlich bedankt hatte. Er schnappte sich seine Lederjacke, löschte das Licht in seinem Büro, schloss die Tür des Vorzimmers ab und ging den langen Gang hinunter.

In dem Augenblick, als er in den Paternoster stieg, kam Franzi angelaufen und fuhr mit ihm ins Parterre. Sie lächelte ihn ein wenig scheu an und schien etwas sagen zu wollen, fand aber offensichtlich nicht die richtigen Worte.

Garcia fuhr sich mit der üblichen Geste durch seine schwarzen Haare. »Ich bin hundemüde«, sagte er, »aber ich kann ja nicht jetzt schon ins Bett gehen. Das muss man machen wie beim Jetlag: durchhalten bis zum Abend. Wie sieht's aus? Hast du eine halbe Stunde Zeit? Gehst du mit mir einen Kaffee trinken?«

»Ich … äh, ich …«, stotterte Franzi verlegen. »Also, ich würd wahnsinnig gern, aber ich muss direkt zum Flughafen fahren …«

Ihm fiel auf, wie ihre bläuliche Vene dabei zum Vorschein trat, und er wäre gern mit dem Finger darüber gefahren und hätte ihr etwas Liebevolles gesagt. Stattdessen lächelte er sie nur an, hob die Hand zum Gruß und ging dann zu seinem Auto.

Freitag Abend

Nach einer ausgedehnten Dusche hatte Garcia den naheliegenden Gedanken wieder verworfen, noch loszuziehen, zu schauen, wen er unterwegs so traf und eine Kleinigkeit essen zu gehen. Stattdessen hatte er ein paar Häppchenreste aus seinem Kühlschrank zusammengeklaubt und sich auf seine Couch verzogen. Normalerweise wäre Greta jetzt hier, aber er hatte ja mit Lydia Wochenende getauscht – wegen der Karaoke-Party. Es kam ihm absurd weit weg vor, seit er dort auf der Bühne gestanden und »Alles klar, Herr Kommissar?« gegrölt hatte.

Bevor die Wochenend-Einsamkeit ihn erreichen konnte, schnappte er sich eine der *Süddeutschen Zeitungen* der vergangenen Woche vom Stapel. Die Überschrift »Noch keine heiße Spur in den Morden von Birk« überblätterte er schnell und blieb im Wissenschaftsteil bei einem Artikel über einen Riesenasteroiden hängen, der möglicherweise die Erde bedrohte.

Das Telefon riss ihn aus seiner Lektüre. Es war Konstanze.

»Freitag Abend und du bist zu Hause? Was ist los mit dir, Casanova?«

»Das frag ich mich auch.«

»Lust, mich auf eine Vernissage zu begleiten?«

»Mir ist heute nicht nach Menschenauflauf zumute. Aber komm doch einfach danach bei mir vorbei. Es gibt meine berühmten Häppchen.«

»Stoffel!«

»Pass auf, was du sagst. Es könnte unangenehme Folgen für dich haben.«

Konstanze lachte kokett: »Klingt verheißungsvoll. So gegen neun?«

»Perfekt.«

Statt sich wieder auf die Couch zu lümmeln, setzte Garcia sich auf sein Fensterbrett. Frau Meixner kam ihm in den Sinn, die jetzt wahrscheinlich an ihrem Fenster saß und wartete, dass die Zeit verging.

Er blickte zum Gärtnerplatz-Theater hinüber. Momentan war es menschenleer, aber die schönen Lüster illuminierten das Foyer im ersten Stock und strahlten etwas vom verblichenen Charme vergangener Zeiten aus. Während er so dasaß und sich durchaus genussvoll seiner nostalgischen Stimmung hingab, meldete sein Handy eine eingehende SMS. Aber er hörte es nicht. Hätte er es gehört, hätte er gesehen, dass die Nachricht von Franzi war. Und vielleicht wäre der Abend dann ganz anders verlaufen. Aber er las die Nachricht erst am nächsten Tag, als Franzi es schon längst bereute, sie überhaupt geschrieben zu haben. Und so nahm der Abend seinen Lauf, und Garcia lag später in den Armen einer Frau, obwohl er sich eigentlich nur nach dieser anderen sehnte, die vermutlich gerade in den Armen eines anderen Mannes lag.

Gegen das Alleinsein gab es genügend Heilmittel. Aber gegen die Einsamkeit?

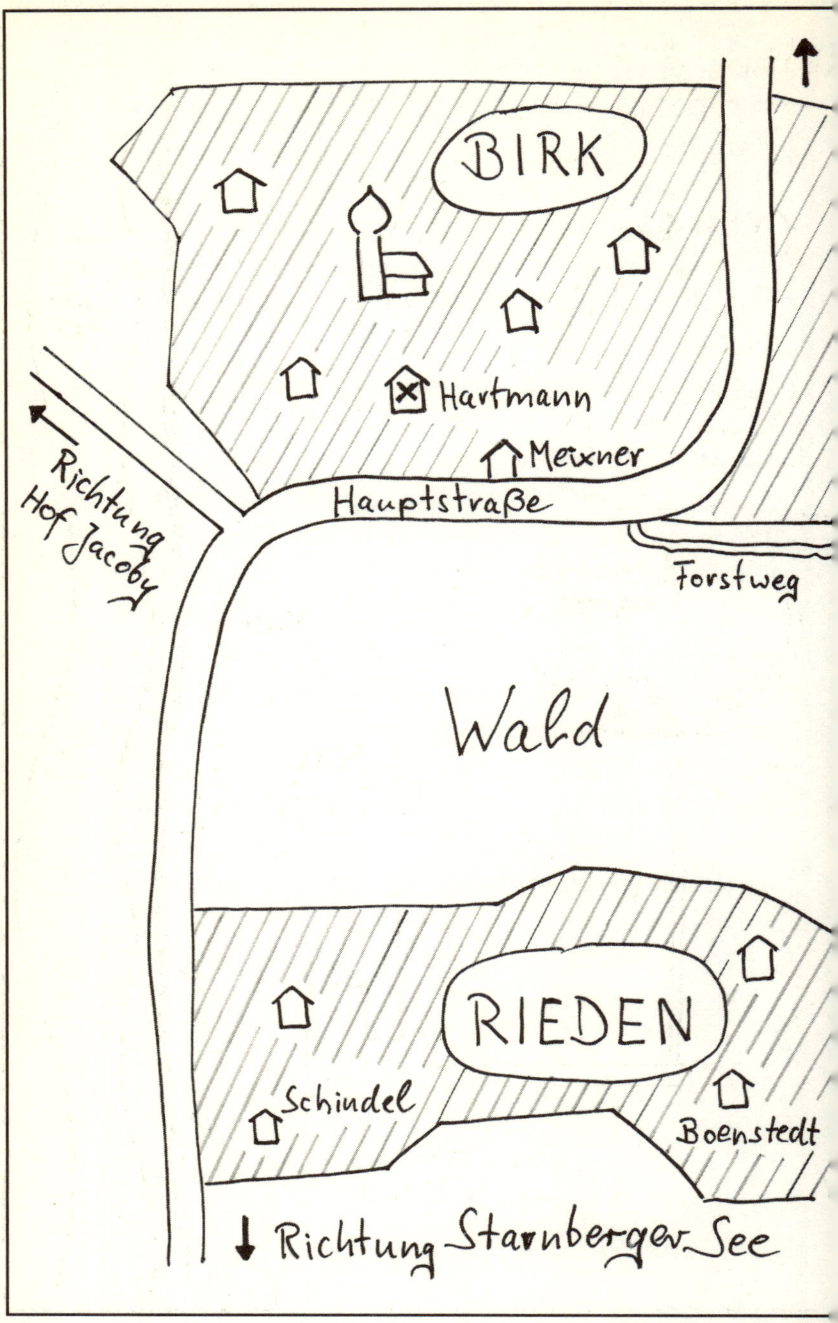

BIRK
Hartmann
Meixner
Hauptstraße
Richtung Hof Jacoby
Forstweg
Wald
RIEDEN
Schindel
Boenstedt
Richtung Starnberger See

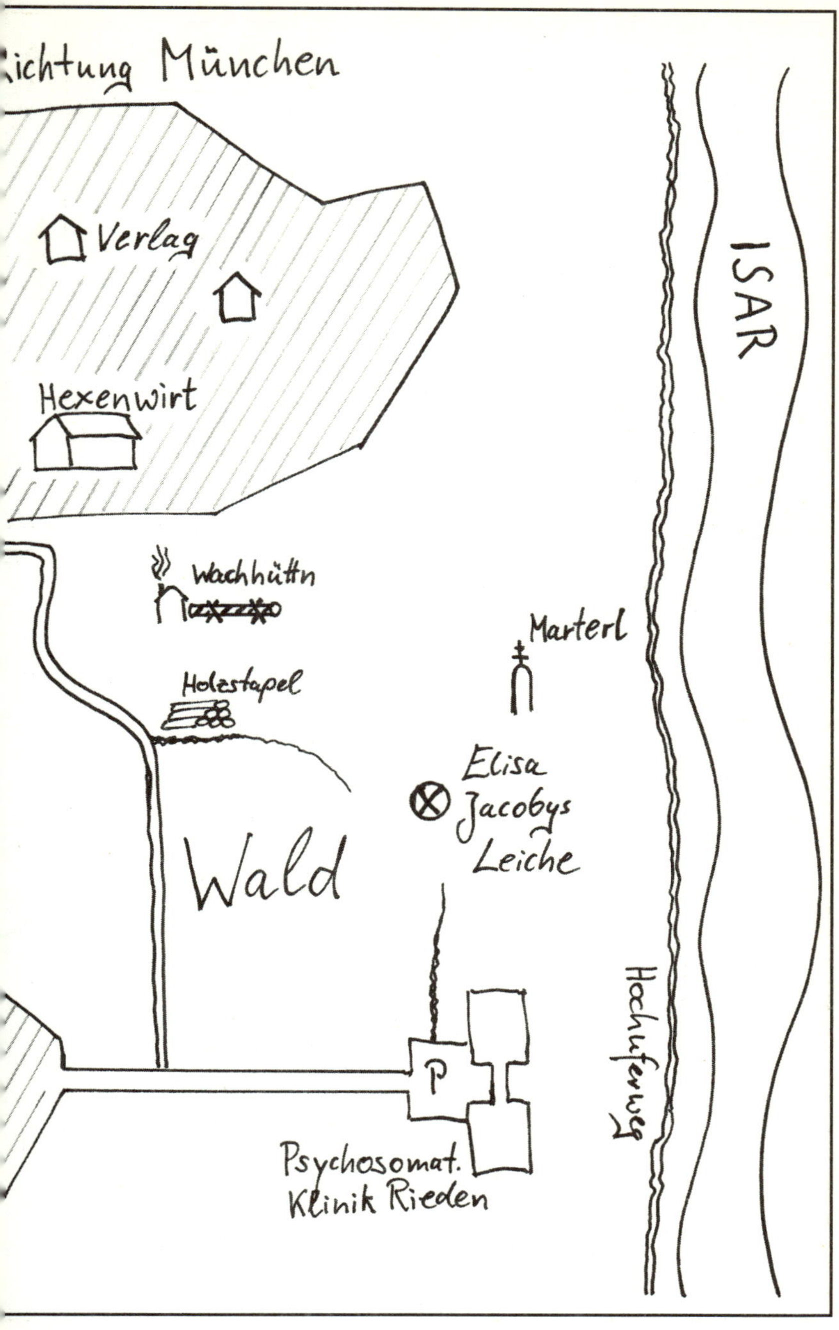
Richtung München
Verlag
Hexenwirt
Wachhüttn
Holzstapel
Marterl
ISAR
Elisa
Jacobys
Leiche
Wald
Hochuferweg
P
Psychosomat.
Klinik Rieden

Mein Dank gilt all den Menschen, die mich auf so vielen Ebenen bei meiner Arbeit zu diesem Buch unterstützt haben. Im Besonderen gilt er:

Sabine Kazoglou-Fellmann für das Lesen, Knobeln, Mitfiebern und dafür, dass sie immer die richtigen Worte im richtigen Moment findet.

Meinem Vater Erich, der mich immer ermutigt hat, aus meiner Idee ein Buch zu machen und der so sicher ist im Umgang mit der deutschen Sprache.

Marion Rosenzweig, der ich mein Wissen über Psychologie und Psychosomatik und so vieles mehr verdanke.

Valerie Dohna für ihre empathische Begeisterung, die mich in entscheidenden Momenten vorangetrieben hat.

Angelika Eisner und Robert Wolf für das kluge Lesen, die gezielten Fragen und die motivierenden Worte.

Uli Lundershausen für die Idee der Hellseherin.

Georg Althammer, der mich einst das Krimihandwerk lehrte und mir stets eine kriminelle Energie bescheinigt hat.

Der Münchner Polizei, allen voran Josef Wilfling für ein Gespräch im Polizeipräsidium vor einigen Jahren, bei dem ich grundlegende Einblicke in die Arbeit der Kripo München bekommen habe – und bei der Gelegenheit Paternoster fahren durfte. Ferner den freundlichen und geduldigen Mitarbeitern der Pressestelle, die auf jede Frage – so seltsam sie auch sein mag – eine Antwort haben.

Meinem Verleger Klaus G. Förg für den unbürokratischen Umgang, seine Geduld und seinen Humor sowie seinen Mitarbeiterinnen für ihre Hilfsbereitschaft.

Meinem Mann Mulo, der soviel Feuer hat, dass es für zwei reicht. Ohne dich gäbe es dieses Buch nicht. Und mit dir ist alles viel schöner!

Meiner Heimatstadt München und der kleinen Gemeinde im Münchner Süden, in der ich so gern lebe – danke für alle Inspirationen!